# VIVIR

---

## (LIVING)

### LISE GOLD

*Traducido por*
ROCÍO T. FERNÁNDEZ

Todo el arte de vivir consiste en una fina mezcla de dejar ir y aguantar.

— HENRY HAVELOCK ELLIS

# 1

Ella enterró los pies en la fría arena mientras el agua del mar bañaba sus dedos. Todavía estaba oscuro y la playa estaba desierta. Tomó aire profundamente en un intento infructuoso por combatir la náusea que se extendía lentamente por su cuerpo, entonces comprobó la hora en su teléfono. Eran las 5.30 de la mañana. No es que importara, no es que tuviera ningún otro sitio adonde ir después de esto. Ese pensamiento la llevó al borde de un ataque de pánico, pero, aún así, volvió su atención de nuevo al mar y se puso frente a él.

La corriente parecía fuerte, el agua produciendo un fuerte silbido cada vez que cubría sus pies, antes de retirarse en silencio. Supuso que eso era bueno. Quizás la tormenta era una señal de que hoy era el día. Ya había estado aquí dos veces y había sido capaz de superar su desesperación en ambas ocasiones, algo dentro de ella diciéndole que quizás mañana se sentiría mejor. Pero no se había sentido mejor y sabía que nada podría llevarse la profunda tristeza que sentía en su interior, el agujero en el alma, que por alguna razón, se estaba haciendo cada vez más grande, lo contrario a lo que le había dicho su terapeuta que pasaría. Ya no se sentía completa y no sabía cómo estar sin Helena.

Su hermana había sido siempre la que la había mantenido con los pies en la tierra y había sido la única en hacerla reír. Ella no había sonreído en dos años, desde que Helena murió. Había trabajado duro y había hecho lo que se esperaba de ella. Había ido por la vida en modo auto piloto, poniendo una sonrisa cuando hacía falta. Pero ya no podía estar entre multitudes y, aparte de un par de apariciones para promocionar sus películas, no había dado una entrevista personal desde antes de aquella noche. Era un milagro que todavía fuera capaz de continuar con su carrera en la industria del cine. Salir en su apogeo era probablemente lo mejor que podía hacer porque, si no lo hacía, no habría ninguna carrera que mantener si seguía ignorando a sus fans y a la gente importante de Hollywood.

El segundo aniversario de la muerte de Helena había parecido una fecha adecuada, hacía dos noches, cuando condujo sin rumbo, desesperada por alejarse de su vida. Playa del Rey era el lugar más tranquilo que había podido encontrar entonces, y ahora sabía que era su única salida. *La única manera de verla otra vez.*

Ella se tambaleó cuando sus pies se hundieron más en la arena húmeda. Apenas podía mantenerse en pie después de haberse tragado un par de tranquilizantes con media botella de vodka, el alcohol necesario por si se asustaba, perdía el valor y se volvía a casa, justo como había hecho ayer y el día anterior. Tratando de combatir las náuseas abrumadoras, se sujetó el estómago y se hundió en sus rodillas. No fue suficiente para impedir que vomitara y, en segundos, el vodka salió disparado de su boca, creando una piscina delante de ella. No había comido hoy. De hecho, no recordaba haber comido mucho en los últimos días. Ya no obtenía ninguna alegría de la comida, o de ninguna cosa para el caso.

Una ola se acercó y limpió el vómito, tirándole del pelo largo y rubio, implorándole que se aventurara hacia sus profundidades. Eso sería ella pronto. *Lavada.* Hizo una mueca por el sabor agrio en la boca mientras se doblaba hacia adelante y enterraba la cabeza en su regazo. Ella se había preguntado qué pasaría una vez que se hubiera ido, por supuesto. Ese pensamiento la había consumido. En un par de horas, el director de su película actual tendría una pataleta en el set de rodaje asumiendo que llegaba tarde. Llamaría a su mánager, que conduciría hasta su casa, entraría y se daría cuenta que Ella no estaba en casa. ¿Llamaría a su madre? ¿Tenía siquiera su número? Y si lo tenía, ¿se preocuparía su madre por ella? ¿O simplemente sacudiría la cabeza decepcionada por su falta de ética en el trabajo e ignoraría el hecho de que estaba desaparecida? Ella no estaba segura. Aunque ya no se hablaran, estaba bastante segura de que su madre la quería y esa había sido la única fuente de duda en su decisión. Había leído en alguna parte que sobrevivir a un hijo era lo peor que le podía ocurrir a una persona y su madre ya había pasado por eso una vez. Aunque sería muy, muy rica, una vez que Ella se hubiera ido y eso sería una pequeña consolación. Su madre siempre había estado interesada en el dinero y sus talentosas hijas habían sido su vía para conseguirlo. Cuando se levantó otra vez y se quedó de pie en la larga y tranquila playa, se dio cuenta de que no se había sentido tan sola jamás.

Hoy era su cumpleaños y habría sido el de Helena también. Su mánager había organizado una fiesta para ella esta noche, con toneladas de invitados de primera fila en el foco de atención del momento. Se suponía que era su primera reunión social privada en dos años. Privada quizá no fuera la palabra adecuada porque no conocía bien a ninguno de los invitados y no había habido nadie a quien hubiera querido ver o con quien reunirse especialmente. Se hablaría de la fiesta durante años en el futuro si no podían encontrarla a tiempo, e incluso si los primeros mañaneros que iban a la playa la encontraban en una hora, la noticia de su muerte en el día de su gran fiesta haría una historia real-mente increíble, dándole a sus invitados la oportunidad de mostrar su lado "humanitario" y alinearse con organiza-ciones benéficas de salud mental para aumentar su encanto. Así era como funcionaba su negocio. Nada era real.

La melancolía del vodka se extendió en la boca del estó-mago y se hizo más profunda, justo como había esperado. Pero sabía que sin él, no tendría el suficiente valor para hacer lo que estaba a punto de hacer. Con cuidado, puso un pie delante del otro y se dirigió al agua. La parte de atrás de su vestido largo y blanco le arrastraba, el dobladillo girán-dosele salvajemente con la corriente. Creyó oír una voz pero no se giró para mirar, caminando más deprisa hacia el agua, que ahora le llegaba hasta las rodillas. Lo último que quería era ser "salvada" porque las consecuencias por sobrevivir serían insoportables. Incluso más paparazzi siguiéndola, más titulares.

`Ella Temperley intenta ahogarse en Playa del Rey´. O: `La estrella de `Born Naked´ camina hacia el mar. ¿Buscando titu-lares o un grito de ayuda?´ Gente a la que casi no conocía la rodearían con un brazo y le preguntarían cómo lo estaba llevando, sin importarles lo más mínimo mientras ponían su mejor sonrisa para los paparazzi. Su madre probablemente aprovecharía la oportunidad para escribir otro libro, como había hecho después de la muerte de Helena, derramando sus secretos más íntimos.

La voz detrás de ella era más alta ahora y no había duda de que alguien la estaba llamando. Ella empezó a caminar tan deprisa como podía pero no estaba progresando mucho. Parecía como si estuviera corriendo en una cinta de correr, y aunque parecía que no se estaba moviendo, el agua le llegaba ahora por la cintura. Una enorme ola se estrelló contra ella y, de repente, se vio arrastrada hacia abajo, la fuerza del océano la hizo revolverse y perder la orientación. No luchó los primeros segundos, desorientada y confusa. Su primera reacción fue nadar hacia arriba, pero seguía dando vueltas y no sabía dónde estaba la parte superior. El pánico real la golpeó cuando se dio cuenta de que no iba a ser capaz de tomar aire. Acababa de hacerlo cuando fue arrastrada de nuevo hacia abajo, consciente de que no le quedaba más oxígeno en los pulmones. ¿No era esa la idea? ¿No era eso lo que quería? Se revolvió, buscando desesperadamente la parte de arriba, con los ojos completamente abiertos pero incapaz de ver nada. *Oh, Dios mío, voy a morir.* El corazón le latía tan deprisa y tan fuerte que podía sentir su propio pulso como un bajo profundo cuando empezó a agitarse salvajemente, desesperada por coger algo de aire. Sus pies y sus manos se extendían arriba y abajo pero el agua estaba tan profunda que ni siquiera podía encontrar el fondo del océano. Nunca en su vida había estado tan asustada y nunca en su vida había deseado vivir tanto. Y justo en ese momento, Ella supo que había cometido el mayor y último error de su vida. El dolor en su pecho era agudísimo y la oscuridad ante sus ojos se hizo blanca porque no tenía otra opción que rendirse a los pulmones que gritaban y abrir la boca. Respirando, el líquido le inundó el cuerpo, causando lo que parecía una corriente interminable de dolor, pánico y desesperación. Sus músculos se contrajeron, se rindieron, y no se podía mover. Su consciencia se desvaneció en la nada.

## 2

Cam Saunders abrió las puertas correderas del porche y salió, haciendo una mueca ante el fuerte viento contra su rostro. Decidiendo ignorar el tiempo, se estiró, agarrando un codo detrás de la cabeza. Luego cambió al otro lado antes de inclinarse y poner las palmas de sus manos sobre la superficie de madera, que estaba cubierta de arena. Empujó la cabeza entre las rodillas tanto como pudo y miró a través de las piernas, sintiendo sus largas y delgadas extremidades despertarse. Los mechones más cortos de su pelo corto y oscuro le soplaban en los ojos y los cerró un momento, manteniendo la posición. Todavía estaba oscuro pero, como siempre, la alarma había sonado a las seis y ya estaba levantada y haciendo sus suaves ejercicios matutinos antes de su primera clase de yoga del día.

Hacía frío para hacer esto hoy fuera, con la tormenta de noviembre rugiendo sobre la costa, pero le gustaba la brisa marina y siempre la espabilaba. Su sudadera roja favorita la mantenía caliente pero sabía que pronto estaría sudando, a pesar del frío. Cam no podía esperar a que cambiara la estación. Mayo siempre era la mejor época del año, cuando los jacarandas de flores moradas florecían por todo LA y la playa empezaba a llenarse durante el día. A diferencia de sus vecinos, a ella no le importaba los amantes de la playa de primavera y verano que paseaban delante de su casa. De hecho, siempre la había animado ver a los nativos entusiasmados con la primavera.

Como su casa era una de las pocas independientes a lo largo de una de las playas más tranquilas de LA, la fotografiaban mucho. Era pintoresca, tenía que admitirlo, pintada en azul claro con los alfeizares en blanco y la puerta en un azul brillante, incrustado entre palmeras de California. Construida en la extensión que separaba la autopista de la playa, era una ubicación privilegiada. Varios promotores no habían tenido éxito en sus intentos por comprársela en los cinco años que llevaba viviendo allí y Cam sabía que nunca vendería la casa que su madre le había dejado, daba igual lo que le ofrecieran. Levantada directamente en la autopista de la Costa del Pacífico, la casa parecía relativamente pequeña vista desde la entrada principal, pero lo que le faltaba de ancho, lo compensaba en longitud, estirándose impresionantemente a lo largo de la playa, donde los cimientos estaban apoyados en fuertes pilotes y el generoso porche que daba al océano.

Tomó aire profundamente un par de veces, manteniéndose en la posición, y lentamente volvió a levantarse. Sus ojos se entrecerraron cuando divisó a una mujer que estaba arrodillada en la playa, doblada hacia adelante. *¿Qué coño está haciendo?* No le habría hecho caso por considerarla una fiestera borracha de camino a casa si no hubiera sido porque la había visto las dos mañanas anteriores en ese mismo lugar. Era una mañana rara para estar sentada allí, con la fuerte tormenta y la mujer no parecía como que acabara de volver de pasar una noche entera. El vestido blanco y largo era demasiado romántico para los clubs de LA y hasta lo que podía ver, la mujer no llevaba zapatos. *¿Estará enferma?* Se agarraba el estómago, temblando mucho. *Jesús, a lo mejor necesita ayuda.* Cam se apoyó en la barandilla para poder verla mejor y decidió que algo iba mal, así que bajó los escalones del porche hacia la playa.

"Oiga, señora, ¿está bien?" gritó. La mujer se levantó sin darse por enterada y empezó a caminar hacia el mar. Su pelo rubio y largo daba latigazos furiosamente por las fuertes ráfagas de viento y casi parecía un fantasma en esa débil luz. "¡Oiga!" Cam gritó otra vez, aligerando su paso ahora. Sin reacción todavía, pero la mujer se estaba dirigiendo hacia el mar a un paso alarmantemente rápido ahora. "Se va a matar. No hace tiempo para nadar. La tormenta es peligrosa, ¿no se da cuenta?"

Y fue entonces cuando Cam se dio cuenta de lo que estaba pasando y empezó a correr tan rápido como podía, quitándose la sudadera al mismo tiempo. Soltó un palabrota cuando un dedo del pie golpeó una roca pero ignoró el dolor y mantuvo los ojos en la mujer por si se hundía bajo el agua. Estaba justo en el sitio donde la corriente era más fuerte y si caminaba un poco más adentro, Cam estaría arriesgando su propia vida al ir hasta ella para arrastrarla hacia fuera. "¡Pare!" gritó otra vez, esta vez con pánico en su voz. "¡Pare, jodida idiota!" Y entonces, la mujer desapareció cuando una ola la golpeó y la hundió.

Cam corrió hasta el agua sin un atisbo de duda, los ojos fijos en el lugar donde la había visto por última vez. Todavía estaría demasiado oscuro para ver nada bajo el agua, pero ella nadaba aquí casi todos los días y sabía la dirección de las corrientes. Esprintó más adentro, dirigiéndose a la derecha. *¿Dónde está?* Cam se lanzó al agua y nadó mar adentro pero no había señales del vestido blanco. Las olas la golpeaban fuertemente y se aseguró de tomar aire profundamente en cada oportunidad que tenía. Era difícil ver nada en absoluto con la sal del agua picándole en los ojos. No tenía sentido gritar pidiendo ayuda; no había nadie en la playa y sus vecinos todavía estarían profundamente dormidos. Nunca la oirían por encima del sonido del fuerte viento. Y justo cuando estaba a punto de rendirse, para evitar ahogarse ella, Cam sintió chocar algo contra su brazo y lo cogió. *Una mano.* Se sumergió en el agua y cogió a la mujer por la espalda, levantándola sobre el agua antes de usar lo último que le quedaba de energía para arrastrar el cuerpo inerte de vuelta a la orilla mientras luchaba contra la implacable corriente.

Una vez que estuvieron a salvo en tierra firme, se desplomó en la arena, exhausta, y giró a la mujer sobre su espalda antes de ponerle la cabeza de lado. El agua empezó a salirle por la boca. *Oh Dios, espero no haber llegado demasiado tarde.* Cam giró la cabeza de la mujer de nuevo para tenerla frente a ella, le tapó la nariz y le insufló cinco bocanadas de aire por la boca. Cuando no hubo reacción, le aplicó treinta compresiones rápidas, puso el oído sobre la boca de la mujer y comprobó si había alguna señal de que respiraba. No hubo nada, así que lo intentó otra vez, con manos temblorosas y el pulso a toda velocidad por la adrenalina. En mitad de la segunda respiración, el pecho de la mujer dio un espasmo y tosió agua antes de respirar profundamente primero y luego uno más suave. Se giró a su lado y estalló en un ataque de tos, expulsando el resto de agua de sus pulmones. Cam dejó escapar un suspiro de alivio y se dio cuenta de que estaba llorando. Se recostó y esperó hasta que la respiración de la mujer se estabilizó y finalmente abrió los ojos, poniéndose boca arriba otra vez.

"Gracias a Dios," murmuró mientras las lágrimas le caían por las mejillas, quemando su fría piel. "¿Puedes oírme?"

La mujer asintió. "Sí." Su voz era débil y ronca.

"Bien. Te voy a llevar dentro, a calentarte y a llamar al 911, ¿de acuerdo?" Cam observó el rostro de la mujer por primera vez y frunció el ceño mientras miraba sus ojos azules. Le sonaba la cara pero estaba segura de que no se habían visto antes. Y entonces le hizo clic. *Jesús, es Ella Temperley.*

"Vale, Ella," continuó cuando la mujer no le contestó. "Ese es tu nombre, ¿verdad? ¿Puedes levantarte? ¿Ayudarme para que pueda entrarte?" Cam quería llevarse a Ella lo más lejos posible de la orilla. Además, necesitaba su móvil para llamar al 911 y no podía dejar a Ella aquí sola, por si decidía repetir el intento.

Ella se sentó despacio y tosió un poco más antes de dejar que Cam le ayudara a levantarse. Cam sintió cómo temblaba sin control cuando se apoyó en ella mientras volvían a la casa. A mitad de camino, Ella se derrumbó en la arena, no dejando a Cam otra opción que cogerla y llevarla cargada sobre su hombro. Ya dentro, llevó a Ella al cuarto de baño y abrió la ducha mientras la sujetaba.

"¿Puedes mantenerte de pie?"

"Creo que sí," murmuró Ella con voz débil.

"¿Está bien si te quito esto?" Cam tiró del vestido empapado.

Los dientes de Ella castañeaban mientras asentía desconcertada, aturdida, mirando fijamente al suelo. Levantó las manos, dejando que Cam se lo sacara por la cabeza, dejándola solo con su lencería blanca. Luego Cam se quitó la ropa y se quedó también en ropa interior y metió a Ella bajo la ducha con ella misma para darle calor. Le pasó las manos por el pelo, lavando la mayor parte de la arena y la gravilla de la playa. Ella se mantenía de pie sin hacer nada, temblando mientras Cam la limpiaba. No se entretuvo con el jabón o el champú, consciente de que tenía que llevarla a un hospital lo antes posible. Se formó un charco de agua sucia mezclada con arena y sangre en la bañera. Cam revisó a Ella por si tenía alguna herida y entonces se dio cuenta de que la sangre provenía de un corte que tenía en su propia pierna y de su dedo. Lo ignoró, pensando que no era lo suficientemente serio como para preocuparse ahora mismo. Unos sollozos repentinos hicieron eco en el cuarto de baño cuando Ella empezó a llorar y Cam no tuvo otra opción que tomarla entre sus brazos y abrazarla fuerte, acariciándole la espalda suavemente. Ella se sentía pequeña, delgada, débil y herida, como un gato hambriento sin ningún sitio adonde ir. Cam no estaba segura de que lo que estaba haciendo fuera apropiado pero, en cambio, Ella se aferró a ella, envolviendo sus brazos alrededor de su cintura mientras apoyaba la mejilla sobre su hombro.

Permanecieron así, de pie, bajo el agua unos minutos. Para cuando Cam cerró el grifo de la ducha, Ella ya se había calmado un poco. La secó y la envolvió con un albornoz antes de ponerse ella misma uno.

"Quédate aquí mientras llamo al 911," dijo cuando sentó a Ella en su sofá y la cubrió con una manta sobre sus hombros temblorosos. Mientras buscaba el móvil, casi se resbaló en el suelo donde el agua de sus ropas y sus pelos había provocado un charco pequeño en el salón.

"Por favor, no llames a los servicios de emergencia. Estoy bien." Ella levantó la mirada y la miró como si de repente la viera por primera vez.

"No estás bien," le dijo Cam, tomando aire profundamente un par de veces en un intento por calmarse. Las extremidades le dolían de haber nadado, y sabía que había tenido suerte de haber sobrevivido. Su pierna izquierda todavía estaba sangrando bastante, dejando manchas de sangre en el suelo mientras andaba, pero no recordaba haberse hecho daño. Agarró lo primero que encontró -una camisa de algodón de manga larga que estaba echada sobre una silla- y se lo ató fuertemente en la pantorrilla, esperando que sirviera para que dejara de sangrar. "Intentaste ahogarte y estás hipotérmica." Cam se dirigió a la habitación y cogió un edredón de su cama. Era lo más calentito que tenía en la casa así que tendría que valer. Cuando volvió, Ella estaba sentada encorvada en el sofá. Cam la envolvió con el edredón mientras su mirada pasó de Cam a las puertas correderas y luego hacia la puerta principal. *¿Me tiene miedo?*

"Oye, no voy a hacerte daño," le dijo mientras cogía el teléfono de la mesa del salón. "Solo voy a buscarte ayuda."

"No..." Ella movió las manos hacia Cam, casi sin fuerzas para mantenerlas levantadas. "Ya sé que no estoy bien, ¿vale? Y sé lo loco que esto puede sonar pero solo quiero olvidarme de lo que ha pasado, así que por favor, no lo hagas." Cuando Cam no contestó, levantó la voz y empezó a llorar otra vez. "Te lo estoy suplicando, por favor, no llames al 911. Nadie puede saberlo, lo único que va a hacer es empeorarlo para mí."

"De verdad que necesitas ver a un médico; sería irresponsable por mi parte no llevarte al menos al hospital más cercano. ¿Podría decirles que fue un accidente?" Sugirió Cam. "Siempre y cuando yo sepa que estás bien y mientras me prometas que buscarás ayuda, no me importa lo que escriban los tabloides, les diré lo que tú quieras. ¿O podría llevarte a un médico privado? ¿Tienes médico?"

Ella acunó su cabeza entre sus manos, los hombros temblando entre respiraciones profundas. "Nadie se va a creer que ha sido un accidente. Si llamas al 911 o intentas llevarme a un médico, me voy ahora mismo," resopló. "No iré." Se levantó, pero sus piernas cedieron bajo ella y se cayó al suelo.

Cam corrió hacia ella y la ayudó a sentarse de nuevo en el sofá. Sintió una punzada aguda de compasión al ver a la mujer tan vulnerable. No ir al hospital era de verdad una mala idea, pero era claramente tan importante para Ella que estaba decidida a arriesgar su propia salud. Pero solo hacía treinta minutos, no le había importado su vida y mucho menos su salud, se recordó Cam. Podía imaginarse el circo que se montaría alrededor del intento de suicidio de una celebridad si salía a la luz. Los titulares, los tweets, los paparazzi siguiéndola a todos los lados, luchando para ver quién sacaba la foto más triste de la actriz de fama mundial que había intentado ahogarse... Ella parecía estar bien, teniendo en cuenta las circunstancias; estaba lúcida y receptiva. Cam sabía que había un riesgo posible de que la hipotermia de Ella empeorara, o que podía coger neumonía por el agua sucia que había estado en sus pulmones, pero si salía corriendo en el estado en que estaba ahora, posiblemente no buscaría ningún tipo de ayuda. Y no es que Cam pudiera encerrarla y llamar al 911 en contra de su voluntad, ¿no? En ese momento tomó una decisión, esperando no tener que arrepentirse y prometiéndose en silencio que llamaría de todas formas a los Servicios de Emergencia si Ella se ponía peor.

"Vale. Entonces quédate aquí. Duerme un poco, debes estar exhausta." Buscó los ojos de Ella. "Pero voy a despertarte cada hora para comprobar que estás bien y tienes que comer algo primero." Dudó. "Olí alcohol en tu aliento. ¿Tomaste drogas con eso?"

"Un valium y alguna cosa más que tenía por allí. No estoy segura de lo que era pero se supone que son para calmarme. Creí que me ayudaría a..." Las lágrimas empezaron a caerle por las mejillas otra vez.

"¿Te sientes mareada? ¿Confusa?" le preguntó Cam, un ceño de preocupación apareciendo entre sus cejas.

"No, creo que estoy bien."

"¿Estás segura? ¿No tienes mareos?"

"Sí, estoy segura. Solo un poco confusa," le aseguró. "Gracias por dejar que me quede," dijo en un susurro, el alivio reflejado en su cara. "Gracias... ¿Cómo te llamas?" Por primera vez, levantó la mirada y fijó sus ojos vidriosos en los de Cam.

"Camila Saunders. Llámame Cam."

"Gracias, Cam. Eres muy amable."

Cam se dirigió cojeando a la cocina abierta y calentó un cuenco de sopa sobrante en el microondas. Cuando volvió, Ella estaba profundamente dormida. Puso el cuenco en la mesa y acercó la oreja a la boca de Ella para comprobar su respiración, mientras ponía dos dedos en el cuello para contar las pulsaciones. Parecía estable así que la cubrió más con el edredón y subió el termostato por primera vez en años. Con temor por dejar a Ella sola en el salón, tan cerca del océano, cogió una manta para ella y se hundió en la silla que había a su lado, programando la alarma para que sonara cada hora por si se quedaba dormida. Tenía el cuerpo entumecido, exhausta después de haber luchado contra las olas. Cuando se quitó la camisa de la pierna, se sintió aliviada al ver que la pantorrilla había dejado de sangrar, pero la uña del dedo gordo del pie izquierdo había desaparecido. Sintió escalofríos cuando lo inspeccionó e intentó moverlo cuidadosamente. Se movía, así que no estaba roto, pero sospechaba que no podría dar clase de yoga en una semana por lo menos. Con manos temblorosas, mandó un mensaje a Vanya, la gerente del estudio, para que encontrara una sustitución para su clase de yoga de las 8 de la mañana. Ella entendería que algo importante había sucedido porque Cam nunca había cancelado nada. Incluso aunque nadie pudiera sustituirla hoy, Vanya podría dar la clase ella misma.

El sol empezaba a asomarse ahora, unos pequeños rayos anaranjados aparecían en el horizonte. Cam miraba fijamente al agua, apenas notando que estaba llorando en silencio otra vez cuando los recuerdos que todavía encontraba difíciles de llevar la inundaron de nuevo. Aunque habían pasado once años, el día que dos policías aparecieron en la puerta de su casa todavía seguía vívido en su mente. También recordaba la reacción de su padre como si hubiera sido ayer. Él apenas podía hablar por las lágrimas después de que ella se lo contara.

"Mamá se metió en el mar," eso fue todo lo que ella dijo, y en ese momento, él ya sabía suficiente, como si lo hubiera estado esperando. También había sido en el amanecer cuando su madre decidió llevarse su propia vida, en el mismo lugar que Ella había elegido. Había sido perseguida por sus problemas de salud mental durante tanto tiempo como Cam podía recordar, y Cam, de alguna manera, entendía por qué lo había hecho aquí. Este había sido su hogar después de que se hubiera divorciado de su padre un año antes, y siempre había amado el mar. Pero el por qué Ella había elegido ese mismo lugar, justo delante de su casa, era un misterio para ella.

Cam recordó los titulares de hacía dos años, cuando Ella

había perdido a su hermana gemela en un accidente. Para ella había sido simplemente otra historia que apenas había quedado registrada antes de seguir con su vida, pero para Ella todavía debía haber permanecido muy real y viva. Los pensamientos venían y se iban mientras lloraba, permitiéndose recordar la muerte de su madre otra vez. No es que tuviera otra elección; los hechos dramáticos que habían ocurrido esta mañana lo habían arrastrado todo violentamente a la superficie. Se limpió las lágrimas cuando sonó la alarma, recalentó la sopa y se dirigió al sofá, acariciando con cuidado la mejilla de Ella.

"Eh, despierta. Necesito saber que estás bien." Ella se movió un momento y abrió los ojos.

"Estoy tan cansada. Necesito dormir," susurró.

"Lo sé pero, aún así, necesito que te sientes un momento y hables conmigo." Cam rodeó el sofá y levantó los cojines, luego apoyó a Ella sobre el reposabrazos del sofá.

Ella por fin obedeció. "Estoy bien," dijo.

"Solo quiero asegurarme." Cam le acercó el cuenco con la sopa. "Ten, toma un poco de esto. Solo un par de cucharadas. Por favor." Miraba a Ella mientras ésta tomaba la sopa y le preguntó: "¿Dónde vives?"

"Hollywood Hills."

"Vale. ¿Necesitas estar en algún sitio hoy? ¿Alguien va a echarte de menos?"

Ella asintió. "Se supone que debo estar en el set de rodaje a las nueve, pero tendrán que hacerlo sin mí. Estoy segura de que habrá otras escenas con las que puedan empezar." Su voz sonaba tan frágil como ella misma. Pálida y pequeña. Mucho más pequeña de lo que aparecía en las películas, pensó Cam.

"No puedo comer más, estoy tan cansada." Le devolvió el cuenco a Cam y se volvió a hundir en el sofá. Se subió el edredón hasta la barbilla y se apoyó sobre su lado antes de cerrar los ojos otra vez. Cam bajó el termostato, abrió las puertas del porche y siguió observándola durante horas, despertándola de vez en cuando. El pelo de Ella se secó mientras dormía, cambiando las mechas mojadas de nuevo a sus icónicos rizos rubios y largos sedosos.

## 3

Cuando Ella por fin se despertó sobre mediodía, Cam había preparado la mesa en el porche. Llevaba pantalones de yoga y una sudadera, y su pelo oscuro y rizado con un corte pixie todavía estaba mojado de la ducha de dos minutos que se había dado, con miedo de dejar a Ella sola demasiado tiempo por si se aventuraba a ir hasta la orilla otra vez.

"¿Quieres café?" le preguntó a Ella cuando ésta salió y se sentó frente a ella.

Ella hizo una mueca por la luz del sol y se protegió los ojos con la mano, como si no hubiera visto la luz del día en semanas. "Sí, por favor." Le dirigió una sonrisa educada, sintiéndose más que un poco incómoda.

Cam le puso el café en una taza y le acercó la leche con almendras. "Me temo que no tengo azúcar ni leche normal en la casa." Se sintió ridícula hablando de leche y azúcar después de lo que había pasado y pensó mucho sobre qué decir después. "¿Puedo llamar a alguien? ¿A tus padres? ¿Tu novio?" Dudó cuando Ella no contestó. "¿Tu mánager?"

Ella negó con la cabeza, los ojos fijos en la taza de café. "No. No me sé su número de memoria, pero le haré saber que estoy bien cuando llegue a casa. No creo que haya llamado a la policía todavía." Jugueteó con el cinturón del albornoz blanco y suave que llevaba puesto. "¿Dónde está mi vestido?"

"Lo he tirado. Puedes coger alguna ropa mía." Cam hizo una pausa. "Estaba desgarrado y no pensé que querrías tenerlo porque solo te recordaría..." se paró, reticente a decir las palabras "tu intento de suicidio" en voz alta. "Esta mañana."

"Tienes razón. No lo quiero, ni siquiera sé por qué he preguntado." Ella bajó la mirada hacia su plato con el bagel tostado y los huevos revueltos que Cam le había hecho, y tomó un sorbo del zumo de naranjas recién hecho. "¿No trabajas hoy?"

"Tengo el día libre hoy," mintió Cam, no queriendo añadir un sentido de la culpabilidad extra encima de todo por lo que estaba pasando. "¿Cómo te sientes?" Sacudió la cabeza, maldiciéndose en su interior. "Quiero decir, me imagino que no te sientes genial, pero me refiero a la salud. ¿Tu pecho?"

"Me encuentro bien. Ya sabes, no estupendamente, pero creo que estoy bien." Ella tomó un poco de huevos y masticó despacio. Comieron en silencio mientras la playa se llenaba de gente. Corredores, surfistas, madres con niños y grupos de adolescentes saltándose el colegio. No era una parte de playa turística como Santa Mónica o Venice Beach, pero era muy popular entre los lugareños, incluso en días entre semana.

"Todavía no te he dado las gracias," dijo Ella, mordiéndose el labio mientras jugueteaba nerviosa con la servilleta.

"Salvaste mi vida y arriesgaste la tuya. Te podías haber ahogado." Una lágrima le bajó por la mejilla. "Lo siento mucho."

Cam le dirigió una sonrisa cariñosa. "Pero no me ahogué y tú también estás aquí." Revolvió la leche de almendras en el café, un poco sorprendida cuando la golpeó el hecho de que era Ella Temperley con la que estaba hablando. Siempre se la había imaginado menos tímida. Por supuesto no estaba en su mejor momento, pero tampoco estaba actuando, intentando convencerla de que estaba bien para poder largarse de allí. "Esperaba que estuvieras enfadada conmigo. Supongo que entraste en el mar con la intención de acabar con tu vida y espero que entiendas que no podía dejar que hicieras eso." Cuando Ella no contestó, se centró en su desayuno y dio un bocado a su bagel. Cam no tenía hambre pero tenía la esperanza de que eso la animaría a comer algo.

"Tienes razón, realmente quería morir," dijo Ella después de un largo silencio. "O por lo menos creí que quería. Pero entonces, todo en lo que podía pensar antes de perder la consciencia era en cuánto deseaba vivir. Nunca he sentido un deseo tan fuerte por la vida como en ese momento. Me di cuenta de que había cometido un terrible error, pero entonces fue demasiado tarde y no fui lo bastante fuerte como para luchar más. Ya sé que probablemente no me creerás, pero no tengo ninguna intención de intentarlo otra vez, nunca. Lo juro." Fijó sus ojos en los de Cam. "Quiero vivir y quiero ser feliz. Solo necesito saber cómo."

Cam la observó. No sabía qué creer. No conocía a Ella y Ella tampoco la conocía a ella. Francamente, no era asunto suyo. Pero algo en la manera en que Ella le imploraba con sus ojos la empujaba a creer que estaba diciendo la verdad. *No te dejes engañar. Es actriz.*

"Me alegra oír eso. Aún así, todavía necesitas ayuda profesional."

"Lo sé."

"¿Tienes un terapeuta?" Cam no pretendía ser entrometida pero Ella parecía estar abierta a hablar y quizás eso era lo que necesitaba ahora.

Ella asintió. "Sí, pero no he sido completamente honesta con él. Tengo problemas para confiar en la gente. Supongo que eso hace fracasar todo el sentido de la terapia, mentir a tu terapeuta." Hizo una pausa. "Me recetaron antidepresivos el año pasado pero me hacían sentir rara, así que dejé de tomarlos después de un par de semanas. Supongo que esperaba sentirme mejor con el tiempo. Nunca pasó, solo me hizo sentir peor."

"Necesitas darle tiempo para que funcione," dijo Cam. "Y si no funcionan para ti, hay otros tipos de medicamentos a los que puedes cambiarte. Créeme, he probado tres tipos de pastillas diferentes. No te harán feliz, pero pueden hacer posible que lo superes y ayudarte a ti misma." Tomó un sorbo de su café, y pensó, una vez más, en el peor año de su vida. Ahora estaba bien y había seguido con su vida, pero después de anoche, cualquier detalle pequeño volvía a su memoria, y recordó la primera vez que se rompió estando en terapia. "Yo tenía una terapeuta muy buena, hace años. Me ayudó de verdad. Puedo darte sus datos si quieres. No es una terapeuta famosa de las estrellas, por supuesto, pero marcó toda la diferencia para mí."

"Gracias. Me gustaría eso." Ella movió los huevos revueltos por el plato y se forzó a tomar otro bocado. "¿Por qué estabas en terapia?"

"Perdí a mi madre y no pude sobrellevarlo." Cam se

preguntaba por qué estaba compartiendo detalles tan íntimos con alguien a quien no conocía. A pesar de ser una persona bastante privada, se había abierto a Ella sin habérselo pensado dos veces.

"Lo siento."

"Ya, yo también. Pero eso fue hace mucho tiempo y ahora estoy bien. Tú también te encontrarás bien, aunque ahora parezca impensable." Ella asintió y se quedó mirando al mar. Tenía una mirada distante en sus ojos y Cam se preguntó qué le pasaría por la cabeza. "¿Por qué así?" preguntó. "¿Por qué meterte en el mar? ¿Y por qué aquí?"

"Me gusta el mar y me gusta este sitio," fue la simple respuesta de Ella. "Estuve conduciendo sin rumbo durante horas, hace tres noches, y me sentí atraída por este lugar. Y parecía..." sacudió la cabeza. "Ya sé que parece estúpido y ahora lo veo, pero pensé que era la forma apropiada de acabar con mi vida. No quería tomar una sobredosis o cortarme las venas en la bañera. Quería ser llevada hasta la orilla."

Cam se movió en su asiento mientras su expresión se endurecía. "¿Hablas en serio? ¿Creías que morir de esa manera sería romántico o algo así?" Intentó calmarse pero la ira que brotó de repente en ella era demasiado fuerte para combatirlo. Después de la muerte de su madre, se había torturado investigando ahogamientos en internet, como si así pudiera encontrar respuestas. "¿De verdad creíste que estarías toda guapa con tu vestido blanco cuando te encontraran? Pues déjame decir, estarías muy lejos de estar guapa. Y déjame decirte algo más, el ahogamiento es considerada una de las peores formas de morir."

"Lo sé. No estaba exactamente pensado con mucha claridad." Se limpió una lágrima, puso el tenedor sobre la mesa y se levantó. "Lo siento, no debería molestarte más. Me iré a casa."

"No, espera... Lo siento." Cam se arrepintió inmediatamente de su arrebato. Aquí estaba una mujer que había estado lo suficientemente desesperada como para considerar quitarse la vida y le estaba levantando la voz. "No quería preocuparte, es solo que..."

"No pasa nada," la interrumpió Ella. Para sorpresa de Cam, Ella rodeó la mesa y le dio un abrazo. Se apoyó en ella, enterrando la cara en su cuello mientras la envolvía en un abrazo. Cam se levantó y la atrajo fuertemente hacia ella, cerrando los ojos. El pelo de Ella todavía tenía un leve aroma a agua salada y eso la entristeció. "Mi hermana Helena murió," dijo Ella de pronto. Soltó un gemido suave y empezó a llorar otra vez. "La echo tanto de menos."

"Lo sé." Cam apretó su abrazo y permanecieron así, sosteniéndose la una a la otra un rato hasta que Ella dio un paso atrás, se limpió las mejillas y levantó la mirada hacia ella con los ojos rojos.

"Gracias," dijo con voz suave. "Prometo no hacerlo otra vez y prometo que trabajaré para sentirme mejor." Se mordió el labio e hizo una mueca. "Perdí el teléfono en el mar y no tengo dinero en metálico. Cogí un Uber para venir aquí. ¿Puedes llamarme un taxi? Le puedo pagar cuando llegue a mi apartamento."

"Yo te llevo," se oyó decir Cam. Era lo menos que podía hacer para arreglar su arrebato y quería asegurarse de que Ella llegaba bien a su casa, aunque no tenía ni idea de lo que haría en cuanto cerró la puerta tras ella.

"Vale." Ella bajó la mirada al dedo del pie hinchado que tenía una costra de sangre. "¿Qué le ha pasado a tu...?" Se cubrió la boca con la mano. "Dios mío, ¿ha pasado esta mañana? ¿Es grave?"

"No, no es grave, y, por favor, no te preocupes. Tienes otras cosas con las que lidiar ahora mismo." Cam no mencionó el gran corte que tenía en la pierna y que probablemente le dejaría una cicatriz de por vida. Acarició el hombro de Ella. "Deja que te prepare un baño y te busque algo de ropa, y luego te llevo a casa."

# 4

"Gracias otra vez, por todo." Ella tocó el brazo de Cam cuando se detuvieron delante del complejo de apartamentos donde estaba su ático. Llevaba puesto unos pantalones de yoga negros de Cam, su sudadera roja y unas chanclas que eran demasiado grandes para ella. "Lavaré esto y te lo devolveré," dijo, apuntando a su ropa. Era mucho más baja que Cam y le había dado dos vueltas al bajo de los pantalones para no caerse por el exceso de tela.

"No te preocupes, no necesito que me lo devuelvas." Cam puso el coche en estacionamiento y se giró a ella, dudando un momento. "Pero si alguna vez quieres hablar o te sientes sola, ya sabes dónde encontrarme. Siempre puedes usar la ropa como excusa para venir a casa." Buscó en su móvil y escribió el nombre de su terapeuta en una libreta que tenía en el coche. "Y aquí tienes el número de Theresa. Por si acaso."

"Gracias. Creo que le haré una llamada y puede que acepte tu oferta." Ella la observó detenidamente, pasando sus ojos de la cara de Cam a su atuendo deportivo. "Acabo de darme cuenta de que no sé nada de ti. Hemos compartido detalles íntimos esta mañana pero ni siquiera sé en qué trabajas."

"Soy profesora de yoga."

"Oh." Ella le dirigió una sonrisa. "De alguna manera, no me sorprende. Te pega."

"Gracias, me gusta mi trabajo así que sí, creo que me pega también." Cam hizo un gesto hacia el lujoso edificio blanco de estilo art deco en la Avenida Franklin de Hollywood, protegido por una valla blanca alta. El frente de la valla estaba bordeado con palmeras que obstruían la vista de las ventanas. Supuso que habría un jardín frondoso y una piscina preciosa detrás. O quizás Ella tenía su propia piscina privada en la azotea con vistas al cartel de Hollywood. "¿Podrás entrar? ¿Supongo que también perdiste las llaves?"

Ella levantó la mano, moviendo el dedo pulgar. "El guardia de seguridad y el portero me conocen, y mi huella digital me lleva hasta mi apartamento, así que estaré bien."

Cam puso los ojos en blanco. "Por supuesto. ¿Quién necesita llaves en un sitio como este?" Ella soltó una risita y, por primera vez, Cam se dio cuenta de una pequeña chispa en sus expresivos ojos. Era guapa, y Cam no tenía dudas de que su delicada cara en forma de corazón y sus ojos grandes y azules se había ganado muchos corazones a lo largo de la vida de Ella. Era encantadora cuando sonreía y, probablemente, ni siquiera lo sabía. Ella señaló el pie descalzo de Cam. Cam no había podido ponerse las chanclas con el dedo hinchado doliéndole cada vez más, así que había optado por llevar solo una puesto mientras conducía.

"Espero que el dedo se te cure rápido. Tiene pinta de

doler mucho." Y entonces un pensamiento la golpeó y sus ojos se abrieron de par en par. "Dios mío. No podrás dar tu clase de yoga así. ¿Puedo ofrecerte algún tipo de compensación? Seguramente no podrás trabajar, ¿no?"

"No, por supuesto que no. No es nada, es solo un moretón," le aseguró Cam. "Estará bien en un par de días."

Ella no parecía convencida mientras asentía y le echó otro vistazo al pie de Cam. "Bueno, te invitaría a que subieras a tomar un café, pero el lugar es un caos y me da un poco de vergüenza. Tener las cosas arregladas no era exactamente mi prioridad la semana pasada y cancelé el servicio de limpieza porque quería estar sola." Su expresión se puso seria. "Oye Cam, me siento mal por lo que hice esta mañana. Parece extraño ahora, como un sueño, como si nada hubiera pasado." Cerró los ojos y tomó aire profundamente, intentando desesperadamente no llorar otra vez pero sintió que las lágrimas le venían a pesar del esfuerzo.

"No," dijo Cam mientras se acercaba a ella y le limpiaba una lágrima. "No quiero que te sientas mal sobre nada en absoluto." Hizo una pausa, manteniendo la mano en la mejilla de Ella. "Pero pasó *de verdad*, así que, por favor, no intentes barrerlo y meterlo bajo la alfombra. Trabaja fuerte para ponerte mejor, céntrate en ti misma y habla sobre ello porque de verdad ayuda. No vas a arreglar nada ignorándolo."

"Tienes razón." Ella le dio otro apretón al brazo antes de abrir la puerta. "Espero verte otra vez."

"Me gustaría. Sabes dónde encontrarme. Cuídate, ¿vale?"

"Lo haré." Ella asintió, pero ver una lágrima cayendo por su mejilla otra vez dolió a Cam. "Te prometo que lo intentaré."

"Bien. Y no tienes que preocuparte porque hable con la prensa. No soy así."

"Lo sé. No me pareces ese tipo de persona." Ella suspiró antes de salir del coche, como si, de alguna forma, decir adiós fuera difícil. "Adiós, Cam."

"Adiós, Ella."

## 5

E l suelo estaba cubierto de botellas vacías de licor y la ropa de Ella estaba por todos lados. Le dio una patada a un zapato cuando se dirigía al salón, luego buscó su ordenador portátil debajo de un montón de mantas y cojines en el sofá rinconera de seis plazas. Nunca le había importado mucho el apartamento que se había comprado seis meses después de la muerte de Helena en un intento por huir de los recuerdos y con eso, un poco de dolor. Había almacenado todas sus cosas en el sótano de su casa de Palm Springs, que ahora tenía alquilado, y había empezado de cero. Aquí no había fotografías y muy pocas cosas personales. No había marcado mucha diferencia, y en vez de eso, se sentía como si estuviera viviendo en un hotel.

Los grandes ventanales que enmarcaban el espacio moderno y abierto se ocultaban detrás de cortinas oscuras cerradas. El agente inmobiliario se había mostrado entusiasmado por la vista que había de las colinas de Hollywood cuando había visto el apartamento por primera vez, pero no recordaba haber dejado que la luz del día entrara porque se sentía más cómoda en la oscuridad. Los suelos recubiertos de goma gris y la mayoría de las paredes vacías parecían estériles y le recordaban las salas de espera de los hospitales. El jardín de la azotea, adyacente a su lujosa habitación, tenía una piscina preciosa que nunca había usado, pero el paisajista y el chico de la piscina todavía venían cada dos días, manteniendo la grandeza de su entorno. Sin embargo, la enorme televisión plana en la pared delante del sofá había sido usada bastante a menudo. Ella no podía soportar el silencio así que solo dormía en el sofá frente a él, sin ver nunca realmente lo que ponían antes de que se quedara frita durante una o dos horas de seguido.

Hoy, cuando se había despertado en el sofá de Cam, se había sentido confusa al principio. No había estado en una casa de verdad en mucho tiempo y había resultado extraño ver fotografías en las paredes y recuerdos esparcidos por la habitación. Había algo muy cálido y relajante en Cam y sentir su presencia había hecho que Ella se sintiera cómoda y segura. *Si no hubiera sido por ella...*

Ella cerró los ojos y tomó aire profundamente, intentando bloquear los recuerdos que seguían reproduciéndose en su cabeza. El punzante dolor en su pecho, el pánico, la aplastante sensación de sentirse paralizada y saber que iba a morir... No estaba preocupaba porque Cam fuera a la prensa porque, aunque no la conocía, de alguna manera confiaba en ella. El sentimiento de melancolía siempre presente y el pesado vacío volvieron a asentarse en su corazón tan pronto como Cam se hubo ido y la soledad se adueñó de ella otra vez.

Por mucho que había intentado evitar a la gente en los últimos dos años – al menos fuera del trabajo – había encontrado confort al hablar con Cam. Ahora lamentaba no haber hecho más preguntas y se preguntó cómo sería su vida. Compartir tantos detalles íntimos aún sin saber nada de la otra persona no parecía lo correcto. Sabía que Cam era profesora de yoga y sabía que había perdido a su madre, eso era todo. Quizás su dolor compartido había sido la razón por la que se habían abierto la una a la otra, o quizás que simplemente era más fácil hablar con alguien que ya la había visto en su momento más bajo.

Había varios mensajes, lo vio cuando se conectó al teléfono desde su Mac, y la mayoría de ellos contenían signos de exclamación. Dos eran del director de su última película, diciéndole que estaba haciendo perder el tiempo y dinero a todo el mundo, cuatro eran de Tom White, su mánager, preguntándole dónde coño estaba, luego había otro de Tom, haciéndole saber que estaba preocupado ahora y que llamaría al 911 si no le devolvía la llamada pronto. Ella le mandó un mensaje rápido, disculpándose por no aparecer en el set de rodaje sin dar una explicación y prometiéndole que volvería mañana. ¿Volvería mañana al set de rodaje? Ella no sabía si podría fingir físicamente otro día de sonrisas, cortesía e interacción. Actuar no era el problema; eso era instintivo en ella. Era todo lo que había en medio con lo que tenía problemas para lidiar. Las charlas con su coprotagonista en los descansos, los chistes en el set de rodaje, e incluso las reuniones de quince minutos con su asistente todas las mañanas se estaban haciendo casi insoportables. Le costaba un enorme esfuerzo unirse, relacionarse con la gente, pero tampoco los podía ignorar. Incluso esos raros momentos donde una sonrisa real algunas veces trepaba a su cara, no duraban mucho. Parecía que no era lo correcto.

Había seguido trabajando después de la muerte de Helena y sus colegas la habían dejado sola durante meses, sintiendo que no quería compañía. Pero ahora, con la mejor de las intenciones, estaban intentando relacionarse con ella otra vez y el hecho de que ni siquiera pudiera tener charlas con ellos era doloroso e incluso embarazoso algunas veces. No podía cancelar la película; demasiados trabajos dependían de ella y ya se había gastado demasiado dinero. Además, irse en mitad de un proyecto seguro que arruinaría su carrera.

Ella mandó un mensaje a Raphael, su nuevo asistente, a quien había estado ignorando toda la semana, y le pidió si podía conseguirle un móvil nuevo y mandar a la asistenta de nuevo a su apartamento mañana. Tom llamaría al director para que así, por lo menos, no se preocupara de que hubiera sido raptada o herida. Tal como estaban las cosas, Tom era lo más cercano a un amigo que tenía, y eso que ni siquiera él le gustaba mucho.

Un mensaje emergente automatizado notificándole que doce mil "amigos" le habían felicitado en sus redes sociales le recordó el hecho de que era su cumpleaños. Poca gente aparte de Tom, su asistente y los directores con los que trabajaba, tenían su número de teléfono privado y ninguno de ellos le había mandado un mensaje de felicitación. Ella asumió que ellos sabrían que sería un día difícil para ella sin su hermana gemela, pero, entonces ¿por qué había preparado Tom una fiesta esta noche? ¿Esperaba que podría reemplazar los recuerdos de esa noche trágica de hacía dos años por otros felices, solo preparando una fiesta estúpida? Por supuesto que no. Ella era quien le mantenía económicamente y solo estaba haciendo su trabajo. Lo hacía por todos sus clientes y lo hacía bien, asegurándose de que su noche especial apareciera en todas las revistas. No lo intentó el año pasado, sabiendo que Ella era un desastre pero, aparentemente, había sido tan buena en esconder lo muy deprimida que estaba, que él había decidido que estaba mejor ahora y que era el momento de que volviera al foco de atención.

Tomó aire profundamente cuando un sentimiento de

impotencia empezó a apretarle el pecho otra vez. Todavía estaba aquí, todavía viva, se recordó. Y eso era un comienzo. Miró el trozo de papel que Cam le había dado, buscó en Google la consulta de Theresa y decidió enviarle un correo electrónico. Después de eso, le pediría a Tom que cancelara la fiesta. Todo lo demás podía esperar.

## 6

"En general, el duelo tiene cinco etapas, pero estoy segura de que ya has hablado de esto con tu anterior terapeuta," dijo Theresa, contando con los dedos. "Negación, ira, negociación, depresión y aceptación. ¿Estás familiarizada con esos términos?" Abrió su cuaderno y cruzó las piernas, hundiéndose en su silla Eames de cuero blanco.

Ella estaba sentada en una silla similar, frente a Theresa en su acogedora consulta del centro de la ciudad. La habitación estaba llena de vegetación y estaba pintada en colores amarillos suaves, dándole al espacio una atmósfera tranquila y alegre. Theresa estaba en los cincuenta años, supuso Ella. Su pelo era de color rubio natural, cortado hasta los hombros, y se le veía una pequeña cantidad de gris en las raíces. Llevaba pantalones negros, una blusa blanca de seda y sus gafas cuadradas eran de montura negra, enmarcando ojos azules y amables. Le había llevado dos semanas conseguir una cita y hubiera tardado más tiempo si su asistente no hubiera llamado varias veces al día para ver si había un espacio disponible.

Ella asintió. "Sí, he trabajado eso en mis sesiones con el doctor Matthews."

"Eso está bien. Por lo que deduje de nuestra breve conversación, pareces estar atrapada en tu etapa de depresión." Theresa le dirigió una cálida sonrisa. "Y eso no es anormal de ninguna manera. Mucha gente pasa por lo mismo."

"Sí, también hablamos de eso," dijo Ella, preguntándose en silencio cómo Theresa podría marcar una diferencia mayor que el doctor Matthews. Sin embargo, de verdad se sentía más a gusto con ella, así que decidió darle una oportunidad.

"Bien, es bueno saber que todos vamos en la misma dirección." Theresa apretó el tapón del bolígrafo un par de veces. "Voy a ser honesta contigo, Ella. Tu depresión parece severa, pero como ha quedado probado por tus acciones recientes, estoy segura de que eres consciente de ello. Como me has dicho que nunca antes has sufrido depresión, vamos a trabajar bajo el supuesto de que es algo circunstancial y, de hecho, relacionado con la muerte de tu hermana. Ya sé que esto puede parecerte obvio, pero es importante que establezcamos esto para que yo pueda tratarte en consecuencia. He recogido la intensa tristeza, el dolor emocional, la incapacidad para participar en los recuerdos felices, la evasión de recordatorios..." Recorrió con su bolígrafo las notas que había tomado. "También el desinterés, la retirada de la vida social, el aislamiento, la ansiedad, el entumecimiento, la falta de apetito, la pérdida de peso, problemas para dormir, síntomas físicos como migraña y náuseas... Y debo decir otra vez que ninguna de estas reacciones son anormales en tu situación. Estuviste muy cerca." Hizo una pausa. "Creo que puedo ayudarte a volver a ponerte en pie,

Ella, pero solo puedo hacerlo si eliges trabajar activamente conmigo."

"Trabajaré contigo." Ella tragó saliva fuertemente. "Quiero ponerme mejor y de verdad que quiero sentirme normal otra vez, pero es que parece imposible encontrar nada que se acerque a un poquito de alegría."

"Lo entiendo." Theresa ladeó la cabeza y fijó sus ojos en los de Ella. "Lo que más me preocupa, por supuesto, es tu intento de quitarte la vida. ¿Lamentas haber sido salvada?"

"No." Ella negó con la cabeza frenéticamente. "Incluso sentí algo cercano a la felicidad durante una fracción de segundo, cuando me di cuenta de que todavía estaba viva. Alivio, eso es lo que sentí, y fue increíble. Si hubiera podido agarrarme a ese sentimiento..." Se tomó un momento y se tragó las lágrimas. "No quiero morir. Quiero vivir."

"Así que ¿no has sentido el impulso de terminar con tu vida desde entonces?"

"No."

Theresa asintió. "Eso es bueno, Ella. Es un comienzo. Mucha gente que viene aquí todavía necesita darse cuenta de eso." Hizo un momento de pausa. "Como probablemente sepas, me especializo en terapia de duelo, lo cual ha quedado probado ser altamente efectivo en casos de luto extremo."

"Sinceramente, no sabía que eras especialista en este campo, alguien me contó que eras buena," dijo Ella. "Pero me gustaría intentar trabajar contigo." Aspiró. "Intentaré lo que sea."

"De acuerdo." Theresa le acercó un pañuelo de papel. "Primero vamos a lidiar con tu trauma y luego vamos a hablar libremente sobre tu hermana durante nuestras sesiones, dos veces a la semana. ¿Puedes apañártelas con tu horario de rodaje tan ocupado?"

Ella asintió. "Hablaré con el director. Le diré que es importante y tendrán que trabajar según mis citas. Solo nos queda un mes en este proyecto y le pediré a mi mánager que añada una cláusula en el contrato de la próxima película que he firmado. No estoy segura de si debería librarme de esa película y tomarme un tiempo libre, pero me temo que me volvería loca si no trabajara."

"En mi opinión, es bueno mantenerse ocupada si sientes que puedes manejarlo y me alegro de que puedas encajarlo en tus citas porque es importante que vengas a cada sesión. Vamos a hablar mucho de Helena, y eso ayudará a tu desinterés. También vamos a lidiar con las emociones y debes tener en cuenta que va a ser más duro antes de que sea más fácil, ¿de acuerdo?" Theresa la miró con intención. "Lo más importante es que necesito que seas honesta conmigo, incluso si estás abochornada o avergonzada. Si algo resulta demasiado difícil de decir en voz alta, puedes escribirlo en esa libreta que tienes en esa mesa a tu lado, pero, con el tiempo, tendrás que verbalizarlo." Le dirigió una sonrisa amable. "Vamos a trabajar a través de los sentimientos, pensamientos y recuerdos y, con el tiempo, eso dará lugar a un ajuste positivo. No hago milagros; *tú* eres quien tiene que trabajar duro. Yo solo te voy a dar las herramientas para hacerlo."

"Lo sé." Ella había oído todo eso antes pero, aún así, consiguió darle una pequeña sonrisa.

"Y veo aquí que tomaste antidepresivos durante un tiempo." Theresa hojeó el archivo que contenía los registros médicos recientes de Ella. "¿Cuál fue la razón por la que dejaste de tomarlos?"

"No me gustaba cómo me hacían sentir, físicamente," dijo Ella. "Tenía mareos y me sentía mal todo el tiempo."

"Puede pasar. No digo de ninguna manera que sean

esenciales; no hay garantía con ellos y son puramente un vehículo para ayudarte a sobrellevarlo. Pero si estás abierta a ello, me gustaría recetarte un medicamento diferente de ISRS y ver cómo reaccionas a él. ¿Qué piensas de intentar usar una alternativa?"

Ella pensó sobre ello y asintió. "Lo intentaré. ¿Podrías darme también algo para dormir?"

"Puedo hacerlo, pero serán una variedad más suaves que las pastillas para dormir que has tomado antes. No quiero que estés sedada mientras trabajas tus sentimientos porque el proceso está fresco y se supone que tienes que sentirlo y abrazar tus emociones en cada paso del camino." Theresa anotó algo antes de volverse a Ella. "Me gustaría verte de nuevo en tres días pero, antes de que te vayas, necesitamos hablar de formas de volver a tu rutina diaria porque es muy importante ahora. Podemos empezar con algo pequeño, monitorizando tus comidas, por ejemplo. Como has mencionado que no comes regularmente, necesitas empezar a pensar en volver a llevar una dieta regular y sana. También te aconsejaría que te abstuvieras de beber alcohol, por lo menos en los próximos meses."

"De acuerdo. Le pediré a mi asistente que llene mi frigorífico; nunca tengo mucho en casa. Solo pensar en cocinar y comer me pone enferma, pero prometo que haré un esfuerzo." Ella dudó. "Y dejaré de beber también. No tengo ningún problema con la bebida, pero a menudo lo uso como medio para quedarme dormida, así que probablemente bebo más de lo que debería."

"Si usas el alcohol como medio para cualquier cosa que no sea un divertimento ocasional, entonces, técnicamente, hay un problema," dijo Theresa. "Así que, en tu caso, abstenerse de ello sería lo mejor. Y también creo que deberías ocuparte tú de hacer la compra," continuó. "Es algo en lo que concentrarte además del trabajo, incluso si lo haces por internet. Son las pequeñas rutinas como estas las que pueden marcar una gran diferencia. Trabajos indiscriminados que no te absorben demasiado, lo que te distrae del proceso de curación sino que te devuelven a la vida. Como estás bastante aislada, también te aconsejaría que salgas a dar un paseo todos los días. No tiene que ser largo o ir lejos, un paseo corto está bien. El objetivo es que salgas y hagas algo activo."

"Salir no es tan fácil para mí." Ella se mordió el labio. "Si no estoy en mi coche, siempre tengo miedo de ser reconocida. Solía tener un guardaespaldas pero lo dejé ir después de aislarme más del público. Preferiría no emplear a otro nuevo, siempre lo sentí como una invasión de mi intimidad."

"¿Alguna vez salías a dar paseos tú sola antes de morir tu hermana?" preguntó Theresa.

"Sí," admitió Ella. "No a menudo, pero algunas veces. A mi cafetería local o a un restaurante cercano. Pero me he mudado desde entonces."

"Entonces esto es simplemente tu ansiedad portándose mal. Intenta encontrar una nueva cafetería local favorita. Si es demasiado, siempre puedes llamar un taxi para que te lleve a casa ¿o quizás tienes un chófer que te pueda recoger?"

"Tengo un asistente nuevo," dijo Ella. "Podría pedirle que viniera conmigo. La protección no forma parte de su trabajo pero creo que me sentiría relativamente segura con él y definitivamente más cómoda que con un tío cuadrado en traje con su aliento en mi cuello todo el tiempo. Raphael parece agradable aunque no lo conozco muy bien."

"Raphael entonces." Theresa arrancó una hoja de su recetario. "Estas son para tus nuevas dosis. Además de hacer tres comidas al día y caminar, tengo tareas para ti. Quiero que escribas tres recuerdos felices de Helena. Hablaremos de ellos en la próxima sesión; puedes reservar la cita con Bree, mi recepcionista."

Ella hizo una mueca con la mención de tareas y entonces asintió. "Lo haré. Gracias, Theresa. Te veo en tres días."

## 7

Cam echó un vistazo rápido a los tabloides que estaban encima de la mesa de Vanya. Su mejor amiga, que también era la mánager del estudio de yoga, estaba fuera en su descanso para el almuerzo, lo que le daba exactamente veinte minutos para echarles un ojo. Cam siempre se burlaba de Vanya por leerlos, así que no quería que la pillara.

Desde el incidente de hacía tres meses, había mirado también alguna vez en internet, pero, como siempre, la pila grande de revistas nuevas la había llamado desde el otro lado de su pequeña oficina, así que aquí estaba otra vez, intentando encontrar evidencia de que Ella Temperley estaba ilesa y, con suerte, recuperando su vida.

Sonrió cuando por fin encontró una fotografía de ella en el segundo tabloide. No era mucho; nunca había mucho que informar sobre Ella. Parecía mantenerse para sí misma, y aparte de la aparición ocasional para promocionar su última película, claramente evitaba las fiestas y las entrevistas personales. Pero una fotografía pequeña de Ella con un apuesto hombre joven en una cafetería en Hollywood fue suficiente para hacerla sentir cómoda.

`¿QUIÉN ES EL NUEVO ENAMORADO DE ELLA TEMPERLEY?´ decía el titular. No había mucha información y lo poco que había seguramente sería inventado. Pero tampoco eso importaba; a Cam no le interesaba el cotilleo. Ella había puesto un poco de peso y su cara estaba rellenita. Parecía estar mucho mejor que la mañana en que Cam la había arrastrado fuera del mar e incluso estaba sonriendo en la fotografía. Frunció el ceño cuando vio que Ella llevaba puesta su sudadera roja. No era chula de ninguna manera, y Cam ni siquiera estaba segura de si había estado limpia cuando se la había dado. Pero siempre había sido su sudadera favorita y, por alguna razón, había querido que Ella la tuviera.

Había pensado en Ella mucho en los últimos meses. No de manera obsesiva, pero siempre había estado en su mente y Cam se había preguntado a sí misma más de una vez por qué estaba preocupada por ella todavía. Ella no era su responsabilidad y era poco probable que se volvieran a encontrar. Cam cerró la revista después de quedarse mirando fijamente la fotografía más tiempo del necesario. Estaba a punto de dejarla de nuevo en la mesa cuando la puerta se abrió dramáticamente.

"¡Me olvidé el monedero!" anunció Vanya, antes de que su mirada se fijara en el tabloide que Cam tenía en sus manos. "Oye, ¿qué es eso?" Una sonrisa de burla apareció en su cara mientras atravesaba la oficina y se la arrebató a Cam de las manos. "Tú, de entre todas las personas. Tú eres la que me da la lata constantemente por leer esa "mierda", como tú lo llamas." Vanya cruzó los brazos, toda engreída. Su taco para comer había bajado claramente al final de su lista ahora mismo. "Bueno, ¿qué? Explícate, Cam Saunders. Estoy esperando."

Cam le dirigió una sonrisa boba mientras intentaba idear una buena excusa, el impaciente golpeteo del pie de Vanya en el suelo interrumpía su concentración. "Yo solo estaba mmm..." Hizo una pausa. "No es lo que crees."

"Y una mierda. ¿Por eso es por lo que no querías comer conmigo? ¿Eh? ¿Así podrías quedarte aquí y leer mis revistas en secreto?" La sonrisa de Vanya se hizo enorme; la palabra triunfo escrita en toda su cara. "Estás exactamente igual que Greg cuando entré anoche en su madriguera. Nunca he visto a nadie salirse de una página de internet tan rápido como él."

"¿Pillaste a Greg viendo porno?" Cam se rió, agradecida por la distracción. "¿Qué estaba mirando exactamente?"

"No cambies de tema, sé lo que estás haciendo. Porno suave es una cosa..." Vanya se encogió de hombros. "Lo admito; comprobé su historial y era simplemente una mujer follándose con un vibrador, nada impactante. ¿Pero tú y los tabloides? Eso es francamente sucio."

"Solo necesitaba comprobar algo," dijo Cam finalmente, un poco confundida de por qué Vanya estaba comparando los tabloides con el porno. Aunque técnicamente estaba diciendo la verdad, sabía que no se sostendría. "Pero tienes razón. *Estaba* mirando. Lo admito."

"No tienes que admitir nada, te he cogido con las manos en la masa." Vanya cogió su monedero de su mesa e hizo un gesto hacia la puerta. "Ahora que sé sobre tu placer culpable, podrías venir y pedir un taco conmigo. Puedes leer tu precioso cotilleo mientras comes cuando volvamos." Señaló con un dedo a Cam. "Pero no he terminado contigo todavía."

"No, eso sería una ilusión." Cam rió entre dientes y

movió la cabeza. "Claro. Vamos." Admitiendo la derrota, cogió su móvil y siguió a Vanya fuera de la oficina.

## 8

Ella miró su vestidor, sintiéndose realizada. Todo estaba perfectamente organizado; los calcetines y la lencería en los cajones, los pantalones vaqueros en una repisa, bajo las camisetas y las sudaderas. Los rieles de las prendas que colgaban y abarcaban tres de las paredes de la habitación estaban organizados también; los vestidos, faldas, blusas y chaquetas blazer estaban puestas por color. Los zapatos estaban en las repisas superiores, y los escalones se mantenían debajo del espacio vacío donde acababa de elegir un par de zapatillas. Los complementos estaban almacenados en recipientes de plástico, apilados en una esquina de la habitación y había colocado con cuidado las joyas en una caja de cuero delante del espejo alto que se alzaba detrás del moderno tocador blanco al lado de la puerta. Los bolsos todavía estaban en el suelo y no sabía dónde ponerlos, pero se hizo una nota mental para pedir más cajas de almacenaje. Tampoco es que tuviera falta de espacio. Lo había hecho ella todo esta vez, organizándolo tal como quería, e incluso se sintió orgullosa cuando echó un vistazo a la habitación, buscando algo que ponerse.

Ella no había podido dormir e intentando abstenerse de tomar pastillas para dormir, había venido aquí y había trabajado durante la noche. En realidad no había hecho esto antes; sus asistentes siempre se habían ocupado de ello, pero le gustaba mucho más su propio trabajo, decidió. *Y ahora, ¿qué me pongo?* No rodaban hoy y, aunque Ella no se sentía como para atreverse a salir, el insistente recordatorio de Theresa siempre estaba en su mente, diciéndole que se vistiera e hiciera algo, hacer que cada día fuera un día "normal". Así que se había tomado un café, había desayunado y había disfrutado de una buena ducha después de haber trabajado en su closet y ahora se sentía tranquila y serena.

"Ahí vamos otra vez," se murmuró a sí misma mientras, de manera automática, cogió la sudadera roja que Cam le había dado. Se la había puesto muchas veces y todavía no la había lavado y se preguntó por qué sentía la necesidad de seguir poniéndosela. Había algo reconfortante en la gastada prenda que estaba deshilachada en los bordes de la capucha y rasgada en el dobladillo de las mangas, que casi sentía como que se ponía un escudo protector. Quizás era el ligero aroma a cítrico de Cam que todavía quedaba en la tela o el suave tacto sobre su piel o quizás era simplemente el hecho de que no tenía ningún otro tipo de ropa informal. Todo lo demás en su closet era o incómodo o le hacía sentir expuesta de una u otra forma y eso no ayudaba mientras estaba intentando integrarse.

Los últimos seis meses con Theresa habían sido realmente duros, pero había merecido la pena. Ahora estaba en ese punto donde podía hablar de Helena sin sentir el deseo de estallar en lágrimas cada vez que decía su nombre. Algunos días eran más fáciles que otros, pero, en general, se sentía bien, así que mandó un mensaje a su asistente para que se encontraran en una cafetería local en vez de en el ático.

'*¿Sintiéndote valiente otra vez?*' fue su respuesta. Rió entre dientes con eso. Raphael era muy consciente de lo privada que era y solo se habían visto en un lugar público en un puñado de ocasiones, aparte de sus caminatas diarias a las 7 de la mañana. Sus paseos matutinos, durante los cuales tenían sus reuniones diarias, se habían convertido en su pasatiempo favorito. Era más fácil cuando la ciudad todavía estaba medio dormida y nadie prestaba mucha atención a quién estaba haciendo qué. Con el tiempo, se había establecido una compañía cómoda que había sido catalogada como romance por los paparazzi. A Ella no le importaba en absoluto el cotilleo infundado y no creía que a Raphael le importara tampoco. Él nunca había dicho nada que indicara que estaba interesado en ella románticamente así que se sentía a gusto con él.

Raphael trabajaba para ella cinco días a la semana y tenía los fines de semana libres, al contrario que la mayoría de los asistentes de las celebridades, que estaban de guardia veinticuatro horas los siete días de la semana. Eso no siempre coincidía con el tiempo de inactividad de Ella, como hoy, pero siempre había algo que hacer. Ella no era una diva y nunca soñaría con pedirle que hiciera cosas que sus colegas actores le pedían a sus asistentes, desde correr a comprar el condón de emergencia o tampones a medianoche, a comprar drogas, hacer los deberes de sus hijos o tener conversaciones guionizadas con sus animales de compañía mientras ellos estaban fuera. No, Raphael estaba en su vida para ayudarle con las cosas prácticas de cada día. Estaba a cargo de su horario de rodaje, le leía su correo electrónico, le pagaba los servicios públicos, le ayudaba a organizar los viajes, le llevaba el almuerzo a su tráiler cuando necesitaba tiempo para repasar sus diálogos, le reservaba citas con sus peluqueros, esteticistas, médicos, dentistas, su mánager, los diseñadores y los estilistas. También colaboraba con su asistenta de casa, le reservaba chóferes y le contestaba las llamadas cuando ella no podía. Ella, en realidad, no necesitaba un asistente a tiempo completo, especialmente no ahora, pero el estudio exigía que estuviera accesible en todo momento, así que pidió a alguien que pudiera contestar llamadas y pasar mensajes cuando tenía un mal día. Raphael era bueno en su trabajo y Ella, por fin, empezaba a confiar en él. Además, tampoco era como si pudiera entrar en una tienda de comestibles o en una farmacia sin ser reconocida. Lo había intentado una vez hacía unos años cuando su anterior asistente tuvo un día libre y en nada de tiempo, la farmacia se convirtió en un circo y estuvo más llena que nunca. Se había asustado en aquel momento. La gente llamándola, tocándola, tirando de ella, poniendo las cámaras de fotos delante de su cara para hacerse un selfie... Esa era otra razón por la que había elegido a Raphael de entre las doce personas que había entrevistado. Tenía la constitución de un defensa, lo cual era un marcado contraste con su carácter juguetón, suave y dulce, y sabía que la posibilidad de que fuera acosada si él estaba con ella era menor.

"Esto es inusualmente espontáneo." Raphael rió entre dientes cuando Ella llegó y se sentó a la mesa frente a él.

"Inusual pero necesario. De verdad que necesito salir más," le aclaró Ella mientras le sonreía. "¿Eso es para mí? Gracias." Cogió el café que estaba más cerca de ella y miró alrededor de la cafetería. Había estado aquí un par de veces en mitad del día cuando estaba tranquilo, pero nunca se había sentado en una de las mesas. Se sentía expuesta, a pesar de su gorra y sus gafas de sol, pero también había algo liberador en sentarse aquí entre los locales.

"Ese es tuyo, sí. Latte con leche desnatada, sin azúcar." Raphael la estudió con detenimiento. "¿Cómo estás, Ella? Tienes buen aspecto hoy."

"Gracias. Pues en realidad, me siento bien." La sonrisa de Ella se hizo más amplia. "Es como si la niebla se estuviera levantando. No sé otra manera de decirlo. La luz del sol se sentía agradable en mi paseo hasta aquí, y había tanto que mirar. Las mamás y los papás llevando a sus hijos al colegio, había un montón de corredores, los chicos del restaurante pequeño estaban preparando las mesas fuera y uno de ellos incluso me dijo buenos días. ¿Sabes lo que digo?"

Raphael parecía un poco perplejo. "Sí, hace una mañana agradable, aunque no estoy seguro de lo que quieres decir con eso de la niebla. Ha hecho sol toda la semana. Y hablando del tiempo, ¿por qué llevas puesto eso otra vez?" Le señaló la gastada sudadera e hizo una mueca. "¿No tienes calor?"

Ella se rió. "Un poco. Pero me gusta." Tomó un sorbo del café y reflexionó sobre lo que acababa de decir. Porque de verdad que sentía como si la niebla se estuviera levantando, como si todo estuviera alineado y más claro. ¿Así era como se solía sentir? No estaba segura; había olvidado qué se sentía al sentirse normal. "Bueno," dijo ella, volviendo su atención a Raphael. "Suficiente sobre mí. ¿Cómo estás tú?" Otra vez Raphael le dirigió una mirada confusa y Ella se sintió culpable al darse cuenta de que, en realidad, nunca le había preguntado eso antes.

"Estoy mmm... bien," tartamudeó. "Fui a visitar a mi hermana anoche; acaba de tener un bebé."

"Felicidades. ¿Niño o niña?"

"Un niño." Sonrió. "Se llama Raphael, por mí. Voy a ser su padrino."

"Eso es muy dulce." Ella le cogió de la mano sobre la mesa y se la apretó. "Debes estar muy orgulloso."

"Sí que lo estoy. Su padre no está en la foto así que quiero que tenga un modelo masculino, ¿sabes?, alguien a quien poder recurrir si tiene un problema o necesita consejo. No va a ser fácil para él, crecer sin un padre."

"No lo será, pero te tendrá a ti." Retiró la mano y decidió cambiar de tema, sintiendo que Raphael se ponía un poco nervioso por lo personal que se estaba poniendo la conversación de repente. "Y eres un gran chico."

"Gracias." Raphael sonrió y abrió el teléfono, listo para tomar notas. "Bueno, ¿qué necesitas hacer hoy?"

Ella abrió la aplicación de recordatorios en su teléfono. "Vale, vamos a ver... ¿Podrías, por favor, recoger mis guiones? La forma habitual y saben que vas." Entrecerró los ojos y amplió la lista. "He contestado esos correos de fans que me trajiste. He escrito a todos un corto agradecimiento; está todo apilado en la mesa del salón, así que si pudieras mandarlo por correo por mí, sería fantástico. Como sabes, tengo una reunión con la asociación benéfica local de salud mental, *Help LA* mañana, así que necesito que me organices el transporte y vengas conmigo. Voy a donar un nuevo centro en la parte este de LA, y necesito ayuda con eso también una vez que hayamos resuelto los detalles y sepa exactamente lo que necesitan. Estoy feliz de participar activamente con esto pero tengo que estar en el set de rodaje la mayoría de los días en las próximas semanas, así que no tendré mucho tiempo para colaborar con ellos mientras estoy rodando. Aparte de eso, necesito que recojas mi ropa de la tintorería y me he quedado sin protector solar. Vamos a rodar en exteriores mañana así que necesitaré algo con un factor de protección alto. No me gustan los que tienen en el set de rodaje. También, nuestra casa..." Movió la cabeza un momento y se corrigió, intentando no pensar en Helena ahora mismo. "*Mi* casa en Palm Springs... dijiste que los inquilinos se iban a mudar el mes que viene. He cambiado de idea en cuanto a alquilarla de nuevo. Me gustaría mantenerla libre por si me siento lista para volver allí, así que si pudieras llamar al agente inmobiliario y decirle que los planes han cambiado, sería genial. Haré una llamada a Sid, el cuidador, para que sepa lo que está pasando. Oh, y mañana es el cumpleaños de Neil Messenger. Ya sabes, mi coprotagonista de la película que estoy haciendo ahora."

Raphael soltó una risita. "Sé quién es Neil Messenger. Además de que es súper famoso, me he encontrado con él un par de veces en el set de rodaje."

"Por supuesto, lo olvidé." Ella puso los ojos en blanco. Aunque no tenía problemas en recordar sus diálogos, su cerebro parecía que todavía no funcionaba como solía hacerlo. "Así que, sí, como he dicho, es su cumpleaños y creo que debería comprarle un regalo. ¿Tienes alguna idea de lo que a un hombre de treinta y tantos años, que tiene de todo, le gustaría?"

Raphael pensó un momento mientras terminaba su café. "¿Bebe?"

"No sé," admitió Ella. "Hablamos en el set de rodaje pero nunca de cosas personales. Aunque me ha pedido salir un par de veces así que sé que está soltero."

"¿Neil Messenger te ha pedido salir?" Raphael bajó la voz para decirlo, una sonrisa extendiéndose por su cara.

Ella soltó un suspiro. "Sí. Es un chico agradable pero no

estoy interesada en él, así que no hace falta decir que el regalo no puede ser romántico de ninguna manera, vamos a ser claros sobre eso."

"Vale." Raphael se rió por su franqueza. "¿Qué tal unos calcetines?"

"¿Calcetines? ¿No es un regalo raro?"

"Claro, es raro pero, por lo menos, no es romántico ni personal." Miró en Google y le acercó el teléfono a Ella. "Esta marca de calcetines es el último grito en este momento. Tienen cosas realmente aleatorias dibujadas en ellos, como ovejas, traseros y tocino."

Ella le dirigió una mirada divertida. "Estos son ridículos. Pero tienes razón. Tengo la sensación de que Neil lo agradecerá. Bueno, ¿cuáles debería comprar?" Miraron por la lista de calcetines y eligieron diez de los pares más extravagantes. Ella estaba a punto de pedirlos cuando Raphael se dio cuenta de que la gente les estaba mirando.

"Creo que es hora de irnos," dijo. "Métete en mi coche, te llevaré a casa."

"Sí..." Ella se levantó y vio a cinco personas que la miraban embobadas. El resto de la clientela le lanzaba miradas también, pero al menos eran más disimulados. Una chica levantó el teléfono y le hizo una foto y luego otras personas hicieron lo mismo. Pronto, todas las cámaras estaban tomando fotos de ella. "Vámonos." Sonrió a los mirones y se despidió de los trabajadores con la mano antes de salir deprisa hacia el coche de Raphael. "Por lo menos hemos tenido veinte minutos allí."

"Esa es una forma positiva de verlo." Raphael encendió el coche y salió de allí. "¿Quieres que le compre también una tarjeta de cumpleaños a Neil?"

"Sí, por favor. Algo que te guste a ti. Estaré en casa ensayando los diálogos y tendré el teléfono conmigo por si tienes alguna pregunta que hacer. ¿Te apetece que salgamos a caminar más tarde esta noche ya que no lo hemos hecho esta mañana?"

"Por supuesto." Raphael aparcó el coche delante del edificio de Ella. "¿Te recojo a las nueve?"

## 9

"Lo estás haciendo bien, Ella. Puede parecerte que el proceso es lento pero recuerda dónde estabas cuando empezaste, y recuerda cómo te sentías durante nuestra primera sesión. Realmente te has abierto y puedo ver cambios positivos claramente." Theresa miró a Ella por encima de la montura de sus gafas. "Si quieres, podemos bajar nuestras sesiones a una por semana. Si prefieres que sigamos con dos a la semana, está bien, por supuesto. Por ahora, te mantengo tu dosis de antidepresivos igual porque parece que te vienen bien, pero creo que podríamos rebajarlos en otro par de meses y ver cómo va. ¿Has intentado dormir sin las pastillas como hablamos?"

"Sí lo he intentado, y estoy bien después de largos días de rodaje porque estoy realmente cansada. Es más difícil cuando no estoy trabajando, así que me tomo la mitad de una pastilla de vez en cuando, pero también me he dado cuenta de que estoy mejor." Ella se encontró con los ojos amables de Theresa. Era el polo opuesto de su terapeuta anterior y, aunque sabía que su relación era puramente profesional, sentía a Theresa más como una amiga ahora.

Aparecían patas de gallo tras las gafas de montura negra de Theresa cuando sonreía, diciéndole a Ella que tenía fe en ella y asegurándole que lo estaba llevando mejor. Ella se sentía realmente mejor; por lo menos creía que sí. Últimamente, había sido capaz de ver la imagen completa más y más, y a pensar a largo plazo en vez de preocuparse solamente de su dolor.

"Y estoy de acuerdo contigo en que debería intentarlo y salir más," continuó. "Es solo que no tengo amigos. Ninguno de verdad, ¿sabes? Tengo más de trescientos números de teléfono en mi móvil pero solo un puñado de gente tiene el mío y, sinceramente, no me apetece pasar tiempo con ninguno de ellos tampoco."

"Entonces, ¿quizás podrías intentar atreverte por tu cuenta con el objetivo de conocer gente nueva? No tiene que ser en vacaciones, solo esfuérzate por ser parte de algo. Dicho esto, estoy muy contenta de saber que empezaste el trabajo en la organización benéfica. Podrías conocer gente con la que conectes si estás abierta a la interacción. Sé que no es fácil para ti porque eres una figura pública, pero no todo el mundo es un oportunista." Theresa apartó un mechón de pelo de su pálida cara.

"Tienes razón," dijo Ella. "La gente en la organización ha sido muy agradable conmigo y estoy deseando poner en pie y en funcionamiento el centro nuevo. También me gusta ahora comer con el equipo durante los descansos de rodaje. Quiero decir, me siento bien hablando con ellos, ya no tengo que fingir más. Ayer me tomé un café con mi asistente otra vez, y nuestra próxima reunión será en un restaurante mientras comemos."

"Eso es bueno, muy bueno." Theresa se inclinó hacia adelante y cruzó las manos delante de ella. "Bueno, ¿y qué hay de Cam? La has mencionado mucho durante nuestras sesiones. ¿Has pensado alguna vez en buscarla otra vez?"

Ella asintió y tragó saliva fuertemente por la mención del nombre de Cam. Theresa tenía razón, la había mencionado un montón de veces; probablemente más de lo necesario y no estaba segura de por qué. Sin embargo, hoy era la primera vez que había sido Theresa quien había traído el nombre de Cam, y ahora que lo había hecho, de alguna manera, la hacía real y no un recuerdo que temía perder.

"Pienso en ella todo el tiempo y me encantaría verla otra vez," admitió. "No ha ido a contarlo a la prensa... Tampoco lo esperaba," añadió. "Recibí buenas vibraciones de ella." No había mencionado que Cam era "Camila", una de las antiguas pacientes de Theresa, y estaba segura de que Theresa se había quedado perpleja de por qué una actriz famosa conduciría cuarenta minutos por el tráfico pesado para hablar con *ella* en vez de ir a uno de los "loqueros maravillas" más caros de Hollywood. Aún así, Theresa no había quedado deslumbrada cuando ella entró. La había tratado como a una persona normal en vez de intentar complacerla y, aunque eso era lo que debería esperarse de un terapeuta, la experiencia de Ella le había enseñado lo contrario.

"Acabas de decir que te encantaría verla otra vez," dijo Theresa, repitiendo la frase de Ella. "¿Cuándo fue la última vez que sentiste que hacías algo por tu propia voluntad, solo porque querías hacerlo?"

Ella lo pensó. "Supongo que hace mucho tiempo. Antes de que Helena muriera, eso seguro." Sonrió, sabiendo que esto era una buena señal. "Bueno, ¿crees que debería ir a verla?"

"Eso depende de ti."

"Claro." Ella se mordió el labio y suspiró. Algunas veces

deseaba que alguien le dijera qué era lo mejor para ella, en vez de tener que averiguarlo todo ella misma. "¿Y qué pasa si ella no quiere verme?"

"¿Por qué crees que no querría?"

"Por ninguna razón." Ella se inclinó hacia adelante también, cara con cara con Theresa. Su sesión casi había acabado, y después de esto, tendría dos días enteros sin rodaje. Dos días muy largos. Normalmente, se quedaría en la cama y leería los guiones que su mánager le había mandado o ensayaría los diálogos una y otra vez hasta que su voz estuviera ronca, pero quizás era el momento de cambiar. "Creo que me siento atraída por Cam porque me hizo sentir segura, y porque no ha roto mi confianza, porque podría haber hecho dinero fácilmente vendiendo la historia. Así que sí, creo que le haré una visita esta semana. Quizás debería haberlo hecho antes, pero no me sentía preparada para enfrentarme a ella después de lo que pasó. Pero creo que ahora lo estoy."

"Eso es fantástico. Hablemos de eso en nuestra próxima sesión entonces." Theresa sonrió mientras miraba el reloj, parecía contenta con la respuesta. "Bueno, nuestro tiempo ha acabado por hoy."

"Gracias, Theresa." Ella se levantó y cogió su bolso del suelo, con una extraña sensación de emoción. "Nos vemos la semana que viene, que tengas un buen día."

## 10

"Y ahora, abrid los ojos y volved al aquí y al ahora."
Cam mantenía la voz suave en la habitación iluminada con luz tenue, donde doce personas estaban
echadas delante de ella, cansadas pero completamente rela-
jadas después de una sesión de yoga pesada. "Moved vuestros globos oculares, vuestros dedos de las manos, vuestros
dedos de los pies. Sed conscientes de vuestro cuerpo,
vuestra respiración, esta habitación, este momento y este
día... Lo que sea que se presente, todo va a ir bien." Esperó
un par de latidos antes de continuar. "Cuando estéis listos,
sentaos lentamente." Todos empezaron a moverse, excepto
una mujer que estaba profundamente dormida en su estera.
Cam caminó hacia ella y le tocó el hombro con suavidad,
despertándola.

"Oh, Dios, no estaba roncando, ¿verdad?" susurró la
mujer.

"No te preocupes, no estabas roncando." Cam le hizo un
guiño tranquilizador, luego se volvió a su estera y se sentó
con las piernas cruzadas delante del grupo, poniendo las
palmas de la mano una contra la otra delante de su pecho.

"Namaste." Se inclinó y sonrió a la clase. "Fantástico trabajo, chicos. Nos vemos pronto."

"Namaste," repitió el grupo después de ella. Se levantaron y se pusieron los calcetines y los zapatos de nuevo. Los que tenían que irse directos al trabajo se dirigieron a los vestuarios para cambiarse. Otros se pusieron una sudaderas informales y se dirigieron al bar de zumos a coger una bebida para el camino de vuelta a casa. Todos parecían relajados y eso hizo feliz a Cam.

Su estudio de yoga en West Hollywood no había recibido más que reseñas positivas desde que lo había abierto hacía ocho años a los veintisiete, y la lista de espera para las clases era ahora tan larga que estaba contemplando abrir otro estudio en el centro. Había empleado a otros cuatro profesores de yoga porque no le gustaba rechazar a la gente pero la lista seguía creciendo y simplemente no había espacio para expandirse. Estaba orgullosa de lo que había construido; el edificio de Hancock Avenue no era grande, pero alojaba dos estudios de yoga con espejo, dos vestuarios cómodos con servicios de lujo, un bar de zumos fantástico y un jardín grande en la parte trasera donde tenían algunas clases de la mañana cuando el tiempo era agradable. También había una pequeña oficina que compartía con Vanya, que hacía un trabajo excelente llevando la parte empresarial del estudio para que ella pudiera centrarse en sus clases. Normalmente, Cam se tomaba un tiempo libre entre clases para pasar tiempo con su personal del bar y tomar un zumo recién hecho, comprobar los horarios para la semana siguiente o ponerse al día con Vanya. Esperó a que todo el mundo se hubiera ido, se puso la sudadera de cremallera y estaba a punto de cerrar cuando una mujer rubia con una gorra negra y unas gafas de sol grandes y oscuras entró en el estudio y cerró la puerta tras ella.

"Lo siento, la última clase acaba de terminar. ¿Es un nuevo miembro? Hay un espacio disponible en mi clase de la tarde; ha habido una cancelación así que puedo reservársela si quiere." Cam paró su paso cuando la mujer se quitó las gafas e instantáneamente unos ojos azul claro se encontraron con los de ella.

"Hola," dijo Ella con timidez, sosteniendo una bolsa de deporte cara con el logo de una tintorería. "Todavía tengo tus ropas y pensé que quizás las querrías de vuelta."

"Ella... No te había reconocido." La cara de Cam dibujó una gran sonrisa y, para su sorpresa, el corazón empezó a acelerársele. No había esperado ver a Ella otra vez. Venían de mundos diferentes y había asumido que Ella querría dejar esa mañana atrás, seguir adelante con su vida y olvidarse de todo. Caminó hacia Ella y dudó un momento antes de mover la cabeza con incredulidad y alargar los brazos. "Ven aquí." Ella se echó sobre ella y envolvió sus brazos en su cintura. El abrazo afectó a Cam más de lo que nunca podría haber anticipado. Solo ver a Ella y saber que estaba llevándolo un poco mejor, provocó lágrimas en sus ojos. La calidez y la fuerza con la que Ella la agarraba era casi abrumador y como si fuera una señal, las dos empezaron a llorar, temblando en brazos de cada una. El estallido emocional salió de la nada, y soltaron una risa entre resoplidos, asombradas de su intensa reacción.

"Es fantástico verte de nuevo." Ella por fin soltó a Cam y se limpió las lágrimas.

"Es genial verte a ti también." Cam cogió a Ella de las manos y le echó un vistazo. "Se te ve mucho mejor." Se calló un momento cuando sus ojos se vieron absorbidos por los de Ella. El blanco de su iris era claro ahora en vez de llenos de sangre, haciendo que el azul resaltara más. "¿Cómo estás?"

"Lo sobrellevo," dijo Ella. "Todavía no estoy ahí pero estoy trabajando en ello."

"Estás sonriendo, eso es un comienzo." Cam se maravilló de lo guapa que estaba Ella con ropa de gimnasio, vestida de sport y de incógnito. Se preguntó si alguien la había reconocido cuando entró. Era poco probable que sus alumnos hicieran un escándalo sobre el hecho de que Ella estuviera aquí, incluso si la habían visto. Las clases de Cam no eran baratas y la mayoría de su clientela eran adinerados, en los treinta o mayores, y no el tipo de personas de empezar a enamorarse de alguien famosa.

"No creo que nadie me haya visto entrar," dijo Ella, como si le hubiera leído la mente. "He sido extra cuidadosa; no quería arrastrar a los paparazzi a tu puerta."

"No te preocupes por eso." Cam cogió la bolsa que Ella le acercó e hizo un gesto hacia afuera. "El jardín trasero está cerrado ahora, así que lo tenemos para nosotras si quieres un café o un zumo recién hecho."

"Claro. Me vendría bien un café fuerte. Acabo de despertarme y todavía no he tomado mi dosis de cafeína."

"Acabas de despertarte, ¿eh? No lo parece." Cam cerró la puerta del estudio y la condujo a su oficina. Probablemente era más inteligente usar su propia cafetera así no tendrían que esperar en el bar de zumos porque tendía a llenarse. "Bueno, ¿ruedas hoy?"

"Tengo el día libre pero he quedado con mi mánager más tarde. ¿Y tú?"

"Tengo otra clase a las dos pero estoy libre hasta entonces." Cam abrió la puerta de su oficina y saludó a Vanya con la mano mientras ponía la bolsa de la tintorería detrás de la mesa. "Hola, solete."

"Hola." Los ojos de Vanya fueron de Cam a Ella y de nuevo a Cam. No se inmutó pero Cam pudo ver que aparecían manchas rojas en su cara, que se expandían por el cuello.

"Vanya, esta es Ella. Ella, esta es mi amiga Vanya, la mánager de Pure Studio," dijo Cam, mientras ponía dos tazas de café bajo la cafetera.

"Hola Ella, encantada de conocerte. ¿Vas a inscribirte hoy?" le preguntó.

Ella negó con la cabeza y señaló a Cam. "No, solo he venido a devolverle unas cosas a Cam. Es un sitio agradable, debéis estar orgullosas."

"Todo es obra de Cam," dijo Vanya, sus más de veinte pulseras tintineando como si fueran despertadores de ángel cuando se apartó un mechón de su pelo largo y oscuro de la cara. "Yo solo me aseguro de que las cosas fluyan."

"No es verdad." Cam levantó la leche con almendras y puso un poco en la taza de Ella cuando ésta asintió. "Vanya es todo lo que yo no soy y no podría haber hecho esto sin ella. Vive y respira Pure Studio. Yo solo doy clases." Le acercó una de las tazas a Ella y cogió un juego de llaves de la mesa. "¿Azúcar?"

"No, gracias."

Cam soltó una risita. "Es un alivio porque no tenemos, por lo menos aquí no." Pensó que sería mejor salir de allí porque no quería que Vanya empezara a hacer preguntas extrañas sobre cómo se habían conocido. "Vamos al jardín," dijo, dirigiéndole una sonrisa sobre su hombro. "Nos vemos luego."

"Por lo que veo, no fue difícil encontrarme, ¿no?" le preguntó Cam cuando ya estaban sentadas en el césped a la sombra de una palmera alta. Agradecía que las persianas que daban al bar de zumos estuvieran bajadas, así tendrían más privacidad en el jardín. "Nunca te dije dónde trabajaba."

Ella se encogió de hombros y tomó un sorbo del café. "Sinceramente, no tengo ni idea. Mi asistente te buscó ayer. Fui a tu casa pero no estabas, así que le pedí que buscara dónde trabajabas. Me acordaba de tu nombre, sabía dónde vivías y sabía que eras instructora de yoga, así que supongo que no podía ser muy difícil para él." Hizo una pausa, mirando por el jardín tan bien cuidado que estaba protegido por una pared de ladrillos cubierta de hiedra por tres lados. El denso césped estaba cortado a la perfección, y parecía tan acogedor que tenía ganas de acostarse sobre él. "Me sorprendió averiguar que tenías tu propio estudio. La mayoría de la gente presumiría sobre ello pero tú solo me dijiste que enseñabas yoga. Se ve realmente genial, y este césped es exuberante..." Se quitó las zapatillas y los calcetines y dejó que sus pies se hundieran dentro de él.

Cam se rió. Ella todavía estaba descalza después de la clase y rara vez se ponía otra cosa que no fueran sus chanclas dentro del estudio. "Sí, no es barato de mantener pero a la gente le encanta que sea tan suave que no necesiten las esteras de yoga. Cerramos el jardín sobre mediodía. Hace demasiado calor en verano para dar las clases fuera y, de todas formas, el césped necesita tiempo de descanso entre clases, así que no queremos animar a la gente a que se eche una siesta en él, o de tomar sus comidas aquí." Sus ojos se posaron en los pies bien cuidados de Ella, las uñas pintadas de un tono pastel de lila. *Dios, hasta sus pies son monos.* "Es realmente genial verte de nuevo, Ella."

"Sí, igual yo," dijo Ella con voz suave. "Me puse en contacto con la terapeuta que me dijiste. Tenías razón, es buena. Me sentía más cómoda con ella que con mi terapeuta anterior." Dudó un momento, contemplando claramente cuánto compartir. "He estado tomando antidepresivos durante casi cinco meses. Llevó mucho tiempo hasta que me di cuenta de una ligera diferencia, pero me he estado sintiendo mejor recientemente, e incluso he salido en público con mi asistente. Ya sé que no parece mucho, pero me sentí muy bien, así que estoy intentando salir de mi apartamento más y hacer otras cosas además de trabajar. El dolor todavía está ahí y echo mucho de menos a Helena, pero lo peor de la ansiedad ya se ha ido y siento que puedo sobrellevarlo otra vez, ¿sabes?"

Cam asintió. "Lo sé."

"Y luego," continuó Ella, "esta semana, por primera vez en años, sentí la necesidad de ver a alguien." Se mordió el labio nerviosa y Cam vio cómo se enrojecían sus mejillas. "Quería verte *a ti*." Calló un momento. "Theresa ya sabía de ti porque habíamos hablado de aquella mañana en nuestras sesiones, y fue ella la que de alguna manera lo mencionó." Ella desvió su mirada al café y una vez más, Cam se sorprendió de lo tímida que era la famosa y siempre-extro-vertida-en pantalla Ella Temperley. "Así que aquí estoy."

"Me alegro de que hayas venido. He pensado mucho en ti, preguntándome cómo estarías." Sin pensarlo, alcanzó la mano de Ella. Se sentía cálida entre las suyas y, por un momento, sentía completamente natural solo sostenerla. Cam sacudió la cabeza y retiró la mano cuando se dio cuenta de lo que estaba haciendo, pero Ella la agarró un momento más antes de que se escurriera de su apretón.

"Yo me he estado preguntando lo mismo." Ella tomó otro sorbo del café y puso la taza sobre el césped. "Siento haber llegado medio año tarde para devolverte tus cosas. No estoy segura de por qué estoy aquí. Quiero decir, aparte de para darte las gracias y devolverte tus ropas. Pero recuerdo haberme sentido cómoda contigo. Por alguna razón, he estado llevando puesta tu sudadera un montón de tiempo y me daba una sensación extraña de comodidad, si tiene sentido lo que digo. Me molestaba no recordar realmente cómo eras. Toda esa semana y especialmente ese día, es todo como una niebla y ahora que te he visto otra vez, eres..." Levantó la mirada hacia Cam, intentando no verse demasiado absorbida por sus ojos oscuros porque le producían algo que no acababa de entender. "Tú eres..." Cam esperaba a que Ella terminara pero, en vez de eso, se colocó más la gorra sobre la cabeza, escondiendo el rubor que le había subido a las mejillas. "Eres muy agradable," dijo por fin. "Y me gustaría mucho que nos viéramos otra vez alguna vez, a menos que estés ocupada o no quieras. Está bien si no quieres, lo entenderé."

"Por supuesto que me gustaría verte otra vez." Cam le dio una cálida sonrisa en un intento por calmarla. Algo la estaba poniendo nerviosa claramente. Quizás Ella no estaba acostumbrada a hablar con otra gente que no fuera la gente que trabajaba para ella o co-actores. "¿Puedes unirte a nuestra próxima clase de yoga si puedes antes de tu reunión? Como te dije, alguien abandonó."

"No, no ahora, tengo que encontrarme con mi mánager pronto. Pero me gustaría intentarlo un día." Ella desvió la vista hacia las piernas de Cam. Llevaba puesto unas mallas de correr estilo capri que revelaban una cicatriz larga en su pierna izquierda. Luego le miró el pie. Media uña del dedo había vuelto a crecer pero de una manera rara, creando una cicatriz triangular en el dedo.

"Oh, Dios. ¿Eso es de...?" Alargó la mano para tocar la cicatriz, pasando el dedo sobre ella. "Lo siento tanto, tanto."

"No te preocupes, no duele para nada y en un año, ni siquiera serás capaz de verla." Cam puso la mano sobre la de Ella, que estaba sobre su pierna. "De verdad, no es nada."

"Pero, aún así, lo siento." Ella parecía nerviosa cuando se levantó y le dio a Cam la taza vacía. "Me tengo que ir. Gracias por el café." Se movía nerviosa de un pie a otro, escribiendo algo en su móvil. "¿Podría mmm... tener tu número?"

"Claro." Cam se levantó también, cogió el móvil de Ella y añadió su número, notando que Ella la había guardado como "Camila". "Recuerdas mi nombre."

"Por supuesto." Ella puso el teléfono de nuevo en su bolso. "Es un nombre poco común, al menos en California."

"Supongo que sí. Mi madre era española."

"Ah, ya. Tu madre..." La voz de Ella se apagó, y cambió la expresión de su cara cuando recordó la conversación durante el desayuno aquella mañana.

"Sí. Era de Sevilla pero creció aquí." Cam oyó el leve temblor en la voz de Ella y rápidamente cambió de tema. "Bueno, mi teléfono está en la oficina pero si me llamas o me mandas un mensaje, tendré también tu número."

"Vale, eso haré." Ella la siguió de vuelta al edificio y protestó cuando Cam le abrió la puerta delantera y salió. "Oh, no tienes que acompañarme al coche, estaré bien."

"Lo sé. Pero quiero hacerlo." Cam se maldijo interiormente por ser caballerosa. No estaba intentando encantar a Ella, ¿no? Porque Ella necesitaba apoyo, no alguien que la mirara de otra manera que no fuera de manera amigable. Pero no podía negar que ver a Ella de nuevo la había emocionado y que su presencia le estaba haciendo cosas inesperadas a su cuerpo.

Al lado de su SUV negro, Ella echó un vistazo al aparcamiento en busca de mirones o fotógrafos. Cuando no vio a nadie, cerró la distancia que había entre ellas y le dio otro abrazo a Cam. Cam puso una mano en la espalda de Ella, acariciando su pelo rubio y largo que le caía por debajo de la gorra. El olor a agua salada había sido sustituido por aceite de coco y su perfume era suave y afrutado. Se sentía muy bien abrazarla. "Gracias por pasarte por aquí, Ella. Me encantaría verte otra vez."

"A mí también. Te llamaré." Ella se metió en el SUV y bajó la ventanilla tintada. "Oye, ¿Cam? Tu amiga Vanya..." Dudó un momento con una mirada de incertidumbre en sus ojos. "No sabe lo que pasó, ¿verdad? Es que no pareció sorprenderse al verme."

"No, no sabe nada." Cam se inclinó sobre la ventanilla, apoyando el codo sobre el techo del coche mientras le daba una sonrisa tranquilizadora. "No he dicho una palabra y Vanya solo estaba siendo profesional." Soltó una risita. "Eso, o de verdad no te reconoció. Tiene esa increíble cara de póker que ni siquiera yo puedo ver a veces, pero sí que tenía una pequeña erupción de entusiasmo."

"Oh. Lo siento, no quería decir que asumiera que se lo habías dicho."

"No pasa nada. Me inventaré algo para alimentar su hambre de cotilleo." Cam dio un paso atrás y se despidió con la mano. "Nos vemos pronto, Ella."

"Sí, nos vemos pronto." Ella se sentó de nuevo en el asiento del conductor y vio a Cam entrar, todavía un poco acalorada por el abrazo. Se sentía frustrada y agradecida al mismo tiempo por todas las cosas que no había dicho. ¿Por qué se había ido de manera tan abrupta? Su reunión no era hasta por la tarde y Cam no había tenido prisa. Había tantas cosas que había querido preguntar pero algo la había sacado por completo de su juego. No tenía ni idea de lo que había esperado de este reencuentro; ni siquiera había estado segura de que Cam estaría allí hasta que el recepcionista la llevó hasta el estudio, y, desde luego, no había esperado sentirse tan abrumada al verla otra vez. No era solo que todo había vuelto a su cabeza. Ella no podía negar que eso había jugado un gran papel en su estallido emocional, pero sabía que la razón principal era la gratitud que sentía hacia Cam por salvarle la vida. Sin Cam, ella no estaría aquí ahora. Cam había sido la misma mujer dulce y cariñosa que Ella recordaba, sin embargo la había visto bajo un prisma totalmente nuevo. La había visto en el trabajo y al mando, haciendo claramente lo que más le gustaba. La había visto a través de ojos frescos, sin sentirse afectada por los momentos más profundos de su depresión, una resaca letal, un terrible dolor de cabeza y el horror de lo que había sucedido esa mañana. Y había visto que Cam era muy, muy atractiva. Su pelo oscuro era corto, ligeramente más largo en la parte delantera. La forma en que bailaba delante de sus ojos marrones y alrededor de sus pómulos altos cuando se movía era juguetona, y su amplia sonrisa reflejaba su lado despreocupado. Parecía andrógina de una manera muy mona y el hoyuelo pequeño que aparecía en su mejilla izquierda cuando sonreía tampoco había pasado desapercibido. Su piel estaba bañada por el sol y suave y su cuerpo... Bueno, Ella podía imaginarse cómo sería debajo de las mallas de correr y de la sudadera con cremallera, pero había visto lo suficiente como para saber que Cam estaba muy en forma.

No era extraño que no se hubiera dado cuenta de su buena apariencia la última vez que la había visto, pensó Ella, considerando el desastre que había sido entonces. Pero *era* extraño que todavía estuviera temblando en el asiento del coche. La gente rara vez la afectaba de esta manera. Se había encontrado con la mayoría de los famosos que estaban en la lista top de Hollywood al menos una vez, y se había relacionado con magnates de los medios y con artistas a los que admiraba pero nunca la habían dejado temblando. *Eres preciosa.* Casi lo había dicho. *Gracias a Dios que no lo hice.*

Ella cerró la ventanilla, atrapó el volante con sus manos y soltó una palabrota en voz baja. El aroma de Cam la había desconcertado en el mismo momento en que se habían abrazado. Era el mismo olor fresco a cítrico al que había intentado aferrarse desesperadamente cuando llevaba puesta la sudadera, asegurándose de que ella misma no se aplicaba ningún producto. No era la primera vez que se había sentido atraída al instante por una mujer y sospechaba que no sería la última, pero había pasado mucho tiempo desde que había sentido ese hormigueo en su interior. *¿Era gay?* Otro hormigueo se le despertó con solo pensarlo porque su instinto le decía que había una buena posibilidad de que lo era. Lo desestimó, como siempre hacía, y entonces fue cuando al levantar la vista vio a un hombre con un teleobjetivo enorme en un coche aparcado un poco más abajo.

"Capullo," dijo en voz alta antes de dar un suspiro largo y de frustración. ¿Cómo no lo había visto? No podría verla a través de las ventanas tintadas, pero imaginó que había estado ahí todo el tiempo, haciendo fotos de ella volviendo al coche con Cam. ¿La había seguido todo el camino desde su casa? Si salía del coche y se enfrentaba a él, seguro que se inventaba alguna historia de que ella estaba borracha o agresiva, y no le iba a dar esa satisfacción. Ahora mismo, no tenía nada más que a una actriz saliendo de un estudio de yoga y eso no daba dinero.

Ella solía ser buena en jugar con ellos, convirtiendo los titulares en excelentes relaciones públicas para ella. Demonios, incluso se había divertido con eso a veces, pero ahora odiaba a las sanguijuelas por tratar de documentar su miseria tan desesperadamente y venderla al mejor postor.

Pero luchar contra los paparazzi era un juego que no podía ganar y lo sabía demasiado bien. Por un momento fantaseó con la idea de chocar contra el Mercedes de él pero, en vez de eso, encendió el motor y salió de allí conduciendo, fingiendo no haberlo visto.

## 11

"¿Qué coño ha sido eso?" Vanya le dirigió una buena y larga mirada a Cam cuando volvió a la oficina y se sentó tras su mesa para comprobar las reservas y cancelaciones. Cam intentaba no reírse de su amiga, que era incapaz de esconder su excitación.

"¿Qué ha sido qué?" Ignoró el dramático estallido de Vanya mientras abría su calendario y su bandeja de entrada. Necesitaba tiempo para idear una excusa creíble pero no podía pensar en claro. Ver a Ella hoy le había afectado de maneras inesperadas y se sentía un poco divertida por dentro.

"¿En serio?" Vanya deslizó su silla hacia Cam, la sacó de su falsa concentración y le señaló de manera salvaje la cafetera donde Cam y Ella habían estado hacía algo más de media hora. "¿De verdad que vas a actuar como si fuera perfectamente normal que te escabulleras ahí con Ella Temperley y le hicieras un café? ¿Y se supone que yo tengo que hacer qué? ¿Actuar como si nada hubiera pasado? Dios mío, si me lo hubieras dicho, habría limpiado la cafetera porque ¡estaba sucia!" medio gritó, tapándose la cara con las manos de pura vergüenza.

Cam suspiró y se giró hacia Vanya. "¿Entonces, la has reconocido?"

"Por supuesto que la he reconocido, joder, estaba justo delante de mí, hablándome. ¿Por qué no me habías dicho que la conocías? Sabes que soy fan de ella y lo más importante..." Vanya se paró para dar efecto. "¿Por qué te ha traído esa bolsa de la tintorería? ¿Con *tu* ropa?" Resopló. "¿Cómo has podido mantener esto para ti, Cam? Sabes lo que me gusta el cotilleo y nada es más grande que esto."

"Tranquilízate, Vanya, no es para tanto. Es agradable, eso es todo. No me he acostado con ella, si eso es lo que estás insinuando." Cam se dio cuenta de repente de que la bolsa de la tintorería estaba al lado de la mesa de Vanya. "Oye, ¿has estado rebuscando en mis cosas?"

Vanya lanzó los brazos al aire. "Lo siento. Tenía que investigar, ya que claramente has dejado de compartir cosas conmigo," dijo, su voz reflejaba su expresión de dolor, que estaba demasiado exagerada para pasar por verdadera.

"Como ya te he dicho, no es para tanto. Nos conocimos en la playa y empezamos a hablar." Cam había estado preocupada por esto desde el momento en que había presentado Ella a Vanya. Vanya era analítica y lógica en su pensamiento. Eso la hacía una mánager increíble, pero también una hábil interrogadora. No dejaba pasar las cosas hasta que se le hubiera presentado una explicación que tuviera sentido para ella, y como un desafortunado efecto secundario de eso, era imposible mentirle. No que Cam lo hubiera hecho nunca. Esta era la primera vez, y aunque sentía un poco de culpa sobre ello, la pequeña mentira piadosa no era nada personal comparado con el secreto de Ella, uno que había jurado que se llevaría a la tumba.

"Y entonces, ¿por qué te ha devuelto tu ropa?" continuó Vanya, estudiando a Cam muy de cerca en busca de cualquier signo de nerviosismo.

"Porque empezó a llover y se mojó, así que le presté algo de ropa para que se fuera a casa. ¿No es eso razonable?" Cam sabía que tenía que mantener las explicaciones simples para que Vanya no pudiera encontrar ningún resquicio en ellas.

"De verdad. ¿Así que juras que no te has acostado con ella? Quiero decir, ya sé que es hetero, por supuesto, y que seguramente tiene novio, pero no es que eso te haya parado alguna vez antes."

Cam puso los ojos en blanco. "Eso solo pasó dos veces, Vanya, y no sabía que estaban casadas, ¿vale?" Se quedó mirando fijamente a Vanya. No tenía problemas en evadir esa acusación porque era verdad.

"Lo que sea. Así que, otra vez, ¿juras que no te has acostado con ella? Porque tú sabes que eso sería una noticia de portada, ¿verdad? ¿Ella Temperley se hace gay por una profesora de yoga local? ¿Ella Temperley involucrada en una relación lésbica erótica? Ella Temperley..."

"Para ya, te juro que no dormí con ella, ¿vale?" Cam la cortó. No estaba molesta con Vanya; ella también habría estado curiosa si hubiera sido al revés, pero quería parar el tema para proteger la privacidad de Ella.

"Vale." Vanya puso la boca en una línea recta y volvió a su hoja de cálculo en la pantalla del ordenador, dejando claro que todavía se sentía herida por no haber sido informada desde el momento que Ella había salido de su casa. Cam dejó escapar un leve suspiro de alivio, luego se puso tensa una vez más cuando Vanya volvió a girar su silla, poniéndose frente a ella. *Jesús. ¿Por qué no puede simplemente dejarlo pasar?*

"¿Cuándo fue este llamado encuentro lluvioso fortuito? ¿Cuándo la conociste?"

"Ayer," mintió Cam otra vez, agradeciendo a sus estrellas de la suerte que de verdad hubiera llovido el día anterior. "Y te lo iba a decir pero he estado ocupada esta mañana."

"Oh." Vanya asintió, pareciendo aceptar mejor la explicación ahora. Se mantuvo callada un minuto o así mientras reflexionaba sobre ello, luego disparó otro arsenal de preguntas a Cam. "Bueno, ¿Y de qué hablasteis? ¿Cómo es? ¿Vas a verla otra vez? ¿Puedo ir?"

## 12

"Cuéntame de tu encuentro con Cam," le dijo Theresa, abriendo su libreta.

Ella se echó hacia atrás en su silla y sonrió. "Cam..." Repitió su nombre y se tomó su tiempo para pensar sobre la pregunta. Había pasado una semana desde que se habían visto. En ese tiempo, Ella había pasado largos días en el set de rodaje, pero había pensado en ella constantemente entre escenas. Había estado muy cerca de mandarle mensajes un par de veces, pero no tenía ni idea de qué decir. ¿Parecería demasiado íntimo si le pedía salir a cenar? ¿Parecería demasiado impersonal si le sugería que quedaran para tomar un café? ¿Sería extraño salir a dar un paseo? ¿Qué hacía la gente si querían hacer amigos nuevos? Todas esas cosas que solían salirle de forma natural eran un misterio para ella ahora. No había sido ella misma durante tanto tiempo que se había olvidado de cómo era. Se cuestionaba cada movimiento, como si estuviera esperando un guión que nunca llegaría, y se había olvidado de cómo ser, simplemente. "Fue agradable pero... muy diferente a lo que esperaba, supongo," dijo por fin.

"¿Diferente? ¿En qué sentido?"

"Diferente en que fue mucho más emocional de lo que pensé que sería. Lloré cuando la abracé por primera vez, y ella también lloró. Yo... No sé. Fue un poco abrumador. Tomamos un café en su estudio de yoga y hablamos. No me quedé mucho tiempo porque..." Ella dio un suspiró. Nunca había hablado de su sexualidad con nadie excepto con Helena y daba miedo decirlo en voz alta. Hasta ahora, sus sesiones con Theresa habían sido en gran parte sobre Helena y su madre. "Porque me sentí atraída por ella," dijo por fin. "Y estaba en shock, supongo, porque de verdad que no lo había visto venir."

Theresa no se inmutó, por supuesto. Nunca lo hacía. En vez de eso, le dirigió una dulce sonrisa y escribió algo en su libreta. Ella le había pedido ver lo que escribía una vez, y Theresa se lo había enseñado. No era nada especial, solo un resumen de lo que habían hablado y alguna jerga que no entendió pero que Theresa le explicó con gusto. Después de eso, el que tomara notas dejó de molestarle.

"¿De qué manera te sentiste atraída por ella?" le preguntó Theresa.

"Sexualmente," dijo Ella, bajando la voz hasta casi un susurro, como si estuviera compartiendo un sucio secreto. Se mordió las uñas nerviosa. Theresa bajó la mirada a las manos inquietas de Ella un momento y volvió a sus ojos.

"¿Te has sentido atraída sexualmente por otras mujeres antes?"

"Sí. Creo que siempre me ha pasado." Las manos de Ella temblaban ahora, mientras hablaba. *¿Por qué era tan aterrador hablar de esto?* Theresa era su terapeuta, y lo que le dijera nunca saldría de esta oficina. En su interior Ella sabía por qué estaba aterrorizada. Decirlo en voz alta y hablar de ello con Theresa lo hacía real, y eso quería decir que, en algún momento, tendría que lidiar con ello.

"Háblame de ello"

"Yo mmm..." Ella se tomó un momento para escarbar en su pasado. Había tantas cosas que había enterrado. Tantas chicas que había apartado de su memoria. "Creo que lo supe cuando tenía catorce o quince años. Tuve un flechazo con una co-protagonista. Éramos amigas en el set de rodaje pero era mucho más que eso para mí." Movió la cabeza. "Echando la vista atrás ahora, no creo que fuera solamente un flechazo con una chica. Creo que estaba enamorada de ella. Se volvió tan profundo que algunas veces me quedaba dormida llorando porque no sabía qué hacer conmigo. Ese sentimiento duró un año, hasta que ella se enamoró perdidamente de un chico y no paraba de hablar de él. Me rompió el corazón."

"¿Y después de ella?" le preguntó Theresa.

"Hubo más después de ella. Me he sentido atraída por otras mujeres estos años, pero nunca he hecho nada con esos sentimientos, aunque siempre he querido hacerlo. Ha pasado mucho tiempo desde que he sentido este tipo de atracción."

"¿Y los hombres? ¿Has sentido algo alguna vez por un hombre?"

Ella se encogió de hombros. "Tuve novios cuando era más joven. Mi madre, y más tarde mi nuevo mánager, me concertaron citas algunas veces. Decían que era bueno para mi imagen que la gente especulara sobre romances con co-protagonistas para mi propia popularidad o para promocionar una película. Pero no, nunca he estado enamorada de un chico, y más recientemente, de un hombre."

"¿Has tenido alguna vez relaciones sexuales con un hombre?"

"Sí." Ella casi se sentía enferma con el recuerdo de las pocas veces que había tenido sexo con un hombre. "Pero nunca lo disfruté. No fui forzada de ninguna manera, no me malinterpretes, pero nunca he querido físicamente sexo con hombres." Se aclaró la garganta. "No estoy segura de por qué lo hice. Quizás estaba intentando mucho ser normal."

"¿Consideras que ser homosexual es anormal?"

"No, pero creo que lo pensaba cuando era más joven. No era habitual ser lesbiana en Hollywood cuando era adolescente. Las cosas han cambiado, por supuesto, pero incluso ahora, los actores y actrices gays no consiguen grandes papeles principales, incluso si se llama actuar por alguna razón."

"¿Esa es la razón por la que has sido discreta sobre eso? ¿Por tu carrera?"

"No sé... Creo que sí."

Theresa asintió. "¿Y nunca has hablado de esto con nadie?"

"Hablaba de ello con Helena. Ella también era gay, solo que más valiente que yo. Cuando éramos pequeñas, la mayoría de las veces trabajábamos en los mismos sets de rodaje, protagonizando anuncios y programas de televisión, así que fuimos testigos de los flechazos de cada una y nos apoyábamos. Salió del closet después de abandonar la industria del cine. No al mundo, sino a mí y a mi madre y a sus amigos." Ella sintió que los ojos se le llenaban de lágrimas cuando pensó en las charlas que solían tener por teléfono a altas horas de la noche cuando Helena se mudó a Nueva York a estudiar arquitectura. Solía devorar cada palabra que Helena le contaba sobre las chicas con las que salía, imaginándose a ella misma haciendo lo mismo algún día. "Nunca tuve el valor de salir del closet junto a ella porque mi trabajo siempre fue mi prioridad."

"¿Y ahora? ¿Es tu trabajo tu prioridad todavía?"

"Creo que sí. En realidad no tengo nada más."

"¿Te hacía feliz tu trabajo antes de la muerte de Helena?"

"Supongo que sí." Ella tragó saliva fuertemente. Su conversación estaba tomando un giro completamente diferente de sus sesiones habituales y no había esperado empezar a reevaluar toda su vida hoy. "No conozco nada mejor. Nunca fui infeliz antes, hasta que Helena murió, así que supongo que eso quiere decir que no odiaba actuar. Sigo sin odiarlo; simplemente no siento las cosas de la misma manera que solía sentirlas, y algunas veces tengo miedo de que eso me convierta en una mala actriz. Estoy muy cohibida ahora en el set de rodaje y no es un buen lugar en el que estar."

Theresa asintió. "Vale. Volveremos a eso en otro momento. Volvamos a tu encuentro de hoy con Cam porque, como has dicho, sentiste algo de verdad y eso es un gran comienzo. ¿Habéis quedado en veros otra vez?"

"Sí. Le dije que la llamaría."

"¿Y está en tus planes hacerlo?"

Ella asintió y sonrió. "Es todo en lo que puedo pensar."

# 13

"Esa clase ha sido un coñazo, Cam. Estoy destrozada." Vanya se sentó detrás de su mesa y se bebió media botella de agua antes de secarse el sudor de la frente. "Ahora necesito una ducha y ni siquiera me he traído una toalla. Eso solía ser fácil, ¿qué me ha pasado?"

"Lo que te ha pasado es que no has dado ni una sola clase en tres semanas. Eso es lo que ha pasado." Cam la miró con un fingido reproche. "Volverás a ello en nada de tiempo. Claro que estás cansada, has estado perezosa, cariño," la reprendió con un tono descarado. "No me sorprende que estés cansada en vez de llena de energía."

"Sí, bueno, he estado ocupada con el trabajo y los preparativos de la boda. Me está estresando." Vanya puso los ojos en blanco. "La boda, por supuesto, no el trabajo."

"Relájate. Todavía quedan diez semanas y el recinto está reservado, ¿no?" Cam tomó un sorbo de su zumo verde. "¿Todavía no has tenido suerte en encontrar un planificador para la boda?"

"No." Vanya dio un suspiro. "Todos los organizadores de

bodas Indio-Americanas están completamente reservados y no me atrevería a buscar otro cualquiera. Abandonarían en la primera semana cuando conocieran a mi suegra. Nada es lo suficientemente bueno para ella nunca."

Cam se rió. "Pues deja que se ocupe ella si es tan experta."

"Sí, claro. ¿Y tener a mil quinientas personas a las que no conozco presenciando nuestros votos? Ya quinientas es una locura. Le pedí a Greg que le dijera a su madre que retrocediera un poco y créeme, lo ha intentado. Pero como su familia es la que paga la boda, no podemos excluirlos. Y mi madre y mi padre tampoco es que estén ayudando exactamente. Les gustan sus padres y me pidieron que fuera más respetuosa con su madre, ¿te lo puedes creer? No he sido más que amable con esa mujer. Hago todo por esa mujer tal como está y, aún así, Cara Amargada es todavía una desagradecida."

"¿Cara Amargada? ¿Así es como llamas a la madre de Greg a sus espaldas?"

"Por supuesto que la llamo así, tiene mucho sentido. ¿Quién más tiene cara de trueno y ha sido un coñazo desde el momento que la conocí?"

"Fantástico nombre," dijo Cam después de pensarlo. "Le pega." Deslizó su silla hasta la mesa de Vanya y le puso un brazo sobre el hombro. Lo sentía por ella, pero tampoco era como si Vanya no hubiera sabido exactamente dónde se metía. Llevaba años quejándose de la madre de Greg, e incluso Cam, que solo la había visto dos veces, había sido testigo de primera mano de lo mandona y autoritaria que era. Con demasiado tiempo en sus manos, un solo hijo, un marido que nunca estaba en casa y suficiente dinero para alimentar un país pequeño, Cara Amargada no era una persona a la que tener cerca.

"Sé que se considera malo escaparse con un amante, pero ¿no quieres simplemente irte a Las Vegas y acabar con todo?" bromeó Cam. "Y entonces ella ya no te hablará nunca más, no te sentirás como que le debes algo y tus problemas estarán resueltos."

"No podría hacerle eso a Greg, él quiere de verdad una boda con nuestra familia y amigos." Vanya lo dijo con toda seriedad, como si en realidad hubiera contemplado la idea. "Ojalá no tuviera que preocuparme de este tipo de cosas." Se hundió más en su silla y apoyó la cabeza en el hombro de Cam. "Pero le amo y viene con el paquete que decidí aceptar."

"Un paquete muy rico, poderoso y testarudo."

"Sí, bueno, es lo que es. Ahora me voy a callar y a ponerme a trabajar. Voy a mirar algunos lugares potenciales para un estudio nuevo de yoga en el centro esta tarde. Una vez que haya reducido la selección, podemos ir juntas a echar un vistazo a las mejores opciones cuando tengas tiempo."

"Jesús, desde luego que no te andas por las ramas ¿eh? Te conté la idea solo la semana pasada." Cam se giró y rodaba de nuevo hasta su mesa cuando oyó vibrar su móvil. Se mordió el labio, intentando no sonreír cuando vio que tenía un mensaje de Ella.

*Hola, soy Ella. ¿Estás ocupada esta noche? ¿Te gustaría que nos viéramos y, si es así, conoces algún lugar discreto en la ciudad?* Cam no tenía que pensárselo dos veces. Incluso si tuviera planes, los cancelaría ahora mismo.

*No, estoy libre. ¿Te gustaría venir a cenar a mi casa? Es muy discreto.* Hizo una mueca mientras lo mandaba, preguntándose si era demasiado personal invitar a Ella a su casa, o si le traería malos recuerdos. Por fin dejó escapar el aire que estaba conteniendo cuando vio que su móvil se alumbró otra vez.

*¡La cena en tu casa suena fantástico! ¿Te viene bien las siete?*

Rápidamente tecleó una respuesta: *Las 7 es perfecto. Te veo luego.*

"Eh, conozco esa mirada. ¿Quién es?"

"Nadie." Dijo Cam un poco demasiado casualmente.

"¡Mentirosa!" Vanya se rió mientras se levantaba y se apoyaba sobre el hombro de Cam para leer el mensaje. "Cena a las siete, ¿eh? ¿Tienes una cita?" Cam agradecía no haber guardado el número de Ella todavía, así que no había nombre encima de los mensajes.

"No, no es una cita. Solo una amiga nueva."

"¿Una amiga nueva como Ella Temperley?" Vanya aplaudió cuando Cam fue incapaz de esconder que se ruborizaba. "¡Ja! ¡Sabía que había algo entre vosotras dos! Se lo dije a Greg ayer y él estaba convencido de que me lo estaba inventando pero..."

"¿Se lo has dicho a Greg?" Los ojos de Cam se abrieron de par en par. "Vanya, esto es privado, ¿lo entiendes? No le puedes decir a nadie nada de esto, y eso incluye a tu prometido, ¿de acuerdo?"

La sonrisa de Vanya se desvaneció cuando se dio cuenta de que Cam estaba hablando en serio. Cam rara vez se molestaba. "Lo siento mucho. No me di cuenta de... No..." tartamudeó. "Bueno, supongo que pensé que era una aventura y..."

"Incluso aunque fuera una aventura, que *no* lo es," dijo Cam, enfatizando el "no", "Ella tiene derecho a su privacidad. No tiene mucho de eso tal como está, así que tienes que tener cuidado sobre esto. Y te lo digo una vez más, no estamos saliendo y no, no me he acostado con ella." Se sintió culpable cuando vio la expresión de Vanya y le cogió la mano. "Oye, siento haber saltado así, pero esto es importante."

Vanya asintió, apretando la mano de Cam. "Lo siento. No diré una palabra a nadie."

"Gracias." Cam se levantó y le dio un abrazo. "Te quiero, Vanya, pero no puedo hablar de esto. ¿Podemos volver al tema de tu boda y de tu mal educada, mandona y autoritaria futura suegra?" Se sintió aliviada al ver sonreír a Vanya otra vez.

"No, por favor. Creo que debería bloquearlo todo y dejar que las cosas sigan su curso o pareceré diez años mayor el día de mi boda." Vanya señaló dos toallas que estaban en una silla detrás de la mesa de Cam. "¿Puedo tomar prestada una de esas? Necesito refrescarme antes de encontrarme con el agente inmobiliario." Sin esperar una respuesta, cogió una de las toallas y empezó a rebuscar en los cajones de Cam.

"Claro, adelante. También hay gel de baño y champú en..." Cam se giró y vio que Vanya ya lo tenía en las manos, junto a la crema hidratante y su cuchilla. "Así que esa es la razón por la que me quedo sin champú tan rápido." Frunció el ceño. "¿Y siempre usas mi cuchilla?"

Vanya le dirigió una mirada inocente. "Algunas veces. Solo para mis piernas," añadió rápidamente con una sonrisa.

"Vale..." Cam hizo una pausa. "Eso es un poco intrusivo, ¿no crees? Espero que no uses mi cepillo de dientes también." Se quedó sin aliento cuando vio que la parte superior del cepillo de dientes sobresalía por detrás de una toalla pero todo lo que pudo hacer fue mover la cabeza y reírse. "En serio, Vanya..." Levantó la mano y esperó a que Vanya se lo devolviera. "Límites."

## 14

"Gracias por invitarme," dijo Ella mientras entraba y miraba alrededor de la casa de la playa de Cam, observando las fotos en las paredes y los souvenirs de los viajes de Cam. Sentía como si lo estuviera viendo todo por primera vez. El salón estaba decorado en colores neutros; la mayor parte en grises y blancos, con toques de azul como en alusión a la playa. El suelo de madera estaba encalado, parcialmente cubierto por una alfombra grande tejida a mano azul y blanca debajo de la mesa de café y el sofá, que daba al porche y al océano. La cocina abierta tenía muebles con frente de madera pintados en gris claro, y una gran isla de cocina que separaba el área de la cocina del salón, con cuatro altos taburetes modernos blancos en un lado. Una pared estaba cubierta de estanterías con una selección de libros de suspenso, de cocina y relacionados con el yoga. Un mueble bajo las estanterías estaba lleno de plantas y orquídeas blancas, y había más orquídeas en el alféizar de la ventana, que daba al frente de la casa donde estaba el pequeño camino de entrada. A Ella le encantaban las cortinas de lino de color blanco que llegaban hasta el suelo y colocadas a un lado de las puertas correderas que estaban abiertas ahora, dejando entrar la brisa del mar. "Debería haberte traído una planta o algo pero no sabía lo que te gustaba y tampoco sabía si bebías alcohol porque me dijiste que eras una fanática de la salud."

"No hace falta que traigas nada, solo me alegra verte. Tengo suficientes plantas, créeme. Casi no me acuerdo de regarlas, y en cuanto al alcohol, también tengo suficiente." Se rió Cam. "Vanya tiende a beberse la mayor parte cuando viene." Mantenía un ojo en el horno mientras Ella paseaba por la casa, absorbiendo la habitación y la vista.

"Me encanta tu casa," dijo Ella, pasando una mano por un tapiz azul que colgaba de la pared. "Supongo que no me fijé lo fantástica que era la última vez que estuve aquí. Recuerdo que la sentía hogareña, solo que no tan bonita." Se tragó el nudo que tenía en la garganta cuando pensó en aquella mañana pero decidió que nada le iba a estropear esta noche así que, en vez de eso, puso una sonrisa valiente. "Tu estudio de yoga debe estar haciéndolo bastante bien si puedes permitirte un sitio como este."

Cam se rió con eso. Ella, claramente, no tenía ni idea del salario medio de una profesora de yoga. Incluso aunque tuviera cinco estudios, no había manera de que pudiera permitirse una casa en línea de playa en LA.

"Era de mi madre. Se la compró después de divorciarse de mi padre y me la dejó en su testamento." Cam le acercó dos copas de vino y le señaló el frigorífico, entonces empezó a cortar el tofú en cuadrados en la isla de la cocina. "¿Te importa servirnos una copa de vino? ¿O prefieres otra cosa? ¿Ginebra y tónica?" Y un pensamiento la asaltó. "¿O estás en un programa o algo? Lo siento, olvidé que estabas tomando medicamentos. Tengo té y café y agua con gas también, si quieres evitar la cafeína."

"No, el vino está bien," le aseguró Ella mientras se dirigía al frigorífico, aparentemente agradecida por tener algo que hacer. "Puedo tomarme una copa o dos mientras no sea demasiado. Pero no te tenía por bebedora." Sus ojos se lanzaron al tonificado estómago de Cam, expuesto entre los pantalones de yoga de corte bajo y la camiseta que llevaba debajo de la sudadera abierta con cremallera.

"En realidad no lo soy. Pero me gusta una copa mientras cocino y como, y el vino blanco es mi preferencia en la bebida." Cogió la copa que Ella le daba y sonrió mientras la levantaba para hacer un brindis. "Salud, Ella. Gracias por venir." Lo que quería decir realmente era: "estás impresionante", pero eso hubiera sido inapropiado. Ella estaba de verdad impresionante. Iba vestida con vaqueros, sandalias de cuero y un top negro con un seductor escote bajo, y Cam intentaba lo mejor que podía no quedarse mirando fijamente el canalillo.

Ella tomó un sorbo del vino mientras miraba a Cam trocear los condimentos y sazonar el tofú. "¿Qué estás cocinando?"

"Solo varias cosas diferentes. No estaba segura de lo que te gustaba o si eras vegana o vegetariana. Tengo tofú picante, verduras al vapor, ensalada, arroz integral y voy a asar a la parrilla una lubina asiática marinada." Cam señaló la pequeña parrilla que estaba en el porche.

"Eso suena y huele fantástico." Ella inspiró el aroma a ajo y jengibre que venía de fuera y sintió algo bastante cercano a la felicidad en ese momento. "¿Eres vegetariana?" le preguntó. "Quiero decir pescetariana," se corrigió.

Cam se encogió de hombros. "Como lo que me apetece, pero en casa como sobre todo vegetariano. Es algo que llevo haciendo durante años. En realidad no como carne, a no ser que alguien haya hecho el esfuerzo de cocinarlo para mí, pero como pescado de vez en cuando. Siempre lo hago todo desde el principio, empiezo desde cero, y uso productos de granja y libres de sustancias químicas. No es difícil; me encanta cocinar, así que no me importa hacer el esfuerzo." Levantó la vista de lo que estaba haciendo y sonrió cuando se encontró con los ojos de Ella. "¿Tú cocinas?"

Ella bajó la mirada, un poco avergonzada. "No. Pero solo porque nunca he tenido que hacerlo, así que no me importaría aprender. ¿Necesitas ayuda con algo?"

"Claro." Cam señaló el cuenco con ajo y cebollas que había sobre la superficie de la cocina. "Trocea uno de cada, por favor." Se quitó la sudadera y abrió las puertas correderas del porche, dejando entrar otra brisa de olor a pescado en la parrilla y al ruido que procedía del mar. "Lo siento, en un momento me pongo ropa decente. Es solo que rara vez viene gente a casa, así que se me olvida vestirme de manera apropiada cuando lo hacen."

"No te molestes, no me importa." Ella sintió cómo le subía el color a las mejillas, no segura de cómo había sonado esa frase. "¿Nunca vienen amigos a tu casa?" preguntó entonces, cambiando de tema mientras cogía una cebolla y una cabeza de ajo.

"No a menudo. Organizo una cena para mi equipo una vez al mes y Vanya tiende a invitarse ella sola." Cam rió. "Normalmente aparece sin anunciarse. Su idea de privacidad es completamente opuesta a la mía; básicamente, no cree en ello. Pero otra cosa que no sea eso, me gusta mi propia compañía y, además, suelo levantarme alrededor de las cinco o las seis de la mañana para calentar, ir a nadar y desayunar algo antes de enseñar mi primera clase, así que me voy pronto a la cama." Cam quería preguntarle sobre su vida social pero tenía la sensación de que era un tema sensible. "Quizá no quieras pasarte con el ajo por si vas a rodar una escena íntima mañana," bromeó, señalando el montón de ajo que Ella había troceado y convertido en un montón de trozos.

Ella se rió. "Oh, ¿quieres decir que solo necesitabas uno de estos, no todo?" Levantó el único diente de ajo que todavía estaba intacto. "Creí que querías toda la cabeza."

Cam se rió también, sacó una bolsa para congelar de uno de los cajones y metió la mayoría del ajo antes de meterlo en el congelador. "No te preocupes, lo usaré otro día."

Ella puso los ojos en blanco divertida. "En realidad *voy* a rodar una escena íntima mañana, así que gracias por el aviso. Me aseguraré de llevar chicle extra."

"Ah, ¿sí?" Cam sonrió de oreja a oreja. "¿Con quién es esa escena íntima?"

"Neil Messenger."

"¿En serio? Es un verdadero galán, ¿no?"

"Sí, supuestamente." Ella frunció el ceño. Había algo en la forma en que Cam lo había dicho que indicaba que no estaba interesada lo más mínimo en Neil Messenger, a pesar de su reputación. "No parece que te interese mucho."

"No..." Cam echó el tofú en la sartén y lo puso a un lado antes de añadir las especias, el chili, el ajo y la salsa de soja. "Sé que es un chico guapo, claro, pero no me interesan los hombres, así que no puedo decir que lo encuentre atractivo sexualmente. Pero bien por ti."

Ella se la quedó mirando fijamente. No quería, pero la forma en que el bíceps de Cam se flexionó cuando sacudió la pesada sartén la excitó hasta decir basta. Eso, y el hecho de que acababa de decirle que le interesaban las mujeres, era un poco demasiado para procesarlo. La dejó fuera de juego completamente y no tenía ni idea de qué decir.

"¿Estás bien, Ella?" la voz de Cam la devolvió a la conversación.

"Mmm... sí, estoy bien. Claro que estoy bien." Ella empezó a masacrar la cebolla como si su vida dependiera de ello, pero le salió el tiro por la culata cuando sus ojos no estuvieron de acuerdo con la acción. Las lágrimas empezaron a caerle por la cara y se puso incluso peor cuando intentó limpiárselas con las manos manchadas de cebolla. "Joder, esto duele. ¿Es normal?"

"Perfectamente normal." Cam rodeó la isla de la cocina, riendo muy fuerte, y Ella sintió otra oleada de excitación cuando extendió la mano para limpiar las lágrimas de sus mejillas antes de darle una servilleta. Las manos de Cam en su piel se sentía fantástico e incluso después de que retrocediera, Ella todavía podía sentir la sensación de hormigueo por su roce. "Está bastante claro que nunca has troceado una cebolla antes."

"No, no puedo decir que lo haya hecho, y tampoco creo que vuelva a hacerlo. Esto es terrible." Ella tocó suavemente sus ojos con la servilleta, un poco avergonzada. Pasó sus manos sobre sus mejillas, donde habían estado los dedos de Cam. "¿He arruinado la cebolla también?" Miró las piezas troceadas de manera desigual y ruda que estaban en la tabla de cortar.

"En absoluto." Cam señaló el porche. "Pero ¿por qué no le das un descanso a tus ojos? Siéntate en el porche, enciende las velas, relájate y lo traigo todo en quince minutos."

"Eres una cocinera increíble." Ella se dispuso a comer con una gran sonrisa en su cara. "Esta comida es fantástica y es encantador estar aquí fuera." Estaban sentadas una frente a otra en la mesa del porche de Cam y ya habían hablado de temas como la industria del cine, música y la vida en LA, y ambas se vieron riéndose y burlándose la una de la otra durante su conversación como si se hubieran conocido hacía años.

"Gracias." Cam puso los palillos chinos en la mesa y se echó hacia atrás en su asiento, tomando un sorbo de vino. La luz de las velas lo cubría todo de un brillo suave y cálido, y si Cam hubiera estado delirando de alguna forma, la atmósfera del porche podría haber pasado por muy romántica, con el sol poniéndose de fondo. Al final no se había cambiado de ropa. Tampoco era como si esto fuera una cita y no necesitaba impresionar a Ella. "Bueno, ¿empiezas pronto mañana?"

"A las ocho," dijo Ella, poniéndose más pescado del plato que había entre las dos. "¿Y tú?"

"Igual. Pero, como sabes, me levanto bastante más temprano para tener mi propia sesión privada de yoga en la playa. Nada demasiado fuerte, solo para calentarme y estirar y quizás nadar un poco."

"Eso suena encantador. ¿Puedo unirme a ti? Quiero decir, te pagaría por una sesión privada de yoga, por supuesto. Sé que estás muy solicitada y..."

"Por supuesto que puedes unirte a mí," la interrumpió Cam. "Pero no quiero tu dinero; mi sesión de las 6 de la mañana no está en venta."

"Genial." La sonrisa de Ella se hizo más amplia. "Debe ser increíble despertarse aquí y empezar tu día así. Es un sitio tan agradable. ¿La redecoraste antes de mudarte aquí?"

"Sí, hice algunos trabajos pero no demasiado. Principalmente cosas estéticas. Pintar, muebles nuevos, y agrandé este porche. Para ser completamente sincera, no estaba segura de cómo me sentiría viviendo en la casa antigua de mi madre, pero había tenido inquilinos antes y ellos ya la habían cambiado un poco en los años que estuvieron aquí, así que eso ayudó un poco."

"¿A qué se dedicaba tu madre?" Ella se mordió el labio. "Lo siento... ¿Te importa que te pregunte?"

"No, en absoluto. Era productora de televisión. El último programa en el que trabajó fue *Beach Babes*." Cam rió. "Ya sabes, ese estúpido programa de citas."

Los ojos de Ella se abrieron de par en par. "Es genial. Conozco *Beach Babes*. Solía ser mi placer oculto."

"¿En serio?" Cam se rió más aún. "Pero era tan hortera."

"Ya lo sé, pero a quién no le gusta la mala televisión." Ella se tapó la boca de un manotazo. "Lo siento, no quería insinuar que tu madre trabajara en programas malos de televisión, es solo que..."

"Eh, está bien. En realidad era una buena productora. Una productora muy buena de programas de televisión muy malos. Ese programa en particular tenía calificaciones de audiencia mega altas, igual que todas las demás mierdas en las que trabajó."

"¿Estabais unidas?"

Cam pensó sobre eso. "Sí y no. Mi madre tenía un montón de problemas de enfermedad mental. Era bipolar y sufría de ansiedad severa. Me quería y yo la quería a ella pero rara vez pasábamos tiempo juntas cuando yo era más joven. Todo giraba siempre en torno a ella. Su carrera, su aspecto, su vida... Si no era el centro de atención, no era feliz, pero era muy divertido estar a su lado cuando estaba de buen humor. Cuando estaba de mal humor, o cuando dejaba de tomar su medicación por cualquier razón, me aseguraba de estar bien lejos de ella." Cam frunció los labios con una mirada lejana en sus ojos. "Era extremadamente vanidosa y gastaba mucho dinero en ropas y en su aspecto. Creo que su mayor temor era hacerse mayor y que su apariencia se desvaneciera, pero quizás eso es lo que trabajar en la industria te hace. Tenía aventuras con hombres jóvenes y cada vez que mi padre se enteraba, ella le amenazaba con matarse si la dejaba. Mi padre estaba loco por ella, pero ya no pudo aguantar más y, al final, pidió el divorcio."

La mano de Ella alcanzó la de Cam sobre la mesa. "Eso debe haber sido duro para ti, crecer así."

"Era lo que era, pero yo no conocía nada mejor. Los niños son fuertes en ese sentido, y yo no estaba triste ni fui maltratada. De hecho, tengo muchos recuerdos felices y siempre supe que me quería." Cam sintió que se le ponían los vellos del brazo de punta por el roce de la mano amable de Ella cubriendo la suya.

Ella se mantuvo en silencio un momento mientras miraba al salón donde una foto enmarcada de una mujer despampanante de pelo oscuro se erguía en la estantería. "¿Es ella?" preguntó, señalando con la cabeza en dirección a la fotografía.

"Sí, esa es. Valentina Bandera. Yo recibí el apellido un poco menos exótico de Saunders, de mi padre," bromeó Cam, pero Ella podía ver el dolor en sus ojos.

"Te pareces a ella," dijo Ella.

"Somos muy diferentes."

"Por supuesto, pero tu cara es igual. Tu estructura ósea y tus ojos y tus labios..." Los ojos de Ella bajaron a la boca de Cam. "¿Qué le pasó?"

"Se suicidó ahogándose." Cam apartó sus ojos de Ella y miró hacia el mar. "Justo allí." Cuando se giró hacia ella, casi lamentó haberle dicho la verdad porque la cara de Ella se había puesto pálida en un segundo. Pero no quería mentirle;

hasta ahora, habían sido completamente honestas la una con la otra.

"Lo siento tanto," susurró Ella. "Cuando yo..." cerró los ojos un momento y tomó aire profundamente. "No puedo imaginarme lo que aquella mañana debió haber sido para ti. Siento tanto haberte forzado a revivirlo."

"No fue fácil, pero me dio un extraño sentido de consuelo al mismo tiempo. Aunque no fui capaz de salvarla a ella, por lo menos tú todavía estás aquí..." Cam consiguió tragarse las lágrimas y se tomó su tiempo para recomponerse antes de continuar. "Su programa fue cancelado el mismo año que fue el divorcio. Tuvo dificultades con ambos, supongo. Mi padre y yo nos preocupábamos por si ella dejaba de tomar su medicación si vivía sola, pero tampoco me dejó que la cuidara. En aquel momento estaba deprimida y quería estar sola. Me sentí culpable durante mucho tiempo. Me decía a mí misma que debería haber estado allí para ella, pero no me quería a su lado y yo tenía que respetar eso. Con el tiempo, Theresa me hizo ver que no había nada que yo pudiera haber hecho y que yo no era responsable de ella. Por eso es por lo que te di su número. Porque ella marcó la diferencia conmigo." Fijó sus ojos con los de Ella. Estaba oscuro ya y la luz de las velas parpadeantes se reflejaba en su mirada, haciendo que sus grandes ojos destacaran aún más. Cam tembló de nuevo ante su vista. *Es tan hermosa.*

Ella bajó la mirada a su mano y la retiró un poco demasiado bruscamente como si se acabara de dar cuenta que había estado sosteniendo la mano de Cam durante toda la conversación. "Me alegro de que me dieras su número. También ha marcado la diferencia en mí."

"Eso es genial, me alegra de verdad oír eso. No siempre es fácil encontrar un terapeuta con quien congenies." Cam tomó un sorbo de su vino. "Bueno, esa es mi historia. Si no te importa compartir, ¿cuál es la tuya? ¿Estás unida a tus padres?" Recordaba haber leído algo sobre la madre de Ella. Según los tabloides, era el estereotipo de madre de Hollywood obsesionada con la fama, actualmente alejada de su única hija. Pero no conocía la situación de Ella y no quería asumir cosas.

"¿Podemos hablar de eso la próxima vez?" Ella hizo una mueca. "Lo siento, pero no quiero hablar de ella esta noche. Me arruinará el estado de ánimo."

"Claro, no hay problema." El corazón de Cam se saltó un latido al darse cuenta de que Ella quería que se vieran otra vez. "Lo siento, no tenemos que hablar nunca de ella si eso te hace sentir incómoda."

"Vale." Ella sonrió mientras tomaba un último bocado del tofú que quedaba en su plato. "Gracias, Cam, por cocinar para mí. Ya sé que probablemente debería haberte invitado a una cena lujosa en un restaurante elegante después de todo lo que hiciste por mí, pero es que esto es mucho más agradable y privado y, bueno, una cena nunca sería suficiente para pagarte por haberme salvado la vida. Nada sería suficiente para mostrarte mi más profundo agradecimiento, así que no estoy muy segura de qué hacer ahora." Se encogió de hombros. "Quiero darte algo, pero no tengo la más mínima idea de qué podría ser."

Cam negó con la cabeza. "Ella, no quiero que me des las gracias ni me des nada, quiero que seas feliz. Y verte mucho mejor, sin esa mirada vacía en tus ojos, es más de lo que podía haber esperado, así que gracias a ti por venir. De verdad que disfruto pasar tiempo contigo."

Ella sonrió y Cam podría haber jurado que había visto un rubor en sus mejillas. "También a mí me gusta pasar tiempo contigo," dijo. "Deberíamos hacerlo más a menudo."

"Eh, tienes mi número. Llámame cuando quieras." Dijo Cam. "Me imagino que tu horario es un poco más complicado que el mío."

"En realidad, no es demasiado malo." Ella rellenó las copas de vino. "Pero solo porque he ignorado todas las ofertas de los últimos meses. Termino de rodar en un mes y no tengo nada programado después de eso. Sé que necesito volver a mi red de contactos pronto y revisar los más de trescientos guiones que me han enviado, pero llevo trabajando desde que era un pequeña, así que mi mánager no está en posición de meterme presión."

"Bien por ti." Cam levantó su copa en un brindis. "Bueno, ¿y qué hay en tu lista de cosas por hacer, ahora que por fin tendrás algún tiempo de descanso?"

Ella hizo una mueca cuando se dio cuenta de cómo iba a sonar su próxima declaración, pero la segunda copa de vino se le había subido a la cabeza, después de seis meses de muy poco alcohol, y le gustaba poder ser directa con Cam.

"Pues, en realidad, no tengo ni idea." Se rió y continuó con su tono autocrítico. "No tengo amigos cercanos, no tengo hobbies, todavía estoy deprimida y, a menudo, triste, aparte de ahora mismo y, francamente, sería bastante estúpido por mi parte tener demasiado tiempo libre entre mis manos. Probablemente no es el mejor momento para dar un paso atrás de la pequeña estructura que tengo."

Cam se puso seria antes esas sinceras palabras. "Bueno... si decides que te gusta el yoga mañana, oficialmente tendrás un nuevo hobby porque me aseguraré de que estés aquí al menos dos veces a la semana a las seis, y en cuanto a amigos..." Le dirigió una dulce sonrisa a Ella. "Siempre me tendrás. Así que imagínate cuánto tiempo libre tendrás entre el yoga y yo para leerte esos guiones y decidir cuál de ellos quieres hacer de verdad."

"En realidad no suena demasiado mal cuando lo dices así." Ella se levantó, no queriendo abusar de la hospitalidad. "Debería volver a casa, empiezo temprano mañana. Déjame que lave los platos antes de irme."

Cam negó con la cabeza y cogió las manos de Ella para que no recogiera los platos. No quería que se fuera todavía, pero asumió que Ella estaría cansada.

"Es un trabajo de cinco minutos. Por favor, no te preocupes."

"Vale. Pero la próxima vez me toca. He pasado una tarde muy agradable, Cam."

Cam la acompañó hasta la puerta, donde se quedaron un momento. "Yo también," dijo. "¿Cómo vas a casa? No vas a conducir, ¿verdad?"

"No, mi chófer me está esperando fuera."

"Por supuesto que tienes chófer," dijo Cam con una sonrisita, poniendo los ojos en blanco de manera exagerada por si acaso.

Ella se rió y entornó los ojos de manera teatral también. "Por supuesto que lo tengo." Y entonces se dio cuenta de que la mirada de Cam había bajado hasta su boca y subconscientemente se lamió los labios. Luchando con el deseo de agarrar la cara de Cam y besarla hasta perder el sentido, Ella le dio un abrazo rápido y abrió la puerta. "Te veo mañana por la mañana para tu sesión de yoga."

## 15

Ella se tiró del cuello de su top en la parte trasera del coche. *¿Por qué hace tanto calor aquí?* Sintió la mano sudada cuando cogió una botella de agua del mini bar y se la bebió, luego dio un largo suspiro. Sabía que no pasaba nada con el aire acondicionado del coche; se había estado sintiendo así toda la noche, incluso fuera, en el porche de Cam. Todavía con el subidón por lo maravillosamente bien que se lo había pasado, se dio cuenta de que hacía mucho tiempo que no se había sentido así de bien, y repitió sus conversaciones mientras su chófer se abría camino por LA.

Cam había sufrido la pérdida, como ella, y la niñez de Cam tampoco había sido precisamente convencional. Cuanto más sabía de ella, más parecían tener en común, aunque en la superficie no podrían haber sido más diferentes. El hormigueo que había sentido a cada roce de Cam, por casual que fuera, era casi abrumador, y alargó la mano para tocarse otra vez la mejilla donde había estado la mano de Cam.

El deseo era algo extraño, pensó mientras bajaba la

ventanilla y se quedaba mirando fuera. Las luces de la ciudad, que normalmente la ponían nerviosa, parecían hermosas esta noche, y, de repente, entendió el encanto que se proyectaba de LA en las películas, y entendió por qué a la gente le encantaba la ciudad. Las palmeras rechonchas y frondosas, los diferentes barrios con sus propias identidades, culturas y subculturas que, de alguna manera, parecían fundirse en una, los viejos teatros de Broadway, la arquitectura ecléctica, las cafeterías Googie, las hordas de personas haciendo cola en sus camionetas de tacos favoritas en los aparcamientos de los centros comerciales, las ruinas de los viejos platós, las luces de neón, las buganvillas, las montañas y la playa... Y luego estaban la serie de hoteles elegantes que aseguraban haber sido los lugares favoritos de estrellas de cine icónicas en algún momento, los rebosantes restaurantes del centro donde la mayoría de los trabajadores eran actores esperando su oportunidad a la fama, los jóvenes colocados delante de las tiendas de licores, esquivando a los policías antes de beber porque los precios en los puntos calientes de moda eran exorbitantes... Era como ver la ciudad por primera vez y cuando el letrero de Hollywood apareció por una fracción de segundo, sonrió, agradecida por ser parte de la magia. Sí, el deseo era algo extraño, pero si el deseo podía hacer que se olvidara de Helena un poco, y si el deseo podía hacerla sentir viva otra vez, entonces estaba feliz de abrazarlo.

Ella estaba animada por la revelación de que Cam era gay. La confesión lo había cambiado todo, al menos para ella. Eso no quería decir que Cam sintiera atracción por ella, por supuesto, y tampoco quería decir que pasara algo entre las dos, pero era bonito tener a alguien con quien fantasear después de mucho, mucho tiempo.

Cuando Helena le había contado su primera experiencia

con una mujer, Ella, inmediatamente, supo que era gay también y que quería vivir ese estilo de vida también. Había soñado con ser capaz de hacer justo lo que quería algún día, vivir su vida libremente, pero hasta ahora, aparte de sus dos ex "novios" que no le importaban nada, solo habían sido ella y su mano derecha.

"Hemos llegado," dijo el chófer por el intercomunicador, sacando a Ella de sus pensamientos.

"Gracias." Ella salió del coche y le dio una propina por la ventanilla antes de decirle adiós con la mano.

A rriba en su apartamento, Ella se quitó las sandalias y se dirigió a su habitación. Abrió las puertas correderas que daban al jardín de la azotea, que rara vez había usado desde que se había mudado, y salió, inspeccionando la piscina y el área de alrededor llena de plantas grandes y parterres de flores. La noche era cálida y había brisa. La terraza estaba iluminada por la piscina e hileras de luces blancas que parpadeaban en las palmeras que la rodeaban. Dos cómodas tumbonas estaban colocadas bajo una gran sombrilla que protegía las fundas gruesas azul marino del sol y la lluvia. La piscina parecía acogedora y Ella sumergió un dedo del pie en el agua, comprobando la temperatura. Era agradable y quería sumergirse, pero una repentina oleada de miedo la detuvo. Jadeó mientras mantenía el equilibrio en el borde, de repente aterrorizada. *Joder.* Lentamente retrocedió dos pasos e intentó calmarse. *No, no, no. Ahora no. Estoy bien, e incluso si me caigo, estaré bien. Sé nadar. No me ahogaré, viviré.* Se retiró a una de las tumbonas y se tumbó mientras intentaba estabilizar su respiración. *Estás bien, Ella. Estarás bien.*

Después de un rato pudo relajarse y abrió los ojos de

nuevo. Se forzó a mirar al agua y se imaginó a Cam en la piscina. Eso ayudó. La visión de Cam deslizándose por el agua transformó su miedo en algo mucho más placentero y la idea de ella en bikini alejó su mente de su repentino pánico. Su cuerpo tonificado, sus misteriosos ojos oscuros, su amplia sonrisa... Ella se preguntó cómo se sentiría besándola y sintiendo ese cuerpo contra el suyo. Un suave gemido se escapó de su boca y se desabrochó los vaqueros antes de deslizar una mano dentro. El sexo había sido lo último en su mente desde que la depresión había adormecido sus sentidos y habían pasado más de dos años desde que había hecho esto. Ni siquiera estaba segura de si todavía funcionaba ahí abajo hasta que sintió su propia humedad en la punta de sus dedos. *Dios.* Claramente, ver a Cam otra vez había despertado su deseo. Ella pensó en su sonrisa y en su cariñoso roce mientras trazaba su sexo arriba y abajo, estremeciéndose con su propio tocamiento. *Definitivamente todo sigue funcionando todavía.* Cerró los ojos y movió sus dedos hacia su clítoris, rodeándolo rápidamente hasta que un calor cálido empezó a extenderse desde su centro. *Cam.* Su cuerpo convulsionó cuando llegó al clímax, y se maravilló de la sensación física que la golpeó mucho más fuerte de lo esperado. Aunque recordaba cómo se había sentido antes, la relajación que se apoderó de todo su cuerpo fue una agradable sorpresa. Acostada allí, dejó escapar un profundo suspiro y sonrió, sabiendo que esta noche podría dormir.

## 16

"**B**uenos días, solete." La cara de Cam se iluminó con una sonrisa mientras descendía los escalones hacia la playa y vio a Ella esperándola allí con pantalones cortos grises de algodón y una camiseta blanca, el pelo recogido en un moño informal. Parecía adormilada y estaba adorable. "¿Quieres preguntarle a tu chófer si quiere unirse a nosotras? ¿O le puedo traer un café?"

Ella se rió. "He conducido yo; necesito irme directa al set de rodaje después de esto." Miró a Cam, que llevaba pantalones de yoga grises hasta la rodilla y una camiseta cortada gris e intentó no quedarse mirando a sus abdominales. "Y ¿puedo aclararte algo, por si piensas que soy una completa imbécil?" Dio una patada a la arena que había delante de ella y levantó la vista hacia Cam. "La compañía de limusinas con la que trabajo me manda un chófer diferente cada vez. Hay como cincuenta y no se les permite interactuar con sus clientes. Por eso es por lo que no le ofrecí nada anoche, podrían despedirle por eso. Probablemente no sabes estas cosas y no quiero que pienses que yo..."

"Eh, nunca pensaría eso de ti," dijo Cam, pasándole una

mano por el hombro. "No me das para nada la impresión de que seas una imbécil y tengo muy buen ojo para juzgar el carácter de las personas." Miró a Ella de arriba a abajo, pero se reprimió de decir algo de lo que podría arrepentirse. "Bueno, ¿empezamos? Hablar no te va a librar de esto."

Los brazos de Ella le ardían mientras se mantenía en la posición de perro mirando abajo, intentando recrear un triángulo con su cuerpo. Tenía las manos rectas sobre la arena delante de ella, y con la cabeza entre los hombros mientras miraba hacia sus rodillas. Habían trabajado una serie de posiciones y estiramientos de varios niveles e intensidad y ahora estaba supuestamente en "posición de descanso". Si esto era una sesión suave para principiantes, no se atrevía a imaginar cómo sería una clase real porque, ahora mismo, le dolía todo. Cam estaba a su lado en la misma posición y giró la cabeza para mirarla.

"Lo estás haciendo genial," dijo. "Quédate así. Solo voy a corregirte un poco." Cam se levantó, puso una mano en la espalda de Ella y la empujó suavemente, guiándola hacia abajo y bajando más sus hombros. "Eso es. No te olvides de respirar. Respiraciones largas y constantes." Su otra mano empujó las rodillas dobladas hacia atrás, estirando sus piernas. Ella dejó escapar el aire que había estado conteniendo. Se sentía tan nerviosa de que Cam la tocara que temía que sus piernas cedieran bajo ella. La sesión privada de placer de la noche anterior había traído de vuelta toda una serie de sentimientos sexuales que de repente no parecían querer disminuir.

"Pon un pie entre tus manos y mira hacia arriba, luego pon el otro pie al lado y estira las piernas." Ella hizo lo que le dijo, las puntas de sus dedos todavía tocando el suelo.

"Perfecto. Ahora enrollemos lentamente." Cam sostuvo la cintura de Ella hasta que estuvo de pie. La soltó tan pronto como estuvo derecha.

Ella supuso que Cam no la tocaba de manera diferente a como lo hacía con otra gente en su clase cuando les corregía, pero de alguna manera, fue un sentimiento tan impactante que era difícil de ignorar.

Presionando sus manos delante de su pecho, Cam la rodeó, hizo un pequeño gesto de reverencia y dijo: "Namaste."

"Namaste," repitió Ella, haciendo lo mismo mientras mantenía sus ojos fijos en los de Cam, sus rasgos oscuros enmarcados ahora por el sol naciente. ¿Cómo podía parecer tan calmada cuando Ella casi no podía respirar? "¿Qué significa?" susurró.

"Quiere decir "lo divino en mí se inclina ante lo divino en ti"," dijo Cam, bajando su voz también.

Ella siguió mirándola fijamente. ¿Se lo estaba imaginando o la temperatura había subido entre ellas? *No, no te estás imaginando cosas, Ella. Deja de mirarla así.*

"Es como un saludo o un gracias al profesor y viceversa," continuó Cam, aún sin rehuir su intenso contacto visual.

"En ese caso, gracias, profesora. Te estoy muy agradecida." Ella le dirigió una sonrisa que bien podría haber pasado como coqueteo. "Me siento genial. Ha sido duro, pero siento que mi cuerpo está despierto ahora y me siento, no sé... llena de energía, supongo."

"Eso es bueno. ¿Lo has disfrutado?"

Ella frunció los labios. "Sí, creo que sí. Quiero decir, me apetece hacerlo otra vez, y eso es buena señal, ¿no?"

"Sí que lo es." Cam señaló el mar con la cabeza. "Me voy a dar un baño rápido. ¿Quieres venir conmigo o...?" Hizo una mueca. "Lo siento, casi me olvidé de..."

"No, no pasa nada," le aseguró Ella. "Prefiero no ir pero nos preparo un café mientras vas a bañarte, ¿qué tal suena?"

"Suena genial." Ella podía ver que Cam se sentía un poco cohibida cuando se quitó las mallas de yoga delante de ella y se las daba. Ahora solo llevaba puesto la parte de abajo de un bikini negro y su camiseta cortada. "¿Me los subes?"

"Claro." Ella observó a Cam mientras corría hacia la orilla. Un deseo de correr con ella se instalaba profundamente en sus entrañas pero la idea de entrar en el océano la aterrorizaba. Los omóplatos bien definidos de Cam se flexionaban mientras corría, y la parte inferior del bikini no cubría mucho de su alegre trasero mientras sus caderas se balanceaban de lado a lado. *Jesús. Estoy oficialmente babeando por ella.*

E lla había logrado recuperarse cuando Cam volvió de su baño, pero cuando se metió bajo la ducha, al borde del porche justo delante de ella, tuvo que reunir cada centímetro de fuerza de voluntad para apartar sus ojos de ella nuevamente. Cam se sacudió el pelo, cogió una toalla, se la anudó a la cintura y se sentó a la mesa frente a Ella. Todavía le caían gotas de agua por la cara y su pelo estaba peinado hacia atrás, enfatizando sus esculpidos rasgos andróginos.

"Qué rico, has hecho el desayuno." Los ojos de Cam se entrecerraron cuando vio a Ella mirándola fijamente con la boca ligeramente abierta. "¿Estás bien, Ella?"

"Sí, sí. Estoy bien." Ella pintó una sonrisa en su cara y se movió en el asiento. "Aquí tienes tu café. No sabía si querías algo más, así que he tostado unos bagels y he cortado un aguacate que encontré en la cocina. Perdona si es una indiscreción pero no creí que te importaría."

"En absoluto. Gracias, y no necesitabas hacer eso." Cam tomó un sorbo de café. "¿Estás nerviosa por tener que rodar tu escena íntima hoy?"

Ella puso los ojos en blanco y se rió con la pregunta, distrayéndola un poco, por fin, del cuerpo de Cam. "No es gran cosa; no es que nunca haya hecho una escena de sexo antes. Estoy contenta de haber hecho algo de ejercicio antes de tener que estar ahí de pie medio desnuda delante de cincuenta personas con un montón de luces encima de mí. Será genial quitarse la escena de sexo de en medio. La primera era todo sobre lujuria y esta es todo sobre amor, así que estaré filmando miradas empalagosas con Neil todo el día." Ella transformó sus rasgos para formar la cara más enamorada de su repertorio y ambas estallaron en carcajadas.

"Es impresionante. Tu cara de enamorada es muy convincente." Cam ladeó la cabeza con una sonrisa. "Y ahora enséñame tu cara de lujuria."

"¿En serio? ¿De verdad quieres verlo?"

"Sí." Cam cogió la mitad de un bagel y lo cubrió con rodajas de aguacate, su cara seria de manera burlona.

"Vale..." Ella se pasó una mano por el pelo, lentamente y de manera seductora, se levantó de la silla y rodeó la mesa. Se inclinó sobre Cam y la miró a la boca, lamiéndose los labios antes de separarlos y subió la mirada hacia los ojos de Cam. Respiraba rápido, con una mirada en sus ojos que prometía que iba a besarla en cualquier momento.

Cam tragó saliva fuertemente mientras la miraba. "Hostia puta."

"¿Es lo suficientemente lujurioso para ti?" Ella soltó una risita pero se quedó ahí un momento con la boca cerca de Cam antes de alejarse y volverse a sentar, el color por toda la cara. Escondió sus manos temblorosas bajo la mesa y se aseguró de parecer presumida en lugar de cómo se sentía de verdad, que era aterrorizada. Estar tan cerca físicamente de Cam había hecho que su cabeza le diera vueltas y que su cuerpo reaccionara de manera explosivamente placentera.

"Joder, sí." Cam se movió en su silla, rozando su pie descalzo contra la pierna de Ella por accidente. Por una fracción de segundo, Ella vio que algo cambiaba en su expresión, y ahí estaba. Lo había sentido la noche anterior, aunque solo fuera por un breve momento, esa extraña cosa entre ellas. Algún tipo de energía sexual que salió a la superficie momentáneamente y desapareció nuevamente cuando Ella se levantó, llevándose el bagel con ella.

"Necesito irme o llegaré tarde," dijo, dando un último sorbo al café. "Ha sido divertido, gracias." Su cara estaba toda roja ahora.

"Sí que lo ha sido. Gracias por acompañarme." Cam la siguió con los ojos mientras bajaba los escalones deprisa. "Disfruta del besuqueo hoy," gritó tras ella.

## 17

"¿Cómo te fue la cita?" le preguntó Vanya de inmediato cuando Cam entró y tiró su bolsa de deportes en la esquina de la oficina.

"Buenos días, Vanya. Es genial verte a ti también. ¿Cómo te encuentras hoy?" le contestó Cam con intencionado sarcasmo, aunque no pudo evitar reírse ante la franqueza desvergonzada de su amiga.

"Estoy bien, yo siempre estoy bien, ya lo sabes. Bueno, ¿cómo fue?"

"Vanya, pensé que habíamos quedado en que no podía hablar de esto y que ibas a respetar mis deseos."

"Y los respeto, pero aún así quiero saber todos los detalles jugosos. ¡Es Ella Temperley, por amor de Dios!" Vanya lanzó sus manos cubiertas de henna al aire, sus pulseras chocaban entre sí mientras las agitaba implorante. Cam se sentó y se dio cuenta que la elección ya la había hecho por ella. La curiosidad de Vanya era imparable y no había forma de combatirla.

"Vale." Dio un suspiro. "Fue agradable. Cenamos y hablamos."

"¿Y?"

"Y, ¡nada!" Cam empezó a quitarse las zapatillas y los calcetines. "Ella es hetero, lo sabe todo el mundo." Ignoró el hormigueo en su estómago, que todavía no se había asentado desde la actuación de Ella esa mañana. En el fondo, ya no estaba segura de nada, y no podía dejar de pensar en el comentario que había hecho de Neil Messenger. 'Neil no tiene ninguna posibilidad.' Se lo quitó de la cabeza, diciéndose a sí misma que parara las ilusiones. "Bueno, me vas a acompañar a la clase o qué?"

Vanya negó con la cabeza. "Estoy demasiado ocupada."

"Tonterías, te acabo de ver salir de esa página de cotilleos en tu ordenador portátil, así que vamos. Si logro agotarte, podría evitar que me interrogues por un par de horas."

"Vale, vale." Vanya levantó ambas manos, admitiendo la derrota. "Pero no me hagas trabajar muy duro, recuerda que tenemos esas visitas esta tarde."

"Esto es agradable." Vanya empezó a comer su ensalada cuatro horas después. Estaban tomando un almuerzo tarde en el centro después de visitar los dos primeros edificios de la lista de Vanya. Cam quería que el segundo estudio de yoga estuviera cerca de los estudios de cine para atraer a la gente que trabajaba allí, y había pasado por un riguroso proceso de selección para encontrar los mejores. "Ya no hacemos esto nunca, solo tú y yo."

"¿Qué quieres decir? Siempre estás en mi casa." Cam parecía desconcertada mientras tomaba un sorbo de su zumo verde.

"Ya lo sé, pero ya no salimos nunca, como solíamos

hacer. Las cosas están cambiando, y yo me estoy haciendo mayor y aburrida."

"Eh, no eres mayor ni aburrida. Tus prioridades han cambiado, eso es todo, es perfectamente normal. Amas a Greg, así que, por supuesto, quieres quedarte en casa con él." Cam atrapó con el tenedor un trozo de pimiento a la plancha y apuntó a Vanya. "Espera un momento. ¿Estás teniendo algún tipo de crisis inminente relacionada con la boda porque estás a punto de casarte?"

"Quizás." Vanya frunció los labios. "Siento como que me falta emoción en mi vida. Estás saliendo con una celebridad, mi hermana está haciendo películas en Mumbai, Greg acaba de ser nombrado director financiero en su compañía y yo..." Vanya apuñaló un tomate, pareciendo un poco derrotada. "Estoy a punto de casarme y tener hijos y eso será todo."

"Creí que querías hijos," dijo Cam.

"Y quiero, pero siempre esperé que lograría algo especial antes de asentarme, algo grande..." Vanya se paró. "Lo siento, no quería decir relacionado con la carrera profesional porque me encanta mi trabajo. Solo esperaba ser realmente buena en al menos una cosa, ¿sabes? Primero pensé que sería el yoga, atendiendo ese curso intenso que hicimos en aquel centro turístico de Goa, pero aunque ahora soy instructora cualificada, no me gusta lo suficiente para hacerlo todos los días. Luego pensé que sería cocinar, pero no tengo talento en absoluto en la cocina y luego, mi profesor de piano me sugirió el otro día que intentara un instrumento diferente. Por lo que parece, soy tan mala que la pequeña fortuna que le estoy pagando no es suficiente para compensar el sufrimiento al que está sujeto, teniendo que escucharme una vez a la semana. Y ahora, incluso mi boda será mediocre si no encuentro a alguien que me ayude pronto." Gimió. "Quizás me ponga un tatuaje en la cara, así por lo menos seré conocida por llegar hasta el final con *algo*." Cam se inclinó hacia adelante y cogió la mano de Vanya, conmovida por la confesión.

"Vanya, para. Eres una persona fantástica y la amiga más leal que nadie pudiera desear. Eres inteligente, divertida, despampanante, y estoy segura de que serás la mejor madre del mundo algún día. También eres brillante en tu trabajo y tus habilidades de organización son más que increíbles. Ya eres especial y en cuanto a la boda, ¿por qué no pones a mejor uso esas habilidades y la planificas tú misma?"

"Gracias por intentar hacerme sentir mejor," dijo Vanya, apretando su mano, "pero con mi familia siendo hindú y la de Greg cristiana, no sabría cómo organizarlo todo. Tendrá que haber diferentes ceremonias, cambios de vestidos, varios DJ y ni siquiera hablo de la comida o la decoración."

Cam sacudió la cabeza e intentó no reírse. "Pero que quieres *tú*, Vanya? ¿Qué queréis *tú y Greg*? Seguro que dos personas que se van a casar deberían tener algo que decir en el asunto. ¿Y Greg? ¿Es todo eso importante para él? Ya sé que para ti no lo es."

"No, no lo es. Greg solo quiere una fiesta divertida." Vanya apretó los puños con las manos. "¿Sabes qué? Tienes razón. Ninguno de los dos somos religiosos así que ¿por qué me estoy estresando por una iglesia y una ceremonia hindú? Podríamos pagar la maldita boda nosotros mismos y hacerlo a menor escala. Ni siquiera quiero una boda en el Country Club. Siempre he querido casarme en un viñedo. Y tampoco quiero ponerme un vestido de boda o un sari, solo quiero estar guapa, con un vestido de estilo bohemio. Ninguno de los dos queremos invitar a los amigos de los padres de Greg del Country Club o a los contactos de su padre en la ciudad o a los parientes lejanos que no he conocido nunca antes y tampoco queremos alta cocina. Nos gustan los tacos y la comida casera de mi madre."

"Pues ahí tienes la respuesta a por qué estás estresada."

Vanya asintió y dejó escapar un suspiro de frustración. "Pero seguro que es demasiado tarde para cambiar las cosas ahora. Y no puedo simplemente cancelar lo del Country Club. ¿Y cómo voy a encontrar otro lugar en tan poco tiempo?"

"Encontrarás algo. Eres buena en este tipo de cosas. Además, nunca te he visto hacer algo que no quisieras hacer, así que ¿por qué empezar en el día más importante de tu vida? Habla con Greg, a ver qué piensa él y dile a la madre que se aparte. Tómate un tiempo libre y concéntrate en organizar la boda de tus sueños. Haré que un miembro del personal del bar recoja la mayor parte de tu trabajo diario mientras estás fuera y haré todo lo posible para encargarme del resto lo mejor que pueda."

"¿En serio?" Vanya pareció sorprenderse por la propuesta.

"Sí, en serio. De hecho, te prohíbo que vengas a la oficina, empezando hoy." Cam la miró a los ojos firmemente pero con cariño. "No, espera. Vamos a terminar estas visitas hoy antes de que te vayas a casa y hagas lo que necesites hacer. Necesito tu opinión, eres mejor que yo en este tipo de cosas."

"Gracias, Cam." Vanya parecía un poco más aliviada ahora. "No me puedo creer que la idea nunca se me haya ocurrido a mí; tiene mucho sentido."

"No hay problema. Y dime cuándo quieres que salgamos, siempre estoy disponible." Cam buscó en su bolso y abrió una carpeta que contenía los packs de información de las dos propiedades que ya habían visitado. "Bueno, mientras todavía te tengo... ¿Qué piensas de estos?"

Vanya señaló la foto del primer edificio. "Este podría ser demasiado pequeño. Podríamos meter dos estudios de yoga, pero entonces no habría suficiente espacio para vestuarios con un tamaño decente y un área agradable para relajarse."

"Estoy de acuerdo." Cam levantó el otro pack. "¿Y este?"

"Me gusta," dijo Vanya sin dudarlo. "Pero no estoy tan segura del jardín. Por eso es que quería verlo."

"Sí, es bastante largo y estrecho." A Cam le gustaba que siempre parecían estar de acuerdo cuando se refería al trabajo. "Pero no lo descarto todavía, tengo grandes esperanzas en el próximo, con la terraza en la azotea. Eso sería genial, tener clases en la azotea en medio de la ciudad."

"Parece que es un espacio fantástico," confirmó Vanya. "El precio, no tan fantástico. Tendríamos que subir el precio para ser socios si quieres ir a por ese."

"Eso es verdad. Pero si nosotras..." La voz de Cam se apagó cuando vio que su móvil se encendía.

`¡Eh! Gracias de nuevo por la sesión de yoga de esta mañana, todavía me siento genial. La escena de amor se ha finiquitado con éxito así que mañana estoy libre. ¿Quieres que tomemos un café durante tu descanso? X Ella.´ Intentó esconder su emoción mientras tecleaba una respuesta.

`Un café suena perfecto. Me alegro de que la escena de amor fuera bien pero no me sorprende.´ Cam contempló la idea de terminar con algo de coqueteo. `¿Con ganas de más miradas lujuriosas?´ No, se dijo a sí misma. Esto era ridículo, y se sentía un poco avergonzada por haber incluso considerado la opción. `Deseando verte mañana,´ tecleó por fin. En cuanto lo mandó, entró otro mensaje.

`Deseando verte también. X.´ Cam se levantó rápidamente antes de que Vanya tuviera la oportunidad de preguntarle sobre la repentina sonrisa en la cara y entró para coger el cheque. ¿En serio? ¿Por qué estaba siquiera contemplando el flirteo? Movió la cabeza mientras entregaba la tarjeta de crédito. A pesar de sus interacciones juguetonas, Ella era hetero con toda probabilidad, e incluso aunque no lo fuera, probablemente no estaba ni de lejos preparada o con ganas de formar ningún tipo de relación. *No coquetees con ella, nunca acabaría bien.*

"Un café con leche de almendras para ti." Ella le dio a Cam la taza alta de café para llevar cuando se encontraron en el aparcamiento delante de su estudio de yoga. Como si fuera una señal, ambas estallaron en una gran sonrisa y se movieron en el sitio, un poco incómodas. De pronto, el tono despreocupado de sus mensajes fue reemplazado por algo que parecía más cercano a la timidez.

Cam bajó la mirada a su mano cuando los dedos de Ella rozaron los suyos al darle la taza. *¿Ha hecho eso a propósito?* "Eres increíble, Ella. Lo necesitaba. ¿Qué es el tuyo?"

"Café helado con canela. Es bueno, pruébalo." Ella le dio a Cam su taza y tomó un sorbo, consciente de que sus labios estaban sobre las marcas del pintalabios de color melocotón de Ella en la pajita.

"No está mal." Cam se lo devolvió, su corazón a toda velocidad cuando Ella alargó la mano y le quitó un poquito de color de sus labios. "¿Quieres dar un paseo? El parque de West Hollywood no está lejos y parece que lo has clavado con tu disfraz así que debería ser seguro." Se rió y palmeó la visera de la gorra blanca de Ella, deseando poder ver sus ojos, escondidos detrás de unas enormes gafas de sol oscuras. Ella llevaba puesto un vestido de verano en color lila muy mono y sandalias de cuero blancas, el color de las uñas de los dedos de sus pies a juego con el vestido. "Por cierto, estás guapa."

Ella se sonrojó con timidez por el cumplido. "Gracias. Tú también."

"¿Yo?" Cam sonrió. "Pero si solo llevo la ropa de trabajo."

"Lo sé, pero me gusta." Ella dudó. "Espero que no te importara que te mandara un mensaje otra vez ayer."

"No, para nada. Como ya te dije, me encanta pasar tiempo contigo." Cam tomó un sorbo de su café. "¿Qué vas a hacer hoy? ¿Algún plan?"

"Se supone que tenía que leerme algunos guiones hoy pero hasta ahora, solo me he dado una ducha y he hecho algunas compras por internet." Ella se encogió de hombros. "Pero está bien. He pasado de no hacer nada a hacer algo en mi tiempo libre, así que es un comienzo." Le dirigió una sonrisa a Cam. "Ah, ¿y sabes qué? También he hecho treinta minutos de yoga esta mañana. Me sentí tan bien ayer todo el día que pensé que debería seguir haciéndolo."

"Eso es fantástico, Ella. ¿Quiere eso decir que te he convertido?"

Ella se rió. *Si supiera lo cargada de implicaciones que estaba esa pregunta.* "Te di una mirada lujuriosa, ¿no?" bromeó, escondiéndose detrás de su taza de café.

Cam puso los ojos en blanco y se rió también. "Ya sabes lo que quiero decir. No dudes en unirte a mí por la mañana cuando quieras. Yo estoy allí a las seis todos los días y ya sé que es un viaje largo así que preséntate o no, soy fácil."

"Lo haré. Gracias de nuevo por el ofrecimiento." Mientras charlaban y paseaban, pasaron por tiendas, clubes y restaurantes con banderas del arco iris colgando de las fachadas y cruzaron los pasos de peatones del color del arco iris en Santa Mónica Boulevard. Ella nunca los había visto cuando había venido aquí anteriormente pero hoy sí. Era agradable pasear por aquí y disfrutar de la ciudad fuera de su propio barrio nuevamente, y hasta de lo que ella era consciente, nadie la estaba siguiendo. Había pasado demasiado tiempo desde que había paseado por la ciudad, decidió, y se dijo a sí misma que iba a hacer esto más a menudo. El tráfico era más ligero que durante sus viajes habituales de hora punta al set de rodaje, pero el parque estaba lleno de mamás jóvenes con sus hijos, parejas, oficinistas en sus descansos para comer y adolescentes trabajando con sus ordenadores portátiles. Encontraron un banco justo dentro del parque con una bonita vista del Pacific Design Center con sus edificios rojos, azules y verdes que brillaban contra el cielo despejado.

"Lo siento, tengo que atender esto," dijo Cam mientras desbloqueaba su móvil cuando sonó. "Vanya tiene esta semana libre y le estoy cubriendo la mayoría de sus responsabilidades." Se desplazó por los mensajes y mandó un par de respuestas cortas, luego apartó el teléfono de nuevo. "Hecho." Sonrió. "Tengo una cancelación esta tarde por si estás de humor para hacer yoga."

"Oh, no sé si es buena idea..." Ella parecía dubitativa. "Desgraciadamente, no me puedo dar el lujo de hacer el ridículo anónimamente." Sin embargo, le gustaba la idea de poder mirar a Cam durante una hora con una excusa válida. "Además, no tengo pantalones de yoga ni camiseta de todas formas."

"Venga, mis alumnos no juzgan y Vanya tiene una

reserva de ropa de repuesto en la oficina que puedes tomar prestado. Creo que las dos tenéis más o menos la misma talla," dijo Cam, intentando convencerla. "Y no necesitarás zapatos, todos vamos descalzos."

"No puedo coger las ropas de Vanya; ni siquiera la conozco."

"Oh, pero ella te conoce a ti y créeme, estará encantada de oír que te las pusiste. De hecho, seguramente no las volverá a lavar nunca más." Rió Cam. "Vale, eso ha sonado extraño. Pero te prometo que ella no es una aduladora, solo una gran admiradora."

"Entonces vale," dijo Ella, abandonando toda pretensión de duda. "Voy. Pero solo porque me muero por verte en modo profesora."

"¿En serio?" La sonrisa de Cam se hizo más grande. "En ese caso, lo haré lo mejor que pueda para impresionarte." Se maldijo a sí misma por hacer otro comentario de flirteo sin pensar. Parecía que no podía evitarlo cuando estaba con Ella.

"No necesitas impresionarme, Cam. Ya te tengo en un pedestal." Ella le dirigió una dulce sonrisa y le cogió la mano. "Vale, voy a hacer una declaración dramática ahora, pero solo porque necesito que sepas esto. Nunca le he dado de verdad una oportunidad a nadie para que se me acerque, porque no sabía si lo hacían por mi fama o por mi dinero. Tú has cambiado eso. Lo cambiaste todo después de que arriesgaras tu vida por mí y mantuvieras mi secreto. Y aquí estoy, sentada en un parque tomando café contigo, y a punto de asistir a una clase de yoga. Eso habría sido impensable hace solo un par de meses."

"No fui yo. Tú eres la que hiciste todo el trabajo duro. Batallaste durante meses para salir del agujero negro donde estabas metida, y puede que no estés fuera todavía, pero definitivamente estás escalando. Así que no quiero que me lo agradezcas o me lo recuerdes, cualquiera habría hecho lo mismo. Disfruta del hecho de que te sientes mejor y no lo pienses demasiado. Mira hacia atrás en la terapia, mira hacia adelante en la vida e intenta siempre vivir en el presente. Estoy segura de que Theresa también te ha dicho eso."

Ella asintió. "Sí. El único consejo que me ha dado. El resto me lo he tenido que trabajar por mí misma. ¿Por qué los terapeutas nunca te dan las respuestas?"

"No funcionaría si lo hicieran." Cam se encogió de hombros. "Tus pensamientos tienen que formarse en ti si quieres hacer un cambio, es así como la psique humana funciona. Nadie mejor que tú sabe lo que es mejor para ti, y a veces necesitas ayuda para verlo."

"Supongo que tienes razón." Ella tomó un sorbo de su café y de mala gana soltó la mano de Cam.

"Leí que tu hermana murió en un accidente de tráfico," dijo Cam, tenía la sensación de que Ella estaba un poco más abierta a hablar de ello ahora.

"Sí. Ocurrió en Nueva York, donde pasó los últimos cuatro años de su vida. Helena fue la única víctima en el autobús, que llevaba treinta y cinco personas ese día. Estaba llena de ira en aquel momento porque fue muy injusto que ella tuviera que morir mientras que todos los demás sobrevivieron. Sé que suena horrible cuando lo digo así, y no le deseo la muerte a nadie, pero así es como me sentí durante mucho tiempo. Aunque hablar de su muerte me ha ayudado a ponerlo todo en su lugar, me ha permitido seguir adelante y sobreponerme a la ira y a la desesperanza. Todavía tengo ganas de dar puñetazos a una pared algunas veces, pero la mayor parte del tiempo, estoy estable y siento que me hago más fuerte cada día." Se giró a Cam. "Tú pareces estable y feliz, así que la terapia debe haber funcionado para ti."

"Sí, y por eso te recomendé a Theresa. Pero el tiempo también cura." Cam hizo una pausa. "Todo el arte de vivir consiste en una fina mezcla de dejar ir y aguantar. No estoy segura de dónde he leído eso, pero siempre se me quedó grabado."

"Me gusta eso." Ella la miró con curiosidad. "¿Siempre has sido profesora de yoga?"

"No. Nunca se me pasó por la cabeza cuando era más joven. Trabajé de ejecutiva de ventas antes de esto," dijo Cam.

"¿Tú?" Los ojos de Ella se abrieron de par en par. Encontraba difícil de creer que Cam hubiera formado parte alguna vez del mundo corporativo. Todo en ella gritaba calma y zen.

"Sí, yo. Trabajé para un fabricante de alimentos después de graduarme en ventas y márketing. Y te lo creas o no, era comida rápida." Cam le dio una leve sonrisa. "La pérdida de un ser querido puede hacer cosas extrañas a las personas. Puede hacerte cuestionar cosas que siempre aceptaste por lo que eran y algunas veces eso está bien. Te dije que yo también sufrí depresión después de morir mi madre. Me encerré en mí misma y odiaba ir a trabajar. Quizás nunca había sido feliz en mi trabajo, ni siquiera me acuerdo. Solo haces lo que se supone que debes hacer, ¿sabes? Después de graduarte, encuentras un trabajo y vas a trabajar todos los días, esperando mejorar mientras escalas la escalera." Miró a Ella y entonces se dio cuenta de que Ella probablemente no tenía ni idea de lo que estaba hablando. "Lo siento, me olvidé que no ha sido así para ti."

"No." La voz de Ella era suave. "Entiendo lo que significa

hacer lo que se supone que tienes que hacer. Estar en modo autopiloto."

"Sí, por supuesto que lo sabes." Cam se tomó un momento. "Bueno, la vida, tal como la había conocido, de repente parecía no tener sentido y estar vacía en aquel momento, así que un día intenté una clase de yoga, pensando que no me haría mal. Pensé que quizás me haría sentir un poco mejor, o, por lo menos, un poco más viva e imaginé que sería algo en lo que concentrarme. Para ser sincera, no tenía mucha fe, pero estaba desesperada por intentar cualquier cosa, y entonces funcionó un poco realmente. Sentí una diferencia física después de la primera clase y, por primera vez después de la muerte de mi madre, sentí que estaba avanzando. Empecé a practicar en casa y después de eso asistí tres veces a la semana. En dos meses, incluso había empezado a comer mejor y más natural porque podía sentir lo que mi cuerpo ansiaba. Alrededor de medio año después me di cuenta de que esta era mi vida, así que decidí inscribirme en un curso para ser profesora de yoga, y, como dicen, lo demás es historia."

"Eso es ser valiente," dijo Ella. "Hacer un gran cambio como ese cuando ya tenías una carrera estable."

Cam se encogió de hombros. "En aquel momento no sabía si era ser valiente o estúpida. Tuve que dejar mi trabajo para asistir a las clases diariamente, así que conseguí trabajo en un bar por las noches para pagar las facturas." Sonrió. "Después conseguí mi certificado de profesora, fui a Goa en la India y me inscribí en un curso de seis meses en vivo para perfeccionar mis habilidades y ahí es donde conocí a Vanya. Ella era contable en aquel momento, también de LA, y nos llevamos bien de inmediato. Cuando volvimos, le pedí que me ayudara para abrir mi propio estudio de yoga. Utilicé el dinero de la herencia de mi madre y por suerte, todo funcionó bien."

"Tengo la sensación de que la suerte no tiene nada que ver." Ella sonrió mientras intentaba imaginarse a Cam en ventas. "¿Y qué hay de tu padre? ¿Vive en LA?"

Cam negó con la cabeza. "Se mudó a Boston con su novia nueva hace un par de años. Ya no nos vemos mucho, pero hablamos por teléfono y soy feliz de que haya seguido adelante y esté encantado. Me gusta su novia." Miró su reloj. "¿Te importa si empezamos a regresar? No quiero llegar tarde a mi propia clase." Cam se levantó y enganchó su brazo al de Ella mientras se dirigían a la salida. "¿Y tú? ¿Siempre quisiste ser actriz?"

"Realmente nunca me dieron opción," dijo Ella, encantada por el roce del brazo de Cam. "Nuestra madre nos puso a Helena y a mí en anuncios publicitarios antes de que pudiéramos andar, así que no conocí nada mejor. Crecí en Palm Springs. Mi madre solía ser actriz, no un gran nombre pero tenía trabajo estable y se las ingeniaba para no tener deudas. Estaba a punto de abrirse camino cuando llegamos nosotras; el resultado de una noche de borrachera con un extraño. El gran papel que había estado esperando toda su vida se lo dieron a otra persona cuando se enteraron de que estaba embarazada, y creo que nunca nos perdonó por eso, así que, en vez de eso, empezó a hacer dinero con nosotras." Había un destello de ira en los ojos de Ella. "Ya sé que eso suena duro, pero nunca has conocido a mi madre; es *la* madre de Hollywood de la cabeza a los pies. Los gemelos eran muy populares en publicidad en aquel momento y la agencia que ella utilizaba tenía mucho trabajo para nosotras. Pañales, marcas de ropa, juguetes... Por supuesto, había leyes estrictas sobre cuánto tiempo se le permitía a un bebé o a un niño pequeño estar en un set de rodaje, pero el caso es que el trabajo nunca paraba ni cuando las cámaras dejaban de grabar. Cuando teníamos cuatro años, nos llevó a clases de actuación y baile después de rodar. No recuerdo haber tenido nunca tiempo para mí. Seguía entrando trabajo y nunca nos dio un descanso." Se encogió de hombros. "Pero mira, aquí estoy ahora, con una carrera estable como actriz."

Cam le apretó más fuerte el brazo de Ella. "Jesús, eso apesta, no puede haber sido fácil."

"Echando la vista atrás, lo que nuestra madre hizo estuvo mal," dijo Ella. "Yo nunca le robaría a ninguno de mis hijos su infancia si alguna vez me convierto en madre. Pero como dijiste – cuando eres un niño, simplemente lo aceptas y tampoco era que yo estuviera abatida. Recuerdo que me gustaba toda la atención que tenía. Cuando teníamos cinco años, Helena y yo conseguimos un papel en una comedia en televisión, haciendo el mismo personaje, así que siempre estábamos ella o yo en plató. Si mi madre aún no se había dado cuenta de que esas niñas gemelas rubias tan monas eran una mina de oro en Hollywood, entonces lo hizo. Después de esa comedia, que duró cinco años, nos llevó a audiciones, y conseguimos otro papel haciendo de la misma niña. Helena y yo odiábamos estar separadas. Fuimos educadas en casa pero nunca nos quejamos, porque eso por lo menos nos permitía estar juntas durante las horas de estudio. Para cuando tuvimos quince años, estábamos en los platós la mayor parte del tiempo y solo pasábamos tiempo con adultos." Ella levantó la mirada hacia Cam. "Así que no, no fue una opción, pero ahora sí la tengo. Y el caso es que me gusta actuar y no sabría hacer otra cosa."

"Bueno, eres bastante buena en eso." Cruzaron el aparcamiento y Cam le abrió la puerta. Lo sentía por ella, saber que nunca había podido tomar sus propias decisiones, pero también la admiraba por ser una persona tan decente y amable, a pesar de su loca niñez. Había mucho más que quería saber sobre esta mujer a quien encontraba cautivadora, pero la gente ya empezaba a entrar en el estudio 1, así que decidió dejar el resto de las preguntas para otro momento. "Venga, vamos a buscar algo de ropa."

## 19

Ella estaba tumbada en el suelo, sintiéndose agradablemente cansada. Cam había tenido razón; la sesión que habían realizado en la playa era realmente solo un estiramiento comparado con esto. Era la primera vez en su vida que hacía una clase en grupo y se sentía increíble estar entre otras personas normales haciendo lo mismo y lo normal. Siempre lo había hecho todo en privado – instructores de deportes privados, tutores privados, chóferes privados – y nunca se había dado cuenta de lo aislada que había estado hasta ahora. Solo estar aquí tumbada, al lado de otros alumnos le hacía sentir ser parte de algo, y eso era increíblemente excitante.

Intentó relajarse y falló cuando la voz de Cam sonó por la sala diciéndoles que cerraran los ojos, imágenes de Cam en las posiciones más atractivas inundando su conciencia. Su poder y control, su elegancia y flexibilidad. Sus músculos tensándose y relajándose. Había sido un placer observarla y escuchar su voz relajante. Pero la atracción física solo era una pequeña parte de la razón por la que a Ella le encantaba pasar tiempo con ella. Cam había sido la primera persona en años en tratarla como a una persona normal. No andaba de puntillas a su alrededor y no intentaba complacerla todo el tiempo, como hacían otras personas que constantemente la adulaban. Le hablaba como a una igual, como a una amiga. Y eran amigas, ¿no? Ella sabía que se suponía que tenía que aclarar su mente pero ahora mismo había demasiados pensamientos amontonándose en su cabeza, interrumpiendo su flujo de relajación. Sintió una presencia cerca y entonces oyó la voz de Cam mientras se arrodillaba detrás de ella.

"¿Puedo tocarte?"

Ella asintió, apenas reprimiendo un gemido ante la voz sensual y el soplo de aire cálido contra su oído. Tomó aire profundamente cuando Cam puso una mano bajo su cabeza y la echó para atrás un poco, luego puso la palma de su otra mano en el centro del pecho de Ella. Sintió un delicioso estiramiento en su cuello y hombros, dejando escapar un profundo suspiro cuando Cam retiró la mano.

"Solo sigue respirando, lento y constante," susurró. "Inhalaciones y exhalaciones largas y profundas."

Ella se ruborizó. ¿Se había dado cuenta Cam que había dejado de respirar en el momento en que había puesto sus manos sobre ella? El grupo se mantuvo tumbado allí un par de minutos más, con Cam ayudando a otros con su técnica. Para cuando se escuchó el sonido suave de una campana indicando que la clase había terminado, Ella se sentía más relajada de lo que se había sentido en mucho tiempo. Lentamente, se sentó y miró a su alrededor mientras otros recogían sus esteras y sus botellas de agua.

"¿Has disfrutado la clase?" Le preguntó una mujer a su lado.

"Sí, ha sido genial." Ella le sonrió. "Creo que podría ponerme en la lista de espera."

"Deberías." La mujer enrolló su estera. "Tengo tres niños y no creerías la diferencia que el yoga ha producido en mi estado mental, tratando de hacer malabarismos con un trabajo a tiempo completo y una familia. Solía estar enfadada todo el tiempo, sinceramente pensé que iba a tener un colapso nervioso, pero el yoga me ha enseñado a cómo relajarme por fin."

"Entiendo el por qué. Cam parece una profesora fantástica."

"La mejor de la ciudad, doy fe de ello. Bueno, espero verte de nuevo entonces. Que tengas un buen día." La mujer se despidió de Ella con la mano y ella le devolvió el saludo. Otras personas se estaban levantando y saliendo, algunos dirigiéndole sonrisas y un pequeño saludo, como reconociéndola como una de ellos ahora. Nadie le había pedido un autógrafo o una foto y nadie se había quedado mirándola. Ni siquiera habían cuchicheado entre ellos. Simplemente había sido una clase agradable con gente agradable que no querían nada de ella, y a quienes no les importaba lo más mínimo si era famosa o no. Nunca había experimentado algo así y fue dolorosamente consciente de cuánto se había estado perdiendo. Se levantó también y se puso la sudadera de Vanya.

"Gracias," le dijo a Cam cuando se acercó a ella.

"De nada. Me alegro de que lo hayas disfrutado. ¿Crees que te gustaría hacerlo de nuevo?"

"Sí." Ella sintió otra oleada de excitación cuando miró los tonificados brazos y hombros de Cam. Cruzó los brazos, por temor a que pudiera alargar las manos y tocarla si no lo hacía. "Me voy a inscribir. Ya sé que podría tardar tiempo hasta que se quede una plaza disponible pero, mientras tanto, iré contigo a las sesiones matinales en la playa. Así podría mantenerme mejor la próxima vez."

"Tonterías, lo has hecho bien." Cam la palmeó en la espalda. "De verdad que sí. Te estaba mirando en el espejo y eres flexible por naturaleza. También parece que eres fuerte, se ve que solías hacer mucho ejercicio." Sacudió la cabeza. "No es que nada de eso importe; el objetivo del yoga no es ser el mejor, es hacerte sentir mejor."

"Bueno, me siento bastante bien ahora." Ella cogió la estera que le habían prestado y empezó a enrollarla, con una necesidad urgente por distraerse. Solo esperaba que Cam pensara que el color que le había subido a las mejillas venía del ejercicio y no de mirar su sudoroso y sexy cuerpo. "Será mejor que me ponga en marcha," dijo. "Lavaré la ropa de Vanya y las traeré de vuelta. Llámame si te apetece que nos veamos."

"Lo haré. Te llamo pronto."

"Vanya, ¿qué estás haciendo aquí? Se supone que estás en tu tiempo libre." Cam giró su silla para mirar a su amiga, que estaba de pie en la puerta de la oficina, con los ojos abiertos de par en par.

"No pasa nada, estoy aquí por un asunto personal." Vanya levantó su móvil mientras cruzó la habitación. "Jason del bar de zumos me acaba de mandar esto. Pensé que deberías verlo antes de que la gente empiece a hablar de ti, así que vine."

"¿Qué? ¿Qué pasa?" Cam le cogió el teléfono y se sorprendió al ver una foto de ella y Cam con un mensaje de Jason debajo que decía: '*¡Fantástica publicidad! ¿Fue idea tuya, Vanya? Y lo más importante - ¡¡¿Es verdad?!!*' La captura de pantalla de una revista extendida mostraba a Ella abrazando a Cam en el aparcamiento de delante de su estudio de yoga. Había otra foto, tomada mientras caminaban juntas y una más con ellas sentadas en un banco en el parque de West Hollywood, en la que se veía a Ella cogiendo a Cam de la mano durante su conversación. Las fotografías iban acompañadas de un artículo ridículamente especulativo y la leyenda: *ELLA TEMPERLEY HACIÉNDOSE AMIGA DE UNA PROFESORA DE YOGA*. No eran íntimas, por supuesto. No habían estado íntimas. Pero sí, definitivamente había algo en las fotos que sugería que había algo entre ellas. Quizás era la forma en que Ella la miraba, o la forma en que Cam miraba a Ella. O quizás era el lenguaje corporal de ambas, la manera en que se apoyaban la una en la otra mientras caminaban.

"¿Qué coño?" murmuró mientras empezaba a leerlo, pero luego cambió de opinión. "¿Cómo?" Le devolvió el móvil a Vanya. "No vi a ningún paparazzi rondando por allí."

"¿No es ese el objetivo? ¿Qué no los veáis?" Vanya empezó a leer el artículo ahora, seguramente por décima vez. Estaba claramente fascinada. "¿Bueno? ¿Es verdad?"

"¿Es verdad qué?"

"Que se está haciendo amiga tuya." Vanya continuó sin esperar una respuesta. "Mencionan tu nombre y el nombre del estudio. Es una publicidad fantástica, eso seguro. Jason no se equivocaba en eso."

"Están mintiendo y no deberías leer esa mierda. Tampoco Jason. Probablemente hicieron cientos de fotos y eligieron las más sugerentes." Cam se frotó las sienes. "Esto es tan intrusivo, ¿cómo se atreven?"

"Tienes que admitir que se os ve bastante cercanas." Vanya buscó entonces el nombre de Cam en Google y, efectivamente, aparecieron más artículos. "Dios mío, hay más. Todos están usando las mismas fotos, creo que los copiaron."

"Deja de leer, Vanya." Cam cogió el móvil y lo metió en el bolso de Vanya, que todavía colgaba de su brazo. "Todo es mentira y eso es un problema. No hay nada de genial en esto, y va a aumentar." Se volvió a sentar y suspiró. "Ella asistió a una clase de grupo, que es un gran problema para ella. Estaba bastante animada pero ahora no podrá volver durante meses porque probablemente tendremos fotógrafos merodeando por el edificio."

"¿Ella ha asistido a una clase aquí?" Vanya puso los ojos en blanco. "Me decido a tomarme un tiempo libre y mi actriz favorita vuelve a la normalidad. ¿Y esto cuándo fue?"

"Hace dos días. Tomó prestado alguna ropa tuya pero me las devolverá la próxima vez que la vea." Cam inclinó la cabeza hacia un lado mientras veía aparecer manchas rojas en la cara de Vanya. "Tienes otra vez una erupción de entusiasmo," declaró, notando que se le estaba extendiendo por el cuello. "Jesús, es incluso peor a cuando Greg se te propuso."

Vanya asintió ensimismada mientras se sentaba en su silla y se rascaba el cuello. "No me puedo creer que se haya puesto mi ropa." Sus ojos se abrieron de par en par otra vez. "Espero que por lo menos le dieras algo bonito. ¿No esos pantalones viejos de algodón de yoga?"

"No sé. Solo cogí algo." Cam se mordió el labio. "Bueno, ese no es exactamente nuestro mayor problema ahora. ¿Qué hacemos? ¿Necesitamos tener seguridad para el aparcamiento? ¿Registrar las matrículas de nuestros clientes? Eso va a ser mucho trabajo." Vanya se cruzó de brazos mientras hacía todo lo posible para calmarse y volver al modo de resolución de problemas. Cam casi podía escuchar su cerebro analítico zumbar dentro de su cabeza.

"No creo que tenga sentido," dijo después de un largo silencio. "Podrían instalarse en la acera o incluso sentarse en la cafetería de al lado. Con esos teleobjetivos, no habría mucha diferencia si aseguramos el aparcamiento o no. Además, ellos van detrás de Ella y, potencialmente, de ti. No tenemos ningún otro cliente famoso a quien necesitemos proteger, aparte de esa mujer casada con uno de los pasadores de LA Rams y un par de ex presentadores y ellos probablemente aprovecharían la oportunidad de volver a estar en el foco de atención." Hizo una mueca. "Si me preguntas, no hay nada que podamos hacer aparte de esperar hasta que la gente se aburra de la historia. Es decir, si no es verdad, como tú dices. Y yo te creo, por supuesto," añadió rápidamente cuando Cam le dirigió una mirada de advertencia. "Pero honestamente, parece ser la historia del año hasta ahora y se está extendiendo como un virus. Todavía queda para que se termine."

"Joder." Cam enterró la cara entre sus manos. "Vale, déjame que hable con Ella, a ver qué cree ella que deberíamos hacer. Estoy segura de que tiene mucha experiencia con cotilleos infundados." Desbloqueó su móvil, gimiendo cuando vio que tenía innumerables mensajes sobre el artículo, incluyendo uno de su padre. Decidiendo ignorarlos todos, mandó a Ella un mensaje: '*¿Qué planes tienes?*'

## 21

"¿Que quieres que haga qué?" Ella se quedó mirando a Tom White, su mánager, con incredulidad. Había sido llamada para una reunión de emergencia después de un largo día de rodaje y estaba sentada ahora frente a Tom en la enorme mesa de su oficina en el centro de la ciudad. Las paredes estaban cubiertas de fotografías de actores y actrices a los que había representado, con la excepción de la pared de detrás de su mesa, que estaba dedicada únicamente a Ella. Odiaba estar frente a frente con las imágenes cursis de ella misma en las posturas más ridículas, pero había aprendido a ignorarlas con los años.

Tom puso su tono más persuasivo. "No es nada, solo una pequeña cita para comer y hacer que la gente especule. Es bueno que hablen de uno, Ella. Necesitas empezar a salir ahí y que te fotografíen de nuevo, ya es hora. Y seamos sinceros, Tyler Kane no es exactamente ofensivo a la vista. Está entre los cinco mejores en las listas de los "hombres más sexy" y ha sido tendencia durante meses. ¿Quién sabe? Podría llegar a gustarte."

"No me va a gustar porque es idiota." Ella sacudió la cabeza e hizo un gesto de disgusto. "La última vez que lo vi llevaba puesto un parche en el ojo de diamantes solo para parecer un tipo duro. Quiero decir, no tiene ningún sentido. ¿Por qué no puedo comer con alguien con quien de verdad me apetezca pasar tiempo? así al menos me lo pasaré bien," discutió, pensando en Cam. "Podríamos ir a algún sitio público, ¿si es tan importante?"

"No es solo eso." Tom se echó hacia atrás en su silla y cruzó las manos delante de él, como lo hacía cuando se refería a los negocios. "Aparte de tu asistente, no has sido vista saliendo con ningún hombre en mucho tiempo, Ella. Han pasado ¿cuánto... tres años, desde que saliste con Justin?"

Ella arqueó una ceja, un poco confusa ahora. "¿Y qué tiene que ver eso con nada?"

"Bueno... La gente podría empezar a especular con que estás pasando más tiempo con tu instructora de yoga que con los solteros más elegibles de Hollywood." Le señaló con la cabeza la revista que estaba en una esquina de la mesa. "Esto ha sido publicado hoy." Ella lo cogió y abrió las páginas que Tom había marcado con una nota adhesiva.

"Cabrones," susurró. "¿Por qué tienen que arrastrarla a *ella* en esto?" Observó la fotografía de ella y Cam, ambas con un café, caminando de regreso del parque al estudio de yoga y sintió subir una punzada de ira a su pecho. Ella no tenía ni idea de que habían invadido su privacidad. Se lo había pasado genial y saber que había habido alguien espiándolas la hizo sentir náuseas. También había una foto de ellas en el banco del parque, donde Ella la estaba cogiendo de la mano, y otra que había sido tomada hacía semanas, cuando Ella visitó por primera vez a Cam en su trabajo. En la última, se estaban abrazando en el aparcamiento. Ella no pudo evitar sonreír porque, si era completamente honesta consigo misma, se veían monas juntas.

"¿Qué es tan divertido?" Tom la observó. "Quiero decir, claro, entiendo por qué es divertido para ti. Tú con una mujer... es ridículo, lo sé, pero te voy a decir algo, Ella. A mí no me resulta divertido porque hoy he recibido más llamadas de teléfono sobre tu sexualidad que para papeles de películas y desde luego no te resultará divertido a ti tampoco cuando estés sin trabajo."

"Eso es un poco duro, ¿no crees?" Ella cruzó las piernas, se inclinó hacia adelante y lo miró directamente a los ojos. "¿Estás diciendo que mi carrera se terminaría porque fuera gay? Porque te puedo asegurar que hay un montón de actores gay que lo están llevando bien. Ya no estamos en la Edad Media, Tom."

"No hace falta que me digas eso." Tom ladeó la cabeza. "Pero ninguno de esos actores gay son de tu calibre. A ellos no le lanzan guiones diariamente y no pueden elegir lo que quieren hacer y con quién quieren trabajar. ¿Te das cuenta de la increíble afortunada posición en la que te encuentras?"

Ella pensó en eso mientras jugueteaba con su móvil. Por supuesto, sabía que estaba en la mejor posición que una actriz pudiera estar y sabía muy bien lo afortunada que era. Aún así, de qué servía tener toda esa fama y dinero si no podía vivir una vida honesta, nunca. Si no podía salir con quien quisiera.

"Oye, sé que has tenido un par de años muy difíciles, y no te quiero presionar," continuó Tom. "Pero solo has aceptado un puñado de invitaciones a eventos desde dos mil dieciséis y es importante que hablen de uno, Ella. Es importante que hablen de uno de manera positiva. Es hora de que salgas y te relaciones. Haz amigos." Levantó las manos e hizo comillas con la palabra "amigos". "Ahora pareces un poco más tú misma, y quizás te hará bien pasar tiempo con gente de nuevo, y cuando digo gente, me refiero a otras celebridades. Diviértete, ve a fiestas, bebe champán, ríe a la cámara, enséñales esa bonita sonrisa." Se rascó la barba perfectamente recortada y dio un suspiro cuando no obtuvo respuesta. "Me preocupo por ti Ella y quiero que seas feliz."

*Y quieres que tu cuenta bancaria esté feliz.* Se alegraba de no haberlo dicho en voz alta. Tom *era* amigo, de una manera extraña. Siempre había estado ahí para ella, pero en este caso, sus intenciones eran cuestionables porque ella era su mayor fuente de ingresos. Un mensaje de Cam apareció en su móvil y sonrió.

`¿Qué planes tienes?´

`Voy en tu dirección esta noche si estás en casa,´ respondió.

`Genial. Estaré allí esperándote con una pizza . ¿Nos vemos a las 7?´

"¿Ella? ¿Me estás escuchando?" Tom puso los ojos en blanco cuando se dio cuenta de que había perdido su atención.

"Sí, perdona." Ella se levantó. "Me tengo que ir. Organiza una comida con Tyler, lo que sea. Solo dime cuándo y dónde y allí estaré. Pero no te puedo prometer que quiera hacerlo otra vez."

Los ojos de Tom se iluminaron con su respuesta. "Vale, claro. Organizaré algo para esta semana." Se levantó también antes de que Ella tuviera la oportunidad de escaparse. "Espera, todavía no hemos terminado. Te he mandado por email más guiones. ¿Los has leído ya? Pronto terminas de rodar y necesitas elegir tu próximo proyecto. He seleccionado los que creo serían mejores para ti."

"Gracias." Ella le dio una palmada amistosa en el hombro. "He estado un poco distraída, pero les echaré un vistazo esta semana y me pondré en contacto contigo, ¿vale?" No esperó su respuesta mientras salía corriendo por la puerta. "Adiós Tom, ¡Qué tengas un fantástico día!"

## 22

"¿Eres una psicópata o la mujer de mis sueños?" Bromeó Ella cuando entró en el salón de Cam. Las velas ardían en platos hondos de cerámica, y una ligera brisa soplaba en la habitación. El sofá estaba cubierto por mantas y cojines mullidos, y Cam lo había empujado hacia las puertas correderas, trayendo el ambiente de la ubicación de la casa de la playa dentro de la habitación. Había un delicioso olor a pizza en la cocina y lo mejor de todo era Cam, de pie detrás de la isla de la cocina con un atuendo escaso, que consistía en unos pantalones de yoga hasta la rodilla y un top corto.

Ella se había puesto elegante un poco antes de venir. Había pensado largo y tendido qué ponerse antes de elegir unos pantalones cortos negros a medida, sandalias negras y un top de satén blanco lo suficientemente bajo como para llamar la atención sobre su escote, pero no lo suficiente-mente atrevido como para insinuar que estaba tratando de llamar la atención de Cam. Llevaba el pelo suelto, y había usado una mínima cantidad de maquillaje, poniéndose solo un poco de rímel para realzar sus ojos azules.

Cam señaló a Ella y se rió incómoda, apenas capaz de mantener su mirada alejada de ella. "Créeme, si te gustaran las mujeres, estarías en todo lo alto de mi lista." Su risa se desvaneció cuando vio el rubor que subía por las mejillas de Ella. "Lo siento, no quería decir eso pero el artículo... estoy segura que lo has visto y..."

"No, no pasa nada, yo..." Ella se mordió el labio. "Digamos que me siento honrada de estar en lo alto de tu lista." Se dirigió al frigorífico y les puso una copa de vino. Por alguna extraña razón, se sentía como en casa en la agradable casa de la playa donde había pasado la peor mañana de su vida solo hacía siete meses. Se quedó junto al frigorífico cuando metió la botella de nuevo y tomó un sorbo de su vino, luego empujó la otra copa en dirección a Cam. "Y sí, también he leído el artículo," continuó, soltando una risita nerviosa. "En realidad, mi mánager me lo lanzó a la cara, antes de sugerir que tuviera una cita con Tyler Kane." Se movió en el sitio en que estaba y puso los ojos en blanco, pareciendo un poco nerviosa. "Le preocupa que esta exposición pueda afectar a mi carrera y cree que la táctica de la diversión sería nuestra mejor opción."

"Mierda... Lo siento mucho, Ella." Cam tomó un sorbo largo de su bebida también y puso los codos en la isla de la cocina, frente a frente con Ella. "Si hubiera sabido que esto podría pasar, no habría..." hizo una pausa. "En realidad, ¿sabes qué? Yo no hice nada y tú tampoco. Todo es una mierda, así que ¿por qué me estoy defendiendo? ¿Esto es por lo que tienes que pasar cada vez que sales en público?"

"Bienvenida a mi mundo." Ella le dirigió una leve sonrisa. "Y sí, es una M, pero tienes que admitir que las fotos parecen bastante amistosas."

"Sí que lo parecen," Cam estuvo de acuerdo. "Lo hubiera

creído totalmente pero por el hecho de que sabía que era yo quien estaba involucrada."

"Pues ahí lo tienes." La sonrisa de Ella se esfumó. "Solo va a ir a peor de ahora en adelante, y quiero que sepas que lo siento mucho, que te hayan metido en esto. No es justo para ti. Si no quieres verme durante un tiempo, lo entenderé y..."

"¡No!" Cam no había querido levantar la voz, pero solo pensar en no ver a Ella por una mentira ridícula parecía más que estúpido. "No me importa. Quiero decir, me importa; es asqueroso pero yo no soy la víctima aquí, lo eres tú. Así que si tú no quieres verme a *mí*, está bien, pero si quieres, entonces encontraremos una manera de lidiar con ello." Tomó un trago largo de su vino. "Solo puedo empezar a imaginar cómo se siente cuando tu vida personal está siendo invadida constantemente."

Ella se encogió de hombros como si no tuviera importancia. "Normalmente ignoro las revistas y la mierda de internet. Mi mánager solo se involucra cuando las cosas amenazan con salirse de control, y supongo que ahora es ese momento."

"Sí, pero aún así... Tyler Kane" La boca de Cam se convirtió en una línea recta y apretó los dientes. "A menos que te guste, por supuesto. En ese caso, no diré nada malo sobre él. Obviamente ni siquiera lo conozco personalmente, y es totalmente injusto juzgar a alguien por el mismo tipo de cotilleo al que he sufrido yo misma... pero aún así, parece que está encantado de conocerse." Cam no tenía ni idea de por qué estaba divagando de repente, pero tenía la sensación de que podría tener que ver con una cosita llamada celos. La idea de que Ella iba a tener una cita con el hombre de las señoras, aparentemente absorto en sí mismo, le hizo caer el estómago, e hizo todo lo posible por apartar la visión de su imaginación.

"No, no me gusta." Se rió Ella. "No me atrae lo más mínimo y, sinceramente, preferiría ser fotografiada contigo que con él, pero hasta que sepa qué hacer, seguiré el plan de Tom, solo para alejarlos de los rumores que nos rodean." Su conversación fue interrumpida por el sonido del temporizador del horno sonando, haciendo saber a Cam que la pizza estaba lista. Ella observó a Cam mientras la sacaba y la ponía sobre la isla. Olía divina. *Es dulce, digna de confianza, increíblemente sexy y sabe cocinar.* "Nunca te he preguntado por qué demonios estás soltera," dijo Ella, perpleja de verdad. "Ni siquiera sabía con seguridad que eras gay hasta que me lo dijiste. Aunque sí tenía la sensación de que lo eras."

"Oh... ¿Cómo lo adivinaste?" Cam hizo todo lo posible por sonar casual mientras cortaba la pizza casera en triángulos antes de ponerlos en un plato grande. ¿Había sido entonces tan obvio? Se sintió frustrada por claramente no haber podido ocultar su atracción por Ella.

"No sé, solo una sensación que tuve cuando te vi, aquel primer día después de... ya sabes... Cuando te vi en tu estudio de yoga." Ella tragó saliva fuertemente y sacudió la cabeza. "No importa, quizás me lo imaginé."

"No, por favor, continúa," dijo Cam. "Quiero saberlo." Su corazón latía en su garganta mientras rociaba rúcula sobre el queso de cabra y la pizza de verduras a la parrilla, luego echó aceite de chile sobre los trozos en un intento por distraerse de la loca conversación que había salido de la nada. Cuando levantó la vista, los dedos estaban golpeando la superficie de madera de la isla de la cocina, revelando sus nervios.

"Vale." Ella tomó aire profundamente cuando sus ojos se

encontraron con los de Cam. "Solo una sensación que recibí de ti." Mantuvo su mirada fija, haciéndole saber que no tenía miedo de hablar. "Una energía."

"Así que es obvio que te encuentro atractiva."

Ella sacudió la cabeza. "No lo sabía hasta ahora, pero me alegro de que me lo hayas dicho."

Cam pareció sorprendida cuando dejó de preocuparse por las hojas de rúcula y empujó el plato con la pizza a un lado. "No quiero nada de ti, Ella. Me gusta nuestra amistad, y no quiero que te sientas incómoda conmigo. Lo siento si te he hecho sentir así."

"No estoy incómoda para nada," contestó Ella sinceramente. "Me haces sentir genial y me entiendes como nadie. Me... Me gusta cuando me miras como lo haces algunas veces." Ella se dio cuenta de que estaba golpeando con los dedos y se detuvo. Vio oscurecerse los ojos de Cam, primero con confusión y luego con algo más, algo que Ella no había visto antes, deseo.

"¿Has sentido alguna vez algo por una mujer?"

Ella asintió lentamente. "Cinco, seis veces," dijo, bajando la voz. "Pero nunca he tenido una relación con una mujer." Vio a Cam fruncir el ceño aún más confundida. Sus labios eran bonitos cuando los fruncía de la forma que lo estaba haciendo ahora. Su labio superior su curvó hacia arriba solo un poquito, haciendo su boca casi irresistible, y en ese momento, Ella se moría por besarla. Pero estaba horrorizada por las consecuencias. Cam era la única amiga de verdad que tenía, y era la única persona que la hacía sentir normal y le daba algo de estabilidad. No podía arriesgarse a perder eso.

Cam se mantuvo en silencio durante lo que pareció eterno, observando a Ella mientras tomaba otro sorbo de su vino. Ella sabía que sentía sus dudas y la vio tomar aire profundamente como si tratara de recomponerse.

"¿Cuánto tiempo hace que lo sabes?" le preguntó por fin. "¿Cuánto tiempo hace que sabes que eres gay?"

Ella se encogió de hombros. "Desde siempre, supongo."

De nuevo Cam le dirigió otra mirada de sorpresa. De alguna manera, Ella esperaba un discurso de cómo tenías que ser fiel a uno mismo, pero en vez de eso, la expresión de Cam se suavizó.

"Jesús, debe haber sido tan duro para ti, fingir ser alguien que no eres toda tu vida... ¿Lo sabe tu familia? ¿Tu mánager?"

"No. En realidad no tengo familia, aparte de mi madre, con la que no me hablo y mi mánager no tiene ni idea; por eso me va a mandar a esa ridícula cita. Solo voy a ir para que se alejen de nosotras un poco. No me interesan los hombres para nada."

Cam rodeó la isla y tomó la mano de Ella. "Mientras no hagas esto por mí. Yo no soy nadie, se habrán olvidado de mí en cuestión de días. Y lo que acabas de decirme queda entre nosotras, por supuesto." Miró a Ella, sus ojos bajando hasta sus labios de nuevo. "¿Pero esto no te vuelve loca? ¿Y no te enfurece que tu mánager te mande a una cita falsa? No tienes que ir, ¿sabes?"

"Lo sé, pero es mejor si voy. De verdad que disfruto pasar tiempo contigo y no quiero arrastrarte a este circo. Se vuelve una locura, con fotógrafos siguiéndote por todos los lados, bloqueándote el paso, esperándote para el momento en que sales por la puerta... No quiero que lo sufras solo porque pasas tiempo conmigo. Así que es mejor si les doy otra historia." Ella se mordió el labio. "No quiero perderte como amiga. No me he sentido tan cómoda con otra persona en mucho tiempo. No desde..." Su voz se apagó.

"Eh, no vas a perderme." Cam rodeó a Ella con sus brazos y la envolvió en un fuerte abrazo. "No me importa nada de esto. Yo solo quiero que seas feliz." Ella suspiró mientras se derretía entre los brazos de Cam y enterró su cara en su pecho. Su familiar aroma a cítrico inundó sus sentidos. Las mariposas volvieron de nuevo, y había millones esta vez.

"Eso lo dices ahora, pero no tienes ni idea de lo malo que puede llegar a ser. Básicamente soy veneno mediático solo por asociación." Ella se alejó del abrazo, necesitando un poco de distancia para enfriarse. "Bueno, ¿vas a decirme por qué estás soltera o qué? Porque encuentro difícil de creer que alguien como tú no tenga una novia increíble."

Cam sonrió. "La adulación es claramente tu punto fuerte."

"No es adulación, es la verdad."

"Vale..." Cam pensó sobre ello un momento. Era una pregunta que nunca se había hecho ella misma. Era feliz con su propia compañía, y no estaba buscando amor. "Supongo que nunca he conocido a la persona correcta. He tenido relaciones; dos de larga duración y otras dos más cortas. Las cortas terminaron de manera abrupta porque ninguna de las dos me dijeron que estaban casadas." Soltó una risita. "Con hombres, debo añadir."

"Ay." Ella hizo una mueca. "¿Clientes?"

"Sí. Dejé de salir con clientes privados después del segundo drama cuando el marido de la mujer nos pilló mientras estábamos en una cita. Claramente no había aprendido la lección después de la primera. Digamos que salí de ahí y nunca miré atrás. Odio la falta de honestidad."

"Lo entiendo. ¿Y las largas?" preguntó Ella.

"Mi última relación real terminó no mucho después de que abandonara mi trabajo en ventas y decidiera convertirme en profesora de yoga. Supongo que mi novia en aquel momento nos veía como una especie de pareja de poder y esperaba una casa grande, un coche llamativo y vacaciones en las Bahamas. Cuando se dio cuenta de que sería la nueva dueña con dificultades de un negocio y profesora de yoga el resto de mi vida, rompió conmigo, diciendo que nuestros objetivos ya no eran los mismos."

"Eso es ridículo."

"Sí, bueno, al final nunca tuve problemas y mi negocio está en auge, así que ella se lo pierde." Cam se encogió de hombros. "Y mi primera relación de verdad simplemente se desvaneció. Éramos jóvenes cuando nos conocimos, y mientras crecíamos, nos convertimos en diferentes personas. Nos separamos de manera amistosa, pero tampoco es que seamos amigas. Se mudó a San Francisco y yo me quedé aquí. Ya no estamos en contacto."

"Así que llevas más o menos soltera mucho tiempo," concluyó Ella.

"Supongo que sí. Algunas veces tengo citas, y no es que tenga problemas en conocer mujeres, pero me gusta mi vida. Estoy ocupada y soy feliz. Estoy abierta al amor, pero no lo estoy buscando, y si veo que no va a ninguna parte, no quiero malgastar mi tiempo." Cam cogió la pizza y animó a Ella con un gesto a que la siguiera al sofá. "Te preguntaría por qué estás soltera, pero supongo que ya sé la respuesta a eso ahora." Se sentó y esperó a que Ella se sentara a su lado "¿Alguna vez has pensado en salir del closet?"

Ella hizo una mueca con eso. "Lo he pensado, pero me asusta. Mi trabajo es todo lo que tengo ahora mismo y no quiero arriesgarme a poner en peligro mi carrera. Además, no es lo mismo que salir del closet a tu familia. Tengo que salir del closet ante el mundo entero." Tomó un trozo de pizza y se echó hacia atrás. "Pero no hace falta decir que pienso en ello todo el tiempo. También se lo dije a Theresa."

"Lo has ocultado bien," dijo Cam. "Nunca habría pensado que te gustaban las mujeres. Bueno, al principio de todos modos."

"No al principio..." repitió Ella. "¿Y ahora? ¿Ahora que sabes más?"

"No sé." Cam dudó. "Supongo que he notado algo. Esta..." Sus ojos se encontraron y ahí estaba otra vez; esa tensión electrizante. "No importa, en realidad no sé lo que estaba intentando decir." Se aclaró la voz y alejó su mirada. "Gracias por decírmelo. Estoy aquí para ti si quieres hablar de ello."

"Gracias." Ella dejó escapar un largo suspiro. Se sentía liberador decírselo a alguien además de su terapeuta. No estaba segura si era más fácil hablar con Cam porque se sentía cómoda con ella, o porque salir del closet ante su terapeuta la había hecho más abierta. En cualquier caso, el sentimiento de alivio ya la hacía sentir más ligera, pero al mismo tiempo, el "algo" que Cam había mencionado había despertado un anhelo en ella que hacía locuras en su cuerpo. "¿Cuándo saliste tú del closet?" preguntó.

"Cuando tenía doce años, creo." Cam dio un bocado a su pizza. "O quizás tenía trece, no recuerdo. No fue un momento precisamente memorable, mis padres estaban muy relajados, y mi madre había tenido una relación con una mujer cuando era más joven, así que ni siquiera pestañeó. Simplemente un día me preguntaron si prefería a las chicas y yo les contesté que sí. Estoy segura de que ellos lo sabían antes de que yo me diera cuenta."

"Eso es dulce." Ella gimió cuando dio un bocado a su pizza también. "Mmm... eres una cocinera increíble." Observó el trozo de pizza cubierto de queso de cabra, espárragos a la plancha, pimientos rojos y tomates. "Incluso sabe sano."

"Es sano." Cam mantenía sus ojos fijos en el trozo de pizza en sus manos, consciente de lo cerca que estaban sentadas. "¿Sabía tu hermana que eras gay?" le preguntó, recordando que Ella le había dicho lo unidas que estaban.

"Sí, Helena lo sabía. De hecho, ella era gay también. Solo se lo dije después de que ella me lo contara. Todo el mundo se enteró de su sexualidad el año pasado, cuando nuestra madre escribió un libro para "contarlo todo" sobre ella e incluyó capítulos de su diario. Fue algo horrible de hacer; me sorprende que no lo hayas oído."

"No lo sabía. Normalmente no leo cotilleos, solo porque no me interesan para nada. ¿Por eso es por lo que no te hablas ya con tu madre?"

Ella asintió. "Fue la gota que colmó el vaso. Nuestra relación ya estaba oxidada después de que la despidiera como mi mánager hace siete años porque seguía tomando decisiones a mis espaldas y robándome. No soy una persona poco razonable, y a pesar de nuestras diferencias, le habría dado lo que hubiera querido además de su ya considerable sueldo y comisiones si solo me lo hubiera pedido en vez de mentirme. Pero el libro que escribió sobre Helena fue de verdad un golpe bajo. Los diarios son diarios por una razón. Helena eligió vivir una vida privada al final, así que cuando mi madre vio la oportunidad de hacer dinero con la dignidad de mi hermana muerta, decidí que ya había tenido bastante. Ni siquiera sé cómo consiguió hacerse con los diarios. Helena los mantenía guardados debajo de su cama en nuestra casa de Palm Springs así que debió haber encontrado la forma de entrar allí y robarlos."

"Jesús."

"Sí. Empecé a leer el libro cuando salió pero lo dejé en la

mitad. Cuando llegué a la parte de los diarios, especialmente a aquellos donde Helena escribió sus primeros pensamientos al tener sentimientos por una mujer – fue como leer mis propios pensamientos y saber que eran públicos me puso realmente nerviosa. Por supuesto, mi madre había dejado fuera las partes donde ella quedaba mal."

"Así que ¿no has hablado con ella desde entonces?"

"No, y no tengo intención de hacerlo." Ella se puso otro trozo de pizza, su rostro severo e indiferente. Había aprendido a apagar todas sus emociones cuando se trataba de su madre. "Oí que se mudó fuera de LA hace un tiempo, pero no tengo ni idea de adónde fue. Simplemente me alegro de que se haya ido..." Hizo una mueca. "Lo siento, eso no es justo, considerando que tu madre..."

"No te preocupes por eso." Cam le dirigió una sonrisa. "No tienes que medir tus palabras a mi alrededor. No conozco a tu madre. Ni siquiera te conozco muy bien a ti, pero si tenerla a ella fuera de escena te hace la vida mejor, entonces estoy de acuerdo."

"Ya sé que no nos conocemos muy bien," dijo Ella. "Pero me gustaría conocerte mejor. Hay tantas cosas por las que siento curiosidad."

Cam levantó las manos y sonrió. "Eh, soy un libro abierto y tengo toda la noche. Dispara, pregúntame lo que quieras."

Cam no podía dormir después de que Ella se hubiera ido. Eran casi las 2 de la mañana y todavía estaba mirando fijamente el techo, pensamientos y arrepentimientos llenando su cabeza. No debería haber admitido su atracción por Ella, pero se había quedado completamente desconcertada por su confesión. Apenas había podido mirarla cuando estaban sentadas en el sofá juntas, porque cada vez que lo hacía, se le cortaba la respiración, y se sentía atraída hacia la boca de Ella como si no tuviera control sobre ello. Su breve conversación, insinuando que había algo entre las dos, había evocado fantasías que era mejor que tuviera sola, y rápidamente había rechazado esos pensamientos allí mismo y en ese mismo momento. Un pequeño flirteo inocente era una cosa pero esto era otra historia completamente diferente.

Se sentía protectora de Ella de una manera que no lo había sido nunca con nadie. Quizás porque le había salvado o quizás simplemente porque Ella no tenía a nadie más que mirara por ella y no quería arriesgarse a romper el vínculo de confianza que se había formado por evaluar si había algo más entre ellas.

No estaba preocupada solamente por Ella; también por ella misma. Ella le hacía sentir cosas que no podía explicar, y ya no era tan fácil dejar los sentimientos a un lado. Cam no quería ser un experimento porque sabía que con Ella sería imposible volver a ser lo que eran antes una vez hubieran cruzado esa línea. Pero ahora que estaba sola, resultaba aún más difícil no imaginar cómo se sentiría besarla y rozar sus labios a lo largo de su delicado cuello. *No pienses en ello, Cam. No va a pasar nunca.*

## 23

"Estás súper sexy, Ella," dijo Tyler Kane con una sonrisa de satisfacción antes de dar un bocado a su hamburguesa gourmet. "Esperaba que te eligieran a ti," continuó con la boca llena de comida.

"Gracias. Tú estás..." Ella se devanó los sesos, buscando las palabras apropiadas. "Tú pareces bastante interesante." Los panes de las hamburguesas espolvoreados de oro de setenta dólares en *Gold Burger* eran ridículas, igual que el atuendo de Tyler, notó mientras observaba su conjunto de triple vaquero. Su camisa, pantalones y chaqueta estaban cubiertos de tachuelas, el material parecía demasiado caluroso para las altas temperaturas. Se había dejado puestas las gafas de sol dentro y Ella podía ver su reflejo en ellas cada vez que él levantaba la mirada.

El maquillaje le picaba, los tacones eran incómodos, y el traje negro le estaba demasiado ajustado y revelaba demasiado para su gusto, pero su estilista había insistido en que era el look perfecto para una primera cita. Había sido tan feliz vistiendo ropa de yoga últimamente que casi había olvidado cómo se sentía el estar vestida como un árbol de navidad. *¿Qué estoy haciendo?* Estaba molesta por estar malgastando su tarde libre con Tyler, pero se reconfortó al pensar que terminaría el rodaje en dos semanas. Y entonces tendría todo el tiempo del mundo para su nuevo pasatiempos favorito. *Cam.*

Había habido una extraña tensión entre ellas después de haber salido del closet ante ella. La forma en que Cam la había mirado era diferente ahora, como si se diera cuenta de que la oportunidad estaba ahí, sin embargo, Ella sabía que nunca haría un movimiento a menos que dejara muy claro que lo quería y que estaba preparada. Ella intentó analizar la atracción entre ellas. No era solo un tipo de cariño profundo, combinado con la atracción física mutua; estaba segura de eso. Era también muy sexual. Lo podía sentir en cada nervio, y si era honesta consigo misma, lo había sentido durante semanas. Era difícil estar centrada en nada cuando no podía dejar de fantasear sobre cómo sería besar a Cam, verla desnuda, tocarla...

"¿Ella?" la voz de Tyler la despertó de sus pensamientos eróticos.

"Disculpa." Ella fingió una cálida sonrisa, consciente de los fotógrafos que les estaban observando desde fuera a través de la ventana. Habían pasado más de dos años y medio desde la última vez que había hecho esto, y estaba un poco fuera de práctica. *O quizás es que simplemente estoy distraída.* "¿Qué has dicho?" Intentó quitar el polvo de oro del pan de su hamburguesa de salmón y se maldijo cuando se le quedaron pegados a los dedos.

"He dicho que mi nueva película saldrá pronto. Es fantástica," presumió Tyler. "Estoy seguro que has visto el avance."

"No, no lo he visto. ¿Es la película esa de Marvel?" recordando vagamente a Tom diciéndole algo sobre eso durante su reunión pre-cita en la que ella había firmado un Acuerdo de Confidencialidad, que le impedía hablar públicamente sobre Tyler sin el permiso de su oficina de mánager. Buscó en su bolso un gel antiséptico para limpiarse los dedos y se dio cuenta de que Tyler tenía polvo dorado en sus cejas.

"Sí," susurró; sus ojos muy abiertos por la emoción. "Yo mismo hice la mayoría de las escenas de riesgo. No muchos actores hacen eso, ¿sabes?"

"Lo sé, es bastante impresionante." Ella hizo todo lo posible para parecer interesada.

"Sí. Me apodaron El Chico Trueno en el set de rodaje." Rió con un tono de superioridad y dio otro enorme bocado a su hamburguesa. "Así que mi mánager y yo estábamos pensando que sería bueno que vinieras al estreno conmigo. Es en dos meses."

"¿Dentro de dos meses?" Ella parecía en estado de shock. "Eso es un poco largo para estar saliendo juntos, ¿no crees?" Movió un dedo entre Tyler y ella antes de secarse las manos. Pensó en darle el gel y decirle que se limpiara la cara pero de manera diabólica decidió que no.

"No. Dos meses pasan antes de que te des cuenta, sobre todo si lo estamos pasando bien." Tyler vio a uno de los otros comensales que los estaba grabando y la cogió de la mano. "¿Por qué no vienes a mi casa esta noche? Tráete el bikini y así podemos probar mi nuevo jacuzzi." Ella tuvo que reprimirse de apartar instintivamente la mano. La idea de sentarse en un jacuzzi con Tyler le producía un asco sin fin, y se preguntó si se habría sentido atraída por él si fuera heterosexual. *Ninguna posibilidad.*

"Escucha, Tyler. Esto es estrictamente negocios," dijo, manteniendo la voz baja. Esperó un par de segundos antes de retirar la mano y cogió su cubierto. Se aseguraría de tener algo en las manos en todo momento de ahora en adelante. "No estoy interesada en nada más, no tengo ni idea de por qué has pensado que lo habría. Solo nos hemos visto una vez y casi ni hablamos."

Tyler le dirigió una cálida sonrisa, fingiendo que estaban teniendo una conversación romántica cuando él también bajó la voz y susurró. "¿Hablas en serio? ¿Ni siquiera quieres follar? ¿Qué hay para mí entonces?"

Ella se quedó sin aliento ante sus palabras, casi atragantándose con el trozo de hamburguesa que estaba masticando. "¿En serio? Una mierda como esa no es nunca parte del plan," susurró mientras se inclinaba hacia adelante y dibujaba otra sonrisa. "Es exposición, para ambos. Eso es lo que hay para ti. Estamos en las lista de los diez solteros más deseados de EE.UU. y es solo un puto juego para entrar en los tabloides y hacer crecer nuestros seguidores. No que me importe cuántos seguidores tenga; ni siquiera sé por qué estoy aquí." Suspiró. "Lo siento; esto ha sido un error. No debería haber venido."

"¿Tienes idea de que todas las que están en el foco de atención darían un brazo por tener una cita conmigo?" Tyler resopló, incapaz de esconder su frustración por más tiempo. Se echó hacia atrás en su asiento, cruzando los brazos.

"Entonces ten citas con ellas." Ella se echó para atrás también, imitando su lenguaje corporal.

"Lo haré." Tyler parecía un niño testarudo a punto de tener un berrinche. "Voy a tener acción esta noche seas parte de ello o no. Hay miles de tías que se mueren por un pedazo de esto." Se golpeó el pecho y entrecerró los ojos. "Eh, espera un momento. ¿No te habían pillado los paparazzi toda acurrucada con tu profesora de yoga o algo?" Se desplazó por su móvil, buscando el último cotilleo sobre Ella Temperley. Sonrió cuando encontró las fotografías y discretamente giró su teléfono para que Ella lo viese. "¿Es ella la razón por la que estás haciendo esto de las citas?" susurró. "¿Te ha convertido? Apuesto a que ella se te acercó en una de vuestras clases privadas y aprovechaste la oportunidad para intentarlo. No puedo imaginarte como lesbiana pero como..."

"¿Como qué?" lo cortó. "¿Como no quiero acostarme contigo? Jesús, ¿De verdad estás tan lleno de ti mismo? No es jodido asunto tuyo con quien me acuesto. Pero te diré una cosa, Tyler, ciertamente no vas a ser tú." Se levantó y lo apuntó con un dedo. "Y no te atrevas a arrastrar a Cam en esto. Ella es demasiado buena para ser parte de esta ridícula farsa."

"Así que yo tenía razón. *Eres* lesbiana." Tyler le dirigió una sonrisa satisfecha. "¿Por qué si no estarías tan a la defensiva?"

"Que te jodan, Tyler." Ella sentía que estaba a punto de explotar de rabia y necesitaba una salida. Miró su hamburguesa a medio comer, la cogió y se la lanzó a Tyler sin ni siquiera pensárselo. Luego salió, dejándolo en la mesa con mayonesa de wasabi verde goteándole por la cara.

## 24

'ELLA TEMPERLEY DEJA A TYLER KANE EN EL GOLD BURGER'. Ella suspiró cuando leyó el titular. Realmente debería dejar de mirar esas páginas de internet de cotilleos de celebridades, pero no podía evitarlo. El artículo iba acompañado de una fotografía de los dos sonriéndose mutuamente durante la comida, y luego otra foto de Ella en acción con la cara de un trueno. No le gustaba verse así, pero inmediatamente se sintió mejor cuando giró la página y vio una foto de la cara cubierta de mayonesa de Tyler. *¿Lo dejé?* Eso quería decir que los medios asumían que ya habían estado saliendo y después de solo media hora con él, no podía pensar en nada peor. Bueno, podía empeorar, por supuesto. Siempre podría empeorar. Tyler estaría furioso ahora y probablemente estaba buscando venganza.

Aunque Tyler también había firmado un Acuerdo de Confidencialidad, ella se había comportado de manera inapropiada, que quería decir que su contrato podría romperse. Ser sacada del closet por Tyler era la peor pesadilla de Ella, y se sintió sucia y avergonzada por haber participado en el acuerdo. Nadie la había forzado; había estado de acuerdo con el plan de Tom, y no tenía a nadie más a quien culpar sino a sí misma por este lío. No había hecho nada tan estúpido como esto en mucho tiempo porque se lo había estado guardando para ella.

Últimamente, sin embargo, algo le había devuelto la vida. O más bien alguien. Podía reír a veces, comer, relacionarse con las personas y pasarlo bien. Incluso le gustaba aventurarse a salir de su casa ahora, pero con ese atisbo de libertad venían los medios y siempre estaban ahí, donde quiera que fuera. Sabía que la razón de sus renovadas ganas de vivir era Cam, y no tenía idea de qué hacer con eso. Como Tom había mencionado, todavía estaba recibiendo los papeles que ella quería, pero eso no iba a durar siempre si no daba un paso atrás hacia el foco de atención. Eso significaba entrevistas, programas de entrevistas, fiestas, noches de premios... ¿Qué pasaría si saliera del closet ante el mundo? Desde luego no tendría papeles en las comedias románticas que pagaban tan bien. La gente quería parejas creíbles en pantalla. ¿Pero necesitaba realmente el dinero? ¿Y todavía quería de verdad esos tipos de papeles? Era una decisión que tendría que tomar más pronto que tarde. Su móvil sonó, y el corazón le dio un salto cuando vio que era un mensaje de Cam.

`Eh, ¿cómo fue la "cita"?´

`No según lo acordado,´ contestó. Y añadió: `Mira el último cotilleo. Tyler va a hacer de mi vida un infierno, creo que tendré que alejarme durante un tiempo cuando termine la película. ¿Quieres venir a mi casa en Palm Springs por un par de días? Es maravillosamente privado allí.´ Esperó un mensaje de vuelta pero, en vez de eso, sonó su teléfono.

"¿Estás bien, Ella?" Cam sonaba preocupada.

"Sí. Solo estoy leyendo unos artículos de mierda sobre

mí, eso es todo. No han tardado ni cuarenta minutos en ponerlo en internet. Tyler fue un capullo. No puedo creer que realmente aceptara de buena gana esa mierda."

"Lo siento mucho." Hizo una pausa. "¿Qué pasó?"

"Asumió que me acostaría con él. Cuando dejé claro que eso no iba a pasar, él te mencionó como la razón, y eso me puso furiosa. Entonces le lancé una hamburguesa a la cara y me fui." Cam se rió y Ella se imaginó cómo estaría en ese momento. Brillante, sudorosa y sexy después de su clase, y todo lo que quería era estar cerca de ella.

"Lo siento, no quería reírme, pero te aplaudo por hacer eso y lo mataré si alguna vez se cruza en mi camino."

"Gracias, pero podría adelantarme a ti." Ella dudó un momento. "Bueno, sobre Palm Springs... ¿Quieres venir?"

"Sí, me gustaría," dijo Cam. "Pero tengo clientes privados el fin de semana y no puedo cancelarlo. Pero puedo de lunes a jueves si consigo a alguien que se haga cargo de mis clases. Vanya vuelve pronto, así que estoy segura de que podrá resolverlo."

"¿En serio? Eso sería fantástico." Ella no podía dejar de sonreír y sentía que el corazón se le animaba y sus frustraciones se derretían. "Puedo recogerte el lunes por la mañana, ¿en dos semanas? Probablemente no te veré hasta entonces. Estamos haciendo días extra largos en el set de rodaje porque es el empuje final, así que estamos empezando a las siete todas las mañanas y terminamos tarde."

"Eso suena agotador, asegúrate de que te cuidas."

"Lo haré. Estoy deseando verte pronto."

"Sí, yo también." Hubo una pausa corta. "Y ¿Ella? Llámame si quieres hablar, ¿vale? Ya sé que debes haber pasado por esto cientos de veces, y puede que suene ingenua si digo que podemos combatir a estos cabrones, pero estoy aquí para ti y siempre de tu lado."

"Lo sé. Gracias, y te echo de menos y..." Ella dudó. "No puedo esperar a verte de nuevo." Sonreía de oreja a oreja después de haber colgado. Por lo que parecía, solo oír la voz de Cam era suficiente para levantarle el ánimo. Además de eso, cuatro días con Cam era una perspectiva emocionante, y esperaba poder superar las últimas escenas sin estar demasiado distraída. Su conversación reciente se seguía reproduciendo en su cabeza una y otra vez y en todo en lo que podía pensar ahora era en la expresión oscura de Cam cuando le dijo que le gustaban las mujeres. Ambas eran claramente conscientes de que la atracción mutua estaba ahí, pero también eran conscientes de lo especial que era su amistad y para Ella, tener a alguien en quien confiar de todo corazón de nuevo lo era todo.

Cada vez se hacía más difícil mantener la distancia, y cuanto más tiempo pasaban juntas, más unida se sentía a Cam. Estaba desesperada por besarla, por tocarla... Joder, quería arrancarle las ropas y liarse con ella, aunque no tendría ni idea de qué hacer. Bueno, eso no era enteramente verdad. Había visto más escenas de amor entre mujeres de las que quería admitir, y en sus fantasías, ella siempre sabía exactamente qué hacer. Años de deseo porque una mujer la tocara habían pasado factura, y Ella sentía que estaba a punto de explotar cada vez que pensaba en ella y en Cam como algo más que amigas. Solo pensar en ella había hecho que su última escena de amor con Neil Messenger fuera tan convincente que la habían finiquitado en dos tomas, lo que probablemente era un récord en su industria. Incluso el director le había dirigido una mirada curiosa en un momento determinado, probablemente asumiendo que estaba locamente enamorada de Neil. Ella cerró el ordenador portátil y volvió al guión que tenía en la mesita de su remolque. *Vuelta al trabajo, Ella. Concéntrate.*

## 25

Ella miró su teléfono por décima vez en esa hora. Los cinco días que habían pasado sin ver o hablar con Cam le habían parecido una eternidad. La echaba de menos mucho, así que la había invitado al set de rodaje hoy. Cam había respondido inmediatamente:

` *¿En serio? Me encantaría ir al set. ¿Estás segura de que está bien? Puedo ir entre clases. Hasta luego X C´*

Ella no debía invitar a gente aquí, había reglas estrictas sobre ello, pero al final había podido hablar con el asistente del director, que a menudo estaba más ocupado que el propio director, y le había imprimido un acuerdo de no divulgación de información para que Cam lo firmara cuando llegara. Ella tenía un descanso de tres horas entre escenas, y aunque no era mucho, era mejor que no verla nada. Se sentía adicta a ella, y cinco días de abstinencia la habían hecho estar sospechosa e incluso un poco triste.

Ahora estaba dando golpecitos con los dedos en la mesa, esperando nerviosa que alguien trajera a Cam para poder darle un tour por el plató. El camisón largo que llevaba puesto después de haber rodado esa escena por la mañana le hacía sentir algo incómoda, pero no se había molestado en cambiarse, sabiendo que tendría que volver a vestuario, peluquería y maquillaje otra vez esta tarde. Hubo un golpe en la puerta y Ella se echó un último vistazo en el espejo.

"Ella, tu cita de las doce está aquí. ¿Cam Saunders?" llamó Raphael.

"Hola." Los labios de Ella se convirtieron en una sonrisa cuando abrió la puerta y vio a Cam allí, al lado de Raphael. Cam llevaba vaqueros azules ajustados y una camisa de lino de rayas blancas y azules informal. Los primeros cuatro botones estaban desabrochados, dándole a Ella una agradable visión del canalillo. "Estoy tan contenta de que pudieras venir. ¿Quieres entrar en mi remolque?" Batió las pestañas.

Cam le dirigió una mirada juguetona, apoyándose en el marco de la puerta. "Ninguna mujer me ha preguntado eso antes, así que desde luego no voy a declinar la oferta. Estás increíble, por cierto. ¿Asumo que eso tiene algo que ver con la película?

"¿Quién sabe? Bromeó Ella. "Quizás me he vestido para mi increíblemente sexy profesora de yoga que está a punto de hacer un recorrido por los terrenos del estudio." Sintió que las mejillas se sonrojaban cuando los ojos de Cam la penetraron.

"¿Estás flirteando conmigo, Ella?" Cam inclinó la cabeza hacia un lado, extendiéndose una sonrisa burlona por su cara. "Porque si coqueteas conmigo, vas a recibir tanto como das. Solo soy humana, y puedo practicar mucho auto control antes de empezar a derramar mis encantos sobre ti."

"Pruébame." Ella capturó su mirada y la sostuvo.

Cam dejó soltar una risita y entró, recordándose a sí misma dejar de morder el anzuelo. Fuera lo que fuera lo que estaban haciendo ahora, las estaba acercando más y más a un punto de no retorno, y se preocupaba demasiado por Ella como para dejar que su relación se arruinara por una aventura que estaba segura de que cambiaría la dinámica entre ellas. *Que Dios me ayude. Tengo un gran problema.* Dejó fuera a un desconcertado Raphael, que había presenciado el flirteo, y se despidió con la mano. "Gracias, Raphael, ha sido un placer conocerte."

"Gracias, Raphael, puedes irte si quieres. Te veo mañana en nuestra reunión del desayuno," le dijo Ella antes de que se fuera. "Es un buen chico," dijo cuando estaba fuera de vista. "Y leal. Es difícil encontrar gente así."

"Vi una foto vuestra en una revista. El artículo especulaba con que estabais saliendo."

"Sí, bueno, te diría que no creyeras todo lo que lees, pero supongo que eso ya lo sabes ahora." Ella siguió a Cam con los ojos mientras pasaba por su lado. No había querido coquetear con ella, pero era difícil no hacerlo por cómo iba Cam hoy. Le encantaba ver a Cam en su ropa de yoga, pero esto era un nuevo nivel de satisfacción.

"Jesús, esta cosa es como una mansión." Cam miró alrededor del remolque que estaba acolchado con cuero blanco y albergaba un sofá largo, extendido a un lado. Había una mesa de comer para cuatro y una elegante cocina con modernos electrodomésticos, incluyendo un exprimidor industrial, una cafetera y una máquina de hielo. La puerta de atrás estaba cerrada, pero imaginó una habitación igualmente fresca y elegante detrás. "Me encanta."

"Sí, no está mal, ¿verdad?" Ella abrió el frigorífico. "¿Quieres algo? ¿Café, té, zumo, agua, champán? Todavía no he terminado de rodar, así que me voy a hacer un café."

"Café está bien." Cam se sentó en el sofá y acarició el suave cuero. "Tienes algo bueno aquí, Ella. Gracias por invitarme, nunca antes he estado en un plató de película."

"¿Así que estás emocionada de verlo?" Ella sonrió mientras ponía una cápsula de Nespresso en la cafetera y una taza para llevar debajo.

"Sí, totalmente. Ni siquiera sabía que fuera posible entrar aquí siendo ajeno. Mi madre siempre me decía que estaba estrictamente prohibido en su set de rodaje."

Ella añadió leche de almendras en la taza de Cam – contenta de haberle pedido a Raphael que la trajera esa mañana – y se lo dio. "Tienes razón. Realmente no se nos permite traer a gente, pero soy importante para la película, así que sabía que no iban a decir que no." Sonrió mientras se hacía un café también. "Rara vez pido nada, pero te he echado de menos. Lo siento, eso suena estúpido, yo..."

"No... No es estúpido, yo también te he echado de menos," dijo Cam mientras se levantaba y seguía a Ella afuera hacia el estudio al aire libre con docenas de platós interiores y exteriores. Se sorprendió cuando Ella las llevó a un carrito de golf, aparcado detrás del remolque. "Esto es genial. Siempre he querido probar uno de estos."

"¿Ah, sí? ¿Quieres conducirlo?" Ella rodeó el carrito hacia el asiento de pasajero y esperó a que Cam se pusiera al volante, entonces le dio la llave. Cam sonrió mientras lo inspeccionaba.

"¿Es eléctrico? ¿Cómo funciona?"

"Eléctrico, cuarenta y ocho voltios," dijo Ella. "No tiene mucha historia, se conduce como un coche automático." Señaló los dos pedales y rió cuando Cam giró la llave y pisó el pedal, lanzándolas hacia adelante. Se rió aún más al ver la expresión perpleja de Cam. "Sí, más o menos así. Creo que tienes lo básico."

"Vale... Creí que sería un poco más sutil, pero obviamente no lo es. No importa, ya lo tengo." Cam le guiñó un ojo y sonrió. "Bueno, ¿dónde vamos, jefa?"

"Todo recto, gira a la izquierda en el próximo cruce."
Ella saludó con la mano a un grupo de colegas que pasaban
a su lado y que les lanzaron miradas curiosas. No había
esperado nada diferente, ser vista conduciendo por allí con
Cam después de todos los cotilleos recientes, pero la
realidad era que de verdad eran solo amigas, y no iba a dejar
de verla solo porque la gente quisiera especular. "La primera
parada es ese edificio de ahí." Apuntó a un almacén alto de
hormigón a unos ochocientos metros delante de ellas
después de que Cam doblara la esquina. Parte de la larga
calle parecía una ciudad pequeña, con una iglesia, escapa-
rates y encantadoras casitas. Más abajo había un diseño más
de las afueras con jardines impolutos y árboles reales.

Cam encontraba surrealista conducir a través del set,
pasando por una mezcla de diferentes estilos arquitectó-
nicos y medios edificios, algunos de ellos incluso sin
paredes laterales. Le había parecido un laberinto cuando
Raphael la había llevado hasta allí y por el aspecto de las
muchas calles que estaban pasando ahora, el estudio cubría
más terreno que una ciudad pequeña.

"¿Todo esto es para la película en la que estás trabajando
ahora?" preguntó.

"No, nosotros rodamos principalmente en interiores. Los
platós en ese almacén de ahí han sido construidos específi-
camente para esta película. Terminamos de rodar las
escenas exteriores en las colinas de Hollywood hace dos
meses, y ahora solo nos quedan las de interiores. Una de las
razones por las que elegí estar en esta película era porque el
año pasado no me apetecía viajar, pero para la próxima,
pensaré qué tipo de proyecto quiero hacer en lugar de
reducir la selección por la localización. Estoy pensando en
hacer un par de películas independientes, quizás. Algo un
poco más sustancial que una comedia romántica."

"Eso es un gran cambio a lo que estás haciendo ahora." Cam movió la mano. "No es que piense que las películas que has hecho son sosas, aunque tengo que admitir que solo he visto unas pocas."

"Exactamente, eso es lo que quiero decir. Yo tampoco las vería. Me gustaría interpretar a un personaje que me obligue a desafiarme a mí misma por una vez y trabajar en una película que yo misma vería. Todo esto... es fácil para mí. Lo llevo haciendo toda mi vida, y siento que ahora es el momento de hacer un cambio. De lo contrario, la única forma de mantenerse al día será a través de citas falsas con idiotas o asistiendo a estúpidas fiestas."

"Eso suena a que lo has estado pensando," dijo Cam. "Creo que es una decisión valiente. ¿Qué piensa tu mánager?"

"¿Tom?" Ella le dirigió una mirada traviesa. "No lo sabe todavía, y mi representante artístico tampoco." Saludó a un chico joven con un portapapeles que iba caminando en la misma dirección y él le devolvió el saludo. "Ese es uno de los asistentes del director. Tenemos dos en este set. Los asistentes del director supervisan un equipo de asistentes de producción, o AP, como los llamamos. Son como los ojos y oídos en el set de rodaje, y se aseguran de que las cosas estén donde deben estar en cada momento. Es probablemente el trabajo más estresante en la industria del cine; los pobres AP son despedidos todo el tiempo porque se les olvidan cosas o porque no son capaces de encontrar cosas que otros han perdido. No es justo, pero así es como tienes que empezar si quieres vivir del cine. Esa es la estación de carga para los walkie talkies que todo el mundo lleva," continuó cuando vio que Cam observaba la carpa blanca.

"¿Tienes uno de esos?"

"Sí, pero solo empiezo a llevarlo una hora antes de que esté a la espera."

"No es para nada lo que yo esperaba." Cam notó que no había mucha gente alrededor en general. Había esperado un caos, pero sin embargo todo parecía muy organizado. "Por lo menos no tendré que tener cuidado con el tráfico aquí," bromeó mientras conducía despacio para poder asimilar todo lo que estaba pasando. Se transportaban rieles de ropa de un edificio a otro, los maquilladores arrastraban maletas detrás de ellos, sus cinturones de herramientas llenos de pinceles de maquillaje y otra parafernalia. Había un gran cenador con una estación de cocina al aire libre lleno de mesas largas y bancos, donde comían grupos de personas vestidas con ropa de época formal. Un hombre y una mujer con camisas negras de AP estaban colgando decoraciones en un árbol en uno de los jardines falsos de los suburbios, teniendo mucho cuidado en cómo se colocaban los accesorios. "Eh, ¿no es ese Neil Messenger?" Entrecerró los ojos mientras miraba por encima del hombro a un hombre que pasaba vestido con un traje formal de noche.

Ella miró por encima del hombro también. "Bien visto, párate a un lado. ¿Te gustaría conocerlo?"

"Estoy segura de que Neil tiene mejores cosas que hacer que hablar conmigo." Cam aparcó al lado de un edificio y le devolvió la llave a Ella.

"No lo creo. Está en su descanso de tres horas como yo y normalmente se sienta en su remolque a jugar video juegos con su asistente." Ella se giró y gritó: "¡Eh, Neil! Ven un momento."

Cam observó al apuesto hombre de unos treinta y tantos años darse la vuelta y mirar a Ella sorprendido. Luego comenzó a caminar hacia ellas cuando se bajaron del carrito.

"Ella, ¿qué pasa?" Sonrió mientras miraba de una a otra. "¿Qué haces conduciendo por aquí en tu descanso? Normalmente desapareces."

"Lo sé, pero hoy no." Ella le dio una sonrisa radiante. "Esta es mi amiga Cam. Le estoy enseñando el set de rodaje."

"Ah, Cam..." Neil estrechó la mano de Cam. "Es un placer conocer a la infame instructora de yoga."

Cam se rió. "No te creas todo lo que lees."

"Oh, nunca leo nada pero ha sido difícil perdérselo," bromeó Neil. "Bueno, ¿va a haber una sesión de yoga erótica en el descanso de hoy? ¿Me puedo unir?"

Ella puso los ojos en blanco y sacudió la cabeza. "Siento decepcionarte. No hay sesión de yoga, solo visita turística. ¿Sabes si el estudio trece está libre?" Señaló el almacén.

"Los últimos acaban de irse para almorzar, así que adelante." Neil sonrió, levantando una hamburguesa. "El buffet para los extras sigue abierto si queréis carbohidratos. Realmente no me gusta esa súper comida que nos dan."

"¿Por eso estabas al acecho cuando paramos para comer?" Ella se rió entre dientes y lo señaló. "¿Por el buffet de los extras?"

"¿Dónde, si no, me voy a alimentar?" Neil se encogió de hombros. "No tengo una novia que me traiga comida rápida y mi asistente renunció ayer porque recibió una oferta mejor de un jeque petrolero en Abu Dabi." Se giró a Cam. "Bueno, así que tú eres la razón por la que Cam no quiere salir conmigo, ¿eh?"

Cam sonrió de oreja a oreja, no segura de cómo responder a eso. "Eh, estoy segura de que no es nada personal. A lo mejor es que soy mejor cocinera."

"Sí, pero ¿te compra calcetines?" Neil arqueó una ceja de manera sugerente mientras levantaba el bajo de sus pantalones, revelando unos calcetines beige con tiras de tocino marrones por todas partes. Se había subido los locos calcetines y se veían tan ridículos que las dos se partieron de risa.

"No, no he tenido tanta suerte, así que supongo que tú ganas," dijo Cam.

"Si solo tuviera a alguien que los admirara en mis musculosas pantorrillas." Neil puso una cara dramática.

"Dudo que tengas escasez de novias, Neil," los interrumpió Ella. "Pero si alguna vez te sientes súper solo o súper hambriento, dímelo, y quizás te dejemos unirte a nosotras. Para la cena solo," clarificó. Su supuesta aventura lésbica ya era la comidilla de la ciudad, así que decidió que también podría divertirse un poco. Neil sabía tan bien como ella que rara vez había verdad en el cotilleo, pero al mismo tiempo estaba segura de que él se preguntaba por qué tenía cero interés en él.

"Suena bien, os tomo la palabra, chicas." Les dio un saludo, se ajustó la chaqueta del esmoquin y se giró, silbando mientras se alejaba.

"Gracias, me lo he pasado genial." Cam cogió su bolsa del remolque de Ella y salió.

"Me alegro de que lo hayas disfrutado." Ella comprobó la hora en su móvil y suspiró. "Bueno, será mejor que vuelva a peluquería y maquillaje. Vamos a ensayar y rodar de nuevo pronto."

"Ah ¿sí? ¿Qué vas a llevar puesto esta tarde?" *Ya estamos otra vez.* Cam no quería que el coqueteo parara ahora que lo habían empezado. Era demasiado divertido y, además, era algo inocente, ¿no? *No, Cam, está lejos de ser inocente.*

"Una bata," bromeó Ella

"Mmm... Qué pena que me lo vaya a perder."

"¿Podría dejármelo puesto e ir a tu casa más tarde?" Una oleada de calor recorrió a Ella ante la idea de aparecer en la puerta de Cam en bata y tener los ojos de Cam sobre ella. Le encantaba cómo la miraba Cam. *¿Qué estoy haciendo?* "Podría traer comida para llevar, y podríamos simplemente pasar tiempo juntas," añadió rápidamente en un intento por esconder su deseo.

"¿En serio? ¿A qué hora terminas?" le preguntó Cam, sorprendida gratamente.

"Sobre las siete creo. No puedo quedarme mucho tiempo porque me tengo que levantar a las cinco, pero me encantaría que nos viéramos, ha sido aburrido sin ti. ¿A menos que tengas planes?" Ella cogió su bolso, su walkie talkie y su móvil y cerró la puerta del remolque tras ella.

"No, no tengo planes," dijo Cam, recordándose que tenía que terminar los horarios de la plantilla en cuanto llegara a casa para poder tener la noche libre. "Podrías quedarte a pasar la noche. Te ahorrará el viaje y tengo una habitación de invitados." Medio esperaba que Ella rechazara la oferta, sin embargo, Ella asintió y sonrió.

"¿Estás segura? Me encantaría."

"Genial." Cam se despidió y se subió al coche con Raphael, que acababa de llegar al remolque para llevarla de vuelta a la salida. "Hasta luego entonces."

## 26

"¿Dónde está esa bata que me prometiste?" bromeó Cam cuando le abrió la puerta a Ella, que llevaba puesto unos pantalones cortos vaqueros y una camiseta de color melocotón con letras japonesas sobre ella.

"Lo siento, no ha habido suerte con el camisón. Tuve que devolverlo, mañana por la mañana volvemos a rodar la misma escena, así que tendrás que conformarte con esto." Ella extendió los brazos y se miró a sí misma.

"Esto está bien," dijo Cam, lanzándole una mirada no muy sutil a las piernas desnudas de Ella. A estas alturas, ya no estaba segura de si se estaba engañando a sí misma porque le gustaba realmente el aspecto de sus piernas bronceadas en los pantalones cortos muy cortos. "¿Quieres vino?" abrió el frigorífico, y lo cerró de nuevo. "Tengo gin tonic frío, o vino tibio porque se me olvidó ponerlo en el frigorífico." Le dirigió una mirada de disculpa. "O también tengo té de menta fresca."

Ella sonrió. "Creo que voy a tomar un té de menta. ¿Quieres que coja un poco del porche?" Ella había visto varias macetas de hierbas en su visita anterior, así que abrió las puertas sin esperar una respuesta, salió y volvió con un montón de menta de la maceta de terracota que había debajo de la ventana. "¿Quieres uno tú también?"

"Claro. Hay miel en esa cesta de ahí." Cam señaló hacia donde estaban los condimentos, luego abrió la bolsa de comida para llevar que había traído Ella. "¡Qué rico, falafel! Buena elección." Se giró a Ella. "¿Quieres ver una película?"

"¿Una película?" Ella arqueó una ceja como si no tuviera ni idea de lo que estaba hablando.

"Sí. Ya sabes, una película. Como en las que tú trabajas todos los días."

Ella sacudió la cabeza y soltó una risita. "Ya sé lo que es una película, es solo que no creo haber visto nunca una película por diversión con nadie." Su sonrisa se agrandó. "Me encantaría, mientras que no sea una mía."

Cam se rió también. "Me alegra que te emocionen las cosas mundanas. Al menos no te aburrirás de mí." Sus ojos brillaron, claramente divertidos. "No te preocupes; no voy a poner ninguna de tus películas. En realidad no son lo mío." Abrió más las puertas del porche, y sacó el televisor, desenredando la madeja de cables antes de colocarlo en la mesa del porche. Hacía una noche agradable y le gustaba disfrutar de la brisa marina mientras se relajaba de su día frenético. Había sido agitado sin Vanya allí y Cam se dio cuenta más que nunca de cuánto la necesitaba.

"Odias mis películas, ¿verdad?" Ella arrugó la nariz. "Me lo puedes decir, no me ofenderé." Agarró el brazo del sofá y ayudó a Cam a moverlo por la puerta antes de sentarse en él.

"No, no es eso, pero ya sabes... una comedia romántica con un hombre y una mujer; no me produce nada." Cam se unió a ella con el té, una manta y la comida. Dividió las pitas, la ensalada, el humus, la salsa de menta y los falafels en dos platos y le acercó uno a Ella. "Pero he visto un par de ellas, con Vanya. Está totalmente enamorada de ti, y no la culpo. Estabas muy sexy en esa película hawaiana." Se cubrió la cara con las manos cuando se dio cuenta de lo que había dicho. "Dios mío, ahora sueno totalmente como un hombre."

Ella se rió. "Eh, está bien, me siento halagada. Además, no negaré que también me gusta mirarte. Pareces una escultura fluida cuando haces yoga. Es hermoso." Sonrió mientras veía las mejillas de Cam tomar un tono rosado más oscuro y decidió cambiar de tema.

"Bueno, ¿qué vamos a ver?" preguntó, dándole un bocado al falafel.

"Lo que quieras." Cam se giró hacia ella, todavía un poco ruborizada. "¿Qué te gusta?"

"¿Qué me gusta...?" repitió Ella de manera sugerente. "No estoy segura de lo que me gusta porque me falta experiencia... relacionado con ver películas," añadió. Pensó sobre ello un momento y sacudió la cabeza. "No tengo ni idea. No he visto nada en mucho tiempo, pero mis coprotagonistas están todos entusiasmados con esa serie nueva de detectives en este momento. ¿*Swamps*? ¿Qué te parece si vemos eso? Al menos podré unirme a sus conversaciones en el plató." Sonrió. "Y me dará una excusa para volver y ver el resto."

"Suena bien, yo tampoco la he visto todavía." Cam encendió el televisor y miró las series en su canal de bajo demanda. "Aunque tengo que advertirte; quizás tendrás que pasar mucho tiempo aquí. He oído que es muy adictiva." Arqueó una ceja. "Y tienes que prometerme que no verás ningún episodio sin mí. Es una regla no escrita."

"Por supuesto. ¿Cuál sería la diversión entonces?" Ella puso las piernas bajo ella, medio mirando a Cam. Cuando sus ojos se encontraron, su respiración se paró. La oscuridad en la mirada de Cam, su piel bronceada, sus labios, sus hombros esculpidos... *Tan fuerte.* Podía oler el champú de Cam y su aroma cítrico único, y luchó contra el impulso de alargar la mano y pasársela por el pelo. Hubo un instante en que casi estuvo segura de que Cam sentía la necesidad de tocarla también pero, en cambio, Cam volvió su atención al mando y pulsó el botón para empezar.

"Tenías razón. Esto es muy adictivo," dijo Ella después del tercer episodio.

"Sí, es bastante bueno." Cam se volvió a ella. "Parece que tienes sueño. ¿Quieres continuar en otro momento?"

"Quizás sea lo mejor. No quiero quedarme dormida en la mitad, y las dos empezamos pronto mañana."

"Bueno, la cama está hecha, y hay una toalla en el tocador si quieres ducharte." Cam apagó la televisión.

"Una ducha estaría genial." Ella subió más la manta sobre ellas. La brisa marina era más fresca ahora, pero le encantaba la vista y simplemente se sentía tan bien sentada junto a Cam que no quería levantarse todavía. "¿Nos podemos quedar aquí un poquito más?"

"Claro." Cam se hundió más en el sofá y puso los pies sobre el reposapiés. Si era honesta consigo misma, podría quedarse aquí días. Era divertido y fácil con Ella, y se sentía tan cómoda con ella que ni siquiera tenía que intentarlo. La única cosa que la frenaba de relajarse por completo era la atracción constante que había entre ellas y que hacía que su estómago revoloteara como un enjambre de abejas. *Si no fuera tan jodidamente hermosa.*

Se quedaron sentadas allí en silencio, escuchando los sonidos del mar. Un rato después, los ojos de Ella se cerraron cuando se apoyó en Cam. Cam podía sentir por su respiración constante y lenta que se estaba quedando dormida. El corazón se le empezó a acelerar con la sensación del cuerpo cálido de Ella contra el suyo y se giró para mirarla. El brazo desnudo de Ella descansaba contra el suyo, la cabeza girada en su dirección en el respaldo del sofá, haciendo que las suaves respiraciones le hicieran cosquillas en el cuello. Cam levantó un brazo con cuidado y lo puso alrededor de Ella para que estuviera un poco más cómoda. Como resultado, el cuerpo de Ella cambió de posición, y la cabeza bajó hacia el pecho de Cam. No fue intencionado sino completamente inocente, pero aún así hizo sentir algo a Cam que no había sentido en mucho tiempo.

La cercanía de Ella, a la que estaba empezando a ver de una manera diferente, la llenó de calidez. Habían llegado a estar muy unidas en solo cinco semanas, y aunque había intentado duramente no pensar en Ella de una manera sexual, no era fácil. Era simplemente muy sexy, y su sonrisa – su sonrisa verdadera incluso mucho más que su sonrisa para la pantalla – era fascinante. Había sonreído más en las últimas semanas, y saber que Ella estaba empezando a disfrutar de la vida lo era todo para Cam.

Todos los días se decía que tuviera cuidado, que no se acercara demasiado. Salir herida en una situación como esta era fácil. Ella era inestable, y si había alguien a quien le resultaba familiar lo impredecible que podía ser la depresión, esa era Cam. Ella necesitaba su amistad ahora mismo, y Cam necesitaba su presencia, por ninguna otra razón de que eso la hacía feliz. Sabía que el flirteo se estaba yendo de las manos, y se recordó otra vez tener cuidado, mantener más distancia. Sin embargo, cuando Ella se acurrucó más cerca de ella, Cam se encontró haciendo lo contrario, apretando su abrazo a su alrededor. Medio esperaba que Ella se despertaría, pero no lo hizo, así que inhaló el despeinado cabello rubio y se maldijo. *¿Qué va a pensar cuando se despierte? Parece que estoy intentando hacer un movimiento sobre ella.* La idea de poner un brazo alrededor de Ella había sido tan natural que ni siquiera se lo había pensado dos veces, pero ahora que estaban sentadas de manera tan íntima, una oleada de otros pensamientos se aceleraban en su mente, y estaban muy lejos de ser puros. *Joder. Me atrae tanto.*

A Ella le llevó un momento analizar la situación cuando se despertó. La adrenalina comenzó a correr a través de ella cuando sintió un cuerpo cálido contra el de ella y la respiración lenta y constante contra su pelo. Tenía la mitad del cuerpo sobre Cam, que todavía dormía. Su cabeza reposaba sobre el pecho de Cam y ella tenía un brazo a su alrededor. El corazón le latía tan fuerte que temía despertarla. No tenía ni idea de la hora que era, pero no quería estirarse para coger su móvil de la mesa. Se sentía segura, maravillosa y emocionada de estar tan cerca de ella, y le sorprendía gratamente cómo su cuerpo reaccionaba a la cercanía. El calor es extendió entre sus piernas cuando se dio cuenta de que la suavidad que sentía sobre ella era el pecho de Cam. Entonces bajó la mirada y vio que su mano estaba sobre el abdomen desnudo de Cam. *Joder...* La camiseta de Cam se había levantado y aparentemente Ella se había puesto más que cómoda mientras dormía. Se quedó muy quieta, intentando mantener su respiración bajo control mientras las fantasías amenazaban con tomar el control de su cabeza.

El tiempo pasó en una bruma encantadora mientras veía el cielo oscuro de fuera volverse de un azul más pálido. Sin embargo, le dolía el cuello de haber estado acurrucada en la misma posición durante horas, y después de un rato, no tuvo más remedio que moverse un poco. Cam se agitó, luego gimió cuando se despertó y bajó la mirada.

"Dios, lo siento Ella. No tenía intención de..."

"¿Qué?" Ella fingió despertarse y se giró para mirarla con ojos somnolientos. Preocupada de que Cam sintiera su mano temblorosa sobre su piel, la retiró y se sentó, estirándose. "No, *yo* lo siento. No debería haberme dormido encima de ti." Consiguió sonreír a pesar del estado de nervios en que se encontraba. "Debes haber estado muy incómoda. ¿Qué hora es?"

"No sé." Cam parecía nerviosa cuando alcanzó su teléfono. "Son las cuatro y media." Dio un profundo suspiro. "Te iba a despertar para que pudieras irte a la cama, pero me quedé frita y me dormí profundamente."

"Yo también he dormido como un bebé." Ella ya echaba de menos el contacto. Todo lo que quería hacer era echar atrás el tiempo y acurrucarse sobre el cálido cuerpo de Cam, sin embargo, fingió un bostezo. "Es hora de irse pronto, así que bien podría darme una ducha y quedarme despierta."

"Vale. Te haré un café." Cam estaba a punto de levantarse, pero Ella la detuvo.

"No, no hace falta," insistió, preocupada por no ser capaz de actuar normal con Cam con todos los sentimientos que la recorrían en ese momento. "Vuélvete a dormir otra hora. Nos vemos la semana que viene."

## 27

"Estás diferente hoy." Theresa tomó un sorbo de su café y cruzó las piernas.

"¿Diferente? ¿En qué sentido?" Ella inconscientemente se pasó una mano por el pelo, no muy segura de si se refería a su aspecto físico.

"Parece como si tuvieras otras cosas en tu cabeza. Cosas buenas."

"Ah, ya..." Las mejillas de Ella se ruborizaron. ¿Podía Theresa de verdad ver que estaba experimentando un flechazo?

"No te avergüences. Soy terapeuta. Estoy formada para leer a la gente." Theresa hizo una pausa. "¿Has visto a Cam otra vez desde la última vez que nos vimos?" Cuando Ella asintió, continuó. "¿Te gustaría hablar de ella? Siento que Cam está jugando un papel importante en tu vida ahora mismo."

"Sí... Me gustaría hablar de Cam." Ella sonrió. Podía hablar de Cam todo el día y toda la noche. "En realidad, la he visto unas cuantas veces. Nos hemos hecho amigas."

Dudó un momento. "No sé si lees los cotilleos, pero ha habido algunas especulaciones de que estamos saliendo. No es verdad, pero hemos pasado mucho tiempo juntas."

"No estaba al tanto de las especulaciones. No leo ese tipo de artículos, especialmente si se refieren a algunos de mis clientes," dijo Theresa. "¿Te molesta?"

"En realidad, no," admitió Ella. "Me molesta en el sentido de que no quiero que Cam sufra por ello."

Theresa asintió y anotó algo en su libreta. "Mencionaste la última vez que hablamos que tenías sentimientos sexuales por ella. ¿Ha cambiado eso desde entonces?"

"No se han ido, si eso es lo que quieres decir," dijo Ella. "Si acaso, han crecido más aún." Suspiró. "Siento la necesidad de besarla cada vez que la veo, y la última vez fue en su casa. Me quedé dormida encima de ella. No puedo ni empezar a describir cómo me sentí cuando me desperté. Fue tan increíble que fingí estar dormida por Dios sabe cuánto tiempo después de eso." Siguió ruborizándose, casi sin creerse lo abierta que estaba siendo sobre esto.

"¿Y crees que Cam comparte esos sentimientos?" le preguntó Theresa.

"Sé que me encuentra atractiva. Hace comentarios de flirteo y la forma en que me mira me hace pensar que le gusto de esa manera. Desde que me dijo que era gay, no he podido dejar de analizar su comportamiento." Se aclaró la garganta. "Y no sé si me estoy imaginando cosas, pero podría jurar que tenemos una química fuera de lo normal cuando estamos juntas."

"¿Has pensado en preguntárselo?"

"Sí que lo he pensado, pero es algo difícil de mencionar. Hablamos de todo aparte de eso. Lo intenté pero bailó alrededor del tema. Pero salí del closet ante ella."

"¿Lo hiciste?" Theresa parecía positivamente sorprendida. "¿Y cómo te sentiste? ¿Salir del closet ante una amiga por primera vez?"

"Genial. Me siento a gusto con Cam y la conversación derivó de manera natural en esa dirección. Estaba nerviosa, claro, pero después no fue para tanto, y ahora he empezado a preguntarme por qué he estado tan aterrorizada de que la gente sepa que me gustan las mujeres todos estos años." Se mordió el labio. "Esperaba que la conversación nos llevaría a algo más, pero ella solo me ofreció su apoyo y lo dejamos así. La he invitado a pasar un par de días conmigo en Palm Springs, así que veremos qué pasa."

"Entonces, ¿te gustaría llevar la amistad más allá?"

"Sí," dijo Ella casi en un susurro. "Pero también tengo miedo de arruinar la primera amistad verdadera que he tenido desde Helena." Sacudió la cabeza. "Ni siquiera sé si estoy preparada para algo así. Todavía no soy yo misma, si sería inteligente por mi parte hace eso. ¿Crees que estoy preparada?"

"Creo que lo estás haciendo bien, Ella. Pero la pregunta es - ¿Te sientes *tú* preparada? No puedo responder a eso por ti."

"Me siento preparada. Quiero decir, está en mi mente todo el día y toda la noche. Estar con ella es literalmente en todo en lo que pienso."

Theresa sonrió. "Entonces espero que vaya bien para ti."

"¿De verdad?" Ella frunció el ceño. "¿Eso es todo? ¿No vas a decirme que podría sentirme atraída por ella porque me rescató o porque es la única lesbiana que conozco? ¿O que solo estoy interesada en experimentar con una mujer y que no debería hacerlo con una amiga?"

"¿Y eso es así? ¿Crees que te sientes atraída por ella porque es la única lesbiana que conoces?"

"No." Ella negó con la cabeza. "Absolutamente no."

"¿O porque te rescató y te sientes segura con ella?" Theresa le lanzó una mirada interrogante. "Claramente has estado pensando esto mucho."

"No. Quiero decir, me siento segura con ella pero esa no es la razón."

"¿Y no la estás usando para experimentar?"

"No, nunca. Jamás le haría eso."

"Bueno, entonces tus intenciones son buenas."

"Oh." Ella observó a la mujer de quien esperaba recibir una serie de preguntas de prueba, sin embargo, Theresa permaneció en silencio y esperó a que ella hablara. "¿Así que ni siquiera crees que estoy buscando una distracción porque estoy pasando por una etapa difícil o que debería salir del closet ante el mundo primero?"

"Eso depende de ti. Si prefieres salir del closet primero, entonces deberías hacerlo. ¿Sientes que se lo debes al mundo?"

"No." Ella soltó una risita. "No es asunto de nadie."

Theresa asintió. "Estar en terapia o lidiar con la pérdida no significa que tu vida deba quedar en espera, Ella. Mucha gente lidia con dificultades toda su vida. Y podemos hablar de esto durante horas, pero no va a cambiar cómo te sientes o lo que quieres realmente. Yo diría que el hecho de que estés teniendo estos sentimientos de nuevo es un signo muy positivo y me puedo imaginar que te dé miedo, pero el amor es impredecible. Viene cuando viene, y puedes cogerlo o dejarlo. Y cuando das el salto, solo puede ir por dos caminos: el correcto o el incorrecto, y tienes que estar preparada para ambos. Has pasado por mucho, pero eres fuerte y el que quieras esto no tiene por qué querer decir que estás buscando una distracción porque ella te hace sentir bien. Puede querer decir simplemente que lo quieres, así que no lo pienses demasiado."

"Hmm." Ella le sonrió mientras sus dudas se alejaban. Lo quería más que nada. Ahora solo esperaba que Cam sintiera lo mismo.

## 28

"¿Estás emocionada por nuestro pequeño descanso?" Ella abrió el maletero de su coche para que Cam pudiera arrojar su bolsa de viaje.

"Sí. No puedo esperar a ver tu ciudad natal." Cam sonrió y cerró el maletero, antes de darle un largo abrazo. "Ven aquí, es bueno verte de nuevo." Ella parecía casi angelical, pensó, vestida con pantalones cortos de lino y un top blanco de ganchillo. Su bronceado era profundo y su pelo rubio se movía con el viento. Cómo deseaba pasar una mano por ese cabello, atraerla hacia ella y besarla...

Ella la sujetó fuerte. "Es bueno verte a ti también." Aspiró contra el cuello de Cam y tuvo que forzarse a retirarse de ella. La había echado de menos más de lo que había esperado, y había estado contando los días que habían estado separadas. No se habían visto desde que habían despertado juntas en el sofá, y a pesar de las sonrisas y el ambiente informal, Ella sabía que tendrían que hablar en algún momento. No había sido capaz de pensar en otra cosa que no fuera Cam durante toda la semana, y ahora que estaba sentada a su lado en el coche, el estómago no dejaba de revolotear.

"Me encanta tu coche," dijo Cam, pasando un dedo por el cuero suave de su asiento. El convertible amarillo brillante era todo lo contrario al todoterreno negro que Ella conducía normalmente. "Pero supongo que no esperaba otra cosa de una hermosa estrella de cine de fama mundial." Contoneó las cejas, mandando más hormigueos al centro de Ella.

"Gracias." Ella se sintió ruborizar. "Técnicamente no es mío. Maserati me deja conducirlo para promocionar su marca. Yo no habría elegido un coche amarillo por mí misma, pero como era gratis y se conduce de maravilla con velocidad, obviamente estaba encantada de tenerlo." Se encogió de hombros. "Seamos honestas, no creo que mucha gente dijera que no."

"¿Qué? ¿Que este coche lo has conseguido gratis?" Cam se quedó mirándola fijamente. "¿Te dan muchos regalos?"

Ella asintió. "Sí. Ropa sobre todo. Los diseñadores me las mandan y también me mandan artilugios. Móviles, ordenadores portátiles... Normalmente devuelvo las cosas que no utilizo, o las regalo, así que dime si necesitas algo." Le lanzó una sonrisa. "Estoy esperando un montón de ropa de yoga, ahora que el mundo sabe que me gusta eso, así que te lo digo cuando llegue el primer paquete."

"Eso suena fantástico, cuenta conmigo." Cam cerró los ojos cuando giraron hacia la autopista. Era genial salir de la ciudad un par de días. No se había permitido mucho tiempo libre desde que había abierto el estudio. No es que necesitara tiempo libre, su trabajo ya era todo lo relajante que se podía tener, pero aún así, un cambio de escenario no era malo. Había estado deseando ver a Ella de nuevo, y había pensado en ella mucho. De hecho, la noche que habían pasado en el sofá no la había abandonado un segundo, y aunque sabía que era una mala idea imaginarse su boca en la de Ella, no era capaz de alejar esa imagen de su mente. Ahora que sabía que a Ella le gustaban las mujeres, y que esa atracción era mutua, bueno, era difícil continuar como si no hubiera un tema tabú.

"¿Has traído el bikini?" le preguntó Ella.

"Sí. ¿Tienes piscina?"

Ella arqueó una ceja y le sonrió. "Tengo una piscina genial *y* jacuzzi."

"Por supuesto." Cam se mordió el labio. Dios, ahora todo en lo que podía pensar era en imaginarse a Ella y ella juntas en una piscina. "¿Vas a Palm Springs a menudo?" le preguntó. "No recuerdo que hayas hablado de ir allí."

"No he estado allí desde que Helena murió," confesó Ella. "Era nuestro segundo hogar compartido. Crecimos en Palm Springs, pero nuestra casa de la infancia no era tan elegante como este lugar. Lo he estado alquilando, pero decidí que ya era hora de enfrentarme con el pasado y usarla otra vez y, además, es un escondite genial. Los paparazzi tienden a quedarse en LA, así que tendré más privacidad allí cuando el jodido Tyler Kane haga su entrevista en Late Night mañana."

"Gilipollas," gruñó Cam. "¿Qué crees que va a decir?"

"No lo sé y, francamente, no me importa. Si Tyler afirma que nuestra cita fue un señuelo para mantener callada mi sexualidad, estará prácticamente admitiendo que él mismo es un fraude. Y si simplemente les dice que soy gay, también estará mintiendo de alguna manera porque nunca lo admití ante él. Probablemente podría demandarle por eso, pero eso solo atraería más atención a la situación." Ella dio un suspiró. "Pero si lo hace, preferiría estar lejos de LA. En este momento estoy ya tan cansada de preocuparme por lo que Tyler vaya a hacer que estoy pensando que podría terminar con esto y dejar que lo diga."

"¿Dejarle que lo diga?" Repitió Cam. "Salir del closet debería ser tu elección, no la de Tyler. Es algo importante y deberías poder hacerlo a tu manera."

"Lo sé..." Ella aceleró, empujando a ambas contra el asiento. "Pero en mi industria, nada es sagrado, y algunas veces solo tenemos que aceptar las cosas por cómo se desarrollan y lidiar con ellas según vienen. Es lo que es y, ahora mismo, ir a Palm Springs es la manera correcta de lidiar con ese asqueroso mierdecilla egocéntrico. Con suerte, un cambio de escenario impedirá que me ponga nerviosa con ello."

Cam resopló. "Todavía voy a matarlo si lo veo alguna vez." Se volvió hacia Ella, que parecía sorprendentemente calmada con la situación. "¿Te sientes preparada para volver allí? ¿A la casa que compartiste con Helena?"

"No lo sé. Supongo que nunca lo sabré si no lo intento. Y siento que puedo manejar cualquier cosa cuando estoy contigo. Estoy de verdad deseando tener un descanso. No siento el temor que suelo sentir cuando contemplo la posibilidad de ir allí." Ella sonrió, y Cam encontró difícil de creer que esta fuera la misma mujer que había intentando ahogarse solo hacía ocho meses. Parecía estar tan entera ahora, como si hubiera decidido que ya era hora de seguir adelante con su vida otra vez.

"Pareces feliz," le dijo.

"Soy feliz." Los ojos de Ella se encontraron con los de Cam un momento, y Cam podría jurar que había visto un brillo coqueto en ellos. "No siempre, por supuesto," añadió.

"Pero últimamente he tenido más días buenos que malos, y este es definitivamente un buen día." Hizo una pausa mientras indicaba y giraba hacia la autopista de San Bernardino. "He dejado de sentirme culpable cuando estoy feliz. Todavía sigo con antidepresivos, pero me siento preparada para empezar a rebajar la dosis." Ella se encogió de hombros. "Así que sí, lo estoy haciendo bien."

"Estoy tan contenta de que estés mejor." Cam puso una mano sobre el muslo de Ella. "Me he dado cuenta de que sonríes más. Y desde luego estás comiendo más, así que eso es una buena señal, ¿no?"

"¿Con tu cocina? ¿Cómo no?" Ella sonrió. "Bueno, y sobre tu casa, ¿por qué no la vendiste? ¿Por qué te mudaste a ella?"

"No estoy muy segura," admitió Cam. "Al principio no podía estar allí y pensé en venderla, claro. Pero cuando el agente inmobiliario vino, y me habló de ella como si fuera una mera transacción económica, que para él lo es, por supuesto, y no lo culpo por ello..." Hizo una pausa. "Bueno, no pude llegar hasta el final. Quise agarrarme a ella, pero tampoco podía vivir allí, así que la alquilé hasta que me sentí lo suficientemente fuerte como para mudarme. Creo que esperaba sentirme deprimida al principio, pero no lo estuve. Y según pasaba el tiempo, empecé a entender que mi madre había comprado el lugar en uno de sus días buenos. Vio la belleza que yo veo en la casa, y sé que fue feliz allí durante períodos de tiempo. No creo de verdad que la comprara con la intención de ahogarse allí un día, o eso es lo que me digo a mí misma al menos."

"Es un lugar precioso," dijo Ella. "Me alegro de que te mudaras. Si no, no habrías estado allí cuando yo estaba en mi momento más bajo." Tragó saliva, apartando el recuerdo. "Me encanta tu casa; se siente tan hogareña y cálida y personal. Siempre he querido una casa que reflejara quién era yo, pero siempre estuve demasiado ocupada y supongo que nunca estuve muy segura de quién era en realidad. Pero ahora estoy empezando a conocerme a mí misma, y tengo la sensación de que tú me conoces también, que me ves por quién soy."

Cam se giró en el asiento para mirar a Ella, abrumada por sentimientos que se suponía que no debía tener. "Te diré quién eres," le dijo. "Eres amable, inteligente, divertida, impulsiva, generosa, fuerte y..." Hizo una pausa. "Y hermosa." Sonrió cuando vio cómo las mejillas de Ella se sonrojaban. "Eres todo eso y mucho, mucho más pero no voy a seguir porque podría subírsete a la cabeza."

Ella se rió con eso. "Gracias por hacerme sentir como un millón de dólares, es bueno para mi ego."

Mientras se adentraban más en la autopista, las colinas aparecieron a la vista, luego montañas desnudas a su derecha, sus cimas aún cubiertas de un poco de nieve. Dejando atrás la ciudad y pasando por el paisaje árido, la emoción de Ella creció, sabiendo que tendrían cuatro días enteros juntas. Después de la salida hacia Palm Springs, las palmeras se alineaban a ambos lados de la carretera, y se empezó a ver más verde.

La primera señal de vida fue el Centro de Visitantes de Palm Springs antes de que aparecieran las villas, los restaurantes y los negocios; todos pintados con colores apagados hasta que llegaron al centro de la ciudad, donde la mayoría de los edificios eran blancos. El hibisco, el aloe vera y las flores silvestres amarillas y moradas se alineaban en el camino, creando un esquema de color espectacularmente luminoso.

"La primavera es la mejor época del año para estar aquí," dijo Ella. "A finales de verano queda muy poco color."

Giró a la derecha y subió hacia las colinas, donde las pequeñas carreteras estaban bordeadas de espléndidas rejas, que rodeaban las grandes casas. Cuando las pasaron todas, siguió conduciendo más alto hasta que no quedó más que un camino estrecho y polvoriento. Volvía a casa.

## 29

"Aquí estamos." Ella condujo el coche a través de las cancelas blancas y saludó a su cuidador, que las abrió para ellas. "Hola, Sid."

"Bienvenida de nuevo, Ella." Cuando Ella salió del coche, Sid alargó la mano para estrechársela, pero le sorprendió dándole un abrazo en su lugar. "Es estupendo verte de nuevo." Lo soltó y se giró hacia Cam. "Sid, esta es mi amiga Cam. Cam, este es Sid. Cuida de Casa Flamingo." Ella miró alrededor del gran jardín apaisado, donde un césped verde luminoso perfecto se extendía alrededor del edificio blanco de una planta, solo dividido por un estanque largo y bien cuidado. Sintió una punzada por un momento cuando los recuerdos de ella y Helena volvieron a inundarle, pero tomó un respiro profundo y dibujó una sonrisa. "Has hecho un trabajo genial, Sid, el césped está fantástico."

"Gracias, Ella. Creo que estarás satisfecha con el jardín trasero también." Cogió el equipaje de Ella y caminó hacia la casa.

"¿Casa Flamingo?" Cam le lanzó una mirada divertida.

"Sí, ya se llamaba Casa Flamingo cuando la compramos

porque solían tener flamencos en el jardín delantero." Ella señaló la puerta. "Cuando los dueños anteriores se mudaron y se llevaron los flamencos, Helena y yo pintamos la puerta de un tono rosado-anaranjado para que por lo menos el nombre tuviera sentido."

"Ya." Cam sonrió al ver la puerta de colores brillantes en medio del edifico blanco. "Esto es precioso. Parece un oasis, tan privado..."

"Por eso la compramos precisamente." Ella cogió la mano de Cam. "Vamos, no puedo esperar a enseñarte el resto."

La puerta principal se abría a un pasillo simple y moderno. Cam pensó que parecía una casa piloto, ya que no había zapatos ni abrigos, ni ningún tipo de desorden en el elegante espacio que daba a otro pasillo con tres puertas a su izquierda. Pero era precioso, con pinturas luminosas en las paredes y flores frescas en una vitrina debajo de un adornado espejo plateado.

"Todas mis cosas personales están en el trastero del sótano," le explicó Ella cuando vio que Cam buscaba cualquier señal que la atara a la casa mientras la seguía hasta el salón. "No quería que los inquilinos supieran que era mía, así que mantuve la decoración bastante minimalista."

Entraron en un largo salón con una zona de asientos un nivel más bajo en la parte de atrás, donde un sofá de medio círculo de terciopelo verde luminoso estaba situado delante de un amplio pilar con una chimenea incorporada. Todo el espacio miraba a las montañas a través de paredes altas de cristal. A pesar de la apariencia moderna, la casa parecía muy retro. El sofá parecía una reproducción o quizás incluso un original de los setenta, y el resto de los muebles estaba también claramente inspirado en los setenta. Un bar de copas, limpio y pulido a la perfección, estaba construido contra el otro lado del pilar donde el suelo estaba más alto. Había plantas grandes y flores frescas por todos los lados, en macetas de cerámica de colores brillantes y floreros de vidrio. Las alfombras verdes, amarillas y color crema esparcidas por toda la superficie del salón eran gruesas y lujosas.

La mandíbula de Cam cayó cuando elevó la vista hacia el techo, donde un elegante candelabro de cristal cubría la mayor parte del espacio sobre la zona de asientos.

"¿Acabamos de retroceder en el tiempo?"

Ella se unió a ella bajo la lámpara y sonrió. "Esta casa fue construida en mil novecientos sesenta y nueve. Helena logró encontrar suficientes muebles originales de esa época para decorar toda la casa. Era una de sus muchas pasiones."

"Es increíble." Cam caminó por la habitación, mirando hacia fuera a través de las paredes de cristal. A ambos lados de las ventanas que iban del suelo al techo, las cortinas de terciopelo estaban corridas, su color verde bosque combinaba con el sofá. Las ventanas ofrecían una vista impresionante sobre el desierto, las montañas a lo lejos y el centro de la ciudad de Palm Springs debajo. Se volvieron cuando oyeron la voz de Sid resonar por la habitación.

"¿Dónde quieres que ponga tus maletas?"

Ella sacudió la cabeza y movió la mano. "No te preocupes, Sid, nosotras nos encargamos de eso. Gracias por llamar a la florista por mí y tómate el resto del día libre, estaremos bien."

"Gracias, Ella. Ha sido bueno verte de nuevo. Mantendré el teléfono encendido, así que avísame si cambias de opinión y necesitas algo."

"Lo haré, gracias Sid." Ella le sonrió, luego tiró de Cam. "Deja que te enseñe tu habitación para que puedas guardar tus cosas." Se volvió hacia el pasillo y abrió la segunda puerta a la derecha. "Esta será la tuya." La habitación donde entraron estaba decorada en una mezcla de tonos crema y dorado. La gran cama, cubierta con ropa de cama de color dorado, se encontraba delante de una cabecera abotonada de terciopelo con forma de corazón y estaba adornada con lujosas almohadas. En la mesita de noche había un teléfono de línea con cable de época, junto con una caja de pañuelos de papel con estampado de flores que parecía haber venido de la misma época.

"Es más que increíble." Cam se sentó en la cama y botó sobre el colchón.

"En realidad, esta habitación no se ha usado nunca mientras he vivido aquí, así que creo que ya es hora," dijo Ella, caminando alrededor de ella, como si estuviera asimilándolo todo por primera vez. "Mi habitación está a tu izquierda y la habitación antigua de Helena a tu derecha." Su expresión se entristeció por un momento, pero rápidamente se recompuso. "No creo que esté lista para entrar allí todavía."

"No tienes que hacerlo, tómate tu tiempo," dijo Cam en un tono tranquilizador. "Enséñame tu habitación."

"Vale." Ella le hizo señas para que la siguiera y los ojos de Cam se abrieron de par en par de asombro cuando Ella abrió la puerta de su propia habitación.

"Esto es una locura." Cam pasó una mano sobre el sofá de tamaño considerable de terciopelo rosa que estaba frente a una gran cama con el somier en la misma tela. La pared detrás de la cama estaba cubierta de papel tapiz con estampado de flamencos rosa, verde y blanco, que habría sido totalmente exagerado si no hubiera sido tan perfecto y original, combinado con el resto de los muebles. Había una alfombra gruesa rosa en el suelo y en las paredes blancas laterales había enormes fotografías enmarcadas de flamencos, que hacía juego con la alfombra. El color rosa destacaba en los detalles más pequeños, desde los cepillos del pelo en el tocador de madera de mitad de siglo hasta las bombillas en las lámparas de mesa que había en las mesitas de noche de color rosa fucsia.

"Sé que es una locura y muy exagerado, pero me gusta." Ella sonrió. "No tiene nada que ver conmigo pero creo que pega con la casa, ¿no crees?" Apartó las cortinas rosas hacia un lado, revelando una preciosa vista del jardín privado. "Y este es el jardín trasero." Abrió las puertas correderas y salió a la amplia terraza de pizarra que cruzaba la parte de atrás. Estaba casi al mismo nivel con una piscina que se extendía a lo largo de toda la casa, con una sección separada en un extremo donde se encontraba el jacuzzi. Había tumbonas amarillas luminosas en el césped detrás de la piscina, y sombrillas de rayas blancas y amarillas de los setenta que les daba sombra. La buganvilla rosa brillante a lo largo del borde exterior del jardín contrastaba hermosamente con el césped verde, la piscina azul y las sillas amarillas, dando al ambiente exterior un ambiente alegre. "Ya veo que Sid ha sacado ya los muebles para nosotras. Helena quería que el jardín pareciera el escenario de una fotografía de Slim Aarons, y yo diría que acertó."

"Sin duda." Cam se giró hacia Ella. Parecía que pertenecía al lugar, con su atuendo blanco, y Cam podía imaginársela, nadando y tomando el sol con su hermana gemela. Podía ver un toque de tristeza en los ojos de Ella mientras miraba la piscina. "¿Estás bien?"

"Estoy bien. Solo necesito acostumbrarme a estar aquí sin Helena. Pero ella querría que yo estuviera aquí, que usara la casa que ella cuidaba tanto."

"¿Así que la comprasteis juntas?"

"Sí, la compramos en nuestro veintiún cumpleaños. Ya habíamos hecho bastante dinero con las series de comedia y con las películas que habíamos hecho. Helena quería invertir. Ya en aquel momento estaba pensando en abandonar la industria del cine y estudiar arquitectura, y temía que quemaría sus ahorros si no invertía en propiedades. Teníamos un testamento hecho de que si le pasaba algo a alguna de nosotras, la otra obtendría la propiedad exclusiva del lugar, protegiéndolo de las manos avariciosas de nuestra madre." Ella se quitó las sandalias, se sentó en el borde de la piscina y metió los pies en el frío agua. Cam se sentó a su lado e hizo lo mismo. "Nunca la venderé," continuó, esta vez con una pequeña sonrisa en su cara. "Y de ahora en adelante, voy a usarla más. ¿Me ayudarás mañana a sacar algunas de mis cosas del sótano?"

"Por supuesto." Cam la rodeó con un brazo, y Ella se inclinó hacia ella, apoyando su cabeza en el hombro de Cam.

"Gracias por estar aquí conmigo, Cam. Hace que todo sea un poco más fácil." Dudó un momento. "¿Te importaría dar un paseo conmigo? Hay algo que me gustaría hacer primero."

## 30

"Esta es ella." Había un temblor en la voz de Ella cuando habló. Soltó la mano de Cam y puso el ramo de flores silvestres que llevaba en la tumba que tenían delante. Las había cogido de camino al cementerio, cruzando campos para reunir las flores más coloridas que pudo encontrar.

Cam la vio arrodillarse y quitar las hierbas que habían crecido alrededor de la lápida, que decía: `Helena Temperley. Amada hija y hermana. 1990-2016´.

El cementerio a las afueras de Palm Springs era hermoso y tranquilo. Había árboles antiguos, una iglesia pequeña y moderna, un césped grande y bien cuidado y abundantes flores que florecían a lo largo de los caminos. Una leve brisa silbaba entre los árboles y briznas de nubes flotaban sobre ellas, el blanco esponjoso casi translúcido contra el cielo azul. Cam notó que el olor era diferente a LA. Era más dulce; el olor seco a tierra del calor y el desierto que se mezcla con la flora.

"No he estado aquí desde el funeral," dijo Ella, que mantenía la mirada fija en el suelo mientras intentaba tragarse el nudo que tenía en la garganta. "Quería, pero no podía. Es demasiado..."

Cam se sentó a su lado y la atrajo hacia ella cuando empezó a llorar. Los suaves y llorosos ruidos se convirtieron en sollozos más fuertes cuando Ella se sacudió entre sus brazos y enterró su cara contra su pecho. Cam le acariciaba la espalda y la abrazaba con fuerza. La destrozaba verla así, pero no había nada más que pudiera hacer.

"Helena solo quería ser como todo el mundo, así que cogió el autobús." Ella continuó sollozando. "Cuando se mudó a Nueva York, le encantaba hacer cosas normales con sus nuevos amigos, como ir a comprar, pasear por el parque o coger el autobús o el metro. Decía que se estaba más relajada allí, a la gente no le importaba tanto y que era más fácil para ella mezclarse. Supongo que estaba tratando de compensar el haber vivido en una burbuja todos esos años, así que ese día estaba en el autobús con su amiga cuando un camión se estrelló contra ellas, justo donde estaba sentada ella. Los médicos creen que murió en el acto. Ella no habría sabido lo que estaba pasando y no sufrió. Simplemente estaba allí un momento y al siguiente, ya no estaba." Ella respiró hondo pero no pudo evitar que las lágrimas cayeran por su rostro.

"¿Fue culpa del conductor del camión?"

"No estoy segura, todavía no está claro. Había algo mal con las señales. No se saltó el semáforo en rojo, el autobús tampoco, pero podría haber ido demasiado deprisa. El camión era tan pesado que el conductor no pudo frenar a tiempo. Hay casos abiertos, pero dejé de involucrarme porque me estaba agotando, y cualquiera que sea el resultado, no va a traerla de vuelta."

"¿Y su amiga? ¿Has hablado con ella?"

"Sí. Hablé con ella un mes después del accidente. Estaba

gravemente herida y no recuerda mucho de ese día. Me dijo que iban de camino a una fiesta." Ella se quedó en silencio, pasando sus dedos por las flores que había recogido y respirando profundamente en un intento por dejar de llorar. "A Helena le encantaban las flores silvestres," dijo después de un rato, cuando se había recuperado lo suficiente como para volver a hablar.

"Ah, ¿sí? ¿Qué más le gustaba?" le preguntó Cam con voz suave.

Ella resopló de nuevo. "Le gustaban tantas cosas. El desierto, el arte, el diseño, la música, los animales, las galletas, bailar…" Ella soltó una risita suave. "Las mujeres… Era una buena persona, y era apasionada con tantas cosas. Acababa de empezar a vivir la vida como ella quería. Es tan injusto."

"Sé que es injusto."

"Lo siento." Ella se quitó las gafas de sol, se secó los ojos que parecían estar llenos de arena, y se las puso de nuevo. "Creí que ya no me quedarían lágrimas, pero claramente no es así." Puso su mano sobre la de Cam, que estaba apoyada en su hombro.

"No te disculpes. Está bien llorar."

"Ojalá te hubiera conocido."

"Quizás sabe que estoy aquí contigo. Quizás lo sabe todo," dijo Cam.

"O quizás no sabe nada."

"Quizás." Cam tragó saliva, sin palabras de consuelo. "Pero me gusta pensar que las personas que hemos perdido todavía tienen un tipo de presencia en nuestras vidas y que ellos saben que los echamos de menos." Le dio un tierno beso en la mejilla. "¿Quieres estar sola un rato?"

Ella negó con la cabeza. "No, me gustaría que te

quedaras si no te importa." Bajó la mano de Cam sobre su hombro y presionó su cara sobre ella.

"Por supuesto." Cam pasó su mano por el pelo de Ella y la sintió temblar. "¿Cuál es el mejor recuerdo que tienes de ella?"

"Tengo tantos." Ella soltó un profundo suspiro. "Pero casi nunca me atrevo a pensar en ella." Hizo una pausa. "Mis mejores recuerdos son de cuando estábamos juntas aquí. En nuestros descansos después de rodar, y las veces que venía durante sus vacaciones. Después de mudarse a Nueva York, siempre venía a Palm Springs durante sus descansos, y yo intentaba estar aquí todo lo posible también. Éramos solo ella y yo en esa gran casa. Nos comunicábamos sin hablar, terminábamos las frases de cada una en nuestras conversaciones y siempre hacíamos las mismas observaciones sobre otra gente, o de cosas que pasaban a nuestro alrededor. Rara vez venía gente a casa, porque la calidad del tiempo se había vuelto muy escaso entonces. Salíamos de excursión, o hacíamos comidas largas. Incluso acampamos una noche en el desierto." Soltó una risa entre las lágrimas. "Al final tuvimos que dormir en el coche porque me asusté. Helena fue siempre la valiente."

"No te culpo. No creo que yo quisiera dormir en el desierto tampoco, con todos los coyotes y las serpientes de cascabel."

"Sí." Suspiró. "A pesar de ser tan parecidas, nos diferenciábamos en ese aspecto. Helena era una chica del desierto; le encantaba el desierto. A mí siempre me atrajo más el mar, y por eso me gusta LA. Pero Palm Springs tiene su encanto también. Creo que veo eso ahora más que nunca."

"A mí también me gusta," dijo Cam. "Ni siquiera está lejos de LA, pero siento como si hubiéramos cruzado una frontera. El olor, el aire seco, el paisaje, la vegetación y la luz..." Soltó a Ella y se tumbó en el césped, mirando al cielo.

Ella echó de menos el contacto inmediatamente y se tumbó a su lado, para que sus brazos se tocaran, preguntándose por qué incluso aquí, delante de la tumba de Helena, necesitaba la cercanía física. Cam le cogió la mano como si pudiera leer su mente, y Ella soltó un suspiro suave, sintiéndose un poco mejor.

"Solíamos tener dos halcones de cola roja en el jardín," dijo. "Anidaron en uno de los árboles y uno de ellos era bastante manso, que es algo raro. No sé si todavía siguen allí, podría ser. He leído que pueden vivir hasta veinticinco años." Giró la cabeza para mirar a Cam. "Helena solía hablarle a la hembra, que era la más grande. Se tumbaba en su sillón y miraba al halcón, que algunas veces se posaba al borde del tejado y la miraba a ella también. Era raro, como si tuvieran algún tipo de vínculo. Helena había leído en la historia de los nativos americanos que los pájaros eran considerados muy simbólicos – se creía que actuaban como mensajeros entre el cielo y la tierra – y estaba fascinada con eso. Nunca la alimentó, pero el halcón siguió viniendo hasta que un día se posó en la mesa de la terraza, justo delante de ella. Yo las estaba mirando desde el salón, y me sorprendió que Helena no se asustara. El pájaro podía haberle sacado los ojos, pero solo se sentó allí, como si simplemente estuviera disfrutando de su compañía. Esa fue la última vez que Helena estuvo en casa. Siempre me he preguntado qué habría pasado si ella hubiera estado aquí todavía. Si el halcón habría entrado o si se habría unido a ella para desayunar cada mañana." Dio un suspiro. "Supongo que nunca lo sabré."

"No, nunca lo sabrás, pero ese es un recuerdo precioso."

Cam apretó su mano con la de Ella, entrelazando sus dedos mientras yacían allí, una frente a la otra.

Algo pasó entre ellas entonces, algún tipo de entendimiento profundo. Una fuerza que era invisible pero tan presente que Cam sintió que debía agarrarla y quedársela. En ese momento, las dos supieron que ya no eran simplemente amigas.

## 31

Ya era tarde cuando volvieron. Su largo paseo había sido silencioso al principio, pero Ella había empezado a hablar de nuevo cuando se acercaban a la casa. Cam pensó que parecía estar mejor ahora, aliviada incluso. Recordó que se había sentido así después de haber visitado la tumba de su madre por primera vez.

Caminaron cogidas de la mano todo el camino de vuelta, ninguna de las dos comentando nada sobre ello. Cam había dejado de decirse que tan solo era un gesto reconfortante porque, aunque era parte de eso, era mucho más. La forma en que Ella pasaba un pulgar sobre el dorso de su mano, y la forma en que Cam apretaba la suya cada vez que la miraba... Las dos lo ansiaban. Cam la soltó a regañadientes cuando estaban frente a las puertas. Necesitaba distraerse, un poco asustada de estar a solas con Ella.

"Eh, ¿puedo llevarte a cenar a la ciudad?" le preguntó Ella, como si estuviera pensando lo mismo. "Así puedo por fin devolverte el favor después de tu fabulosa cocina."

"Claro. ¿Pero no te preocupa que te reconozcan? Podemos pedir comida si prefieres quedarte aquí."

"No, me encantaría salir a cenar." Ella sonrió mientras tecleaba el código de seguridad en la cancela. "No tengo la oportunidad a menudo en LA, hay demasiados paparazzi dando vueltas. He traído un disfraz fantástico para mí, para estar segura." Se paró mientras esperaban a que la verja se cerrara de nuevo, dudando un momento antes de mirar a Cam. "Así que esto es una..." Suspiró con frustración mientras arrastraba los pies en el sitio. "¿Esto es una cita?"

Cam podía ver el nerviosismo en sus ojos y no supo qué decir al principio. La pregunta era tan directa, y simplemente no se la había esperado. La emoción brotó mientras se tiraba del cuello de su camiseta, necesitando enfriarse.

"Lo siento. Olvida que te he preguntado," continuó Ella, divagando ahora. "Pensé que quizás tú y yo, bueno, existe esta... esta cosa entre nosotras pero debo habérmelo imaginado y..."

"No," la interrumpió Cam, cogiéndole la mano de nuevo. "No te has imaginado nada." Sonrió y le mantuvo la mirada. "Me gustaría que fuera una cita si tú quieres eso también."

"Vale." Ella pareció aliviada mientras asentía. "Entonces es una cita."

"No exagerabas cuando decías que tenías un disfraz fantástico. ¿Es ese tu atuendo para las citas?" Bromeó Cam mientras mordisqueaba un palito de pan. No la habría reconocido si no la hubiera visto transformarse. Sus enormes gafas de sol marrones de estilo años setenta cubrían la parte superior de su cara, y la peluca larga y rosada de chica hippie Coachella le hacían parecer una especie de turista de la nueva era. Su aspecto se completaba con un vestido blanco de verano, sandalias de cuero y un gran sombrero blanco y flexible que amenazaba con hacer que la cabeza saliera a volar. Cam se había puesto una gorra de béisbol y gafas de sol, por si alguien la reconocía también, aunque dudaba que la gente le prestara mucha atención cuando estaba con Ella.

Ella le dio una patada juguetona bajo la mesa. "No te rías de mí, intenté realmente que esta peluca se viera bien." Tomó un sorbo de su vino. "En realidad nunca antes he tenido una cita de verdad. Solo falsas."

"Me lo imagino." Cam se acercó y ladeó la cabeza con una sonrisa. "Bueno, si esto es una cita real, estoy segura de que me permitirás que te diga que estás impresionante."

Ella le dirigió una mirada burlona. "Gracias, pero la peluca y..."

"No, Ella. Estás preciosa. Siempre lo estás." Cam le mantuvo la mirada, sabiendo que no había vuelta atrás. Ahora que habían establecido que estaban en una cita, quería hacerla sentir especial, y quería que supiera exactamente lo que le pasaba por la cabeza.

"Gracias, tú también." Dijo Ella mientras le subía más color a las mejillas. Sintió que se le erizaba el vello de los brazos cuando Cam le rozó las yemas de los dedos sobre la mesa. El ligero toque dejó una sensación cálida y persistente en su mano que se extendió por todo su cuerpo y se instaló entre sus muslos. Saber que había sido intencionado la dejó con ganas de mucho más y fue incapaz de detener que una corriente de pensamientos eróticos corrieran por su mente. Casi dio un salto cuando escuchó al camarero a su lado, sacándola de su fantasía.

"Bienvenida de nuevo, señorita Temperley," le susurró mientras ponía dos ensaladas pequeñas delante de ellas. "Disfruten de sus aperitivos." Sacó la botella de vino de la cubitera de pie que había al lado de la mesa y llenó sus copas.

"Oh Dios, ¿de verdad puedes decir que soy yo?" Levantó la mirada hacia él y mantuvo la voz baja mientras hablaba. Siempre había sido clienta habitual en el Palm Garden, pero hacía años desde la última vez que había estado aquí, y había sido una sorpresa total que el hombre a quien ella recordaba vagamente ya supiera quién era ella. "Lo siento, no recuerdo tu nombre..."

"Jamie," dijo el camarero. "Dudo que nadie más sepa que está usted aquí, así que no se preocupe." Le dio una sonrisa conspiratoria. "Para ser sincero, ha sido lo que ha pedido lo que la ha descubierto. No servimos a mucha gente que pida una ensalada César con pasas en vez de anchoas."

Cam se rió ante la expresión perpleja de Ella. "Lo sé, es raro, ¿verdad?" Cam estuvo de acuerdo con él. "No me extraña que la cocina lo recuerde. De verdad que deberías reconsiderar tu elección de comida, Ella. En serio, ¿pasas en una ensalada César? Venga, eso está mal. ¿Cómo se te ocurrió eso?"

Ella soltó una risita. "Tú espera. Te vas a comer tus palabras cuando lo pruebes porque en realidad está delicioso." Cam y el camarero intercambiaron miradas divertidas cuando él bajó la guardia profesional por un breve momento. Luego se recompuso y se aclaró la garganta.

"¿Desean algo más?"

"Eso es todo, Jamie." Ella le dio un billete de cincuenta dólares. "Y gracias por mantener esto entre nosotros."

Jamie le devolvió el dinero. "No hace falta, señorita Temperley. Nunca hemos revelado sus inusuales elecciones de comida, y ciertamente no vamos a decir que está usted aquí ahora." Les sonrió antes de mancharse.

"Qué tipo tan agradable." Ella se le quedó mirando sorprendida.

"Sí. Claramente has venido mucho por aquí y te aprecian, a pesar de tus cuestionables elecciones de comida," dijo Cam. "Pero ¿sabes qué?, hay mucha gente agradable en el mundo, Ella. Puede que hayas tenido algunas malas experiencias, pero no todos son deshonestos."

"Lo sé." Dejó que sus ojos se pasearan por Cam. Estaba tan sexy esta noche. Se había cambiado y se había puesto una camisa blanca y unos vaqueros de corte bajo que colgaban ajustados alrededor de su cintura. Su piel bronceada contra la tela blanca de su camisa, y su pelo oscuro despeinado, la hacían irresistible, y Ella no podía dejar de mirarle la boca. Detrás de Cam había un precioso telón de fondo con montañas y un jardín lleno de plantas exóticas, cactus, flores y palmeras. Estaba oscureciendo ahora, y por primera vez, se dio cuenta de lo romántico que era el Palm Garden. Las parpadeantes velas en las mesas, las hileras de luces en los árboles y la suave música clásica que sonaba de fondo. "¿Crees que habrá leído los artículos? ¿Crees que asume que estamos en una cita?"

"No sé. Estamos en una cita, ¿no?" Cam se lamió los labios, sabiendo que los ojos de Ella estaban fijos en ellos. "¿Te importaría si lo supiera?"

"No." Ella le mantuvo la mirada y un fuego le ardía en el vientre. "Estaría muy honrada si él pensara que eres mi novia. Yo diría que había ganado el premio gordo si ese fuera el caso."

"¿Sí?" Cam se revolvió en su silla mientras permitía que los sentimientos que había reprimido durante semanas volvieran en un instante. *Ahí vamos de nuevo.* "Yo también estaría muy honrada si él pensara que estoy saliendo contigo." *Quizás deberíamos ir despacio. Quizás esto es una mala idea. Esto nunca puede terminar bien. ¿Soy solo un experimento para ella? ¿Va en serio?* Un montón de cosas le pasaron por la mente en ese momento, pero lo que salió de su boca fue algo diferente por completo. "He estado fantaseando con besarte durante semanas," dijo, bajando su mirada a la boca de Ella. Vio a Ella respirar rápidamente cuando sus labios se separaron y una mirada de intenso deseo se apoderó de ella. Pasaron segundos sin que ninguna de las dos hablara. El aire entre ellas estaba cargado de energía sexual mientras ambas contenían la respiración, esperando a que la otra hablara.

"¿Está todo bien con la comida?" las interrumpió Jamie. Bajó la mirada hacia sus ensaladas que seguían intactas.

"Gracias, todo está fantástico," dijo Ella, totalmente nerviosa cuando empezó a mover una hoja de lechuga con el tenedor.

"¿Les gustaría parmesano extra con su...?"

"No, no, estoy bien, gracias, Jamie." Ni siquiera había oído lo que le había dicho, incapaz de apartar sus ojos de los de Cam. Este era el momento que había estado esperando. Había esperado, o quizás esperaba, que algo sucediera mientras estaban aquí, pero escuchar a Cam decir que quería besarla simplemente la sacudió hasta su interior. Sintió una oleada de emoción mientras tomaba un sorbo de su agua, sin romper nunca el contacto visual.

"Yo también," susurró, reconociendo finalmente la directa declaración de Cam. Fue todo lo que pudo decir.

## 32

L a vuelta a la casa de Ella en taxi había estado llena de pensamientos no expresados. Cam no la había besado después de su larga cena – que no había resultado incómodo pero tampoco del todo natural después de la confesión mutua – y Ella no lo había mencionado. Habían cambiado el tema de conversación a la comida y los viajes, nerviosas por continuar con el tema caliente cuando el restaurante estaba más lleno. Como resultado, su conversación se había quedado sin terminar, y cuando llegaron a casa, Ella se había dado una ducha mientras Cam se había acomodado en el sofá para leer un libro que se había traído. Sin embargo, no entendió ni una palabra de lo que estaba leyendo. Todo en lo que podía pensar era en Ella, de pie desnuda bajo la ducha. *¿Quiere que me una a ella? ¿Debería haber hecho algún movimiento hacia ella?*

Cam normalmente no estaba tan confundida cuando se trataba de mujeres, pero nunca había estado en la posición en la que le preocupara tanto la otra persona y estaba aterrorizada de arruinar algo bueno incluso antes de que empezara. Y podían pasar un montón de cosas si lo llevaban más lejos. Un montón de cosas buenas, pero también muchas malas.

"¿Te vienes conmigo al jacuzzi?" Cam casi dio un salto del sofá al oír la voz sensual de Ella. Se volvió y dejó que sus ojos recorrieran el cuerpo de Ella, que estaba de pie en la puerta con un escaso bikini azul brillante con una mirada traviesa y coqueta en su cara. *Dios, está sexy.*

"Mmm... sí, claro." Cam sintió un hormigueo de anticipación mientras le mantenía la mirada. Ella se pasó la lengua por los labios de manera sugestiva y no se amilanó. "Dame dos minutos. Solo necesito cambiarme."

Los dos minutos se convirtieron en diez, ya que Cam se había probado tres bikinis diferentes que había traído, inspeccionándose en el espejo desde todos los ángulos. Por lo general, no era consciente de su aspecto, pero ver a Ella justo ahora le había acelerado el corazón y sabía que algo estaba a punto de ocurrir. La química entre ellas era fuera de lo normal, y cada día que pasaban juntas, Cam cada vez tenía más problemas para evitar actuar siguiendo sus deseos físicos. Pero quería que Ella hiciera el primer movimiento porque quería que estuviera segura. Y ahora mismo, Ella parecía tan segura como podía estarlo. Al final, Cam optó por un sencillo bikini triangular negro que no dejaba mucho para la imaginación. Los vellos de sus brazos se erizaron cuando se imaginó sentada junto a Ella en el jacuzzi, sus brazos y piernas tocándose...

"Desde luego que te has tomado tu tiempo," dijo Ella cuando Cam se metió en el jacuzzi. El agua cálida se sentía divina en su piel, y el brazo de Ella rozándose con el suyo la hizo temblar. "¿Te has puesto elegante para mí?" Ella sirvió dos copas de champán de la botella que había en el borde de la bañera y le dio una a Cam. El jacuzzi era la única fuente de luz en el oscuro jardín. Sobre ellas, el cielo estaba lleno de estrellas, y casi parecía que estaban en su propio universo. Cam le sonrió, tomó un sorbo de su bebida y se acercó un poco, poniendo su copa al lado de la botella.

"Quizás. Pero yo diría que tú también te has vestido elegante para mí. ¿O debería decir que te has vestido de manera casual?" Podría haber jurado que vio a Ella estremecerse cuando sus muslos se tocaron, e incluso se acercó un poco más para comprobar su reacción. El pecho de Ella subía y bajaba rápidamente, sus pechos pequeños elevándose por encima del agua cada vez que respiraba. "¿Qué pasa? ¿Está nerviosa la gran Ella Temperley?" El tono de Cam era burlón y juguetón.

"¿Por qué iba a estar nerviosa?" Los ojos azul claro de Ella estaban más oscuros ahora cuando se volvió hacia ella. No había duda de lo que quería. Bajó la mirada hacia los labios de Cam, de nuevo la subió, conectando con sus ojos otra vez.

"No sé." Cam le dirigió una mirada inocente. "Dímelo tú." Cogió la copa de Ella y la puso al lado de la suya.

Ella se mordió el labio mientras sonreía, luego suspiró frustrada y empujó a Cam con el hombro. "Deja de burlarte de mí, Cam." Dio un profundo suspiro, pareciendo más dubitativa de lo que Cam la había visto nunca. "Vale, voy a preguntarte directamente. ¿Por qué no has hecho un movimiento sobre mí todavía? He estado esperando mucho tiempo a que hicieras algo, cualquier cosa, pero nunca lo haces. Dijiste que querías besarme..." Ella se volvió para sentarse sobre el regazo de Cam.

Cam dejó escapar un leve gemido cuando sintió el peso de Ella sobre ella, y sus manos inmediatamente fueron a su espalda para acercarla más. Se quedó mirando los ojos suplicantes de Ella, respirando también muy rápido ahora. Su autocontrol ya se había desmoronado en el momento que había visto a Ella en bikini. Cam no podía recordar desear algo tanto como deseaba en este momento a Ella.

"¿No sabes cuánto deseo esto?" continuó Ella, reflejando los pensamientos de Cam. Su voz estaba temblorosa por la excitación que le provocaban los brazos fuertes de Cam a su alrededor y sus cuerpos tan juntos. "No soy frágil, ¿vale? Estoy lista y necesito que me beses, Cam. Yo misma haría el primer movimiento si fuera más valiente pero..." Sus palabras fueron amortiguadas por los labios de Cam sobre los suyos.

La besó suavemente al principio, buscando señales de que Ella pudiera sentirse incómoda. Lo sentía tan bien y tan bueno que tenía que forzarse para contenerse. Cuando Cam oyó un suave gemido y sintió temblar a Ella, abrió los labios y profundizó en el beso mientras levantaba las manos y las pasaba por su pelo. Aunque había sabido lo que iba a venir, y había fantaseado con ello innumerables veces, nada la podría haber preparado para la tormenta que se estaba formando en su interior. Los labios suaves y llenos de Ella, su lengua bailando con la suya, sus manos que ahora estaban subiendo por los brazos de Cam hasta su cuello y se posaron en su pelo... Ella balanceaba sus caderas en su regazo con tanta sensualidad, sus gemidos eran tan profundos, que Cam casi llegó al clímax solo por sentirla. Hubo más gemidos, más altos esta vez, y Cam no estuvo segura si venían de ella misma o de Ella. Antes de perderse por completo, se apartó del beso y levantó la mirada hacia Ella.

"¿Estás bien?"

"Sí... Fue increíble." El pecho de Ella subía y bajaba tan

rápido que hizo temblar a Cam. Sus labios todavía estaban húmedos por su beso acalorado mientras bajaba su mirada a la boca de Cam. "Y quiero más," susurró, inclinándose para besarla de nuevo.

"Entonces deja que te haga sentir incluso más increíble," murmuró Cam contra sus labios antes de que se hundieran en otro beso devastador con incluso más urgencia, más necesidad. Bajó las manos al trasero de Ella y las pasó por sus firmes glúteos, sacando otro gemido de su boca. Cambiando de posición, Cam levantó a Ella de su regazo, la empujó hacia abajo en el banco de mosaico del jacuzzi y se sentó a horcajadas sobre ella. Los ojos de Ella estaban llenos de deseo, brillantes de excitación y necesidad. Ya no parecía nerviosa, solo desesperada por ser tocada. Sus manos estaban de nuevo sobre la espalda de Cam cuando se besaron otra vez, las uñas arañando su piel mientras trazaba su columna hasta el trasero. Cam la empujó contra la pared y movió su boca hasta su cuello, posando un rastro de besos hasta su clavícula, una mano firmemente en el cabello de Ella, tirando de su cabeza hacia atrás.

"¡Joder!" Ella jadeó por el agarrón e instintivamente empujó sus caderas hacia arriba, una oleada de calor extendiéndose por entre sus piernas. La cabeza empezó a darle vueltas cuando se dio cuenta de lo que estaban haciendo y de todo lo que iba a ocurrir. Había estado deseando estar con una mujer durante tanto tiempo y en las últimas semanas, estar con Cam era en lo único que había sido capaz de pensar. Ahora que su fantasía estaba por fin a punto de convertirse en realidad, era casi demasiado de digerir. Los suaves besos de Cam y el roce de su lengua sobre su piel le mandaron corrientes eléctricas a cada nervio de su cuerpo. "Se siente tan bien..." Respiró rápidamente cuando la mano de Cam le rozó el pecho mientras la bajaba hacia su estómago y la volvía a subir.

"No tienes ni idea de cuánto he anhelado besarte." Cam pasó su lengua sobre los labios de Ella, haciéndola estremecer. La necesidad física de tener a Ella luchaba contra su cerebro, diciéndole que se lo tomara con calma. Sería la primera vez de Ella con una mujer, su primera vez de verdad, y le preocupaba que fuera demasiado pronto.

Sin embargo parecía que Ella tenía otras ideas. "Por favor," le rogó contra la boca, pasando sus manos por el pelo de Cam. "Necesito de verdad que me liberes de este dolor ardiente. Siento que estoy a punto de explotar." Se apartó y miró a Cam, con intensidad. "Por favor, tócame."

Los ojos de Cam se encontraron con los de Ella, divididos entre la duda y el deseo. "¿Estás segura? No quiero que te apresures a algo para lo que no estés preparada."

"Nunca he estado más preparada." El temblor en la voz de Ella casi sonaba como un gemido. "Te deseo tanto."

"Yo también te deseo." Cam se mordió el labio y tragó saliva. Era imposible pensar claramente cuando todo su cuerpo gritaba por Ella y su mente estaba en ebullición. "Vamos dentro," dijo por fin. "¿Te parece bien? Quiero que sea especial."

"Lo que sea." Ella cogió a Cam de la mano y salió del jacuzzi, maravillándose con su cuerpo, cubierto solo por un bikini escaso que se moría por quitarle. Le dio a Cam una toalla blanca grande.

"Espera." Cam la detuvo cuando estaba a punto de alcanzar su propia toalla y la atrajo hacia la de ella, envolviéndola con fuerza alrededor de las dos. Un suave gemido escapó de la boca de Ella cuando sus cuerpos volvieron a unirse. Cam podía sentir el calor febril de su cuerpo ahora, sin el agua que las rodeaba, y el ardiente deseo de tocarla de nuevo se hizo más fuerte cuando Ella se apretó contra ella.

"Jesús," murmuró Ella. "Esto es..."

"Lo sé." Cam la abrazó y la besó, sin que ninguna de las dos se moviera, demasiado consumidas por el simple hecho de estar juntas, respirando la necesidad de cada una. Sintió que Ella se quedaba sin fuerzas entre sus brazos y apenas podía mantenerse en pie. "¿Tu habitación o la mía?"

"La mía." Ella se liberó del abrazo de Cam y caminó hacia la casa, sus caderas se contoneaban de manera seductora mientras se dirigía a su habitación, donde encendió las dos lámparas de la mesita de noche. De pie junto a la cama, le temblaban las manos mientras tiraba de los tirantes de la parte de arriba de su bikini hasta que cayó al suelo. Estaba nerviosa y excitada y parecía no tener ya control sobre su cuerpo. Bajó sus manos hasta las tiras del bikini en sus caderas, tirando de ellas al mismo tiempo, haciendo que la braga del bikini cayera también al suelo mientras miraba a Cam, que la miraba desde la puerta.

"Eres tan hermosa." Los labios de Cam se separaron mientras miraba sus pequeños pechos, luego se encontró con sus ojos. La habitación de Ella estaba bañada en una luz suave, los tonos armoniosos rosados expandiéndose sobre las sábanas de satén. El brillo seductor de las lámparas de la mesita de noche hacia que su pelo sedoso pareciera de color melocotón y su piel oscura y luminosa. Se desató su propio bikini y se lo quitó, luego cruzó la habitación, cerrando la distancia entre ellas. Levantando una mano hacia la cara de Ella, la deslizó bajando desde su mejilla hasta su cuello, luego lentamente dejó que sus dedos recorrieran los pechos de Ella. "¿Estás bien?", le preguntó de nuevo.

Ella asintió lentamente, con una pequeña sonrisa jugando en sus labios. Jadeó cuando los dedos de Cam rozaron su pezón, luego siguió la curva de su cintura hasta sus caderas. Le dolía el deseo de tocarla también pero sus repentinas inseguridades y su falta de experiencia con mujeres le hicieron pensar demasiado. *¿Qué hago ahora? ¿Qué pasa si lo hago todo mal?* Como si Cam pudiera leer sus pensamientos, cogió la mano de Ella entre las suyas y las puso sobre sus pechos. Ella vio la piel de gallina aparecer en los brazos de Cam y sintió cómo se endurecían sus pezones bajo su tacto. Era el sentimiento más maravilloso. "Dios, te siento tan bien."

"Solo relájate," dijo Cam con voz suave. "Relájate y disfrútalo. Es todo lo que necesitas hacer."

Ella dejó escapar el aire que había estado conteniendo mientras dejaba que sus manos recorrieran sus pechos, acariciando su piel suave y lisa. Parecía surrealista poder por fin tocar los pechos de una mujer y el hecho de que fueran los de Cam solo incrementó su excitación.

"Eres perfecta." Ella deslizó sus dedos por el duro estómago de Cam. "Tan suave y femenina, pero tan fuerte al mismo tiempo..."

Cam las llevó hasta la cama, tomó a Ella entre sus brazos y la tumbó. La besó suavemente, luego con más determinación cuando Ella la atrajo hacia ella y profundizó el beso.

Ella jadeó cuando Cam metió una pierna entre sus muslos y la besó de manera más urgente pero más tierna – como si hacer que Ella se sintiera bien fuera su único objetivo en la vida. Podía sentir cómo se ponía húmeda, su centro ansiando ser tocada de nuevo, y extendió sus piernas mientras sus manos trazaban la cintura de Cam y su bien formado trasero. Sentir el cuerpo de Cam bajo sus dedos mientras se besaban era maravilloso e increíblemente sexy.

"Eres increíble, Ella," dijo Cam mientras la besaba en el cuello y bajaba hacia sus pechos. Mordió suavemente su pezón, luego lo rodeó con la lengua, haciendo que Ella gimiera y se doblara de placer.

"¡Joder!" maldijo Ella. Ver a Cam hacerle eso era una de las vistas más excitantes que había presenciado, por no mencionar la cosa más placentera que había sentido nunca. "Joder..." gritó de nuevo mientras levantaba el pecho, ansiando más. "No tienes ni idea de lo que me estás haciendo..."

Cam se tomó su tiempo en cubrir de besos cada centímetro de la parte superior de su cuerpo, escuchando los sonidos que Ella hacía mientras la saboreaba.

Ella cerró los ojos, se rindió al momento y dejó ir sus inseguridades, montando las olas extáticas de placer mientras se exploraban mutuamente. Después de muchos años de deseo por una mujer, se sorprendió de lo natural y correcto que se sentía, como si todo hubiera encajado en el momento en que Cam la había besado por primera vez. Cuando Cam movió su mano entre sus piernas y pasó un dedo sobre sus pliegues, Ella gritó, apretando su puño contra el cabello de Cam. "Oh, Dios..." Echó la cabeza hacia atrás, su cuerpo casi explotando por la sobre estimulación. "Por favor, no pares, sea lo que sea lo que estás haciendo."

"¿Quieres decir esto?" Cam movió un dedo juguetón lentamente hacia el clítoris de Ella, luego lo dejó ahí esperando mientras veía a Ella doblarse de éxtasis. Volvió a bajarlo, respirando rápido por la sedosa humedad que sintió. Ella envolvió sus piernas en sus caderas y la atrajo hacia sí, y asintió, haciéndole saber lo que quería. Lentamente, Cam la penetró, empujando cuidadosamente dos dedos dentro de Ella mientras bajaba nuevamente sobre ella y la besaba.

El gemido que escapó de la boca de Ella fue alto y gutural, el resultado de años de frustración sexual reprimida finalmente liberado. Su cuerpo temblaba de placer al sentir los dedos de Cam dentro de ella, llenándola y lentamente penetrando en ella, su suave calor y los tiernos labios de Cam apretando los suyos. Puso una mano en la mejilla de Cam y se apartó del beso. "Espera... Quiero..." dudó, antes de mirarla a los ojos con valentía. "Yo también quiero sentirte."

Los ojos de Cam se oscurecieron cuando bajó su mirada hacia ella, una pequeña sonrisa jugando en sus labios. Se apoyó sobre el codo y las rodillas y levantó las caderas, luego salió de Ella y tomó su mano entre las suyas, guiándola entre sus piernas.

"Estás tan húmeda," susurró Ella mientras deslizaba sus dedos por entre los pliegues de Cam. Parecía mágico tocar a Cam así, verla y sentir su reacción y oír sus suaves gemidos.

"Es lo que tú me haces." Susurró Cam. Se dio cuenta por la mirada en los ojos de Ella que tocarla también la había excitado a ella. "Me vuelves loca." Respiró rápidamente cuando Ella introdujo lentamente un dedo dentro de ella y luego otro. Gimió más fuerte y comenzó a balancearse hacia adelante y hacia atrás en la mano de Ella mientras sus dedos iban más adentro, luego lentamente empezó a empujar hacia Ella nuevamente. Un calor ardiente se extendió por su cuerpo, encendiendo una chispa que se convirtió en un fuego incontrolable. No había intimado con nadie en más de un año, y tener los dedos de Ella dentro de ella envió su cuerpo a un estado de placer delirante. Ahora que la había probado, sabía que nunca tendría suficiente. Cayeron en un beso apasionado, moviéndose como si fueran una, todavía lentamente pero con más urgencia ahora. Cam levantó la cabeza y vio que los labios de Ella se separaban en una sonrisa. Acercó su boca al oído de Ella. "¿Es tan bueno?"

"Ajá. Muy bueno." La otra mano de Ella estaba en el

cabello de Cam mientras ambas gemían con cada empuje. Cam podía sentir que Ella estaba cerca, así que empujó la palma de su mano hacia abajo sobre su centro, haciendo movimientos circulares lentos mientras entraba y salía de ella.

Ella se deleitaba con los movimientos y el beso sensual de Cam mientras sentía un placer satisfactorio extenderse desde su centro. Sostuvo a Cam cerca mientras se tensaba con más fuerza, sus piernas más apretadas aún a su alrededor. Sus paredes empezaron a contraerse alrededor de los dedos de Cam, y podía sentir que Cam estaba cerca también. Estaba temblando, sorprendida por la intensidad de lo que estaba sintiendo cuando gritó otra vez, clavando las uñas en la piel de Cam. La sensación de su centro, apretándose contra el suyo hizo que Ella se obligara a mantener los ojos abiertos y mirar a Cam mientras se corría también. Era una vista hermosa, ver su rostro adoptar una expresión tan primitiva y cruda. Cada ola del clímax de Cam se apoderó de ella, como si no fuera nada más que sus cuerpos, juntos. Ella finalmente enterró su cara en el cuello de Cam, exhalando profundamente mientras su respiración se estabilizaba, y lentamente volvió en sí. Su conexión en ese momento parecía inquebrantable y sabía que no había sido un error.

Cam se desplomó, acostada allí mientras recuperaba el control sobre su cuerpo, que todavía brillaba y estaba sin fuerzas. Sus corazones latían sincronizados, rápidos y con ritmo, los dedos de sus manos ahora libres entrelazados. Levantó la cabeza y miró a Ella antes de posar un beso suave sobre sus labios. Los ojos de Ella estaban vidriosos cuando sus ojos se encontraron. La lujuria se había desvanecido de su mirada, pero había sido reemplazada por la calma y el asombro.

"Es... Es tan hermosamente íntimo," susurró. "Es como si estuvieras dentro de mi cabeza, dentro de mi alma... Siento como si fuéramos una."

Cam no estaba segura de qué decir porque no podría haberlo expresado de manera más perfecta a como Ella lo acababa de hacer. "Sí, sí que lo es," dijo por fin con voz suave. Acarició la mejilla de Ella, luego trazó su mandíbula y el lado de su cuello. Sintió que su pulso aún era más rápido de lo normal. "Pero no es así con todo el mundo. Esto es tan especial para mí como lo es para ti."

"Lo sé." Sonrió Ella. "Puedo sentirlo."

"Así que esto es lo que se siente al estar con una mujer." Ella yacía de lado, con la cabeza apoyada en la almohada de Cam después de horas haciendo el amor y hablando. Su piel desnuda se sentía increíble contra la de Cam. Se sentía tan cálida, y ahora que estaban secas, la sensación de su suavidad solo aumentaba. "Si lo hubiera sabido, probablemente no habría esperado tanto." Miró a Cam. "Pero me alegro de haber esperado, de que fueras mi primera vez." Todavía no tenía ganas de dormir, de alguna manera tenía miedo de despertarse y descubrir que la magia se había desvanecido.

Cam la rodeó con sus brazos y la acercó más, estirando el edredón sobre ellas. "Me alivia no haberte decepcionado." Sonrió y notó que se estaba excitando de nuevo, solo por la sensación de tener a Ella desnuda contra ella.

Ella se rió. "¿Me tomas el pelo? ¿Te parezco decepcionada?"

"No," admitió Cam. Se inclinó sobre ella y lentamente pasó su lengua sobre el labio superior de Ella. Ella tembló y gimió suavemente, abriendo sus labios cuando sus bocas se fundieron en un beso febril que se volvió salvaje y acalorado cuando Cam las giró y se metió entre sus piernas. Ella sacudió sus caderas y la apretó tan fuerte como pudo, envolviendo sus piernas alrededor de la cintura de Cam. Cam se apartó del beso y bajó la mirada hacia Ella, cuyos ojos estaban ardientes y llenos de deseo. "Quiero saborearte," susurró.

"Por favor," Ella gimió, cubriéndose la cara con la mano cuando Cam comenzó a besarle los pechos bajando hacia el vientre. Sintió que estaba a punto de explotar y no estaba segura si iba a poder manejar toda la sobre estimulación, pero aún así, no quería otra cosa. Se mordió los nudillos cuando Cam besó el mechón de pelo entre sus piernas, luego se volvió hacia el interior de sus muslos, arrastrando su lengua hasta su centro. "¡Joder!" jadeó Ella cuando sintió la cálida lengua de Cam en sus pliegues, deslizándose entre ellos, trazando su sexo arriba y abajo en deliciosa cámara lenta. Se sentía increíblemente, alucinantemente bien. Su mano se metió debajo de las mantas para coger el pelo de Cam y agarró un puñado, empujándose más fuerte contra su boca.

Cam gimió y lamió su longitud hasta su clítoris. Le encantaba cómo sabía Ella, le encantaba cómo reaccionaba a su roce, y se sentía mareada al saber que la hacía sentir como nunca antes.

"Date la vuelta," jadeó Ella.

Cam se detuvo un momento, no muy segura de lo que quería decir.

"Date la vuelta," dijo otra vez, con más urgencia en su voz. "Yo también quiero saborearte."

Cam se quitó las mantas y se encontró con los ojos de Ella. Una chispa de emoción la atravesó, encendiéndola aún más si eso era posible. No había hecho esto desde sus días de universidad. No desde que comenzó a experimentar con mujeres. Pero Ella lo quería todo, y necesitaba recuperar el tiempo y las experiencias perdidas. Sonrió y se dio la vuelta, colocando una rodilla a cada lado de los hombros de Ella, antes de lanzarse a consumirla otra vez.

Las manos de Ella temblaban cuando levantó las manos para acariciar el trasero de Cam, luego levantó la cabeza hasta su centro húmedo, intentando todo lo que estaba en su poder para no distraerse por el cálido hormigueo que empezaba a formarse en la parte baja de su abdomen cada vez que Cam movía su lengua contra su clítoris. Besó la piel húmeda de los muslos internos de Cam y se movió entre sus piernas, sintiéndose más valiente cuando Cam gimió y se empujó contra su cara. Ella la lamió, con cuidado al principio, luego más persistente cuando ya la había probado. Cam tenía un sabor dulce y picante y tan, tan bueno... Quería hacer que durara pero fue incapaz de luchar contra el orgasmo que amenazaba con tomarla. Desesperada por darle a Cam lo que quería, chupó su clítoris en su boca, como Cam le estaba haciendo ahora. Los sonidos guturales que venían de Cam la nublaron y la volvieron loca por dentro mientras se balanceaba al borde de su propio clímax, no dispuesta todavía a volcarse. Repitió el movimiento, una y otra vez, incluso mientras pequeñas explosiones la llenaban, extendiéndose en oleadas a medida que aumentaba en intensidad. Gemía mientras continuaba llevando a Cam al orgasmo, todavía temblando mientras el suyo se calmaba. Pronto, unos sonidos gloriosos resonaron por la habitación. Cerró los ojos cuando la liberación de Cam llegó en un grito de alegría y enterró la cara en su humedad, queriéndolo todo.

Ella dejó caer su cabeza sobre las almohadas, exhausta y relajada. Cam se desplomó sobre ella y dejó escapar un suspiro de satisfacción. Cogió el pie de Ella y lo besó antes de darse la vuelta y gatear hasta ella, luego tiró de la manta sobre ellas.

"Ven aquí." Atrajo a Ella en un abrazo y se acurrucó contra ella mientras besaba su frente y le acariciaba el pelo, sabiendo que era una causa perdida.

## 33

Lo primero que vio Cam cuando abrió los ojos era rosa. Parpadeó un par de veces, frunciendo el ceño cuando se vio de frente con un retrato enorme de un flamenco que la estaba mirando. Se rió para sí misma y se giró hacia Ella, quien respiraba de manera estable contra su hombro, todavía profundamente dormida. Parecía tan tranquila y dulce, acurrucada en las sábanas.

Había pasado un tiempo desde que Cam había despertado junto a una mujer, y se dio cuenta de que sería la primera vez para Ella. *¿Va a estar bien?* Creía que sí. Ella no había parecido exactamente tímida la noche anterior y desde luego no le había dado la impresión de que cambiaría de idea por la mañana. Suavemente acarició la mejilla de Ella, apartando mechones de pelo de su cara. Ella se movió un momento y sonrió mientras dormía. Cam la observó durante un rato, sintiéndose dichosamente feliz cuando los recuerdos le inundaron la memoria. A pesar de la noche, su reloj interno la despertó a las seis y estaba completamente despierta. No habían cerrado las cortinas la noche anterior y no había nadie en el lugar, pero sospechaba que Sid llegaría pronto para atender el jardín antes de que hiciera demasiado calor. La luz temprana del desierto entraba brillante a través de las puertas de cristal, inundando la habitación de un brillo amarillento casi sepia. *¿A dónde vamos a partir de ahora?* Ese pensamiento la asustó un poco. Ella era una actriz famosa dentro del closet y ella, bueno... se estaba enamorando de ella. Mucho.

"Buenos días," dijo Ella con voz suave.

"Hola. Lo siento, no quería despertarte." Cam la rodeó con un brazo y le besó la frente.

"No, me alegro de que lo hayas hecho." Ella parpadeó un par de veces y suspiró mientras se acercaba a ella. "¿Qué hora es? Nunca duermo durante toda la noche."

"Es temprano. Las seis, creo. ¿Tienes café en la casa? Te puedo despertar en un par de horas si quieres dormir un poco más."

"Hay café en el armario de la derecha de la cocina, y debería haber leche de almendras en el frigorífico. Le pedí a Sid que hiciera la compra antes de que viniéramos. Pero no quiero dormir, y no quiero que te levantes. Quiero que te quedes en la cama conmigo." Ella le dirigió una sonrisa traviesa mientras le pasaba la mano por la espalda y la bajaba hasta su trasero, todavía maravillada de lo suave que era su piel.

Se sentía increíble, una mujer nueva. Era como si hoy el mundo fuera diferente pero, al mismo tiempo, exactamente como debería ser. Le había preocupado que le hubiera entrado el pánico, pero no había más que felicidad y un entusiasmo vertiginoso, mezclado con un deseo furioso que había tomado como rehén a todo su cuerpo. Cada terminación nerviosa era deliciosamente receptiva, y cada roce se sentía como una sobrecarga de los sentidos. Despertarse junto a Cam era posiblemente una de las mejores cosas que le habían pasado nunca. Bueno, aparte de anoche, por supuesto. Se estremeció al recordar sus ardientes relaciones y miró a Cam para encontrarse con sus ojos oscuros que le dijeran que tenía pensamientos similares. "Te deseo, Cam," susurró, besándola suavemente.

"Yo también te deseo." Cam sonrió contra sus labios y pasó una mano por el pelo de Ella, peinándola despacio con sus dedos. Luego se retiró, dudando un momento. "Pero probablemente necesitamos hablar primero porque me gustas de verdad, Ella. No..." Movió la cabeza. "Gustar es una gran obviedad porque es mucho más que eso. Me estoy enamorando de ti y necesito saber hacia dónde se dirige esto. Normalmente no soy así pero contigo..." su voz se apagó. "No estoy segura de poder continuar con esto sin saber en qué posición estoy o cómo te sientes tú."

"Tienes razón." La voz de Ella era suave y dulce. "Necesitamos hablar. He tenido sentimientos por ti durante un tiempo, y después de anoche, siento que se han multiplicado por diez." Vio cómo el alivio cubría la cara de Cam cuando lo dijo. "Quiero estar contigo, pero realmente no sé cómo estar con alguien. Nunca he hecho eso de salir con alguien y ni siquiera estoy fuera del closet."

"Lo estás haciendo bien." Cam sonrió. "Podemos tomárnoslo con calma y nadie necesita saber sobre nosotras."

"Eso, de alguna manera, no me parece justo para ti," dijo Ella. "Tú estás tan cómoda contigo misma y que tú estés saliendo con una mujer que está dentro del closet..."

"No me importa. Tampoco es que vaya a ser diferente a como solíamos quedar, aparte de que podríamos pasar muchas noches juntas." Cam cogió la mano de Ella y la besó. "Oye, no quiero presionarte a hacer nada. Eso no es por lo que quería hablar. Saber que sientes lo mismo por mí es suficiente, y si eso significa que podemos vernos una o dos veces a la semana en la privacidad de nuestras casas, soy feliz con eso mientras que pueda despertarme contigo."

"¿De verdad?"

"Sí, de verdad. Necesitas tomarte tu tiempo y esto..." Cam hizo un gesto entre las dos. "Esto no quiere decir que yo espere a que salgas del closet."

"Ya sé que no lo esperas pero yo quiero, con el tiempo. Todo ha cambiado. Me siento diferente. Me siento increíble." Suspiró. "Sobre todo estoy preocupada por ti. La vida en el foco de atención no es fácil. No para mí, pero especialmente no para alguien nuevo. Puede romper a la gente."

"No te preocupes por mí," le dijo Cam, depositando otro beso en su frente. "Antes de que nada de eso ocurra, tú tendrás que lidiar con salir del closet primero. Nada va a ocurrir hasta que lo hagas, en el momento que tú decidas, cuando tú quieras. Y si no lo haces, también es decisión tuya y eso para mí está bien. Mientras tanto, mis labios están sellados." Se rió entre dientes. "Y después de eso también, porque no tengo nada que decir a esos cabrones. Y seamos sinceras. A nadie le interesa una profesora de yoga de todos modos. Pronto se aburrirán de escribir sobre mí."

Ella se rió, haciendo desaparecer la seriedad de su rostro. "No sé yo sobre eso, eres bastante atractiva."

Cam sonrió. "Me alegra que pienses eso, pero no creo que eso sea suficiente para empezar a acosarme durante un tiempo largo."

"Quizás no, pero no tendremos ni un momento para nosotras si estamos en un lugar público juntas, esa es la realidad. Me dijiste que te gustaba su privacidad, así que solo quiero que sepas en lo que posiblemente te estás metiendo."

"Nos enfrentaremos a eso cuando lleguemos ahí." Cam tiró de Ella y la puso encima y suspiró, la sensación de su cuerpo cálido y dispuesto sobre ella y su sonrisa le quitaron cualquier duda que pudiera persistir. "Mientras sepa que sientes lo mismo, no me importa. Tomemos esto tal como viene y lidiemos con ello juntas, ¿vale?"

"Vale." Ella la besó y colocó una pierna entre sus muslos. "Ahora, por favor, haz otra vez eso que hiciste anoche." Ella jugueteando rozó sus labios sobre los de Cam. "Ya sabes, eso que haces con tu lengua."

## 34

"¿Quieres que salgamos un rato?" Ella se apoyó en Cam, que estaba leyendo en uno de los sillones al lado de la piscina. Habían pasado la mañana desempacando las cosas personales de Ella, y Sid las había ayudado volviendo a poner sus fotos antiguas en la pared. Dentro todavía había cajas apiladas en el pasillo pero no había prisa y Ella no quería pasar demasiado de su precioso tiempo con eso.

Cam la miró y le sonrió mientras se protegía los ojos del sol. "Claro. ¿Estás sintiendo claustrofobia?"

"No cuando tú estás en mi chabola," bromeó Ella. "Pero quiero enseñarte algo. Hay que conducir un poco. ¿Te importa?"

"No me importa conducir." Cam se sentó y atrajo a Ella hasta su regazo. "Además, necesito una distracción aparte de ti en bikini. Ni siquiera puedo leer cuando estás por ahí paseándote de esa manera. Tampoco es que quiera leer especialmente," añadió. "¿Se ha ido Sid ya? Porque sé de algunas cosas mejores que hacer." Metió una mano por debajo del top del bikini verde musgo de Ella y le pasó la lengua desde el cuello hasta el lóbulo de la oreja. "Estoy segura de que estarás de acuerdo conmigo," le susurró al oído mientras deslizaba la otra mano por la parte inferior del bikini, apretando su centro con fuerza. Ella dejó escapar un gemido cuando su cabeza cayó hacia atrás sobre el hombro de Cam.

"Jesús, Cam," jadeó, cerrando los ojos mientras Cam le introducía dos dedos, acariciando sus pechos con la otra mano. La boca de Cam estaba en el cuello y en la oreja de Ella, mordiéndole suavemente mientras pasaba su lengua sobre su piel sensible. Su firme apretón y sus hábiles dedos hicieron que las rodillas de Ella se debilitaran. "Creo que se fue a buscar algunas cosas, pero llegará pronto y..." Ella gimió, sin terminar lo que estaba diciendo.

"No pasa nada. Solo necesito dos minutos," le susurró Cam al oído. Sonrió cuando los gemidos de Ella se hicieron más fuertes. "O quizás solo necesite uno."

No había nada durante kilómetros, excepto el desierto desnudo a la izquierda y el mar Salton a la derecha, quieto y brillante bajo el sol de la tarde. Aparte de algunos camiones y caravanas, el camino estaba tranquilo. La tierra se volvió aún más árida después de haber pasado el mar Salton, con solo un poco de vegetación y un par de árboles esparcidos a ambos lados del camino, la tierra se agrietaba como arcilla seca. Había una antigua vía de tren con un tren oxidado que parecía haber estado allí durante décadas y había algunas casas que habían quedado claramente desiertas hacía mucho tiempo.

"De alguna manera, esto no parece tu escenario," bromeó Cam, mirando de reojo a Ella. "Pero voy a mantener una mente abierta."

"Sinceramente, no habría venido aquí si Helena no hubiera insistido en que viniera con ella hace años." Se giró hacia Cam y sonrió. "Pero me alegro de haberlo hecho. Ya lo verás."

La vegetación empezó a hacerse un poco más densa, con más arbustos y parches de hierba a medida que se acercaban a un pueblo pequeño llamado Niland, donde pasaron granjas, casas, algunos negocios pequeños y un par de moteles desgastados. Cam se rió cuando Ella giró a la derecha, en dirección a un camino polvoriento del desierto.

"¿En serio? ¿Pero sabes adónde vas?"

Ella se rió también. "Espero que sí. Creo que todavía me acuerdo."

Ambas se mantuvieron en silencio mientras pasaban junto a auto caravanas y tiendas de campaña a lo largo del camino, donde pequeñas comunidades itinerantes habían levantado su campamento. Alrededor de un kilómetro más adelante, Cam vio algo enorme y colorido. No pudo distinguir qué era hasta que se acercaron y Ella se detuvo delante de lo que parecía ser un enorme santuario cristiano, pintado en una montaña.

"Ya estamos aquí. Montaña Salvation." Ella paró el coche en el camino. "Vamos, tendremos que ir andando el resto del camino." Se puso la gorra y las gafas de sol – su disfraz habitual cuando no estaba en casa o en el coche – y caminaron sobre el suelo duro del desierto en dirección a la montaña. Una señal pequeña en el suelo, sostenida por dos rocas que decían "bienvenidos", y un inodoro químico azul fueron los únicos indicios de vida en el tranquilo tramo de tierra al principio, pero a medida que se acercaban, escucharon voces que venían de uno de los muchos edificios en forma de cúpula en los lugares que también estaban pintados con colores vivos. Cam detuvo sus pasos mientras miraba fijamente el despliegue surrealista.

"Es bastante increíble, ¿no crees?" Ella se bajó la gorra sobre la frente al girarse a Cam.

"Totalmente. ¿Qué es?" Cam miró por encima de la cordillera cubierta de eslóganes e ilustraciones de colores luminosos. Las palabras "Dios es amor" destacaban como el texto más grande y significativo, debajo de un enorme corazón rojo y junto a una catarata pintada de rayas azules y blancas que caía en cascada por la montaña. En la cima de la colina había una cruz blanca, que proyectaba su sombra sobre la tierra. "Parece un gran santuario cristiano. ¿Cuánta gente trabajó en esto?"

"Principalmente, solo un hombre durante treinta años," dijo Ella. "Se llamaba Leonard Knight. Nunca he tenido el placer de conocerlo, pero Helena lo conoció una vez y dijo que era un hombre increíble. Vivía en ese viejo camión de bomberos de allí." Señaló un camión que también estaba cubierto de pintura y versículos de la Biblia, la palabra "amor" se repetía una y otra vez. Había más coches pintados y auto caravanas esparcidos por el terreno, que se mezclaban perfectamente con el paisaje artístico más grande que en tamaño real que quedaba en el fondo. El sol intensificaba los colores, haciendo que fuera casi abrumador mirarlo. "También construyó la montaña," continuó Ella. "Todo era llano aquí hasta que él empezó a apilar fardos de heno que cubrió con arcilla de adobe y pintura de látex. Y ahora es..." Hizo una pausa, buscando las palabras correctas. "Un lugar de culto, supongo."

"Y amor," añadió Cam, leyendo la palabra una y otra vez a cada lugar que miraba. Había cientos de corazones rojos también.

"Y amor," repitió Ella, cogiéndola de la mano. "Eso de

allí," dijo, señalando un edificio con forma de cúpula, "es una casa que se construyó para él, pero nunca se mudó a ella porque al final prefirió su camioneta. También hay un museo." Las llevó a un par de estructuras en forma de cúpula más grandes. "Todo está hecho de árboles muertos, llantas viejas y otras cosas que se encontró en el desierto. Y de nuevo, los edificios estaban cubiertos de arcilla y pintados con flores, árboles, pájaros y escrituras bíblicas."

Pasearon por el lugar, observando el arte de la tierra. Había otros cinco turistas, posando para fotos delante del museo, pero todos mantenían respetuosamente la voz baja. Entraron en el improvisado edificio que también estaba pintado luminosamente en el interior. Había notas y pequeños objetos personales que los visitantes se habían dejado, y una familia de pájaros anidaba en las vigas.

"Leonard murió en 2014," dijo Ella, "pero sus seguidores aún continúan con su trabajo. La pintura se compra con donaciones, y los voluntarios trabajan para expandirla. Hice una donación a nombre de Helena el año pasado."

"Apuesto a que eso les servirá para seguir durante un tiempo," bromeó Cam. Se protegió los ojos mientras salían del lugar, casi cegada por la luz del sol después de estar en la oscura estructura de la cueva. El brillo del espectro de color la abrumó una vez más y se tomó un momento. "¿Cómo es que vivo en LA y no sabía de este lugar?" preguntó, tomando algunas fotos de la montaña contra el cielo azul. Realmente parecía impresionante con su entorno neutral, de color arena.

"Apuesto a que hay muchos lugares aquí que no conoces." Ella señaló hacia el este. "Hay algo más un poco más abajo que quiero enseñarte. Volvamos al coche, me estoy friendo aquí."

. . .

Después de un trayecto corto, volvieron a salir del coche. Ella se cubrió los hombros con una bufanda que encontró en el asiento trasero, le ardía la piel a pesar de las muchas capas de protector solar.

"Vamos." Tiró de Cam con ella sobre el terreno polvoriento. "Toda esta área se llama Slab City," dijo, señalando el área de alrededor donde había remolques instalados entre tiendas de campaña y casas improvisadas. Los refugios estaban construidos con viejas paletas, telas y otras cosas recicladas y parecía que un tanque de agua gigante y viejo funcionaba como una casa también. "Es la última área desmantelada y fuera de control en Estados Unidos y, en papel, no existe. La mayoría de los residentes son permanentes en esta época del año. Las aves migratorias vienen a quedarse aquí solo durante los meses de invierno. Algunos se mudaron aquí debido a la pobreza y otros lo han hecho simplemente porque quieren vivir fuera del sistema. Empezó siendo algo súper básico, pero ahora algunos habitantes tienen energía solar y hogares en pleno funcionamiento. Cultivan cosas y son auto sostenibles, aparte del agua, que se la traen."

"Estoy intentando entender cómo la gente puede vivir con este calor, pero es difícil," dijo Cam, que ya estaba asfixiada después de la caminata de dos minutos. "Asumo que fue Helena la que te trajo aquí también, ¿no?"

"Sí. Tenía curiosidad. Yo estaba nerviosa por venir aquí porque no hay cuerpos de seguridad. Pero la mayoría de la gente no quiere problemas; solo quieren que les dejen en paz." Ella se encogió de hombros. "Aunque probablemente yo represente todo lo que odian."

"Sí, supongo que no se puede negar que eres una valla publicitaria del capitalismo andante." Cam sonrió y le sonrió de oreja a oreja a un hombre grande con barba que las saludó. Llevaba puesto una capa y un sombrero de vaquero decorado con alfileres, plumas, lazos e insignias. "Perece todo un poco post-apocalíptico aquí. Es completamente surrealista y fascinante, pero seguro que no podemos simplemente husmear en las casas de la gente."

"Por supuesto que no," dijo Ella mientras se acercaban a un trozo de tierra con algo que, desde la distancia, parecía un montón de basura. "Pero podemos echar un vistazo allí. Es la *East Jesus Art Installation* y está abierta al público."

De cerca, Cam pudo ver que las pilas de "basura" eran en realidad instalaciones de arte ahora mientras caminaban por debajo de la entrada del jardín de esculturas, construidas con viejos tanques de agua, cables, despertares de ángel, bicicletas y la puerta de un coche. Deambularon, observando las esculturas: un mamut hecho de llantas reventadas, una pared de botella, una ballena hecha de bolsas de plástico, una casa "hundida" y una enorme pared de televisores viejos en los que había pintados eslóganes cínicos.

"Nunca habría pensado que vería algo así en el desierto." Cam hizo un par de fotos, luego giró el móvil hacia Ella, que sonrió a la cámara.

"Sí, es genial, ¿verdad?" Ella la miró. "Vamos a hacernos una juntas." Rodeó la cintura de Cam con un brazo y la besó en la mejilla mientras sostenía el teléfono para hacer una foto de ellas delante de la pared de botella. "Nuestra primera foto juntas," dijo, mientras le subía el color a las mejillas al ver la foto.

Cam la besó también y le dirigió una mirada entrañable. "Te estás sonrojando."

"¡Lo sé! Es que me he dado cuenta en cuanto lo he dicho de lo cursi que he sonado."

"No, en absoluto. Es adorable, y la foto va a ir directa a la pared de mi habitación."

"Hablando de cursi," bromeó Ella. La empujó mientras volvían al coche. "¿Estás cansada ya? No dormimos precisamente mucho anoche."

"¿Estás de broma?" Cam extendió su mano delante de ella. "Me encanta esto. No tenía ni idea de que estuvieras tan enterada de las cosas del desierto."

"Conozco un lugar o dos." Dijo Ella mientras subía al coche. "Sugiero que consigamos algo de comida y nos desviemos a través del Parque Nacional Joshua Tree de camino a casa. Es bastante increíble de noche."

"Vale, hagámoslo." Cam se metió en el coche y le dio una botella de agua de su bolso. "Me encantaría ver más y puedo conducir de vuelta a casa si quieres."

El desierto nunca le había interesado, pero tenía que admitir que estaba creciendo en ella. Incluso las zonas de tierra más áridas que pasaban eran hermosas. Había algo en la forma en que la luz golpeaba la tierra color arena y el leve resplandor del calor sobre el suelo que hacía que todo pareciera intrigante y misterioso.

Entraron en el Parque Nacional Joshua Tree por la entrada sur después de detenerse para comprar más agua y algo de comida para comer durante el camino. Ella las condujo a Cottonwood Spring; un oasis contra el desierto seco, bordeado de palmeras y álamos, luego continuó cruzando el parque, donde extensos llanos estaban llenos de árboles Joshua excéntricos y espinosos. El paisaje no se parecía a nada que Cam hubiera visto antes; los árboles se concentraban en ciertas áreas donde parecía que se hubieran congregado para una huelga, sus ramas levantadas como los brazos de unos manifestantes ondeándolos en el aire.

Luego se dirigieron al Cholla Cactus Garden, donde se detuvieron y bajaron del coche justo cuando el sol comenzaba a ponerse. Las plantas puntiagudas y peludas se levantaban de la superficie hasta donde alcanzaba la vista, algunas de hasta más de mil metros de altura.

"También llaman a los chollas ositos de peluche, porque son muy peludos, por lo menos lo parecen desde lejos," dijo Ella. "Aquí es donde el desierto Colorado se funde con el desierto Mojave. Se puede ver claramente cómo cambia el paisaje aquí, donde los árboles Joshua son reemplazados por cactus cholla, y las montañas Little San Bernardino se suavizan en colinas en lugar de grandes rocas. Es bastante espectacular, ¿verdad?"

"Desde luego que sí." Iluminadas por detrás por el sol bajo, las plantas parecían criaturas, ahora que estaba oscureciendo a su alrededor. El último rayo de sol caía sobre el valle y el cielo cambió a un dorado rojizo antes de desvanecerse en una pendiente rosada y púrpura más oscura. Cam rodeó a Ella con el brazo cuando se sentaron en una roca para observar la sorprendente vista y no la soltó hasta que la noche las cubrió, trayendo frío al ambiente.

"Refresca muy rápido por la noche." Ella cruzó los brazos mientras regresaban al coche. "Puede alcanzar los treinta y cinco grados durante el día y luego caer hasta los veinte por la noche. ¿Tienes frío o estás bien para hacer una parada más? Las estrellas serán visibles pronto. Está despejado y no hay luna esta noche, así que debería estar bien."

"No, no tengo frío. Pero ojalá tuviera una chaqueta para darte." Cam no mentía; parecía que ardía cuando Ella estaba cerca. Después de la puesta de sol, una profunda sensación de calma se había instalado en su interior y era uno de esos raros días que desearía que no terminara.

"Eres tan galante," bromeó Ella, batiendo sus pestañas. "No te preocupes, tengo una manta en el maletero."

"Muy inteligente de tu parte."

"Eh, es solo experiencia. Viví aquí durante años, así que siempre pongo toneladas de agua y una manta en el maletero antes de salir a la aventura de Palm Springs. Helena y yo solíamos venir temprano por la mañana o tarde por la noche, cuando estaba tranquilo y demasiado oscuro para que alguien nos reconociera. Siempre he sido bastante buena mezclándome entre la gente, pero cuando estábamos juntas, era algo completamente diferente; los gemelos rara vez pasan desapercibidos, especialmente los gemelos famosos." Ella sonrió y sacudió la cabeza. "No estaba segura de cómo me sentiría al venir aquí sin ella, pero estoy pasando un día fantástico."

"Yo también lo estoy pasando genial." Cam la atrajo hacia ella y la besó en la sien. Se sentía en paz y feliz, pero, al mismo tiempo, casi un poco desbordada por todos los nuevos sentimientos que se habían apoderado de ella. *Oh Dios, estoy enamorada profundamente.* "No puedo decir que alguna vez haya buscado un lugar para mirar las estrellas. Es un poco romántico, ¿no te parece?" Ladeó la cabeza para mirarla a los ojos y le lanzó una mirada burlona. "¿Eres una romántica empedernida en secreto?"

"No sé, creo que podría serlo." Pasó suavemente los dedos sobre su mano y sonrió al subir al coche. "¿Y tú?"

Cam se sonrojó, al no esperar la pregunta dirigida a ella. "Supongo que yo también," admitió mientras Ella conducía. "Realmente no lo era antes, pero contigo la idea de la luz de las velas y las estrellas me emociona. ¿Suena cursi?"

"No. Es dulce," dijo Ella con voz suave. "Nunca entendí

por qué a la gente le gustaban tanto mis películas, especialmente las que estaban llenas de clichés demasiado románticos. Pero no me da vergüenza decir que ahora lo entiendo."

Condujeron de vuelta en dirección a Cottonwood en un cómodo silencio, ambas absorbiendo el paisaje, que parecía completamente diferente ahora en la oscuridad. Las siluetas negras de los árboles Joshua parecían espeluznantes, los altos parecían monstruos enfadados y los más bajos cadáveres levantándose de sus tumbas con sus brazos unidos. Ella se detuvo en un área de descanso al lado del camino y sacó la manta del maletero.

"Vamos a calentarnos," dijo mientras se sentaban sobre el capó del coche. Las envolvió con la manta y se acurrucó contra Cam mientras miraban de frente los llanos del parque. El cielo estrellado sobre ellas era el tipo de cielo que Cam había visto solo en fotografías; millones de puntitos blancos parpadeando en el interminable azul de medianoche.

"Me siento tan pequeña ahora mismo," susurró, como si temiera interrumpir la paz.

"Yo también." Ella dejó escapar un profundo suspiro. "Parece imposible estar aquí sin pensar en el universo – la vida y la muerte – y preguntarse por qué demonios estamos aquí, ¿verdad? Solía pensar eso mucho cuando estaba baja de ánimo. Supongo que estaba tratando desesperadamente de encontrar una razón para seguir y sabía que mirar las estrellas era lo más cercano a la verdad que iba a encontrar nunca. Todo parecía tan inútil entonces." Hizo una pausa. "Todavía lo pienso, pero no de forma melodramática. Es más una sensación de asombro lo que siento ahora."

"El asombro es una manera de describirlo. Es como el arte más hermoso, esperando ser entendido," dijo Cam. Se giró hacia Ella, maravillada por lo hermosa que estaba esta noche. El viento durante el trayecto en coche había convertido su pelo en una melena despeinada y su sonrisa contagiosa iluminaba todo su rostro cada vez que sus ojos se encontraban. Miró de nuevo hacia arriba cuando se dio cuenta de que la estaba mirando fijamente. "¿Esa es la Vía Láctea?" preguntó, señalando una mancha de luz concentrada que se desvanecía en una elipse desigual a ambos lados.

"Sí." Ella parecía impresionada. "No es tan brillante como suele ser en pleno verano, pero es bastante visible esta noche. Aquí tenemos también lluvias de meteoritos; creo que agosto es un buen mes para eso. Yo solo lo he visto una vez, pero nunca lo olvidaré. Helena y yo decidimos darnos un baño a medianoche cuando oímos en las noticias que se esperaba una grande. No pensamos que veríamos mucho porque estábamos en la casa, pero apagamos todas las luces una hora antes de todos modos. Estábamos flotando en los flotadores de nuestra piscina cuando empezó y continuó durante horas. Fue impresionante."

"¿Pediste un deseo?"

"Sí."

"¿Y se cumplió?" Cam se echó hacia atrás, apoyando la cabeza en la ventanilla del coche. Ella hizo lo mismo y pensó un momento antes de contestar. "Sí, creo que se ha cumplido." Parecía un poco avergonzada por su confesión mientras sacaba su teléfono del bolso y lo ojeaba, claramente intentando desviarse del tema. "Como estoy siendo irremediablemente romántica de todos modos, podría poner también algo de música." Conectó el móvil a los altavoces del coche y puso una versión de la canción Vincent de Don McLean.

"Bueno, *eso* sí que es cursi," se burló Cam.

"Oye, ha sido lo primero que me ha venido a la mente."

Ella rió entre dientes. "Ya sabes, las estrellas y todo eso... Además, me gusta la melodía."

"Sí. En realidad también me gusta, pero no se lo digas a nadie." Cam abrió el brazo para que Ella pudiera poner su cabeza sobre su pecho. Pasó los dedos por el pelo de Ella, saboreando el momento mientras escuchaban una versión acústica de la canción, interpretada por un artista que Cam no conocía. Cuanto más exploraba a Ella, más encontraba, y lo que encontraba hacía que le gustara aún más. A estas alturas, sabía que Ella tenía mucho más de lo que los medios le habían hecho creer, y esperaba sinceramente que, de alguna manera, esto pudiera funcionar. Porque a pesar de que era famosa, rica y amada por millones – y ella era una profesora de yoga anónima que no sabía nada de su mundo – al final, eran simplemente dos personas que se habían encontrado en las circunstancias más extrañas. ¿Cuáles eran las probabilidades de que Ella hubiera intentado quitarse la vida delante de su casa? ¿Y cuáles eran las probabilidades de que Cam la hubiera visto y hubiera logrado salvarle la vida? ¿Y cuáles eran las probabilidades de que, después de todo, ahora estuvieran aquí, acostadas encima del capó del coche de Ella, en medio del desierto, mirando juntas las estrellas? Cuando giró la cabeza para decírselo, los labios de Ella rozaron los suyos, cálidos y con ternura. El deseo se despertó inmediatamente en su interior y se derramó como una presa rota mientras se hundía en el beso. Y en ese precioso momento, a través del deseo y algo que se sentía muy cercano al amor, estaba un poco triste, sabiendo que nunca volvería a haber un momento como este.

## 35

"Podría acostumbrarme a este sitio." Cam cogió el menú que le dio el camarero y se volvió a recostar en su cómoda silla. "Y me gusta especialmente la política de "deje el teléfono en la mesa de recepción". La gente está de verdad hablando entre ella aquí, en vez de estar mirando sus teléfonos todo el tiempo."

Ella asintió. "También me gusta el Palm Garden. Es un poco aburrido ir al mismo lugar dos veces seguidas, pero al menos aquí es seguro. Es agradable saber que nadie va a hacernos fotos." Abrió su propio menú, que era algo innecesario porque ya sabía lo que iba a pedir. Cam se dio cuenta de que en realidad no estaba leyendo y se rió.

"Por favor, dime que no vas a pedir pasas en tu ensalada César otra vez."

"Por supuesto que sí." Ella entornó los ojos de manera cómica, cerró el menú y se echó hacia adelante, dedicándole una mirada coqueta. "Una vez que encuentro algo que me gusta, estoy encima de ello. ¿No te has dado cuenta?"

"Ya lo creo que me he dado cuenta." Cam rozó su pie con el de Ella bajo la mesa. "Eres insaciable."

"Yo podría decir lo mismo de ti." La sonrisa de Ella se desplomó cuando divisó a dos personas siguiendo a un camarero hacia el jardín a una mesa en la parte trasera. "Joder," susurró. "Joder, joder, joder."

"¿Qué?" Cam miró a Ella, luego sobre su hombro en dirección a lo que Ella estaba mirando fijamente, con los ojos abiertos de par en par. Ella se bajó aún más el sombrero hasta la frente y se hundió más abajo en la silla, escondiéndose detrás de Cam.

"Es mi madre. ¿Qué coño está haciendo ella aquí?"

"¿Tu madre?" Cam lanzó otra mirada sobre su hombro. "¿La del vestido largo verde con la melena rubia? No parece tener la edad suficiente para ser tu madre." El hombre con el que iba parecía más joven que Ella, pero por su lenguaje corporal, dedujo que estaban en una cita. Se giró rápidamente cuando vio que la mujer miraba en su dirección.

"Sí, esa es. No te dejes engañar, le han hecho algunos trabajos. Eso, y ella me tuvo, más bien nos tuvo, cuando tenía dieciocho años."

"Eh, no te preocupes. ¿Podríamos irnos tranquilamente e ir a otro sitio?"

Ella asintió. "Sí, quiero irme de verdad; no quiero que me vea. Por fin dejó de intentar contactar conmigo después de que le bloqueara el número y yo..." Miró su zumo de pepinos, buscó su tarjeta de crédito en el bolso, sacándola con mano temblorosa.

"No te preocupes, sal de aquí y espera en el coche. Pagaré yo las bebidas." Mientras Cam lo decía, el sol quedó bloqueado por alguien detrás de ella, proyectando una sombra sobre su mesa. Pudo ver en la cara de Ella que era demasiado tarde.

"Ella... Qué bien verte de nuevo," dijo una voz femenina con un temblor de emoción en la voz.

Ella levantó la mirada con la palabra pánico escrito en la cara. "No, mamá. Te dije que no quiero hablar contigo." Se recompuso y bajó la voz. "Vuelve allí con tu jovencito. Parece que está aburrido y yo no tengo nada que decirte."

"Pero cariño, te he echado tanto de menos. He intentado llamarte cientos de veces y si solo me dejaras explicarte..."

"No hay nada que explicar." La voz de Ella carecía de emoción cuando interrumpió a su madre. "Por favor, vete."

Cam se dio la vuelta y se encontró frente a frente con la viva imagen de Ella. Las personas que desconocieran la situación probablemente habrían pensado que era su hermana mayor. Parecía extravagante y demasiado vestida para un almuerzo entre semana. Su vestido verde de caftán colgaba de un hombro, a juego con sus sandalias de cuentas y sus gafas de sol con espejos verdes que sostenía en la mano. Ahora que estaba más cerca, Cam podía ver que el brillo en su frente era evidencia de una cantidad considerable de bótox. Sus labios eran más gruesos que los de Ella y claramente artificiales, pero, aparte de eso, el parecido era notable. La cara en forma de corazón, los grandes ojos azules claros, las cejas oscuras y arqueadas y los labios ligeramente carnosos... La madre de Ella la miró entonces, como si acabara de darse cuenta de que su hija no estaba sola. Su rostro puso una sonrisa nerviosa cuando sus ojos se encontraron.

"Hola. Tú debes ser Camila Saunders. He leído sobre ti en los tabloides," dijo. "Así que ¿es verdad? ¿Estáis saliendo?" Puso una mano en el hombro de Cam cuando no respondió. "Yo soy Bernice Temperley, la madre de Ella. Encantada de conocerte."

"Su nombre no es Bernice, es Betty," se burló Ella, interrumpiendo a su madre antes de que Cam tuviera la oportunidad de responder. "Y con quién salgo no es asunto tuyo, mamá," continuó. "Bueno, es realmente muy sencillo. O te vas, o nos vamos nosotras. Me da igual cualquier cosa mientras no hagas una escena."

"Bien." Bernice se recompuso y respiró hondo. "No haré una escena si me escuchas durante dos minutos. Dos minutos, eso es todo lo que necesito." No esperó una respuesta mientras sacaba una silla vacía de debajo de otra mesa y se sentó al lado de Cam, frente a Ella.

"Os dejo solas," dijo Cam, a punto de levantarse.

"No, por favor, no te vayas," suplicó Ella, alargando su mano. "Realmente me gustaría que te quedaras; podemos ir a otro sitio después de que mi madre haya terminado su discurso de dos minutos." Miró a su madre. "¿Cómo sabías que estaba aquí, por cierto? ¿Me has seguido?"

Bernice sacudió la cabeza. "No. Vivo aquí, así que vengo todo el tiempo. Regresé a Palm Springs hace ya un tiempo. No es que me quede nada para quedarme en LA."

"No te hagas la víctima. Tú misma te lo hiciste."

"Lo sé." Bernice parecía derrotada, pero continuó de todos modos. "Te echo tanto de menos, Ella. Ojalá pudiéramos volver a ser amigas."

"Nunca fuimos amigas." Una arruga se formó entre las cejas de Ella como si no pudiera creerse lo que su madre estaba diciendo. "Siempre fuiste mi mánager primero, y segundo mi madre. La amistad nunca fue parte del trato."

"Tienes razón. Siempre fui tu mánager primero y eso estuvo mal; lo veo ahora. Pero no tenerte en mi vida ha sido increíblemente difícil. He tenido mucho tiempo para pensar y siento mucho lo que te hice."

"¿Te refieres a robarme?" La ferocidad en los ojos de Ella casi asustó a Cam. Siempre hablaba tan suavemente, con timidez a veces, pero ahora mismo, la ira irradiaba de cada poro. "Solo dilo como es, mamá. Me robaste, tan simple como eso." Levantó una mano cuando su madre estaba a punto de responder. "¿Sabes qué? Te habría perdonado todas las veces que me hiciste eso. Cambiar mi gestión a Tom fue la mejor decisión que pude tomar pero, tal vez, solo tal vez, nuestra relación personal podría haber vuelto a la normalidad después de esas acrobacias que hiciste. No la confianza, pero realmente creí que parte de nuestra relación podría haber sido salvada. Quiero decir, eres mi madre después de todo, y no tenía a nadie más..." Las lágrimas brotaron de los ojos de Ella. "Pero los diarios de Helena... No puedo perdonarte eso. Hacer eso, publicar extractos de sus diarios para que todo el mundo los leyera... Fue asqueroso."

"Sé que siempre la presioné para que fuera alguien que no era," dijo Bernice con voz quebrada. "Sabía que no le interesaba la industria del entretenimiento y aún así, durante años, la hice ir a audiciones, la hice cambiar de imagen y la llevé a programas de entretenimiento y entrevistas, como hice contigo. Le creé una personalidad, a las dos. Sé que fue mi culpa que ella nunca descubriera lo que quería hacer realmente con su vida hasta que tenía poco más de veinte años, pero la amaba, y su muerte me rompió, igual que te rompió a ti, y me sentí terriblemente culpable de que hubiera tenido tan poco tiempo para vivir la vida que ella quería." Una expresión de arrepentimiento se instaló en su cara. "Por las fotografías que he visto, y por lo que he leído, sus años en la universidad fueron los más felices, y quería corregirlo de alguna manera. Quería que el mundo supiera quién era realmente. No la exitosa estrella de cine que asistía a fiestas de primer nivel, que posaba para revistas de moda y salía con cantantes guapos de bandas de chicos en su adolescencia. Sino la Helena que amaba la arquitectura, la música y los festivales. La Helena que era inteligente, creativa y compasiva. La Helena que amaba a quien amaba y no le importaba lo que otras personas pensaran de ella. Tampoco te pregunté nunca lo que tú querías. Y ahora que os he perdido a las dos, me he dado cuenta de que cometí un gran error." Hizo una pausa, bajando la voz. "Solo estaba intentando corregir lo que había hecho mal."

"Bueno, no podrías haberlo hecho peor si lo hubieras intentando. No tenías derecho a entrar y robar esos diarios, y no tenías derecho a publicarlos. ¿Cuánto ganaste con el libro, eh? ¿Uno o dos millones? ¿O fue más? ¿Mereció la pena?"

Bernice no respondió, mientras el color subía a sus mejillas.

"Nos vamos." Ella se levantó y tomó la mano de Cam. "Deberías volver con tu cita. Parece que ese chico no es lo suficientemente mayor como para pedir él mismo." Ella se aseguró de enfatizar la palabra "chico". "¿Cuántos años tiene, por cierto? ¿Veintidós?" Ella resopló. "¿Qué coño estás haciendo saliendo con alguien con la mitad de tu edad?"

Bernice bajó la mirada, los ojos vidriosos ahora. "Me siento sola. Estoy tan sola, Ella."

Ella hizo una mueca por un momento cuando su madre dijo eso, pero, de todos modos, le dio la espalda y se fue.

## 36

"No quise arrastrarte hasta aquí para meterte en todo este drama." Ella ayudó a Cam a sacar de la caja la comida para llevar que habían recogido en su camino de regreso a casa. "Estoy segura de que podrías prescindir de eso."

"No digas eso. Estoy aquí para ti." Cam empezó a colocar el sushi en dos platos y sirvió a ambas una copa de bourbon que encontró en uno de los muebles de la cocina, sintiendo que Ella necesitaba un trago. No es que beber fuera la solución, pero la forma en que había estado temblando en el camino de regreso a casa le dijo a Cam que ver a su madre de nuevo la había molestado y tal vez la calmaría un poco. "¿Quieres hablar sobre ello?"

"No, la verdad es que no." Ella tomó un sorbo de su bebida y dejó escapar un largo suspiro. "Le dije todo lo que quería decirle y creo que hemos terminado." Se volvió hacia Cam. "¿Viste al chico con el que estaba? Quiero decir, ¿qué coño? Tenía poco más de veinte años, más joven que yo."

"Probablemente se siente sola de verdad."

"Nunca estará sola. A ella le gusta más su propia compañía. E incluso aunque estuviera sola, no es que me importe."

"Te importa, Ella. Lo vi en tus ojos."

"No tienes ni idea de lo que siento." Los ojos de Ella se abrieron de par en par mientras hablaba. No estaba acostumbrada a que la gente la contradijera. Rara vez pasaba, y en las raras ocasiones en que sucedía, normalmente venía de Tom, que bailaba sobre el tema con cuidado, nunca de esta manera tan directa. "Lo siento, no quise decir eso," continuó de inmediato. "Pero seguro que debes entender que no hay forma de que pueda perdonarla."

"Tienes razón, Ella. No tengo ni idea de cómo te sientes realmente. Pero también eres como un libro abierto para mí. Puedo ver cuando algo te afecta." La voz de Cam era calmada y dulce mientras se concentraba en el plato. "Entiendo que no puedas perdonarla, pero no tienes que sentir vergüenza al admitir que volver a ver a tu madre, después de tanto tiempo y después de todo lo que ha pasado, te ha molestado." Se volvió hacia Ella y se encontró con su mirada. "Estoy de tu parte, pero eso no quiere decir que tenga que estar de acuerdo contigo todo el tiempo."

"Lo sé." La expresión severa de Ella se suavizó lentamente mientras miraba a los ojos de Cam. Le sorprendía cómo Cam podía hacerle olvidar las cosas con solo mirarla. Cuando extendió la mano para tocar su mejilla, Cam tomó su mano con la suya y la besó con tanta ternura que Ella sintió un nudo en la garganta. "Tienes razón," susurró. "Creo que se siente sola. Pero eso no cambia nada."

"No, no cambia, pero las personas pueden cambiar cuando han estado en sus momentos más bajos. No estoy diciendo que tengas que perdonarla, simplemente no la descartes por completo porque podrías arrepentirte algún día." Cam soltó la mano de Ella y le dio el plato. "Vamos a llevarnos esto fuera, ¿vale? No hace falta que hablemos de tu madre ahora mismo. Solo piensa en ello."

Ella miró el sushi un momento antes de reírse. La comida estaba dispuesta en una cara sonriente, con un rollito California de boca, una nariz de wasabi, ojos de maki de atún, cejas de jengibre encurtido y el cabello de sashimi de salmón. "Eres increíble," dijo, volviendo a dejar el plato. Envolvió sus brazos alrededor del cuello de Cam y se puso de puntillas mientras le daba un beso largo y prolongado.

"Venga, métete, el agua está estupenda." Cam la salpicó de agua mientras Ella la observaba nadar desde la tumbona.

"No sé. Quiero hacerlo pero me asusté la última vez que pensé en meterme en mi piscina en LA..." Se mordió el labio. "Ya no me siento tan cómoda en aguas profundas."

"Lo entiendo, pero yo estoy aquí. Estarás bien una vez que estés dentro." Cam sonrió. "Solo agárrate a mí."

Ella miró los hombros tonificados de Cam mientras colgaba del borde de la piscina. No sintió el pánico que había sentido aquella noche en su casa. De hecho, sintió todo lo contrario, atraída por el cuerpo de Cam en bikini como si fuera todo en lo que podía pensar. Por fin había dejado a un lado el enfrentamiento con su madre, pero todavía un poco irritada porque había ensombrecido sus perfectas vacaciones.

"¿Me prometes que me agarrarás?" le preguntó.

Cam sonrió. "¿Qué? ¿Crees de verdad que no voy a poner mis manos sobre todo tu cuerpo en cuanto entres, estando vestida así?"

"Vale entonces." Ella se rió mientras se levantaba de la

tumbona, caminó hacia el borde de la piscina en un bikini blanco y azul marino a rayas y se sentó, colgando sus piernas en el agua. El brazo de Cam la rodeó por la cintura en cuanto bajó. Dio un suspiro por el agua fría y por la piel de Cam contra la suya.

"¿Ves? No ha sido tan malo, ¿no?" La mano de Cam alcanzó su trasero y lo apretó mientras se agarraba del borde de la piscina con la otra mano. Ella envolvió los brazos alrededor de su cuello y la besó.

"No, no lo ha sido. De hecho, esto se siente muy, muy bien." El corazón de Ella comenzó a latir más rápido, pero no tenía nada que ver con el miedo. Cada vez que estaba cerca de Cam, cada vez que Cam la miraba como lo estaba haciendo ahora, como si la deseara más que a nada, la adrenalina la atravesaba y la deseaba con cada fibra de su cuerpo. "Eres tan hermosa," susurró. "Y cuando me abrazas, nada más parece importar y me encanta. Ojalá pudiéramos quedarnos aquí para siempre. Solo tú y yo, lejos de todo..." Sacudió la cabeza. "Lo siento, sé que tienes una vida y amigos y un negocio al que tienes que volver, pero no me he sentido así en mucho tiempo. Me siento feliz aquí. *Tú* me haces feliz."

La boca de Cam dibujó una amplia sonrisa mientras se acercaba aún más. "Tú me haces feliz también y, créeme, no hay nada que me gustaría más que quedarme aquí contigo. Pero la realidad es que sigues siendo Ella Temperley y que el mundo entero te conoce. Podría parecer tentador esconderse aquí en el desierto, pero no es una solución a largo plazo."

"Lo sé." Ella se mordió el labio y centró sus ojos en los de Cam. "Solo necesito descubrir cómo volver a ser yo misma. Mi nueva yo, fuera totalmente del closet."

"Pero no has cambiado, Ella." Cam le puso una mano en

la mejilla. "Sigues siendo la misma mujer increíble que siempre fuiste, y si decides salir del closet, te prometo que no será tan aterrador como parece ahora mismo."

## 37

"¿Alguna noticia sobre la situación con Tyler Kane todavía?" preguntó Cam. Habían decidido salir de excursión hoy y estaban preparando un picnic en la cocina. Después de una sesión de yoga temprano, un baño y un café junto a la piscina, ambas llevaban puesto albornoces esponjosos y suaves. El de Ella era rosa, a juego con su habitación, el de Cam uno de color crema y dorado que había encontrado en la suya.

"Sí, acabo de recibir un mensaje de Tom. Prometió mandarme un resumen porque ni me molesté en verlo anoche." Ella metió los trozos de fruta que Cam estaba cortando en contenedores de plástico y lo puso en su mochila. "Básicamente, Tyler dijo en la entrevista que me estaba engañando y que me volví loca cuando me lo confesó." Puso los ojos en blanco. "No vi venir eso, pero supongo que estaba aterrorizado de que la gente supiera que había alguien en el mundo que no estuviera interesada en él. Parece ser que se disculpó públicamente conmigo por haber sido infiel. Tom dice que el teléfono ha estado sonando toda la mañana, pero le está diciendo a los tabloides que no voy a comentar nada así que, por lo menos, no tendré que confirmar ni negar la historia."

"Eso es bueno, ¿no? ¿Que se inventara una historia estúpida?" Cam se puso a hacer cuscús y vertió agua caliente sobre la sémola de trigo.

"Sí, supongo que es bueno. Es un poco embarazoso para mí, parecer que he sido engañada por Tyler Kane." Ella hizo una mueca y se rió.

"Imagínate." Cam se rió también y le dio un pepino y dos tomates. "¿Puedes cortarme esto? Prometo que no pican."

"Ja ja, muy graciosa." Ella le dio un tortazo en el trasero y empezó a cortarlos mientras Cam sazonaba y revolvía el cuscús, añadiendo un puñado de hierbas. "Bueno, ¿has hecho mucho senderismo?"

Cam se encogió de hombros. "Solo un poco. Algunas veces voy a Hollywood Hills. ¿Eso cuenta?"

"Por supuesto que cuenta. Esos caminos son largos y duros." Ella ladeó la cabeza. "No importa, probablemente son fáciles para ti, así que por lo menos podrás llevarme encima si me canso."

"Nadie va a ser llevada, princesa." Cam sonrió mientras la alzaba a la isla de la cocina y se metía entre sus piernas. Le acarició los muslos y se inclinó para besarla. "Pero puedo ayudarte a calentar si eso ayuda."

"Sigues sorprendiéndome, Ella. Sinceramente pensé que íbamos a hacer un senderismo de centro comercial," bromeó Cam al aparcar el coche de Ella en el centro de visitantes de Whitewater Preserve después de una hora de viaje. Apenas podía creer lo verde que estaba todo aquí, después de haber conducido a través del árido paisaje hasta el

Cañón durante los últimos diez kilómetros. "Sin ofender, pero es que no pareces el tipo de persona que viene aquí."

"Y yo no te tenía por una conductora loca." Ella se estaba peinando con los dedos el pelo que se había convertido en un desastre indomable después de conducir con la capota bajada en su descapotable. "¿A qué velocidad has ido?"

"Oye, no tengo la oportunidad de conducir una bestia como esta todos los días, y tampoco es que hubiera muchos coches en la carretera." Cam golpeó el capó del coche como si fuera un cumplido por portarse bien.

Ella se rió. "Bueno, puedes cogerlo siempre que quieras, señora Indy 500. Pero contestando a tu pregunta, no soy demasiado senderista, lo admito feliz. Imaginé que si hay una cosa que mi madre no hace es senderismo, así que, por lo menos, no tendré que preocuparme de tropezarme aquí con ella. No creo que ni siquiera tenga un par de zapatillas."

Cam asintió. "Vale. Ahora lo entiendo. Pero has estado aquí antes, ¿no? ¿Conoces el camino?"

"Sí, he estado aquí un par de veces. Hace años desde la última vez, pero es agradable volver." Ella se puso la mochila, la gorra y las gafas de sol y Cam hizo lo mismo. "Y verte en esos pantalones tan cortos es un extra." Ella recorrió con sus ojos las piernas tonificadas y besadas por el sol de Cam en esos pantalones cortos grises de jersey y luego a su camiseta suelta, que era tan fina que era casi transparente, mostrando el contorno de un bikini negro debajo. "¿Necesitas que te ponga más protector solar?"

Cam se rió entre dientes. "Creo que esas tres capas que me pusiste antes serán más que suficiente, pero gracias por el ofrecimiento. ¿Necesitas otro masaje?"

Ella le lanzó una mirada coqueta. "Siempre. Pero creo que puede esperar hasta que estemos en un lugar más privado." Mantuvo la voz baja para no llamar la atención. "Debería estar bastante tranquilo en el circuito circular de Canyon View. Incluso podríamos encontrar un lugar para nosotras solas." Tomó la mano de Cam cuando pasaron por un pequeño campamento con césped, árboles enormes y un estanque verde esmeralda detrás del centro. Las libélulas daban vueltas sobre el agua y una culebra rayada estaba tomando el sol perezosamente sobre una roca justo en medio del estanque, atrayendo la atención de turistas o visitantes locales. Aprovecharon la oportunidad para pasar desapercibidas y caminaron el tramo del valle junto a un río, disfrutando del sonido del agua que caía por las rocas y el aroma de la vegetación. Estaba tranquilo y el viento estaba calmo; el valle del río protegido por las enormes formaciones rocosas que formaban las paredes del cañón. El agua clara y crujiente contrastaba con el calor sofocante del desierto y se sintieron aliviadas al encontrar una playa pequeña, donde dejaron sus bolsas antes de meterse en el río para refrescarse.

"Dios, esto es fantástico." Ella cerró los ojos mientras caminaba con cuidado hacia la parte del río con menos profundidad y se echó agua en la cara. No era ni mediodía y sentía como que se estaba cociendo viva. Cam la salpicó de agua con el pie y Ella gritó cuando las gotas frías la golpearon por todo el cuerpo.

"¡Eh, para!" Ella se rió y salpicó también a Cam, acercándose a ella mientras la seguía atacando. Cam se echó a reír y la agarró en un intento por detenerla, pero tropezó con una roca resbaladiza y cayó al agua con Ella encima de ella. "¡Joder, está fría!" Dos paseantes se detuvieron un momento para comprobar que estaban bien pero continuaron su paseo cuando las escucharon reír.

"Mira lo que has hecho, ahora estamos las dos mojadas,"

dijo Ella con una risita mientras se sentaba a horcajadas sobre Cam y la besaba. Cam la besó también, hambrienta, mientras la acercaba más a ella. Recordando de repente dónde estaban, apartó la boca de Ella y miró a su alrededor.

"No creo que esto fuera lo que tenías en mente cuando dijiste que no querías llamar la atención. Dos mujeres besándose en el río junto a un sendero popular..." Sonrió y rozó sus labios en los de Ella, incapaz de resistir un último beso.

"Sí... No es la mejor idea," confirmó Ella, sus ojos llenos de deseo ahora. Ella se levantó a regañadientes y ayudó a Cam a levantarse también, luego miró su camiseta sin mangas. "Me alegro de haberme puesto algo negro hoy," bromeó, señalando la camiseta blanca de Cam, que ahora no dejaba nada a la imaginación. Pegado a sus pechos y estómago, mostraba la parte superior del bikini e incluso sus abdominales debajo. "No es que me importe, desde luego que me motivará para llegar a esa cima tranquila más rápido."

Cam se echó a reír mientras se enrollaba las mangas cortas hasta los hombros, exprimía un poco de agua y ataba el dobladillo con un nudo, dejando su estómago al descubierto. "Me alegra poder servirte."

Cruzaron el río un poco más abajo y siguieron el camino hacia arriba. El camino se estrechaba en algunas partes con una fuerte inclinación hacia un lado, mirando hacia el río. En su camino, vieron vacas salvajes y más a lo lejos, carneros en la cumbre del cañón. Ambas estaban sin aliento cuando llegaron a la cima. La vista desde la cumbre era asombrosamente hermosa, con un paisaje llano y seco y formaciones rocosas revueltas hacia el este, y montañas bajas cubiertas de rica vegetación hacia el oeste. Una mesa de picnic en medio de un gran área de flores silvestres amarillas y moradas parecía el lugar perfecto para un descanso.

"La naturaleza es hermosa aquí," dijo Cam, sentándose al lado de Ella. Tomó un sorbo de agua de su botella y se la pasó a Ella.

"Sí, me alegro de que hayamos venido." Ella se acercó más a ella. "Pero es una pena que tu camiseta se haya secado tan rápido."

Cam arqueó una ceja y sonrió. "No podrías ser más gay aunque lo intentaras."

"Lo sé." Ella le sonrió mientras sacaba el almuerzo. "Estoy empezando a darme cuenta de lo que me he estado perdiendo todos estos años." Puso la fruta y el cuscús en la mesa y le dio un tenedor a Cam.

"Apuesto a que sí. Bueno, ¿deduzco por tu reacción con la camiseta mojada que ahora eres oficialmente una mujer a la que le gustan las tetas?"

Ella parecía divertida mientras pensaba en ello. "Sí, supongo que sí. Aunque cuando se trata de ti, estoy bastante obsesionada con cada parte de tu cuerpo."

"El sentimiento es totalmente mutuo." Cam rodeó a Ella con un brazo, la atrajo hacia sí y la besó en la mejilla. Se giró para mirar por encima de su hombro cuando escuchó crujir algo detrás de ella. "Dios mío, mira."

Ella se giró también, lentamente. "Es un gato montés," susurró. "Nunca antes había visto uno en la naturaleza."

"Yo tampoco," dijo Cam, manteniendo baja la voz. "Es mucho más grande de lo que esperaba. ¿Son peligrosos?" El gato grande con pelo marrón y gris rojizo se detuvo en el camino, sus orejas grandes y puntiagudas se movían en diferentes direcciones mientras las miraba directamente.

"No estoy segura. ¿No se supone que tienen que tenernos miedo?" Ella no parecía muy segura. Soltó un suspiro de alivio cuando el gato vio un grupo de excursionistas que había llegado a la cumbre. Salió corriendo y desapareció de la vista en segundos.

Cam parecía aliviada también. "Ahora entiendo por qué no te gustaba acampar al aire libre en el desierto, tampoco me gustaría a mí. Aunque es hermoso. No tenía ni idea de que hubiera gatos monteses aquí; no es que estemos en medio de la nada."

"Parece ser que hay muchos pero rara vez se acercan a la gente. A lo mejor iba a por nuestra comida." Ella se ajustó aún más la gorra cuando el grupo las pasó, y cuando Cam los saludó con la mano, ella también lo hizo educadamente con la cabeza. "También hay serpientes de cascabel y osos, ¿sabes?" Se rió entre dientes cuando vio que los ojos de Cam se abrían de par en par. "Y aquí estaba yo, pensando que eras una chica dura."

"Eh, nunca he dicho que fuera dura." Cam abrió su fiambrera y removió el cuscús con el tenedor. "Solo soy una profesora de yoga flaca. Si un oso se cruza en nuestro camino, cada una por su lado." Sonrió. "Es broma. Lucharé contra un oso por ti."

Ella se rió. "Ah, ¿sí? ¿Y si es una serpiente?"

"Hmm... una serpiente es cuestionable. En realidad me horrorizan las serpientes. ¿Cuál es tu fobia?"

"No sé..." Ella lo pensó. "Me pongo bastante nerviosa con los ciempiés. No me desmayaría ni nada, pero si son grandes de verdad, saldría corriendo de la habitación e incluso podría gritar."

Cam le dirigió una sonrisa divertida. "Vale, de un ciempiés podría salvarte así que estás a salvo conmigo."

"Entonces yo te salvaré de las serpientes." Confirmó Ella.

"He visto a Sid sacarlas del jardín un par de veces, creo que sabría qué hacer. ¿Te han mordido alguna vez?"

"Solo una vez, en Goa. Les tenía miedo mucho antes de eso, así que eso solo empeoró mi fobia," dijo Cam. "No era una mortal, pero me mordió en el tobillo y mi pierna estuvo hinchada y rígida durante unos tres o cuatro días. Vanya me tuvo rodando en una silla de oficina que tomamos prestada de recepción."

Ella se rió de nuevo. "Me puedo imaginar la escena. ¿Cómo era la India?"

"Fue fantástico. Solo estuve en Goa porque allí estaba mi curso de yoga, pero era hermoso y colorido. Los mercados nocturnos son increíbles, tienen las iglesias más impresionantes y todo es vívido y vibrante. La escuela de yoga estaba en un pueblo pequeño a lo largo de una tranquila franja de playa. Teníamos clases en la playa todas las mañanas y las tardes-noches, meditación por la tarde y una comida deliciosa durante todo el día. Fue un desafío físico pero la vida era muy simple al mismo tiempo y eso me gustó. Vanya y yo llegamos el mismo día y nos hicimos amigas casi de inmediato. Greg se unió dos semanas después; ahora es su prometido. Se quedó solo un mes porque estaba entre trabajos. Greg no estaba allí para perfeccionar sus habilidades de yoga como Vanya y yo. Simplemente necesitaba un descanso de la vida corporativa y la tecnología, así que se saltó las clases avanzadas de por la noche y lo pusieron a trabajar en la cocina." Cam se echó a reír. "Supongo que la estancia no cumplía exactamente con sus expectativas pero fue inmensamente entretenido verlo esconderse cada vez que lo llamaban para cocinar durante la primera semana. Más divertido fue verlo escabullirse para mirar su teléfono cada hora. El complejo tenía una política de no teléfono, así que solo nos permitían usarlo después de las 9 de la noche, y no creo que haya pasado un día en su vida sin uno. Pero al final, dejó de pelear y se divirtió con la cocina y despejando su mente. Todos seguíamos ese mismo ritmo cómodo y creo que lo relajó más, hizo que se tomara la vida menos en serio. Lo mismo cuenta para mí, supongo."

"Me vendría bien un descanso así. Siempre he querido ir a un lugar donde nadie sepa quién soy. Un lugar donde pueda entablar una conversación con extraños, comer comida local y explorar sin que la gente susurre mi nombre."

"No creo que queden muchos lugares en el mundo donde la gente no te conozca. ¿Tal vez en algún lugar de la selva amazónica, o quizás en el interior de Mongolia?" Cam rió entre dientes. "¿Alaska?"

"Por mí, estupendo. Quizás después de mi próxima película. ¿Vendrás conmigo?" Ella lo dijo en broma, pero Cam sintió que lo decía en serio.

Cam sonrió, atrajo a Ella hacia sí y la besó. "Claro. Me encantaría ir contigo."

## 38

"¿Te importa que nos quedemos en casa esta noche?" preguntó Ella después de que regresaran y se ducharan juntas. "Me gustaría salir a cenar pero me preocupa ver a mi madre otra vez. No sé por dónde sale estos días aparte del Palm Garden, y realmente no quiero arriesgarme." Se secó el pelo, luego lo enrolló en una toalla blanca grande y se lo aseguró en la cabeza. Cam apareció detrás de ella y le lanzó una mirada coqueta en el espejo. Todavía estaba desnuda cuando envolvió con sus brazos la cintura de Ella y la besó en el cuello. Ella miró su reflejo y sonrió por lo extraño y maravilloso que era verse así, con otra mujer.

"Claro, vamos a quedarnos. ¿Por qué no te relajas mientras voy a comprar o a coger algo para llevar?"

"Lo que quieres es coger mi coche," bromeó Ella.

"Tal vez." Cam movió su boca hasta la oreja de Ella, y gimió cuando le mordió el lóbulo. "Pero tomar prestado tu coche no es lo que tengo en mente ahora mismo."

"Ah, ¿sí? ¿Y qué tienes en mente?" susurró Ella. Vio a Cam desatar su albornoz y abrirlo. Cuando levantó la mirada, sus ojos se encontraron en el reflejo del espejo mientras Cam pasaba las yemas de sus dedos por sus pechos, haciendo que sus pezones se endurecieran.

"Quiero que mires," susurró Cam, su aliento en el oído de Ella.

Ella asintió despacio; sus ojos todavía fijos en los de Cam. Su cuerpo temblaba de excitación mientras bajaba la mirada hacia la mano de Cam en sus pechos, apretándola fuertemente contra su pecho. La otra mano trazó su vientre, hacia abajo hasta el pequeño mechón de pelo entre sus piernas. Ella jadeó cuando lo rozó con sus dedos. Estaba tan excitada que no sabía qué decir. No es que importara; la mano de Cam bajando por su sexo hinchado le quitó cualquier pensamiento lógico de su cerebro y no sería capaz de hablar aunque lo intentara. Ella se miró a sí misma cuando la mano de Cam ahuecó su centro. "Me vuelves loca," susurró, conteniendo el aliento con cada palabra.

Lentamente, Cam empezó a masajearla, haciendo círculos con sus dedos, justo donde Ella lo necesitaba. Sus movimientos eran tan sensuales y sugerentes que Ella sintió inmediatamente la tensión que se acumulaba entre sus piernas. Un deseo carnal la recorrió mientras giraba las caderas, aumentando la fricción. Ver a Cam hacerle eso eran tan sexy y erótico que de repente entendió por qué la gente tenía espejos en sus habitaciones. Los ojos de Cam estaban oscuros y salvajes, y Ella podía sentir que su respiración se aceleraba contra su cuello y su oreja mientras miraba descaradamente su reflejo. El fuerte brazo de Cam todavía la rodeaba, acariciando sus pechos. Su otra mano la abrió, antes de que sus dedos se movieran más abajo. Ella jadeó y gritó, gimiendo cuando Cam la penetró. Ella sacudió sus caderas, necesitando sentirla más profundamente. Sus ojos se centraron en la mano de Cam mientras veía desaparecer sus dedos dentro de ella una y otra vez hasta que cayó al precipicio, estremeciéndose contra su cuerpo desnudo. Dejó escapar un profundo y delicioso suspiro, cayó hacia adelante y se apoyó contra el lavabo. Una sonrisa se extendió por su cara cuando sus ojos se encontraron con los de Cam otra vez en el espejo.

Cam se inclinó sobre ella y sonrió también. "¿Te ha gustado?"

Ella sacudió la cabeza y rió entre dientes. "¿Estás de broma? Creo que podría ser adicta a ti."

Ella aplastó la última caja de cartón y la tiró detrás del sofá. Había terminado de sacar las cosas mientras Cam hacía la compra y cocinaba, y había encontrado un montón de cosas que creía haber perdido; accesorios de películas que había hecho, su colección de camisetas favoritas, la botella de agua que solía llevar a todas partes, su vieja chaqueta vaquera, álbumes de fotos y docenas de pares de zapatos. No había sido fácil cuando tropezó con algunas de las cajas de Helena, pero cuanto más sacaba de las cajas, más fácil se volvía, y se alegraba de haber podido por fin enfrentarse a sus pertenencias sin sentirse abrumada por la tristeza de los recuerdos.

Miró a su alrededor, intentando averiguar por qué la casa parecía tan diferente esta noche. Había fotos en las paredes ahora, y algunos de sus premios estaban expuestos en las estanterías. Había zapatos en el pasillo, abrigos en las perchas y mantas y almohadas en las sillas y el sofá, y candelabros en las mesas. Pero a pesar de que ahora parecía más hogareño, eso no era lo que marcaba la diferencia. Se giró hacia la mesa del comedor, donde Cam había encendido las velas que había comprado hoy. La música sonaba suavemente de fondo y había un olor delicioso en y alrededor de la cocina.

"Ya veo que has encontrado mis altavoces Bluetooth," dijo, sonriendo a Cam, que cantaba una canción de estilo bossa nova.

"Sí. Espero que no te importe." Cam no esperó una respuesta y le dio una copa de vino que acababa de llenar. "Aquí tienes, princesa."

"Gracias." Ella tomó un sorbo y su cuerpo se inundó de calor cuando se dio cuenta de que Cam había devuelto la vida a la casa. La encimera de la cocina estaba llena de platos llenos de tapas diferentes y Cam se movía por ella como si ya conociera el lugar de arriba a abajo. Ella sonrió al oír el cuchillo de Cam contra la tabla de cortar y el sonido del ajo chisporroteando en la sartén. Cuando miró fuera, vio algo brillando. "¿Qué es todo esto?" Salió a la piscina, donde Cam había puesto la mesa de la terraza. Estaba cubierta por un mantel blanco y decorada con más velas y un gran jarrón lleno de rosas rosadas. También había encontrado el interruptor de las luces de los árboles, su suave luz proyectando una atmósfera romántica en el patio trasero. "Cam, esto es increíble."

"¿Has dicho algo?" Cam asomó la cabeza por la puerta y corrió hacia Ella cuando vio que las lágrimas le corrían por las mejillas. "Eh, ¿qué pasa?"

"No pasa nada." Ella voló a su cuello y la abrazó. "Es todo tan perfecto y tan dulce..."

Cam le devolvió el abrazo, luego la levantó y la hizo girar, haciéndola reír de nuevo. "Solo quería prepararte una cena agradable," dijo cuando volvió a bajarla. Por la reacción de Ella, estaba bastante segura de que no había sido agasajada con vino y cena mucho en su vida, al menos, no de una manera romántica. "Y te lo mereces todo, así que no llores, por favor."

Ella se limpió las mejillas y se sentó cuando Cam sacó una silla para ella. "Estos últimos días han sido los mejores y más emocionantes de mi vida," dijo mirándola. "Así que perdóname si estoy un poco abrumada."

"Yo también los he disfrutado de verdad," dijo Cam arrodillándose y besándola. "Y puedo decir con toda sinceridad que nadie me ha hecho sentir nunca como me haces sentir tú."

Ella tragó saliva y volvió a caer en el abrazo de Cam. "Ni siquiera sabía que esto existía hasta hace dos días. La sensación de estar juntas, de ser parte de esta cosa maravillosa e íntima que comparten dos personas... Sé que puedo parecer ingenua, pero no tenía idea de lo fantástico que se podía sentir."

"No eres ingenua. Estás lejos de ser ingenua." Cam pasó los dedos por el pelo de Ella. "Tengo tanta suerte de tenerte."

Ella sonrió. "¿Sabes?, estaba pensando que está bien si le quieres contar a Vanya sobre nosotras. Quizás no cómo nos conocimos, pero ella es tu mejor amiga y no quiero que te sientas como que tienes que mentirle."

"¿Estás segura?"

"Sí. Vanya parece de fiar. Si yo estuviera tan unida a alguien también querría decírselo, así que, adelante."

"Vale. Eso facilitará las cosas, supongo. Me estaba preguntando qué le iba a decir mañana cuando volviera. No di ninguna razón para mis vacaciones, así que lo habrá estado rumiando estos días."

Ella rió. "Entonces libérala de sus curiosas cadenas."

Cam asintió, aliviada de que Ella lo hubiera mencionado. "Lo haré." Miró por encima de su hombro y le movió las cejas mientras volvía a la casa. "Espera aquí. Traigo la comida."

"Ha sido la mejor comida que he tomado en años." Ella puso el tenedor sobre la mesa y se recostó en la silla, llena y satisfecha después de horas hablando, comiendo, riendo y bebiendo. "Me alegro tanto de que hayamos venido." Tenía un brillo en los ojos mientras lo decía.

"Yo también." Cam sonrió cuando se levantó y rodeó la mesa, se puso detrás de ella y le pasó los dedos por el pelo. Las pestañas se Ella se agitaron con el contacto. Todo era tan intenso con Cam. Cada roce tan sensual y tentador. Lo sentía por todas partes, desde la cabeza hasta los dedos de los pies, mientras el ligero roce de sus dedos se extendía por todo el cuerpo. La voz sensual de Cam resonó en su oído. "¿Quieres nadar?"

"Sí." Ella se levantó también, se volvió para mirarla y se quitó el vestido. Observó a Cam soltar el aire que había estado conteniendo, claramente excitada al ver su cuerpo casi desnudo. Ella se desabrochó el sujetador y lo dejó caer al suelo también, luego se bajó las bragas lentamente, revelando su cuerpo, que brillaba con sudor sensual. Hacía calor esta noche, la temperatura reflejaba la fiebre que Ella sentía dentro. "Entra tú primero. Todavía me pongo un poco nerviosa por el agua," susurró.

"De acuerdo." Cam se quitó su camiseta, igualmente despacio, antes de bajarse los pantalones cortos. Ella la miraba fijamente mientras se quitaba la ropa interior y con gracia se zambulló en la piscina. Cuando Cam reapareció y nadó hacia ella, el pelo estaba peinado hacia atrás y el agua le caía por la cara. Estaba sexy sin esforzarse y totalmente irresistible mientras se sostenía con los codos en el borde de la piscina y extendía la mano. "Ven aquí."

Ella se sumergió en el agua mientras los brazos de Cam la abrazaban. Las hizo girar, sujetó a Cam contra la pared de la piscina y se apretó contra su cuerpo. Gimió suavemente y luego le dirigió una sonrisa seductora.

"Aprovechemos al máximo nuestra última noche, ¿vale?" Su momento fue interrumpido por un chillido fuerte y rasposo que las hizo darse la vuelta y mirar hacia la casa. El corazón de Ella comenzó a latir en su garganta cuando vio un halcón de cola roja, encaramado en el borde del tejado. "Es ella," susurró. "Debe ser ella, tiene más o menos el mismo tamaño y está sentada en el mismo lugar. Es tan extraño... Ni siquiera debería estar activa por la noche."

Cam siguió la mirada de Ella y sintió un escalofrío recorriendo su espalda al ver al majestuoso pájaro, su silueta transformándose cuando extendió las alas, como anunciando su regreso. Hubo otro chillido antes de que se acomodara y se sentara allí, mirándolas.

"Es preciosa," susurró Cam. Esperaba que el pájaro se fuera volando en cualquier momento, pero no lo hizo. Ella puso un brazo alrededor de su cuello y se apoyó en el borde de la piscina a su lado, apoyando la cabeza sobre su hombro, quieta y tranquila.

## 39

"¿**Q**uieres ir a tomar un café antes de que te deje en el estudio de yoga?" preguntó Ella mientras conducían de regreso a la ciudad. En su camino a casa desde Palm Springs, había estado tratando de encontrar excusas para pasar más tiempo con Cam, sintiéndose reacia a decir adiós, y ahora se encontraba disminuyendo la velocidad al acercarse a una cafetería cerca del estudio de Cam.

Cam sonrió mientras miraba el reloj y puso una mano sobre el muslo de Ella. "Claro. Todavía tengo cuarenta minutos, mi clase no es hasta las dos." Estaba sorprendida de que Ella quisiera sentarse en algún público con ella, pero sospechaba que todavía estaba con la euforia del tiempo, en su mayoría privado, que habían pasado los últimos cuatro días.

"Genial." Ella giró hacia el pequeño aparcamiento y hábilmente las condujo hasta un lugar sombreado antes de ponerse su disfraz habitual, que consistía en su gorra y gafas de sol.

Cam se puso su gorra también, aunque era más una

costumbre ahora. "¿Por qué no te sientas y yo voy a por los cafés?" sugirió.

"No, está bien, yo voy. ¿Con hielo?" Ella le lanzó una dulce sonrisa cuando asintió y entró con paso firme mientras Cam buscaba una mesa. Un trío de mamás con cochecitos que estaban sentadas un una mesa cercana susurraban mientras seguían a Ella con la mirada y luego miraban a Cam con curiosidad. Cam fingió no haberlas visto cuando se sentó, volviendo la vista hacia la acera.

"Aquí tienes." Ella puso sobre la mesa dos cafés con hielo y se sentó a su lado. "No ha sido tan malo. No creo que nadie me haya reconocido," susurró.

"Gracias." Cam decidió no decirle nada sobre las madres, que las miraban a las dos ahora, no queriendo estropear el buen humor de Ella. Tomó un sorbo del café y se volvió hacia ella. "Gracias por este descanso tan fantástico, Ella." Sabía que tenía una sonrisa tontorrona en su cara pero era incapaz de quitársela."Y gracias por traerme el desayuno a la cama," añadió en un susurro. "Eso fue súper dulce."

"De nada." Los ojos de Ella brillaban de diversión. "Y fue encantador de tu parte comerte los huevos revueltos que sabían y parecían goma quemada." Se rió en voz baja. "Lo haré mejor, lo prometo."

"¿Me tomas el pelo? Esos huevos estaban increíbles. Fue como si llevaras la cocina a un nivel completamente nuevo," bromeó Cam, manteniendo la voz baja.

"Sí, creo que podría haber inventado algo nuevo." Ella se recostó en la silla y tomó un sorbo de su café. "Bueno, ¿y ahora qué? ¿Cuándo volveré a verte?" Miró a Cam, todavía desconcertada sobre cómo podía hacerla sentir tan bien. Sus ojos se movieron desde los pequeños hoyuelos en las mejillas de Cam a sus ojos y cejas oscuros, pensando que nunca había visto a nadie tan hermosa como ella. Luchó contra el impulso de alcanzar su afilada mandíbula y su boca y acariciarla con sus dedos e imaginó cómo los labios de Cam se separarían si pasaba el pulgar por el labio inferior.

Cam masticó su pajita, sin estar segura de si debería decir lo que estaba a punto de decir. Pero había notado la forma en que Ella la miraba, y estaba bastante segura de que sentía lo mismo. "¿Qué tal esta noche? ¿Quieres venir a mi casa?" Dudó un momento. "A no ser que necesites algo de tiempo para ti misma por supuesto..."

"No." Se dibujó una sonrisa aún más grande en la cara de Ella mientras sacudía la cabeza. "No, no necesito tiempo para mí, y ahora que no estoy trabajando, es el momento perfecto."

"Genial entonces, te veo esta noche. Podemos ver otro episodio de esa serie que empezamos." Cam detuvo a Ella cuando estaba a punto de poner una mano sobre su rodilla. "No lo hagas, Ella. Creo que esas mujeres de detrás podrían estar hablando de nosotras."

"Oh." Ella retiró la mano y se bajó más la gorra hasta la cara. "¿Estás segura?"

"No, no estoy segura, pero si lo están haciendo, quizás no querrías hacerlo."

"Tienes razón. Probablemente estén hablando de mí. Me sorprendería no estar en todos los tabloides hoy por la entrevista de Tyler Kane y estar aquí contigo solo aumenta la confusión general. Pero ¿sabes qué? Ya no me importa tanto. Si la gente nos ve juntas, que así sea. No hay nada de qué hablar si no nos besuqueamos." Ella puso los ojos en blanco. "Bueno, eso no es del todo cierto porque hablarán de todos modos, pero lo que quiero decir es que no me importa si especulan."

"Buena actitud," confirmó Cam.

"Sí, ¿verdad? ¿Crees que debería hablar con Tom? ¿Hablarle de nosotras?"

Cam se encogió de hombros. "Eso depende todo de ti. ¿Quieres contárselo?"

Ella suspiró. "Jesús, ahora suenas como Theresa."

"¿En serio? Joder, de verdad sueno como Theresa, ¿no?" Cam se echó a reír. "Aunque lo he dicho en serio. Solo deberías decírselo si estás lista para ello. Pero ten en cuenta que nada es tan malo como crees que es y puede ser que sorprendentemente te apoye."

"¿Tom? Sí, claro." Ella dejó escapar una risita sarcástica, se levantó y cogió su café. "No es exactamente lo mejor para su interés financiero si le digo que soy gay." Enganchó su brazo al de Cam mientras caminaban de regreso al coche. "Pero, ¿sabes qué? Creo que se lo voy a decir de todos modos."

## 40

"¿Te sientes cómoda con la situación actual?", le preguntó Theresa después de que Ella le contara su viaje a Palm Springs y de lo que había sucedido entre ella y Cam. Había hablado sin parar durante veinte minutos, dejando muy poco fuera, incluido el encuentro con su madre.

"¿Quieres decir con Cam o con mi madre?"

"Empecemos con Cam." Le sonrió Theresa.

"Vale... Sí, me siento cómoda con eso." Ella se encogió de hombros. "Supongo que he tenido toda mi vida para prepararme a aceptar mi sexualidad, no es que no supiera que me gustaban las mujeres. Pero siempre estuvo solo en mis fantasías, y ahora que es real, todo tiene sentido. Me siento..." hizo una pausa, tomándose un momento. "Me siento tan viva."

Theresa tomó nota y levantó la mirada hacia ella. "Eso es fantástico, Ella."

"Sí. Siento como que me había quedado sin gasolina y alguien llenó mi tanque y me llevó a dar una vuelta rápida. Todavía estoy llena de adrenalina. Sé que es muy pronto y que puede pasar cualquier cosa, pero solo el hecho de que pueda sentir tanta emoción me da mucha esperanza." Ella sonrió. "También siento que por fin necesito tomar algunas decisiones, aunque eso da un poco de miedo."

"¿Te refieres a salir del closet?"

"Sí."

"¿Cam quiere que lo hagas?"

"No." Ella agitó una mano con desdén. "No es así. Cam no me está presionando de ninguna manera, pero me siento orgullosa de estar con ella, así que, sí, por supuesto que tiene algo que ver con mi cambio de opinión. Me sentía tan bien al estar en público con ella. Creo que la muerte de Helena ha hecho que me dé cuenta de que la vida es impredecible y que puede terminar en un abrir y cerrar de ojos. No quiero perder más tiempo viviendo una mentira." Respiró hondo. "He decidido que se lo voy a decir a mi mánager."

"Eso es un gran paso. Bien por ti, Ella." Theresa la miró por encima de la montura de sus gafas. "Lo estás haciendo bien."

"Gracias. Yo también lo creo."

"Y cambiando a tu madre. ¿Sientes que algunos problemas se han resuelto después de tu conversación con ella? Acordamos en una de nuestras sesiones anteriores que podría ser bueno hablar con ella para que pudieras tratar de desahogar un poco tu ira, pero no parece que fuera una conversación muy adulta."

"No lo fue. No estaba preparada y estaba furiosa."

"¿La culpas de la muerte de Helena?"

"¿Eso es lo que piensas?" preguntó Ella a la defensiva. Se dio cuenta de que sus manos estaban cerradas en un puño y que sus uñas se le estaban clavando en la piel.

"No, te estoy haciendo una pregunta." Theresa escribió algo mientras esperaba la respuesta de Ella.

"Quiero culparla. Nuestra madre siguió empujando a Helena más y más hacia algo que ella no quería y, al final, la apartó. Si Helena no hubiera estado en Nueva York en ese momento, no habría estado en el accidente de autobús y todo habría estado bien. Helena estaba en el lugar equivocado en el momento equivocado y nuestra madre la llevó hasta allí. Eligió Nueva York porque quería estar lejos de ella y de LA." Suspiró. "Pero al mismo tiempo, sé que, al final, fue un accidente anormal y que, por supuesto, mi madre no tuvo nada que ver con él. Si Helena no hubiera elegido el asiento delantero en ese autobús, todavía estaría aquí." Dudó. "También sé que mi madre está devastada y que haría lo que fuera por volver el tiempo atrás, así que no, por mucho que quiera culparla, no lo hago."

"¿Estás segura de eso?"

"Sí." Ella dudó y dejó escapar un suspiro determinante. "No, no estoy segura. Tal vez, en el fondo, una parte de mí la culpa."

Theresa simplemente asintió, como si ya lo supiera.

## 41

"¿Qué ha estado haciendo mi chica?" preguntó Vanya en tono burlón. "No te he visto hace un siglo, Cam." Se dio la vuelta en su silla y rodó hasta la mesa de Cam cuando ésta entró con una amplia sonrisa pegada en su cara.

"Han sido cuatro días, Vanya. Eso no es un siglo." Entornó los ojos y se rió, luego se limpió la cara con la toalla que colgaba de su cuello. Había estado tan llena de energía que sospechaba que podría haber hecho trabajar demasiado a sus alumnos. No se molestó en preguntarle si quería café y puso dos tazas bajo la máquina. Vanya siempre quería café, pero por alguna razón, odiaba hacerlo ella.

"Lo que sea. Tu teléfono estaba apagado y te tomaste un tiempo libre misterioso, así que quiero saber qué has estado haciendo. ¿A menos que quieras que lo adivine?"

"No, no quiero que lo adivines." Cam no pudo reprimir otra sonrisa mientras le daba a Vanya su taza de café solo y revolvía la leche de almendras en el suyo. "¿Podemos mantener esto entre nosotras?"

"¿Esto? ¿El café quieres decir?" Vanya fingió ignorancia mientras tomaba un sorbo cuidadoso de su café. "Es bueno, pero tampoco es top secret."

Cam se rió. "Esta conversación."

"Por supuesto, lo siento. Simplemente estoy emocionada de que hayas vuelto. He estado hablando conmigo misma aquí." Su expresión se volvió más seria ahora. "¿Y?"

"Estaba con Ella." Cam se sentó detrás de su mesa y puso los pies sobre el taburete de debajo mientras encendía el ordenador portátil.

"Lo sabía." Vanya dejó escapar un gritito de emoción y le dio a Cam un puñetazo. "Lo sabía, lo sabía, lo sabía. Habéis estado haciendo cosas sucias juntas ¿no? Ni siquiera contestes, lo veo en tu mirada."

"No es así. Ella no es una conquista. Es... de verdad fantástica y me preocupo por ella mucho. Por eso es que esto tiene que quedar entre nosotras."

Vanya asintió. "Mis labios están sellados." Suspiró. "Dios, es tan hermosa. Apuesto a que está increíble desnuda."

Cam la miró y arqueó una ceja. "¿Cuántas veces tengo que recordarte que tú no eres gay?"

"Tienes razón, no lo soy. Solo un poco por Ella Temperley," añadió con una sonrisa de descaro. "Bueno... ¿Qué pasó? Quiero los detalles jugosos."

"Fuimos a su casa de Palm Springs y lo pasamos genial allí." Cam se sentía como una adolescente, sus pensamientos y sentimientos estaban por todas partes, y estaba inquieta y llena de energía. No había dejado de pensar en Ella un segundo desde que la había dejado allí y no podía esperar a verla de nuevo esta noche.

Vanya la observó. "¿Y? ¿Detalles?"

"No vas a tener ningún detalle, cariño. Eso es todo."

"¡Venga! Eso no es justo. Tienes que darme algo." Vanya se deslizó hasta su mesa, esperando que la distancia hiciera que Cam dijera un poco más. "¿Qué tipo de lencería se pone? ¿Si es que se pone alguna? ¿Tuvisteis sexo? Sí, ¿verdad? ¿Cuántas veces?"

Cam arrugó un trozo de papel de su libreta y se lo tiró a Vanya. "Suficiente. Como te he dicho ya, eso es todo lo que vas a tener. Y ahora volvamos al trabajo. Tengo otra clase que enseñar después de revisar mis mensajes."

"Aburrida," protestó Vanya. Se las apañó para guardar silencio por un breve momento, luego se volvió a mirar a Cam, sus ojos abriéndose de par en par cuando un pensamiento la golpeó. "Oh, Dios mío, ¿la llevarás a mi boda como invitada? Sería el mejor regalo de bodas que podrías darme."

"No." Cam le dirigió una mirada divertida. "Por supuesto que no voy a llevarla a tu boda. Ella necesita su privacidad, especialmente después de todo lo que han estado escribiendo sobre ella. ¿Cómo crees que se sentiría en una boda masiva donde quinientas personas están tratando de hacerse una foto con ella? Tu suegra probablemente la haría posar entre tú y Greg en tus fotos de boda para poder tener una celebridad en la repisa de su chimenea."

"Pero ya no vamos a tener una boda masiva," dijo Vanya, pareciendo más que un poco engreída. "Seguí tu consejo y logré asegurar un viñedo que me encanta, y solo aceptan ciento veinte personas en los eventos, así que hemos desinvitado a todos los que no conocemos y les hemos dicho que la boda ha sido cancelada. Pero es la misma fecha." Buscó en su bolso, se acercó a Cam y le dio un sobre.

Cam se sorprendió cuando lo abrió y vio la nueva invitación, preciosa y simple, con una foto en blanco y negro de Vanya y Greg en el frente. Tenía una apariencia y un sentimiento completamente diferentes a la invitación original con bordes dorados e incrustaciones con una imagen de Vanya que odiaba. "Esto es realmente bonito. ¿Entonces has desinvitado a gente? Apuesto a que Cara Amargada quiere matarte ahora mismo."

"Ajá. Sí, pero Greg y yo estuvimos de acuerdo en que esto es lo que queremos y no voy a dejar que me mangonee otra vez. Hemos transferido los fondos de la boda a sus padres y después les enviamos la nueva invitación." Vanya se encogió de hombros. "Sé que vendrán de todas formas. Es su único hijo y creo que el padre de Greg se ha dado cuenta de que Cara Amargada había sido demasiado entrometida en los últimos meses. Es un caos, por supuesto. Nadie le está hablando a nadie ahora mismo, pero estoy segura de que al final todo saldrá bien y de que todos los que hemos invitado estarán allí." Sonrió. "Y ¿sabes qué? Ya ni siquiera lo temo. De hecho, estoy deseando que llegue."

Cam se levantó y le dio un abrazo. "Bien por ti, cariño. Estoy orgullosa de ti por defenderte." Sonrió. "Y estoy emocionada de verdad de estar allí como testigo tuyo."

Vanya la abrazó, dio un paso atrás y la miró fijamente. "Bueno, ¿la traerás?"

Cam se echó a reír y sacudió la cabeza. "No sé. Le preguntaré pero no nos conocemos de tanto tiempo y no sé hacia dónde va esto."

"Oh, yo veo hacia dónde va esto," dijo Vanya rápidamente. "Se dirige hacia el atardecer, rodeado de pétalos de rosas, arcoíris, unicornios y champán rosado. Bueno, ¿es gay de verdad? Quién lo habría pensado, ¿eh?"

"No sé," mintió Cam. Contarle a Vanya sobre en qué estado estaban era una cosa, pero hablar sobre la sexualidad de Ella era otra. "Tenemos una conexión especial, pero como he dicho, no sé a dónde va." Cogió una botella de agua de debajo de su mesa y tomó un largo trago.

"Claro," gruñó Vanya. "Intentaré no ser demasiado cotilla." Bajó la voz mientras cogía una revista de su mesa y se la agitaba. "Entonces, ¿qué pasa con esa entrevista de Tyler Kane? ¿Salió con él o se lo inventó?"

"Por supuesto que se lo inventó. Ella nunca saldría con un idiota como él, pero esto queda entre nosotras."

"Hmm... Eso pensé. Le dije a Greg que no creía que Ella Temperley se rebajaría para salir con un cerdo tan lleno de sí mismo. Es demasiado inteligente para eso." Vanya levantó la vista cuando alguien llamó a la puerta. "Adelante."

"¡Hola señoritas!" Jason, del bar de zumos, asomó la cabeza por la esquina y miró a Cam. "Hay un hombre aquí para verte, Cam. Dice que está interesado en clases particulares. Le he dicho que estaba todo reservado y que había lista de espera, pero no se ha rendido. ¿Tienes un minuto para él?"

"Sí, voy." Cam se levantó y siguió a Jason hacia el área de recepción, donde un hombre grande con barba la estaba esperando. No parecía un aficionado al yoga ni alguien que pudiera siquiera alcanzarse los dedos de los pies, pero a Cam no le importaba si era un principiante. Todo el mundo tenía que empezar en alguna parte y le gustaba un desafío.

"Hola, soy Cam Saunders," dijo, estrechándole la mano mientras se sentaba a su mesa.

"George Christopher." El hombre parecía nervioso cuando le lanzó una mirada rápida antes de volverse a su teléfono.

"Encantada de conocerte, George. Creo que mi colega Jason ya te ha dicho que tenemos una lista de espera bastante larga, pero estoy feliz de repasar el programa contigo. ¿Quizás te gustaría saber un poco sobre las clases en grupo? Pronto abriremos un segundo estudio, así que habrá plazas disponibles nuevamente." Cam tomó un sorbo de su agua.

"Eso sería genial, Cam Saunders." Parecía que George solo estaba escuchando a medias, todavía concentrado en su teléfono. "¿Está bien si te hago un par de preguntas primero?"

"Claro, adelante," dijo Cam, un poco confundida de por qué se dirigía a ella con su nombre completo.

"Gracias." George inclinó su teléfono hacia Cam y le preguntó: "¿Tienes una relación sexual con Ella Temperley?"

"¿Qué?" Cam frunció el ceño, sin comprender la pregunta al principio por inesperada. Luego abrió los ojos de par en par al darse cuenta de que la estaba grabando.

"¿Tienes una relación sexual con Ella Temperley?" le preguntó de nuevo.

"¿Cómo te atreves?" Cam se levantó e intentó arrebatarle el teléfono de la mano, pero George se levantó también y la sostuvo sobre su cabeza, dando un paso atrás. Cam sintió brotar una ira enfurecida y tuvo que obligarse a no ponerse física con él porque, ahora mismo quería golpearlo de verdad. *Aquí no, Cam. Este es tu estudio de yoga. Peleas aquí no.* "Jason, ¿podrías por favor ayudarme a acompañar a George fuera?" gritó. "Aunque dudo que sea tu nombre real." Cogió a George del brazo y lo empujó hacia la puerta.

Jason llegó en segundos y cogió su otro brazo. "¿Algún problema?"

"Sí. George no es bienvenido aquí. Ni ahora ni nunca."

"Eh, déjame, puedo salir yo solo." George trató de zafarse mientras lo sacaban hasta el aparcamiento. "Esto es acoso, solo estaba manteniendo una conversación y ni siquiera has contestado a mi pregunta todavía."

"No, lo que *tú* estás haciendo es acoso, George. Ahora dame ese teléfono." Cam se aseguró de apretarlo tanto como pudo mientras intentaba tirar de su brazo. No iba a escaparse sin al menos un par de contusiones. Ella quería patearlo en las pelotas, pero a estas alturas, la gente los estaba mirando desde el área de recepción y sabía que era mejor no hacer una escena.

"¿Quieres que lo tire al suelo?" dijo Jason, consciente también de que sus clientes los miraban.

"No hace falta, puedes coger mi teléfono" gritó George. "Te dejaré que lo borres todo si me dejas ir. Por favor, déjame ir. Me estás haciendo daño, tío." Se volvió hacia los que les miraban y gritó: "¡Ayúdenme! ¡Me están haciendo daño!"

"Está bien, déjalo ir," dijo finalmente, esperando que George se calmara. Sin embargo, en cuanto Jason soltó su brazo, George se dio la vuelta y le dio un codazo a Cam en el hombro. Cuando ella soltó su brazo para agarrarse el hombro dolido, salió corriendo.

"Hijo de puta," murmuró Jason antes de salir corriendo detrás de él. A pesar de su tamaño, George fue rápido y llegó a su coche antes de que Jason pudiera agarrarlo. Le lanzó una sonrisa antes de cerrar de golpe la puerta y se fuera, haciendo chirriar los neumáticos.

"¿Estás bien?" le preguntó Jason cuando volvió, jadeando.

"Sí, estoy bien," dijo Cam, todavía conmocionada por el incidente.

"Te lo juro, lo rastrearé y lo mataré." Las manos de Jason se apretaron en puños.

"No te molestes, Jason. Puede que él sea el primero, pero tengo la sensación de que no será el último. De ahora en adelante, envía a la gente nueva a Vanya o diles que tendrán que esperar a la apertura de nuestro segundo estudio en el centro."

"De acuerdo." Jason dudó mientras volvían a entrar. "¿Estaba aquí por ti y Ella Temperley?"

"Sí." Cam decidió no decir nada más.

## 42

"Más titulares, Ella." Tom tiró la revista sobre su escritorio, la frustración rezumando por cada poro. "¿De verdad es tan difícil encontrar otra profesora de yoga?" Señaló la foto de Cam saliendo del coche de Ella delante del estudio. Había más fotos de ellas, una tomada cuando estaban tomando un café juntas después de regresar de Palm Springs. Había estado relativamente tranquilo durante dos días, pero las últimas publicaciones estaban llenas de nuevas imágenes y más especulaciones.

Ella miró la foto tomada fuera de la cafetería y se dio cuenta de que una de las mujeres que estaban sentadas detrás de ellas debía haberla hecho y vendido. Por la forma en que Cam le estaba susurrando al oído, parecía que estaba a punto de besarla. La foto no la preocupaba, se veía dulce. Pero su ira aumentó cuando pasó la página y vio una foto de Cam sola, entrando en Pure Studio, claramente ajena a quien le estaba siguiendo. '*LA MUJER QUE HA SEDUCIDO A ELLA TEMPERLEY*', decía el titular.

"Cabrones," murmuró, furiosa porque también hubieran estado siguiendo a Cam.

"Cabrones que pueden hacer o deshacer tu carrera," dijo Tom bruscamente. "No sé por qué todo el mundo está tan obsesionado con esta historia lésbica. Ni la entrevista de Tyler Kane ayudó mucho." Suspiró. "Y tu representante me ha llamado esta mañana. Necesita saber la historia porque quiere, y cito, asegurarse de que te empareja con "proyectos más apropiados". Francamente, creo que a alguna gente le puede resulta más arriesgado firmar contigo después de este drama. Bueno, sé que no quieres escuchar esto, pero realmente me gustaría volver a hacer que te veas con alguien y agradecería que no montaras una escena esta vez."

"No." Ella sacudió la cabeza y se recostó en la silla, ignorando el resto de las revistas que Tom empujó en su dirección. "Ya basta, Tom. Se acabó ya de jugar, y desde luego no voy a buscarme otra profesora de yoga."

Tom le dirigió una larga y dura mirada. "Ella, actualmente estás siendo considerada para el papel principal en una de las películas más importantes en la planificación de la producción de este año. ¿Por qué demonios te sabotearías así?"

"Porque es verdad." Ella cerró los ojos un momento y se frotó la sien, preparándose. "Tienen razón. Cam y yo estamos juntas. No lo estábamos cuando empezaron las especulaciones pero ahora sí. Ella es lo mejor que me ha pasado en mucho tiempo y no voy a faltarle al respeto ni a ella ni a mí fingiendo que estoy saliendo con alguien con quien no estoy." Tragó saliva durante el largo silencio que se implantó. "Así que sí, *soy* gay. Siempre lo he sido."

"¿Qué demonios..." La cara de Tom se puso pálida y sus ojos empezaron a mirar en todas direcciones menos a Ella.

Casi podía escucharlo entrar en pánico, pensando en formas de resolver el problema. "Así que sois pareja." Tom siempre había sido un gran solucionador de problemas, pero, por supuesto, esta vez no había solución. No podía agitar su varita mágica y hacer que no fuera gay e incluso, aunque pudiera, Ella no quería que lo hiciera. Parecía desanimado mientras se recostaba en su silla y jugueteaba con su bolígrafo. "¿Por qué no me lo has dicho antes?" preguntó por fin, con la voz un poco menos dura ahora.

"¿Habría marcado una diferencia?"

"No," admitió.

"Nunca te lo dije porque nunca antes había conocido a nadie especial." Ella apretó sus manos temblorosas entre sus muslos. Y ahora, de entre todas las personas, estaba saliendo del closet delante de su mánager. "Y ahora la he conocido."

"¿Puedes confiar en ella?" le preguntó Tom.

"Con mi vida." Ella se mordió el labio al darse cuenta de la ironía de lo que acababa de decir.

"Bueno, en ese caso, podemos ganar algo de tiempo. Mantenlo en silencio hasta que hayas firmado para esa película y luego mantenlo en silencio un poco más. No queremos que parezca que solo esperamos a que la tinta se secara para hacer el anuncio. Mientras tanto, pensaré en la mejor manera para que se lo cuentes a tus fans. Quizás en una entrevista, o las redes sociales, o tal vez sea mejor ser discretas y dejar que especulen más." Suspiró. "O tal vez sea mejor que tú decidas por ti misma el cómo y el qué. Después de todo, es tu vida y salir del closet es algo muy personal."

"¿Quieres decir que no crees que debería ocultarlo?" Ella frunció el ceño. No estaba segura de lo que había esperado, pero no era esto.

"Oye, puede que no me guste lo que me acabas de decir... puramente desde una perspectiva comercial," añadió. "Pero he trabajado para ti durante siete años, Ella, y te considero una amiga, independientemente de lo que pienses de mí. Quiero que seas feliz y, desde luego, no tengo ningún problema con que seas gay, eso sería absurdo. Pero no puedo negar que creo que afectará tus ingresos."

"No me importa si afecta mis ingresos," dijo Ella. "Pero quiero seguir trabajando, por supuesto, y siento que estoy lista para tomar algunos riesgos en los papeles de películas ahora y hacer algo diferente. Ese éxito de taquillas que sigues mencionando... Realmente no estoy interesada. Sé que paga bien, y sé que mucha gente querrá verlo, pero es otra más en una larga lista de películas idénticas en mi filmografía. Siempre he querido probar papeles más desafiantes y alejarme de la comedia romántica me daría la oportunidad de demostrar que puedo hacerlo."

"¿Hablas en serio ahora, Ella?" Tom parecía ahora más pálido aún. "¿Me estás diciendo que eres gay *y* que te gustaría alejarte de la comedia romántica, todo al mismo tiempo?"

"Sí," dijo simplemente. "Parece el momento adecuado. Tiene sentido alejarse del tipo de papeles que he estado haciendo. Pronto todo el mundo sabrá que me gustan las mujeres, y si el público general tiene un problema conmigo en los papeles heterosexuales de fueron felices para siempre, y si ya no me interesa mucho hacer esos papeles, entonces ¿por qué no debería probar otra cosa?"

Tom suspiró. "Supongo que tienes razón. Pero, para que eso pase, alguien tendrá que ofrecerte un papel serio primero." Lo pensó un momento. "Puede que seas una estrella, pero elegirte a ti para otro tipo de papel sigue siendo un riesgo para los cineastas independientes. Y no te olvides de que van a asumir que no pueden pagarte."

"Entonces hazles saber que estoy abierta a negociaciones." Dio un golpe con su mano en la mesa. "Iré a las audiciones, como todo el mundo. Me sentaré en la cola larga todo el día, todos los días, si es necesario. No me importa."

Tom asintió mientras estudiaba a Ella. "¿Estás segura de esto?"

"Sí, estoy segura." Metió la mano en su bolso y le entregó una carpeta. "He seleccionado algunos guiones que me interesan. Si uno de sus equipos de castings quiere que haga una audición, lo dejo todo y estoy allí en un instante."

"Muy bien." Tom se aclaró la garganta. "Sabes que, como tu mánager, siempre tendré en mente tu mejor interés, y si esto es lo que quieres de verdad, haré todo lo que esté a mi alcance para que esto suceda. Llamaré a tu representante y tendré una larga y buena conversación con él." Dio un largo suspiro y sacudió la cabeza. "No va a ser fácil para ti, pero, por favor, quiero que sepas que siempre estaré aquí si quieres hablar. Y si quieres mi consejo... solo vive tu vida como quieras y no hagas ningún comentario hasta que estés lista. Cuando lo estés, avísame si necesitas ayuda."

"Gracias, Tom." Ella había estado temiendo esta conversación, pero ahora se sentía como si le hubieran quitado un peso de encima. Quizás había juzgado mal a Tom después de todo. "Es bueno saber que estás de mi lado."

"Eh, soy tu mánager. ¿En qué otro lado iba a estar?" Se levantó y acompañó a Ella hasta la puerta. "Echaré un vistazo a esa lista tuya y averiguaré lo que pueda sobre los proyectos. Espera una llamada mía en un par de días." Se estremeció cuando Ella le echó los brazos al cuello y lo abrazó mientras ella se ponía de puntillas. Él le devolvió el

abrazo, claramente un poco incómodo con la repentina intimidad. No había muchos abrazos de verdad estos días, especialmente no en Hollywood. Pero sonrió de todos modos
mientras apretaba su abrazo a su alrededor. "Cuídate, Ella.
Todo va a ir bien."

## 43

"Siento que te haya acosado." Ella estudió el video en el que Cam había sido grabada en primer plano en su estudio. Estaban mirando el móvil en la cocina de Cam, ambas haciendo muecas de asco cuando lo puso un funcionamiento.

"¿Tienes una relación sexual con Ella Temperley?" La voz de George era alta y clara. Después de la pregunta, había una imagen de la mitad de la cara de Cam, tomada desde arriba. "Sí," dijo Cam enfadada. Luego se cortó el clip, antes de que ella terminara la frase sin relación alguna.

Ya se había vuelto viral y aunque Cam había intentado ignorarlo, todavía seguía recibiendo mensajes de amigos y familiares, preguntándole si lo había visto y si era verdad. Incluso primos con los que no había hablado en años parecían tener su número de repente.

"No lo sientas, no es culpa tuya." Cam pasó una mano por el pelo de Ella. "Me abstendré de hablar con extraños por un tiempo."

Ella suspiró. "Hacen esto todo el tiempo. Nunca pensé

que irían directamente a por ti así... ¿Estás segura de que aún estás de acuerdo con esto?"

"¿De acuerdo con qué? ¿Con tener una relación sexual contigo?" Bromeó Cam mientras las llevaba hasta el frigorífico y empujaba a Ella contra él. "Sí," dijo, poniendo la misma cara enfadada que tenía en el video.

Ella se echó a reír. "Me alegro de que todavía encuentres esto divertido. Lo que quería decir era ¿quieres mantener la distancia un poco durante unos días, para dejar que las cosas se enfríen en los medios? Me temo que ahora también empezarán a rastrearte a ti."

Cam pasó la lengua por el labio superior de Ella y la besó larga y lentamente. "No," dijo cuando se apartó del beso. "No quiero mantener ninguna distancia en absoluto. ¿Y tú?"

"Absolutamente no." La respiración de Ella era irregular ahora y Cam podría decir que sus acciones la habían excitado muchísimo.

"Bien. Me gusta esa respuesta." Cam le dirigió una mirada traviesa. "Y ahora, lo más importante... ¿Alguna vez te han follado fuerte contra un frigorífico?"

"No..." A Ella se le aceleró la respiración cuando Cam le levantó el vestido y pasó una mano por su cintura antes de rozar sus pechos. "No puedo decir que sí." Hizo una pausa, gimiendo cuando Cam le desabrochó el sujetador y empujó con una mano debajo. "Pero estoy abierta a nuevas experiencias."

Cam sonrió contra sus labios mientras su pulgar rozaba su pezón. "Date la vuelta," susurró.

Ella se mordió el labio y se la quedó mirando un momento, con una mirada nublada de deseo ardiente en sus ojos antes de girarse hacia el frigorífico. Cam le levantó el vestido de nuevo y Ella jadeó ante la fría superficie de acero inoxidable contra su vientre y sus pechos. Los imanes del frigorífico se clavaban en su piel pero no le importó. Su cuerpo había procesado la demanda antes que su cerebro y podía sentir la humedad extendiéndose desde su centro. El aliento de Cam pesaba sobre su oído mientras su brazo la envolvía por la cintura y deslizaba su mano por la parte delantera de sus bragas. Su otra mano había desaparecido en la espalda, acariciando su trasero antes de deslizarla más abajo entre sus piernas y empujar dos dedos dentro de ella.

"Oh Dios... sí..." Ella alcanzó detrás de ella y agarró el pelo de Cam mientras la llenaba y con su otra mano frotaba su clítoris, fuerte y rápido. Cam se retiró, luego la penetró más profundamente mientras Ella empujaba hacia atrás contra su mano, haciéndole saber que quería más. "Más rápido," jadeó. "Por favor, tómame, Cam." Ella se preparó para la tormenta de placer que sabía que se avecinaba y trató de mantenerse firme sobre sus piernas mientras Cam entraba y salía de ella más rápido, follándola mientras pasaba sus dedos de arriba a abajo por entre sus pliegues, besando y mordiendo su cuello y el lóbulo de su oreja hasta que Ella se convirtió en un montón de placer gimiente.

Imanes, tarjetas y papeles cayeron al suelo, los sonidos amortiguados por sus gemidos. Cuando estaba cerca de llegar al clímax, Cam tomó el centro de Ella con fuerza y mantuvo los dedos dentro mientras Ella empujaba hacia atrás en su mano. Ella gritó alto y echó la cabeza hacia atrás sobre el hombro de Cam, estremeciéndose en su fuerte suje-ción. Cayó hacia adelante, apoyando la frente contra el frigorífico mientras se recuperaba, tomando aire larga y profundamente. "Mierda, Cam, eres..." se quedó en silencio cuando no pudo encontrar la palabra adecuada para describir cómo la hacía sentir Cam, así que se rió entre dientes.

"¿Qué? ¿Ha estado mal?" preguntó Cam, sonriendo contra su oreja. Sabía que no había estado mal. Estaba bastante segura de sus habilidades para complacer a las mujeres pero la reacción de Ella la había sorprendido.

"No, no..." rió Ella. "Desde luego sabes cómo calmar a una chica. Eres tan increíble que ni siquiera tengo palabras para describirlo. Ojalá pudiera hacerte eso a ti también. No tengo tanta experiencia cuando se trata de sexo y..."

Cam la giró para ponerla frente a ella. "Pero eso es exactamente lo que tú me haces, Ella. Me vuelves loca. Me vuelas la cabeza cuando me tocas. Nunca nadie se ha acercado a cómo reacciona mi cuerpo cuando hacemos el amor."

"¿En serio?" Ella la miró mientras su boca dibujaba una sonrisa.

"Sí, en serio. ¿No te has dado cuenta?" La sonrisa de Ella se hizo más grande y de repente se sintió un poco más segura. Sí, se había dado cuenta de la expresión de Cam cuando habían hecho el amor, y había sentido su clímax como si hubiera sido el suyo pero oírselo decir era algo totalmente diferente. Decidiendo que ahora iba a estar ella al mando, puso una mano sobre el pecho de Cam y las empujó hacia el sofá.

"Supongo que me he dado cuenta de que te gusta que te toque", dijo mientras le quitaba la camiseta a Cam, maravillada por sus abdominales apretados.

Cam cayó sobre los cojines y gimió cuando Ella se echó sobre ella y le quitó el sujetador deportivo. En segundos, la boca de Ella estaba sobre sus pechos, la lengua rodeándole sus pezones antes de chuparlos y morderlos suavemente. Cam luchó contra el impulso de cerrar los ojos mientras la euforia la invadía, porque quería mirar a Ella. La cola de caballo de Ella se había soltado y mechones de pelo colgaban sobre su cara mientras su boca bajaba ahora por el estómago. El tirante fino de su vestido de verano colgaba de su hombro bronceado y estaba impresionante mientras bajaba por el cuerpo de Cam besándola, hasta que se arrodilló en el suelo y le bajó los pantalones de yoga y las bragas. Cam tragó saliva. El brillo de excitación en los ojos azul cristalino de Ella le provocó más necesidad aún cuando le puso ambas manos sobre las rodillas, las separó y se acomodó entre sus piernas.

"¿Qué estás..." Cam jadeó cuando la lengua de Ella trazó sus pliegues de una manera seductora, lenta y burlona y se acomodó en su clítoris. Tuvo que obligarse a no dejarse llevar todavía, porque el placer era casi más de lo que podía soportar y quería que durara. "Joder, Ella..." Pasó la mano por su pelo mientras su centro se ponía tenso. Gimiendo más fuerte, Cam apretó sus caderas contra su boca mientras las endorfinas corrían por su flujo sanguíneo. Se sentía tan bien que no fue capaz de mantener los ojos abiertos por más tiempo, el dolor palpitante entre sus piernas rogando por liberarse. Cerrándolos, echó la cabeza hacia atrás contra el reposabrazos y se mordió los nudillos, olas calientes apoderándose de ella.

Cuando se calmó de su clímax, la boca de Ella todavía estaba en su centro, besándola. Cam la miró y se echó a reír.

"Créeme, no tienes nada por lo que sentirte insegura." Levantó la barbilla de Ella para mirarla, sabiendo que nunca tendría suficiente de esos ojos azules.

"Bien." Ella se arrastró y se sentó a horcajadas sobre ella, su vestido apenas aferrado a su cuerpo ahora. "Porque estás atrapada conmigo." Le lanzó una sonrisa y la cogió de las manos. "Le conté a Tom lo nuestro."

"¿Sí?"

"Sí. Estaba intentando prepararme otra cita y ya no pude soportarlo más."

"Guau. No esperaba que lo hicieras tan rápido pero estoy orgullosa de ti." Cam entrelazó sus dedos con los de Ella. "¿Cómo reaccionó?"

"Se quedó en shock, claro, pero también, sorprendentemente, me apoyó, como ya dijiste que podría hacer. Puede que lo haya subestimado. Realmente fue muy amable al respecto una vez que se le pasó el pánico. Me dijo que me tomara mi tiempo y que me apoyaría cuando yo estuviera preparada." Hizo una breve pausa. "Las últimas semanas han sido una montaña rusa y después de mi primera noche contigo, siento como si una bomba hubiera explotado. Ahora no tengo elección, tengo que ser honesta conmigo misma. Seguir viviendo la vida que he estado viviendo ya no es una opción para mí. Quiero ser abierta y libre para hacer lo que quiera."

"¿Y qué es lo que quieres?" le preguntó Cam.

Ella no tuvo que pensárselo porque la respuesta era simple. "Te quiero a ti," susurró.

"Y yo te quiero a ti también." Cam se sintió emocionada mientras tiraba de ella y la abrazaba fuertemente, hundiendo su cabeza en su cuello. Era como el punto de inflexión que había estado esperando pero que nunca esperó que ocurriera.

"Deja que limpie este desastre." Ella se agachó y recogió los imanes que se habían caído y los puso de nuevo en la puerta del frigorífico antes de recoger las otras cosas que estaban por el suelo. "Es tan mono que tengas imanes."

"¿De verdad? Mucha gente tiene imanes."

"Nadie que yo conozca."

Cam se rió. "Pero supongo que la gente que tú conoces va con aviones privados a lugares exóticos cada vez que quieren. No se puede comparar con la gente normal que se emociona por ir a algún lugar."

Ella se rió también. "Verdad. Pero deberías saber que yo no tengo avión privado y que tampoco he viajado demasiado. O sea, he estado en sitios, claro. Pero siempre fue por trabajo y nunca tuve mucho tiempo para salir a explorar. Es algo que me gustaría hacer más, encontrar tiempo para hacerlo, ¿sabes?" Entrecerró los ojos cuando vio algo encima de la pila de cosas en sus manos. "Oye, ¿esta no es tu amiga Vanya?" Observó la invitación de boda de Vanya mientras la ponía de nuevo en el frigorífico y lo sujetaba con un imán de París. La invitación era grande y lujosa, con bordes de láminas doradas que rodeaban la foto de compromiso de Vanya y Greg.

"Sí, se casa el mes que viene. Su suegra diseñó esa invitación. Su boda iba a ser grande, con quinientas personas, pero han cambiado de opinión y ahora van a tener una más íntima." Buscó en su bolso la nueva invitación y se la entregó a Ella.

"Oh, esta es mucho más bonita." Ella se rió entre dientes. "Lo siento, ¿está mal decir eso?"

Cam les sirvió una copa de vino blanco y le dio una. "No, en absoluto, Vanya estaría de acuerdo contigo. Greg es un tipo fantástico pero ella está un poco menos entusiasmada con su futura suegra, que fue la que eligió esa foto."

Ella rió. "Así de mal, ¿eh?"

"No sé. Vanya tiende a ser un poco dramática pero he conocido a la señora en cuestión dos veces. Me tuvo corriendo de un lado a otro haciendo tareas domésticas para ella las dos veces y no me atreví a decir que no, así que creo que podría tener razón."

Ella abrió la invitación y leyó los detalles. "¿Quién es tu invitada?"

"Nadie. Soy su testigo y voy sola." Cam se apoyó sobre la isla de la cocina y tomó un sorbo de su vino. "¿A menos que quieras venir? Quiero decir, no quiero que sientas como que tienes que hacerlo," añadió rápidamente. "Solo digo que la invitación está abierta por si quieres ser mi invitada."

"¿De verdad?" Ella se mordió el labio, el rubor subiéndole por las mejillas. "Parece que será una boda increíble y... Bueno, como tú y yo estamos saliendo..." Dudó. "¿Estamos saliendo?"

Cam se rió entre dientes. "¿Quieres que lo haga oficial?" Dejó la copa y atrajo a Ella hacia ella. "Porque estaría muy feliz de llamarte mi novia."

Ella se sonrojó aún más mientras rozaba sus labios con los de Cam. "Me gusta novia."

"A mí también me gusta. Y, por supuesto, me encantaría que vinieras conmigo. Simplemente asumí que no te sentirías cómoda con eso. No es una gran boda, pero sigue siendo una multitud y la gente hará fotos."

"Estaré bien." Ella hizo una mueca. "A menos que Vanya no quiera que vaya, por supuesto. No quiero quitarle el protagonismo en su gran día." Sacudió la cabeza. "Lo siento, debería haber pensado en eso antes."

"No te preocupes por Vanya. Es tu mayor fan y estaría encantada de tenerte allí. De hecho, prácticamente me rogó que te llevara."

"¿De verdad?"

"Sí. Iba a preguntártelo pero te me has adelantado. Vanya tiene una cara de póker bastante buena pero, aún así, debe haberle costado al menos cinco años de su vida contener su emoción cuando entraste en nuestra oficina aquella mañana." Cam se echó a reír. "Así que sí, estará encantada de que vengas."

Ella extendió una mano y la pasó por el pelo de Cam. "Vale, en ese caso, me encantaría ir contigo."

"Fantástico. Haré una reserva de una habitación para las dos entonces." Cam cogió su teléfono y mandó un mensaje a Vanya, diciéndole que llevaría una invitada.

## 44

"**M**ierda. Están aquí." Ella miró hacia el exterior por las puertas correderas. En la playa había dos fotógrafos con cámaras enormes, mirándola descaradamente. Uno de ellos se rascaba la entrepierna al mismo tiempo. "Cabrones."

"¿Quién está aquí?" Cam le trajo el café y siguió la mirada de Ella hacia los escalones inferiores que llevaban al porche. "Ah... Esos tipos. No les ha llevado mucho tiempo descubrir dónde vivo, ¿eh?"

"Son bastante ingeniosos. Lo siento."

"No lo sientas, no es culpa tuya." Cam cerró su albornoz y ajustó el de Ella también. "No podrán obtener ninguna foto a través del cristal pero es molesto que no podamos sentarnos fuera y tomarnos el café en paz."

"Bienvenida a mi vida." Ella se volvió hacia ella. "Yo estoy acostumbrada a esto pero tú no. Y claro, con el tiempo se aburrirán de nosotras, pero llevará semanas y eso parece una vida entera cuando te están observando veinticuatro horas, siete días a la semana." Hizo una pausa. "Y créeme, cuando salga del closet, habrá veinte en vez de dos. Solo va a empeorar."

Cam asintió mientras lo pensaba. "Tienes razón," dijo mientras rodeaba su cintura con los brazos desde atrás y la besaba en la mejilla."Va a empeorar, pero nada me va a mantener alejada de ti, y desde luego no esas ratas." Dudó un momento, luego soltó a Ella, se dirigió a la cocina y cogió un paño de cocina. "¿Sabes qué? Esas fotos no valen nada si nuestras caras no están en ellas." Cortó dos agujeros pequeños y lo puso sobre su cara, asegurándolo con un trozo de cuerda. "Vamos a contraatacarles, a ver si les gusta." Le entregó a Ella otro paño y murmuró detrás de la tela: "Toma. Haz uno para ti también."

"¿En serio? ¿Cuál es el plan? No podemos hacerles daño exactamente."

"No, pero podemos dañar sus cámaras. Y simplemente agua es perfecto para eso."

"Vale... Es poco convencional y un poco extremo." Ella se rió. "Pero me parece entretenido." Cogió el paño de cocina y midió dónde estarían sus ojos. Cuando sus caras estuvieron cubiertas y su disfraz asegurado, Cam llenó dos cubos grandes de agua y le dio uno a Ella.

"Recuerda," dijo, "mantén el cubo bajo. No lo verán hasta que sea demasiado tarde. Tratarán de obtener una foto de nosotras sin importar qué, incluso con nuestras caras cubiertas así que estarán mirando a través del objetivo, sin darse cuenta de nada más de lo que está pasando."

"Vale, vamos a hacerlo." Ella se rió más aún, sintiéndose mareada ante la perspectiva de, por fin, poder vengarse de las personas que le habían hecho la vida imposible una y otra vez. Le encantaba ver cómo Cam podía divertirse con esto, e incluso ella misma se estaba divirtiendo ahora.

"No le estamos haciendo daño a nadie," susurró Cam

mientras abrían las puertas correderas. "Es solo agua y estropeará sus preciosas cámaras, además, están invadiendo mi propiedad. Ese último escalón es mío y estoy en mi derecho de echar agua sobre él cuando me dé la gana, llevando puesto en la cara lo que quiera. Y ahora mismo tengo la sensación de que es un momento estupendo para darles un limpiadito." Ella la siguió mientras se dirigían hacia el borde del porche, justo encima de donde estaban sentados los dos hombres. "¿Estás lista?"

Ella asintió con la cabeza. "Estoy lista." Se apoyaron sobre la barandilla, bajando la mirada hacia los confundidos fotógrafos. Habían oído abrirse las puertas correderas y ahora estaban de pie en los escalones inferiores, sus objetivos apuntando hacia arriba. Uno de ellos frunció el ceño cuando miró por un momento por encima de su cámara y vio sus caras cubiertas con paños de cocina, pero para entonces ya fue demasiado tarde para correr, y dos cubos llenos de agua cayeron sobre ellos.

"¡Hijas de puta!" maldijo uno de ellos. El otro estaba demasiado asustado para hablar, agitando frenéticamente su cámara antes de quitarse la camiseta para secarla.

Ella se echó a reír e hizo una foto de los dos con su teléfono. "Sé que no debería rebajarme a su juego, pero esto es demasiado bueno como para no ponerlo en Twitter. Ya es hora de que vuelva a las redes sociales de todas formas. Han pasado más de dos años y medio y poco a poco estoy perdiendo seguidores."

Entraron al interior de la casa a coger sus cafés, luego se sentaron en el porche y los vieron irse. Ella subió la imagen con la leyenda: *'Dos caídos, faltan treinta y ocho más. #vamos.'* Luego hizo un selfie de las dos, todavía con las caras cubiertas con el paño de cocina, y subió la imagen también antes de quitárselos. *'#guerrerasdelagua'* añadió.

"¿De verdad hay cuarenta?" preguntó Cam al leer la publicación.

"Más o menos. Los que trabajan para revistas por lo menos. Los autónomos son los peores y no tengo ni idea de cuántos hay. Siguen apareciendo nuevas caras y ya apenas los reconozco. Los autónomos no tienen miedo porque no tienen nada que perder y mucho que ganar. Trabajan para ellos mismos, así que no pueden ser despedidos y a menudo visten disfraces para que tampoco puedan ser demandados. Pero los dos caídos ahora me han estado molestando durante años y sinceramente puedo decir que no me he sentido tan eufórica en mucho tiempo." Puso una mano sobre el muslo de Cam. "Gracias, ha sido una idea fantástica."

Cam sonrió, se inclinó hacia ella y la besó. "Me alegro haber podido ser de ayuda." Tomó un sorbo de su café y se echó a reír. "¿Sabes? Hay más del sitio de donde vino eso. Podríamos pedir pistolas de agua, quizá incluso un cañón de agua si es que eso existe."

Los ojos de Ella se abrieron de par en par cuando se volvió para coger su teléfono. "Cam Saunders, eres una genio." Buscó pistolas de agua y se rieron mientras buscaban las más poderosas que pudieran comprar.

Ella suspiró cuando dejó el teléfono dos horas más tarde, después de haber hecho el pedido. "Ya que estamos, también podría pasármelo bien con esto, ¿verdad? Además, a mis seguidores parece que les encanta el tuit. Ya se ha vuelto viral así que espero que los tabloides tengan algo más de lo que escribir además de mi sexualidad."

"Odio que todo sea tan retorcido en tu negocio," dijo Cam, dejando dos tazas de café recién hecho.

"Sí, yo también. Quiero ser juzgada por mi capacidad

para actuar, no por con quién me acuesto. No debería marcar una diferencia."

"Pero por desgracia lo hace. ¿Estás preocupada por tu carrera?"

"Un poco. Pero una carrera no significa nada si no puedo ser quien soy y salir con quien quiera. Estoy emocionada por probar cosas nuevas, aventurarme a territorios desconocidos. Quiero hacer papeles de personajes fuertes y emocionantes y trabajar en películas que marquen una diferencia. Pero sobre todo eso, quiero estar contigo, Cam. Estoy loca por ti, así que, en general, me importa mi carrera mucho menos que antes porque ya no es lo único en mi vida."

Cam sintió un calor extenderse por su cuerpo por las palabras de Ella. "Yo también estoy loca por ti," dijo en un susurro cuando sus ojos se encontraron. "Pero no quiero que esto sea una idea romántica o un impulso por la forma en que nos conocimos. Quiero que esto sea real y que dure, no contaminado por el hecho de que tú seas famosa y de que ambas seamos mujeres. Somos más fuertes que cualquier cosa juntas, y sé que podemos hacer que funcione, pase lo que pase." Observó los ojos de Ella llenarse de lágrimas y sonrió. "Estoy aquí para ti y todo va a ir bien, te lo prometo."

## 45

"¡**C**am!" Gritaba Vanya mientras llamaba al timbre tres veces antes de que Cam tuviera la oportunidad de abrir.

"Hola cariño, ¿qué estás haciendo aquí?"

"Lo siento, sé que es tu día libre." Vanya abrió más la puerta y entró. "Solo tenía que hablar contigo cara a cara, considéralo un largo descanso para comer."

"Me da igual cuándo y cuánto duran tus descansos para comer, ya lo sabes." Cam la miró con curiosidad. "¿Estás bien?"

"Sí, estoy bien." Vanya miró por la habitación y bajó la voz. "¿Estás sola?"

"Sí, ¿por qué?" Cam la estudió, ligeramente divertida. Sabía que no era nada serio y, además, Vanya entraba así de forma habitual. "¿Café?" Se dirigió a la máquina de café y les hizo uno a ambas.

"Gracias." Vanya cogió la taza y se apoyó en la encimera de la cocina, suspirando con dramatismo, como si no pudiera sostenerse en pie. "Estoy muy estresada ahora mismo, Cam. Es malo."

Cam tomó un sorbo de su café. "¿Estresada sobre qué? ¿Es la boda?"

"No. En realidad sí." Vanya levantó la mirada con un pánico fingido en sus ojos. "Ella Temperley va a venir a nuestra boda."

"Lo sé. Creía que querías que la llevara."

"¡Y quiero!" La voz de Vanya subió un tono. "Pero nunca esperé que pasara y ahora que la vas a llevar de verdad, me aterra que no lo pase bien."

Cam se rió entre dientes y le dio un abrazo a su amiga. "Vanya, es *tu* día, no el de Ella. Solo va acompañando y si no te sientes cómoda con que ella esté allí, se lo diré y ella lo entenderá."

"Nooo..." Vanya sacudió la cabeza. "No, no, no, no, no. Quiero que vaya pero siento esta terrible presión de que necesito impresionarla. ¿No lo entiendes?"

Cam se la quedó mirando fijamente, intentando ponerse en el lugar de Vanya. Se dio cuenta de que, aunque Ella era solamente Ella para ella, claramente Vanya la tenía en un pedestal, como millones de personas en el mundo. "¿Te sentirías mejor si pudieras conocerla antes? ¿Podríamos cenar aquí y podrías traer a Greg?"

"¿En serio? ¿Crees que ella haría eso?"

"Sí. Está en mi casa la mayoría de las noches de todas formas. Estoy segura de que le encantaría conoceros."

Vanya asintió lentamente, como si casi no pudiera creérselo. "Supongo que eso ayudaría..." Se mordió el labio y jugueteó con el anillo de su nariz. "Vale. Bueno, ¿cuándo lo hacemos? ¿Qué me pongo? ¿Qué traemos?"

"¿Qué tal el viernes?" sugirió Cam. "Ella no está trabajando ahora pero le preguntaré por si acaso y te lo digo esta noche. No hace falta que traigáis nada."

"El viernes nos viene bien." Ambas se giraron hacia la puerta cuando se abrió.

"Cariño, ya estoy en casa," canturreó Ella mientras entraba con una enorme caja de cartón. "La tienda web donde pedimos esto no podía hacer la entrega esta semana, así que Raphael y yo fuimos a recoger los juguetes a la tienda. No puedo esperar a que los veas." Dejó caer los productos al suelo y levantó la vista, sorprendida cuando vio a Vanya. "Oh, hola. Eres Vanya, ¿no?" Se acercó a ella, que estaba clavada en el suelo, y le dio un beso en cada mejilla. "Encantada de verte otra vez. Espero que Cam te haya dicho que tomé prestada tu ropa de yoga. ¿Te las devolvió? De verdad espero que no te importara."

Vanya se recompuso y sonrió, recordando de repente que Ella le había hecho una pregunta y que se suponía que tenía que contestar. "No, no me importó en absoluto. ¿Disfrutaste la clase?"

"Sí. Cam me puso en la lista de espera, así que podré unirme una vez que pase toda esta locura." Ella se encogió de hombros. "Ya sabes a qué me refiero."

"Acabo de invitar a Vanya y a Greg a cenar el viernes," las interrumpió Cam, dándose cuenta de que Vanya estaba a punto de desmayarse, aunque era bastante buena ocultando su emoción. "¿Estás libre, Ella?"

"Sí, estoy libre. Eso suena divertido." Ella le dirigió una gran sonrisa a Vanya mientras se tiraba del cuello de la camiseta y se abanicaba con la otra mano. "Hace calor fuera. He estado sudando como una cerda intentando sacar esa caja del coche y realmente necesito una ducha. ¿Entonces te veo el viernes?" Se dirigió al cuarto de baño dejando atrás a una desconcertada Vanya. "¡Estoy deseando que llegue!"

"¡Yo también!" gritó Vanya también y se volvió hacia

Cam. "Dios mío, es muy agradable... como una persona normal."

"Vanya, *es* una persona normal." Cam se rió y se terminó el café mientras acompañaba a Vanya hacia la puerta, sacándola sutilmente para que ella pudiera meterse bajo la ducha con Ella. "Bueno, viernes, digamos que ¿sobre las siete y media? Ah, y no hace falta decirlo, pero dile a Greg que mantenga esto entre nosotros."

"Estaremos aquí, y se lo diré." Vanya frunció el ceño mientras le echaba un vistazo a la caja en la cocina y movía el dedo hacia ella, su cara y su cuello con manchas rojas. "¿Eso son... juguetes sexuales?" le preguntó en un susurro.

"¿Qué?" Cam guardó silencio un momento, procesando la pregunta cuando de repente hizo clic en que Ella había usado la palabra "juguetes". La caja era lo suficientemente grande como para contener un frigorífico pequeño y la idea de que estuviera llena de juguetes sexuales la divirtió muchísimo. "Ah esos," dijo, lanzándole un guiño juguetón mientras abría la puerta. "Sí lo son. Montones y montones de juguetes sexuales."

## 46

"¿Qué tal estoy?" Ella se estiró el vestido de cóctel negro delante del espejo en la habitación de Cam. "Parece demasiado formal."

Cam cerró el cajón que estaba mirando y se volvió hacia ella. "Estás despampanante, como siempre."

"¿Estás segura? ¿Debería ponerme algo más informal?"

"No importa." Cam se sentó en la cama y atrajo a Ella hacia su regazo. "Tú eres tú y eres preciosa. No importa cómo vistas."

"Sí, pero estoy a punto de conocer a tu mejor amiga y a su futuro marido adecuadamente por primera vez y tengo cero experiencia en interacciones privadas y sociales. Estoy jodidamente nerviosa, Cam, así que ayúdame." Ella suspiró. "Nunca he estado en una cena pequeña y nunca he conocido a una mejor amiga."

Cam la besó y pasó su mano sobre el pelo de Ella. "Créeme, si pudieras ver a Vanya ahora mismo, no te sentirías tan nerviosa. Supongo que ya ha tenido dos ataques de pánico solo de pensar que va a cenar contigo esta noche."

"Bueno, el sentimiento es mutuo." Ella hizo pucheros con los labios y suspiró derrotada. "Creo que me voy a cambiar de todas formas. Dame un grito si necesitas ayuda con la cena."

"Muchas gracias por invitarnos." Vanya entró al salón con Greg del brazo, escaneó la habitación y bajó la voz. "¿Dónde está? Me he sentido como una famosa al entrar. Hay tres paparazzi aparcados fuera."

Cam se encogió de hombros y le dio un beso a Vanya en la mejilla. "Sí, hay dos en la playa también, así que he pensado que será mejor que cenemos dentro. Ella se está vistiendo." No mencionó que Ella ya se había cambiado cinco veces de vestido y se giró hacia Greg. "Greg, mi hombre. ¿Cómo estás?"

"Siempre encantado de verte, Cam." Le dio un abrazo. "Y huele tan increíble como siempre."

"Gracias. Espero que también sepa bien." Cam sacó una silla para él y para Vanya en la mesa del comedor y le dio a Greg una botella de vino blanco frío para que lo abriera y sirviera. Iba vestido de manera informal, con vaqueros y una camisa de lino blanca. Vanya también iba informal, con un vestido vaquero, pero Cam podía ver que se había esforzado mucho con el pelo y el maquillaje. Ella se había puesto unos vaqueros y una camisa blanca. Todavía estaba medio abierta de su última sesión de besos con Ella, así que se la abrochó rápidamente. Se volvió al oír el sonido de la puerta del dormitorio cerrándose. "Ahí estás." Su corazón dio un vuelco cuando Ella entró y le sonrió. Se había cambiado otra vez, esta vez con un vestido de algodón blanco hasta la rodilla y una rebeca gris. Iba descalza y parecía angelical con el pelo suelto, con solamente una cadena delgada de plata con una gota de perlas enmarcando su cuello.

"Hola Vanya, encantada de verte de nuevo." Ella se acercó a ella y le dio un abrazo. "Y tú debes ser Greg, es un placer conocerte."

"Igualmente." Greg parecía un poco desconcertado. "Sinceramente pensé al principio que era una broma de Vanya cuando me dijo que íbamos a cenar contigo y desde luego no la creí cuando me contó que tú eras la invitada de Cam en la boda." Frunció el ceño y miró de Cam a Ella y de nuevo a Cam. "Pero supongo que estaba equivocado. Bueno, ¿Así que de verdad estáis juntas?"

"Extraoficialmente..." Ella rodeó a Cam con un brazo. "Sí." Le lanzó una dulce sonrisa a Cam mientras la miraba. "¿Necesitas ayuda con la comida?"

"No, tengo todo bajo control. ¿Por qué no os sentáis? Tardaré cinco minutos." Cam volvió a la isla de la cocina, sintiéndose feliz por la charla instantánea que oía. Ella parecía que no tenía problemas para encontrar temas de conversación y Vanya había logrado mantener la calma una vez más.

Empezó a colocar aperitivos vegetarianos en una bandeja de madera grande: trozos gruesos de mozzarella marinada, grandes rodajas de tomate maduro, albahaca fresca, aceitunas Kalamata jugosas y alcachofas a la parrilla con aceite parmesano y pimienta negra. Lo colocó sobre la mesa junto a una chapata de romero fresco y una botella de aceite de oliva. Luego abrió las puertas del porche, dejando que entrara la brisa marina, puso algo de música bossa nova y puso los altavoces fuera.

"¿Por qué has puesto eso fuera?" preguntó Greg

"Para que los paparazzi que están en la playa no puedan

oír nuestras conversaciones." Explicó Cam. "Nos hemos vuelto bastante creativas durante la semana pasada e incluso nos estamos divirtiendo con eso ahora."

"Oh Dios mío, vi tu tuit y me hizo reír mucho," dijo Vanya volviéndose hacia Ella. "¿De verdad que le tirasteis agua?"

"Sí. Y no han vuelto. Pero hay otros nuevos, claro. Siempre hay nuevos." Ella señaló el porche. "También hemos cubierto la barandilla del porche con un cartel de Goodwill así que, aunque logren captar una imagen, por lo menos una organización benéfica tendrá algo de visibilidad. Podemos cambiarlo por otra cosa la semana que viene si tienes una causa por la que sientas pasión."

"Inteligente." Vanya se echó a reír. "¿A lo mejor podrías poner nuestro anuncio de boda?" bromeó. "Siempre he querido ser famosa." Sacudió la cabeza y se recompuso cuando Greg le dio un empujón. "Es broma, debe ser realmente molesto tenerlos allí todo el tiempo."

Ella se rió también. "Estoy acostumbrada, pero Cam no, así que estamos intentando mantener nuestra privacidad tanto como podemos. No saben nada aparte de que estamos pasando mucho tiempo juntas y es mejor si lo mantenemos así, solo por ahora. Pero ya sabes, una pequeña broma de vez en cuando no hace daño a nadie." Su boca se torció en una sonrisa. "¿Hablabas en serio con lo del anuncio de boda? Porque podríamos hacerlo."

"¡¿Ella?!" Cam, que se había sentado a su lado, casi se atragantó con una aceituna cuando se echó a reír. "Eso es raro."

Ella se encogió de hombros. "¿A quién le importa? Vanya quiere ser famosa, aunque sea por un día o dos, y, créeme, eso es más que suficiente," añadió, tomando un sorbo de su vino. "¿Por qué no meterse con ellos un poco más? Estarán totalmente confundidos allí abajo." Señaló en dirección a la playa, donde permanecían los paparazzi.

"Me apunto," dijo Vanya, apenas incapaz de contener un excitación. "Y Greg también."

Greg puso los ojos en blanco. "¿Desde cuándo hablas por mí?"

"Desde que nos vamos a casar dentro de tres semanas. Tendré que soportar a tu madre durante el resto de mi vida, así que es lo menos que puedes hacer." Vanya hizo aletear sus pestañas hacia él.

"Es justo. No puedo discutir con eso," dijo Greg levantando una mano.

"Muy bien," Cam rió entre dientes, gratamente sorprendida con el divertido giro que había tomado la conversación. "Pues habrá una pancarta. Nuestro regalo de boda para vosotros. Pero no puedo prometerte que consiga llegar a los tabloides. No estoy segura de que haya mucho interés general en el anuncio de boda de la gerente de un estudio de yoga."

"Tal vez no, pero tengo una idea para un poco de entretenimiento después de la cena que podría ayudar con eso," dijo Ella con una mirada traviesa en su cara. "Pero primero, comida. Me encanta la cocina de Cam, ¿y a vosotros?"

Vanya y Greg asintieron. "Es la mejor," dijeron al unísono.

"Guardad sitio para el plato principal." Cam pasó la tabla y cortó el pan. Había estado un poco nerviosa por esta noche, pero ahora lo estaba pasando bien y podía decir que Ella también. Puso una mano sobre su muslo y Ella la cubrió con la suya mientras le lanzaba una mirada de amor.

Vanya, que había presenciado el momento de afecto, estaba intrigada. "Bueno, ¿cómo os conocisteis, chicas? Cam me dijo que os conocisteis en la playa pero seguro que hay más en la historia que solo eso. Quiero decir, vosotras os movéis en círculos completamente diferentes y las posibilidades de que entabléis una conversación y mantengáis el contacto, bueno, yo diría que son bastantes pequeñas, ¿no?"

Ella pensó su respuesta con cautela. No quería arruinar la buena armonía al decirle a Vanya la verdad, pero tampoco quería mentirle. Así que se quedó con la historia que Cam ya le había contado a Vanya.

"Realmente no hay mucho que decir. Empezó a llover, me mojé y Cam me ofreció una toalla y algo de ropa seca para ir a casa. Eso es todo, nada romántico. Los traje de vuelta al día siguiente y mantuvimos una agradable conversación, así que le di mi número. Luego nos hicimos amigas y con el tiempo descubrimos que teníamos sentimientos la una por la otra." No parecía correcto reducir la compleja y hermosa relación que tenían en un par de frases, pero tendría que valer, al menos por ahora. "¿Y vosotros, chicos?" preguntó con interés, cambiando de tema. "He oído que os conocisteis en Goa. Cuéntame sobre eso."

"¿Estáis listos para pasarlo bien?" Ella les entregó a Cam y a Greg recortables de la cara de Vanya que había imprimido después de la cena. Había sacado los ojos y pegado gomas elásticas a los lados.

"No me puedo creer que esté haciendo esto," dijo Greg mientras se cubría la cara con la careta que habían hecho ellos mismos y se aseguró las gomas detrás de las orejas. "Soy un hombre adulto con un trabajo muy adulto y esto es muy infantil."

"Oh vamos, Greg, será divertido." Vanya, que era la única que no llevaba careta, seleccionó una de las Súper Pistolas de agua NERF en la caja grande. "Jesús, Ella, debes haberte gastado una fortuna en esto. Incluso tienen..." Miró por la caja otra vez, y se echó a reír. "Ahora lo entiendo. Los juguetes, ¿eh?"

Cam asintió y le lanzó una mirada de descaro. "Los mejores juguetes del mundo."

"Con una presión de aire increíble también." Añadió Greg mientras probaba uno de ellos en el fregadero, de repente un poco más interesado con el plan. "Y una bomba con baterías, esto es una locura."

"Sip. No han sido baratas." Ella guiñó un ojo. "Pero tienen un alcance de más de treinta metros." Le dio a Greg un gesto de aprobación cuando él eligió el suyo, un poco mareado y achispado por el vino. "Buena elección. Excelente sujeción, poderosa explosión y también parece muy chulo," bromeó mientras le daba el arma. Ella eligió una pistola más pequeña para poder grabar durante el ataque. Luego puso el teléfono en un palo para selfies e hizo una foto de todos con las caretas y las armas multicolores. Tuiteó '*Listos para la batalla. #vamos*,' junto con las fotos.

"Espera, necesitaremos esto también," dijo Greg, sintiéndose todo enfadado ahora y listo para una pelea. Tenía una sonrisa infantil en su cara mientras desplazaba su dedo por el teléfono de Cam y ponía el tema de Los Cazafantasmas, lo que hizo que los tres fotógrafos levantaran la vista cuando cruzaron el porche y se apoyaron contra la barandilla, lanzándoles agua. Hubo palabrotas y gritos mientras se lanzaban sobre sus cámaras para protegerlas y se arrastraban hacia la esquina. Un par de adolescentes que estaban en la playa estaban grabando a los fotógrafos. Cuando estuvieron fuera de vista, apuntaron sus teléfonos hacia las cuatro personas en el porche que se parecían a Vanya, incluyendo a la Vanya real, agitando sus pistolas de agua en el aire y celebrando la victoria.

E ra más de medianoche cuando Vanya y Greg se fueron. Cam no podía recordar una noche en la que se hubiera reído tanto y Ella todavía seguía sonriendo mientras cerraba la puerta después de despedirse.

"Ha sido tan divertido." Ella envolvió con sus brazos a Cam por la cintura y la besó. "¿Esto es lo que hace la gente normal? ¿Comer, conversar y reír sin presumir o tratar de ser mejor que el otro?"

"Es bastante parecido." Cam le devolvió el beso. "Me alegro de que lo hayas pasado bien."

"Sí, deberíamos hacer esto otra vez y ahora estoy deseando ir a la boda." Volvieron al sofá, un poco borrachas por todo el vino que habían consumido. Cam se recostó sobre los cojines y Ella se tumbó sobre ella, con la cabeza en su regazo, con las piernas colgando sobre el reposabrazos. Cogió su teléfono que estaba en la mesa de café, curiosa porque seguía encendiéndose. "Oh Dios mío. Ya tengo más de medio millón de `me gusta´." Se sentó y frunció el ceño, revisando sus notificaciones. "Esto es una locura. Mira."

Cam cogió el teléfono y observó el tuit, de los cuales los re-tuits crecían por segundos. "Parece que la gente cree que es divertido y #guerrerasdelagua es un tema ahora." Se rió entre dientes mientras se desplazaba más abajo. "Aquí hay un video que uno de esos chicos grabó en la playa." Se lo enseñó a Ella y se rieron mientras se veían en él, sosteniendo sus pistolas de agua con las caretas de Vanya. "Todos preguntan quién es la mujer del video. Creo que Vanya podría estar recibiendo más atención de la que esperaba."

"Lo siento, es mi culpa." Hizo una mueca. "No esperaba que se volviera viral y puede que me dejara llevar un poco."

"No te preocupes, está bien." Cam se rió entre dientes mientras se inclinaba y la besaba en la frente. "Gracias por darle a mi amiga la mejor noche de su vida. No creo que Vanya deje de hablar de esto nunca."

## 47

"Tengo tres palabras para ti. Mejor. Noche. Jamás."
Vanya puso una bolsa de regalo sobre la mesa de
Cam y le lanzó una sonrisa. "Y gracias a las dos
por hacerme viral en Twitter."

"Ah, sí, ¿cómo va eso?"

"Todavía tendencia." Vanya sonrió. "La verdad es que me
siento un poco famosa ahora. Bueno, tengo un regalo para
Ella y para ti."

"Cariño, no deberías haberlo hecho." Le lanzó un beso.
"Ya sabes que tú y Greg siempre sois bienvenidos y sí, fue
divertido. Ella se lo pasó genial también.

"Me alegro. Es encantadora." Vanya señaló la bolsa.
"Ábrelo."

Cam sonrió mientras sacaba dos albornoces blancos de
algodón preciosos con las iniciales de ambas bordadas en el
bolsillo. "Gracias. Son muy bonitas, es adorable de tu parte."
Frunció el ceño ante el atento regalo. "¿Cuándo los hiciste?"

"Ayer, después del trabajo. Hay una tienda increíble en
Santa Mónica que personaliza en el momento. Incluso te
dan una copa de champán mientras esperas."

"Parecen caros. No tenías que hacerlo."

"Por supuesto que sí. Pasé una noche tan maravillosa y, además, las dos necesitáis algo que poneros cuando tengáis que asistir a todos esos eventos públicos juntas. No puedes dejar que Ella use tu albornoz tan viejo y cutre." Vanya bajó la voz. "Vi un cepillo para el pelo increíble en el cuarto de baño y un rizador de pestañas que he estado deseando comprar durante un tiempo, así que sé que tiene buen gusto." Levantó un dedo, evitando que Cam dijera algo. "Por cierto, ¿se ha mudado contigo? Supuse que sí porque vi que todo el mueble del baño estaba lleno con sus cosas. Ah, y no nos olvidemos de la enorme pila de ropa y lencería que había sobre tu cama porque desde luego no eran tuyas."

"¿Por qué estabas en nuestra... quiero decir *mi* habitación?" preguntó Cam, corrigiéndose.

"Lo siento. Solo me di una vuelta por la casa después de haber ido al cuarto de baño." Se encogió de hombros. "Estaba un poco achispada y me puse cotilla."

"Estar achispada no tiene nada que ver con eso, tú siempre eres cotilla."

"Vale, tienes razón. Lo admito, soy cotilla. Pero todavía no has contestado a mi pregunta."

"Por supuesto que no se ha mudado," dijo Cam, poniendo los pies sobre la mesa. "Solo llevamos juntas tres semanas, son los primeros días. Además, Ella tiene un fantástico ático en Hollywood y una villa en Palm Springs. ¿Por qué demonios iba a querer mudarse conmigo?" Se dio cuenta de que era agradable poder hablar sobre su relación con Vanya, ahora que no tenía que mentirle.

"Sí, tienes razón." Vanya se lo pensó un momento. "Bueno, ¿te vas a mudar tú con *ella*?"

Cam puso los ojos en blanco. "Déjalo, Vanya. Nadie se va a mudar con nadie todavía. Y si o cuando lleguemos a ese punto, ya pensaremos algo. Ella se queda normalmente en mi casa porque le encanta la vista y le gusta hacer yoga conmigo por las mañanas, y ahora mismo estamos felices como estamos."

"Sí, pero debes haber pensado en lo que va a pasar a largo plazo."

"Pues, en realidad, no," admitió Cam. Estaba tan atrapada en su pequeña burbuja que simplemente estaba disfrutando pasar tiempo con Ella.

"¿En serio?" Vanya volvió a poner su cara dramática. "Bueno, pues entonces necesitas empezar a pensar en eso, cariño. Si Ella sale del closet y lo hace oficial, y vais a vivir juntas, tu vida va a cambiar a lo grande. Tendrás personal; limpiadores y tal vez incluso un chófer, y no te olvides, la mayoría de la gente sabrá tu nombre e incluso tendrás fans locos. Tu privacidad se irá a la porra y estarás mucho más aislada en tu relación con ella de lo que estarías si simplemente salieras con una mujer anónima. Es posible que nunca podáis salir de compras juntas o salir a pasear por la playa o almorzar en un restaurante popular, así que ya puedes decirle adiós a tu puesto favorito de tacos, por lo menos cuando estés con ella." Su voz subió un poco mientras continuaba. "Serás examinada públicamente sobre todo lo que hagas mientras estés a su lado, sin mencionar que tendrás que lidiar con todas las mujeres que se lanzarán a por ella. Y luego estarán los tabloides, claro, vendiendo historias que implicarán que una o las dos están engañando a la otra... Podría seguir y seguir."

"Obviamente has pensado en esto mucho más que yo." Cam dejó escapar un largo suspiro y se dejó caer más en la silla. "Bueno, Ella no tiene chófer y en realidad no me importaría tener un limpiador. Además de eso, no interesaré a nadie. Yo solo soy su novia y si las fans locas se lanzan sobre ella, no tengo nada de qué estar celosa. Ella ha estado en el negocio toda su vida, sabe cómo lidiar con ellas." Dudó. "Supongo que he tenido que hacer algunos pequeños cambios, como mover mi sesión matinal de yoga al porche y mantener bajadas las persianas que dan a la acera pero eso no es un sacrificio. Y en cuanto a los tabloides, no los leo. Y sobre los tacos..." sonrió. "Si tengo que elegir entre Ella y los tacos, felizmente dejaré de comer un taco más en mi vida."

Vanya se sentó en la mesa y le cogió la mano. "Tienes razón. No pretendía sonar negativa. Sabes que soy la mayor defensora de vuestra relación. Solo que soy súper protectora contigo. No me refiero a Ella, por supuesto, adoro el terreno que pisa... sino a todo lo que viene con ella."

"Lo sé y eso es bonito, pero no necesitas preocuparte por mí. Puedo manejarlo. De todos modos, estoy aquí la mayoría de los días y con el nuevo sistema de tarjeta de acceso, nadie que no sea bienvenido podrá entrar."

"Es verdad, pero habrá cambios más drásticos también aquí." Vanya cambió a su voz de negocios ahora. "Y lo digo en el buen sentido. Tendremos más clientes famosos aquí y en el nuevo estudio, solo por asociación, lo que significa que necesitaremos más seguridad. Y todavía no te he dicho que nuestra lista de espera se ha triplicado en una semana. Es una locura."

"¿Triplicado?" Cam jadeó. "Jesús, será mejor que sigamos con el estudio nuevo y tomemos una decisión." Abrió el archivo en su mesa que contenía los detalles de los espacios potenciales que habían mirado. "Sé que el arrendamiento es alto, pero realmente me gusta el que tiene la terraza en la azotea. ¿Y a ti?"

"A mí también." Vanya estuvo de acuerdo. "Y con tanta atención, deberías aumentar el precio de socios en este y hacerlo más inteligente, para que la gente obtenga por lo que paga. Eso cubriría la renta más alta y quizás nos daría un colchón para comenzar un tercero más adelante."

"¿Un tercero? Jesús, estás que te sales, Vanya." Cam levantó el folleto y sonrió. "Vale, hagámoslo. ¿Estás preparada para ser mi socia en el negocio?"

"¿Socia?" Vanya se la quedó mirando fijamente. "¿Quieres decir socia oficial?"

"Sí. Me dijiste el año pasado que querías estar en él económicamente y ahora que vamos a abrir un segundo estudio y, como acabas de decir, quizás incluso un tercero, no podrás manejarlos todos." La sonrisa de Cam se hizo más grande, al saber que iba a hacer muy feliz a Vanya. "Así que necesitaremos nuevos gerentes, lo que te dará la oportunidad de trabajar con una visión más general y, como ya hablamos, te venderé el veinte por ciento de la compañía antes de expandirnos para que puedas disfrutar de los frutos de tu trabajo. Incluso añadiré un cinco por ciento gratis, que puedes considerar un bono por haber sido tan increíble todos estos años. ¿Qué te parece? ¿Todavía está Greg de acuerdo en prestarte el dinero?" Su silla casi se volcó cuando Vanya voló hasta su cuello. "¿Lo considero un sí?"

"¡Sí!. Por supuesto que es un sí." Vanya se mordió el labio, por una vez sin palabras. "Oh Dios mío, esto es tan emocionante. No puedo esperar a decírselo a Greg. Gracias, Cam, necesitaba de verdad un reto."

"Lo sé. Y he estado queriendo ofrecerte esto durante un tiempo, pero estaba esperando primero a ver cuáles eran nuestras opciones de expansión. Siento haber tardado tanto." Se apartó de Vanya, que casi la estaba estrangulando con el abrazo. "Dijiste que estabas aburrida. ¿Volverse viral en las redes y tener tu propio negocio en una semana es lo suficientemente emocionante para ti?"

"Definitivamente suficiente emoción." Vanya estaba radiante. "Oh, Dios mío, voy a tener un nuevo cargo, ¿verdad?"

"Sí, elige." Cam se rió ante el entusiasmo de su amiga. "Mientras no sea presidenta princesa o presidenta mundial o alguna locura como esa, estoy abierta a sugerencias."

## 48

Ella salió de la audición con paso firme. Había estado terriblemente nerviosa hoy pero el hecho de que todo hubiera sucedido en el último minuto lo había hecho un poco más fácil. No había hecho una audición en tanto tiempo que había olvidado lo que se sentía estar noches sin dormir por un papel. Y realmente quería este.

El papel protagonista se basaba en una adicta a la heroína en recuperación que intenta redimirse dedicando su vida a ayudar a otros adictos a curarse. El papel era un reto a la vez que excitante. Tenía que agradecérselo a Tom. Él había hecho todo lo posible para conseguirle esa audición. Las solicitudes para hacer audiciones a los guiones que Ella había seleccionado habían empezado a llegar solo una semana después de su conversación y aquí estaba, doce días después.

Se subió a su SUV y subió la música mientras se alejaba del hotel en Bel-Air, donde acababa de representar la actuación de su vida. A pesar del tráfico pesado, hoy estaba disfrutando conducir por LA. Bajó la ventanilla para dejar que el sol entrara y tomó aire larga y profundamente. Solo pensar en ver a Cam pronto la hizo sonreír. Había pasado la noche en su propio apartamento, preparándose para la audición y había echado de menos no solo a Cam, sino la acogedora casa de la playa y despertarse con el olor y el sonido del mar.

Era extraño tener un descanso en el trabajo, pero le gustaba. Estaba ansiosa por visitar el centro de salud mental que había patrocinado recientemente y hablar con los terapeutas y voluntarios que iban a ir a la reunión previa a la apertura de la nueva clínica de atención mañana. Marcó el número de Raphael y él contestó de inmediato.

"Hola. ¿Todo listo para mañana?"

"Hola Ella. Sí, todo listo. ¿Todavía te viene bien que te recoja a las diez?"

"Absolutamente. Gracias por resolver lo del resto de los ordenadores y los teléfonos. ¿Tienen todo lo que necesitan?"

"Todo lo que necesitan y más. Bueno, ¿te recojo en tu apartamento o vas a estar en la casa de tu amiga?" Por primera vez, el tono de Raphael era un poco burlón cuando lo dijo.

"Estaré en casa de Cam. Y es mi novia," agregó con una sonrisa.

"Ah, vale." Raphael rió entre dientes. "Tenía la sensación de que lo era pero no quería asumir cosas."

"Está bien. Gracias por ser tan discreto sobre eso." Ella sonrió, con el color subiéndole por las mejillas. "Perdona, se me olvidó mandarte un mensaje con su dirección, lo hago ahora." Su teléfono se iluminó, mostrando una llamada entrante de Tom. "Tengo que irme, Tom está llamando. ¡Hasta mañana!" Ella aceptó la llamada y esperó a que Tom hablara.

"Ella."

"Tom." Imitó su serio tono de negocios, sintiéndose un poco atolondrada.

Tom se aclaró la garganta. "¿Te estás burlando de mí?"

"Nunca. ¿Qué pasa?"

"Bueno, tengo buenas noticias para ti." Tom no sonaba demasiado emocionado, pero nunca lo mostraba. "Acabo de hablar por teléfono con la directora de casting de *Reva's Battle*. No quería decírtelo hasta que le hubiera dado a todo el mundo una oportunidad, pero dijo que lo supieron desde el momento en que hiciste la audición, que eras la adecuada para el papel. Te quieren para la película, Ella. Al parecer, haces una Reva convincente."

Ella no dijo nada, demasiado desconcertada para hablar. Sus manos temblaban sobre el volante y su corazón latía fuera del pecho.

"¿Ella? ¿Sigues ahí?"

"Sí, sigo aquí. Es solo que no me lo puedo creer." Soltó un grito en voz alta de victoria, liberando toda la energía acumulada que había estado llevando todo el día, luego se rió a carcajadas. "Dios mío, soy tan feliz ahora mismo."

"No lo celebres todavía. Tienen un par de condiciones antes de que firmes." Tom hizo una pausa. "Quieren cortarte el pelo. Corto y en punta, han dicho, sea lo que sea que eso signifique. No creo que sea bonito. También quieren que ganes peso para las escenas finales."

"Claro, no hay problema," dijo Ella rápidamente. "¿Algo más?"

"No, eso es todo. Entonces... ¿estás de acuerdo con hacer eso?" Tom pareció sorprenderse de lo fácil que había sido que Ella aceptase el acuerdo después de haberla molestado durante meses sobre otros papeles.

"Por supuesto. Me parece que eres tú quien tiene un problema con eso."

"No, no tengo ningún problema. Estoy feliz de que hayas conseguido el papel que querías." Tom suspiró derrotado, dándose cuenta claramente de que estaba peleando una batalla perdida. Su novia estadounidense se estaba evaporando delante de él, convirtiéndose en algo mucho menos predecible y comercial. "Felicidades, Ella. Te enviaré los detalles. Disfruta de las celebraciones."

## 49

"Hola. ¿Cómo te fue la audición?" Cam levantó la vista de su ordenador portátil cuando Ella entró.

Ella tiró el bolso al sofá y se dirigió a Cam, besándole el cuello y la mejilla, hasta que Cam se dio la vuelta en su silla y la sentó en su regazo.

"Pues la verdad es que fue bien." Ella rozó sus labios contra los de Cam, luego la besó lenta y profundamente. "Bastante bien," continuó.

"¿En serio? Eso es fantástico." Cam le pasó una mano por el pelo.

"Sí. Estaba tan nerviosa. Como te conté, no había hecho una audición en años, pero estaba bien preparada y les gusté. La directora de casting dijo que estaba sorprendida de que lo sacara adelante."

"Eso quiere decir que tienes una buena oportunidad de obtener el papel, ¿no?"

Ella sonrió mientras agitaba el teléfono en el aire. "Tom me llamó mientras regresaba. ¡Tengo el papel!"

Cam jadeó. "¡Felicidades! Esa era tu primera opción,

¿no? ¿El que interpreta a una adicta a la heroína en recuperación?"

"Sí." Ella rió entre dientes. "Nunca pensé que interpretaría a una pero aquí estoy."

"¡Estoy tan orgullosa de ti!" Cam se levantó, levantándola al mismo tiempo, y la hizo girar un par de veces antes de volver a sentarse. "¿Cuándo empiezas a rodar?"

"En tres meses, lo que debería darme más que tiempo suficiente para prepararme. Vamos a rodar sobre todo en LA y un par de semanas en México. Estoy tan emocionada. El director tiene mucho talento y hay una mezcla de actores súper interesantes y con futuro que ya han firmado para hacer la película." Ella se levantó, se dirigió al frigorífico y sacó una botella de champán que habían traído de vuelta de su descanso en Palm Springs. "Deberíamos celebrarlo." Su sonrisa daba vértigo mientras la abría, sirvió dos copas y le dio una a Cam antes de volver a sentarse en su regazo.

"Por ti." Cam chocó su copa con la de Ella, tomó un sorbo y la besó de nuevo.

"Por mí." Ella se volvió hacia el ordenador portátil de Cam. "Bueno, ¿en qué andas?"

"Estoy finalizando algunos trámites con mi abogado. Vanya es ahora la copropietaria oficial de Pure Studio y hemos firmado el contrato de arrendamiento para nuestro segundo estudio hoy." Cam pulsó enviar su correo electrónico y cerró el ordenador portátil, sonriendo de oreja a oreja. Estaba feliz con el acuerdo, y aún más feliz de poder por fin recompensar a Vanya por su duro trabajo.

"Oh Dios, olvidé que era hoy. Eso significa felicidades para ti también, profesora de yoga sexy, guión dueña de múltiples negocios, novia." Ella le lanzó una mirada coqueta. "Ahora, definitivamente, deberíamos celebrarlo."

"¿Qué tenías pensado?" Cam le levantó el dobladillo del

top de seda azul marino y pasó una mano por su espalda. "¿Quieres salir?"

Ella se estremeció con el tacto. "No..." Sus ojos estaban llenos de deseo cuando se inclinó y rozó sus labios con los de Cam. "Quiero ir a la cama."

"Aquí tienes." Cam se cerró el albornoz antes de salir al porche con dos tazas de té de camomila. Era casi medianoche y la playa estaba desierta. Los paparazzi no habían estado por allí en dos días, lo que les había permitido sentarse fuera. La noche estaba oscura y el sonido tranquilo de las olas era tan relajante que no se había molestado en poner música. Le encantaba estar aquí, y le encantaba tener a Ella aquí también. Ahora, se sentía tan natural que ya no podía imaginarse su vida sin ella. No habían hablado de arreglos formales. En cambio, Ella había estado trayendo lentamente más y más ropa, zapatos y artículos de baño, discretamente colocándolos en uno de los estantes menos llenos del ropero de Cam. Cam puso los pies en la barandilla del porche, dichosamente relajada y feliz después de dos horas de haber estado "celebrándolo" en la cama.

"Gracias," dijo Ella con voz dulce. Tomó con cuidado un sorbo de su té. "¿Sabes? Olvidé decirte que el estreno de *Spring's Promise* es dentro de tres semanas."

Cam frunció el ceño, recorriendo mentalmente los proyectos de los que Ella le había hablado. "¿Esa es la que terminaste el año pasado? ¿La realmente cursi sobre la princesa encubierta?"

Ella rió entre dientes. "Sí. No es el trabajo del que esté más orgullosa pero espero que sea un éxito y me estaba preguntando si te gustaría ser mi invitada."

"¿Tu invitada? ¿Como si fuera tu cita?" Cam la miró con

sorpresa. "Es un evento masivo, Ella. Sabes que llevarme como tu cita confirmaría los cotilleos, ¿verdad?"

"Lo sé." Ella le cogió la mano y la besó. "Pero ya es hora."

"Bueno... en ese caso, por supuesto que iré contigo. Sería un honor para mí." Sonrió. "Pero no voy a ponerme un vestido."

"No tienes que ponerte vestido. Puedo pedirle a uno de los estilistas con los que trabajo que te encuentre un esmoquin bonito si quieres." Sugirió Ella. "Pero tienes que dejar de sonreírme de esa manera tan sexy porque solo me dan ganas de saltar encima de ti otra vez y no puedo ni pensar con claridad." Sintió otra oleada de excitación ante el brillo en los ojos de Cam mientras extendía una mano y la ponía sobre el muslo de Cam. "¿Qué es esto?" preguntó cuando sintió algo en el bolsillo de su albornoz.

"Oh, se me olvidó. Esto estaba en el felpudo ahora mismo." Cam sacó un sobre del bolsillo y se lo entregó.

Ella frunció el ceño. "Es raro. Mi correo va normalmente a mi apartamento o a Tom."

"No lo vi antes y no tiene sello. Alguien debe haberlo dejado ahí."

"Hmm..." Ella lo abrió y desplegó la carta escrita a mano. Su sonrisa se desvaneció inmediatamente cuando se dio cuenta de quién era. "Mierda, es de mi madre. Debe haber averiguado dónde vives y que yo estaba aquí." Contempló la posibilidad de romperla pero cambió de idea y la leyó. Después de terminar, la tristeza que Cam no había visto en mucho tiempo volvió a su mirada.

"¿Está todo bien?"

"Sí, supongo que sí." Ella le dio la carta y Cam la leyó.

. . .

Q uerida Ella,

Ya no sé qué hacer. Durante un año, he estado esperando y rezando para verte de nuevo, pero después de
habernos encontrado en el Palm Garden, me he sentido más sola
que nunca. Perder a una hija fue, y lo sigue siendo, un infierno,
pero haberte perdido a ti también ahora es algo que no puedo
soportar.

Entiendo por qué ya no quieres verme. He traicionado tu
confianza más de una vez y he sido una madre y una mánager
terrible. Entiendo también que estés enfadada por los diarios de
Helena, pero necesito que sepas que nunca los cogí por el dinero,
dinero que doné a la amiga de Helena que sobrevivió al accidente
y que está todavía en rehabilitación. Tú y Helena siempre fuisteis
el centro de mi universo y todo lo que siempre quise fue que el
mundo viera lo especial que erais las dos. Ahora sé que fui demasiado lejos, fue un error no permitiros tomar vuestras propias
decisiones en vuestras carreras y que siguierais vuestros propios
caminos. Sentí que no llegué a conocer a la verdadera Helena
hasta que leí sus diarios. Siempre estuvo tan unida a ti, pero desde
que se mudó a Nueva York, me evitó sobre todo a mí y, aunque no
puedo culparla por eso, solo quería llegar a conocerla. Cuando te
vi con esa mujer, que supongo que es tu novia, mostrando estar
enamoradas y felices juntas, me di cuenta de que tampoco te conocía. Siempre te dije qué hacer, en vez de preguntarte lo que tú
querías. Así que te pido ahora, por favor, déjame conocerte, solo
como tu madre. Si no quieres volver a verme, respetaré tu decisión. Espero que hayas podido recuperarte después de perder a tu
hermana y espero que encuentres la felicidad con esa mujer de la
que parece que estás totalmente enamorada.

Siempre estaré aquí para ti y te amo.

Mamá.

Cam le devolvió la carta pero no dijo nada. Ella la cogió

con una mirada lejana en sus ojos y se la guardó en el bolsillo, con la mandíbula apretada mientras mirada a la nada.

"No puedo lidiar con esto ahora mismo," dijo con voz temblorosa. "Y no quiero hablar de ello. ¿Podemos irnos a la cama, por favor?"

"Por supuesto." Cam no discutió. Ella estaba claramente molesta y asumió que la carta había arrastrado todo tipo de recuerdos a los que había estado tratando de darle un lugar u olvidarse de ellos. Cerró todo mientras Ella se iba a la cama. Cuando se quitó el albornoz y se colocó a su lado, vio que Ella estaba llorando, acurrucada de lado. La destrozó verla así y todo lo que quería era hacer algo que lo mejorara todo pero no había nada que pudiera hacer para que el dolor desapareciera. Envolvió a Ella en un abrazo y la atrajo hacia ella, acariciándole suavemente el pelo. Después de un rato, los suaves gemidos se detuvieron y la respiración de Ella se volvió más estable al caer en un sueño inquieto.

## 50

Ella enderezó los hombros y pintó una sonrisa mientras esperaba que Raphael retrocediera hacia el camino de entrada a la casa de Cam. Todavía se sentía un poco alicaída después de haber leído la carta de su madre y no estaba segura de por qué le había afectado tanto. Siempre había sido capaz de excluir a su madre emocionalmente pero quizás Theresa había tenido razón al decirle que la afectaría más pronto que tarde si no se enfrentaba a ello.

Hoy, sin embargo, nada se iba a interponer en su camino, así que se recuperó y se preparó para conocer al equipo de maravillosos especialistas y voluntarios que estaban dedicados a mejorar la vida de los jóvenes. Ella había suministrado los fondos y Raphael había estado coordinando el proyecto junto con el mánager de la clínica, involucrándose ella más en las últimas dos semanas. Ella y Raphael habían estado comprando muebles, ordenadores y teléfonos para el centro de llamadas y las salas de reuniones, instrumentos musicales y artículos de arte para el taller, y todo lo necesario para poner la clínica en funcionamiento.

Había pagado también el arrendamiento para tres años, después de enterarse de las dificultades financieras de la organización.

Era sorprendente lo rápido que algo podía levantarse cuando todos aunaban fuerzas. Igual que sus otras dos clínicas de atención, el nuevo centro *Help LA* albergaría dos terapeutas cualificados y un equipo de voluntarios que ofrecerían apoyo, un oído para escuchar y terapias de música y arte, todos trabajando juntos para crear confianza en los niños y luchar contra la soledad y el aislamiento. Se sentía bien poder por fin hacer algo que no estuviera centrado en ella misma, y había disfrutado viendo los resultados positivos y las caras felices de los voluntarios a medida que el trabajo iba avanzando.

"Buenos día, Raphael." Ella le dio una palmada en el hombro mientras se subía al coche.

"Buenos días, Ella. Felicidades por el papel, recibí tu mensaje." La observó atentamente. "¿Has estado de fiesta? Pareces cansada."

"No, solo he estado desvelada." Ella metió la mano en su bolso y le dio un regalo envuelto. "Te he traído un regalito para tu sobrino que compré ayer cuando volvía de mi audición."

"Ella... es muy dulce. No hacía falta que lo hicieras."

"Por supuesto que sí. No estaba segura de lo que necesitaba así que he puesto un cupón de regalo en un vasito para bebés, estoy segura de que a tu hermana le encantaría elegir ella misma algo para él."

"Gracias, eso es muy considerado." Sonrió. "Mi hermana no se lo creerá si le digo que es de tu parte."

"Bueno, me encantaría conocerlos algún día. Siempre puedes traerlos a una de nuestras reuniones matinales."

La sonrisa de Raphael se hizo más grande. "Vale, haré

eso." Se giró hacia ella cuando pararon en una señal roja. "¿Sabes? Apenas te reconozco desde que empecé a trabajar contigo. Siempre fuiste amable y cariñosa, pero tan vacía y tan triste al mismo tiempo. ¿Te importa que te diga esto?"

"No, en absoluto. Tienes razón, me siento una persona diferente. No siempre es fácil pero estoy disfrutando de la vida y eso es algo que no había esperado que volviera a ocurrir nunca más," dijo Ella. "No diría que es necesariamente por Cam. He trabajado mucho para llegar adonde estoy, pero no voy a negar que ayuda conocer a alguien especial." Hizo una pausa. "¿Tienes novia?"

"Estoy viendo a alguien de manera informal." Sonrió tímidamente. "Un chico que conocí en el gimnasio. Pero ha sido informal durante un tiempo ya y me gustaría llevarlo más lejos. Pero no estoy seguro de cómo se siente él."

"Oh, eres gay también." Ella frunció el ceño. "¿No es una locura lo poco que sabemos el uno del otro?"

Raphael asintió. "La agencia en la que me contrataste me dijo que no sobrepasara los límites personales. En ambos sentidos. Pero creo que ya hemos cruzado esa línea."

"Sí que lo hemos hecho." Ella se encogió de hombros. "A mí me dijeron lo mismo, pero ya no me importa si a ti tampoco." Sonrió, sintiendo de repente la necesidad de saber todo lo que hubiera que saber sobre el chico maravilloso que había sido tan leal, amable y paciente con ella durante los últimos meses. "Bueno, ¿Vas a hablar con él?"

"No lo sé. ¿Crees que debería?"

"Sí. Habla con él, dile cómo te sientes. Es un tipo con suerte por tenerte y la sinceridad es la mejor manera. Si él no siente lo mismo, por lo menos sabrás dónde te encuentras."

"Da miedo tener conversaciones sinceras." Raphael se

encogió de hombros. "Y no soy muy bueno en eso de hablar."

"Sí, ya sé que da miedo," dejó escapar un largo suspiro. "Yo tampoco soy muy buena en eso."

"Debo decir que nos sorprendimos mucho que quisieras ayudar," dijo Nancy, la presidenta de *Help LA*. Ella y Raphael estaban sentados en la sala recreativa con veinticinco voluntarios, dos terapeutas, el jefe de reclutamiento, el mánager de las instalaciones y el mánager de financiación. "Sin querer ofender," añadió, "pero somos una organización muy pequeña y no tenemos mucha visibilidad. Es inusual que los famosos se involucren con pequeñas organizaciones benéficas porque no obtienen mucho para ellos. De ninguna manera estoy afirmando que esa es la única razón por la que los famosos hacen obras de caridad," añadió rápidamente. "Pero estoy segura de que estarás de acuerdo en que, a menudo, eso juega un papel importante en su decisión."

"Tienes razón. A menudo ese es el caso," dijo Ella. "Las grandes organizaciones están en condiciones de ayudar a gran escala, y estoy segura de que mucha gente las eligen por esa misma razón, la mayoría de ellos puramente por la bondad de sus corazones. Pero las organizaciones benéficas locales también son esenciales, especialmente cuando se trata de algo tan delicado como la salud mental. Tener una puerta abierta con caras amables y profesionales que pueden ayudar a cambiar la vida de alguien es invaluable. Vosotros hacéis una gran trabajo y yo quería hacer algo en mi propia comunidad." Se tomó un momento y se aclaró la garganta. "También quería ayudar porque he sufrido una depresión severa. Estoy en una posición privilegiada donde me puedo permitir pagar un equipo completo de terapeutas. No es que tenga un equipo completo, solo tengo una," dijo, dejando escapar una risita nerviosa. "Me ha ayudado mucho y, sinceramente, no creo que estaría hoy aquí si no fuera por ella." Ella no estaba acostumbrada a hablar de ella misma tan abiertamente y se sintió un poco intimidada, pero continuó, sabiendo que muchos de los voluntarios habían pasado por lo mismo. "Pero mucha gente no tiene la suerte de poder pagarse la ayuda, especialmente la gente joven, que puede que incluso estén sin hogar o en una mala situación en casa. Si no fuera por vosotros, no tendrían a dónde ir. Lo creáis o no, sé cómo se siente la soledad. Algunas veces, simplemente tener a alguien con quien hablar puede ser suficiente y algunas veces las personas necesitan ayuda en un nivel más profundo. Es fantástico que proporcionéis ambos." Miró al grupo, mirando a los ojos a cada uno de ellos. Era un espacio seguro, lo sabía. "Esto os lo estoy contando en confianza pero os prometo que hablaré sobre mis experiencias personales en un futuro próximo, cuando sea el momento adecuado, porque estoy segura de que todos estamos de acuerdo de lo importante que es hablar de ello, especialmente porque todavía hay un estigma asociado a los problemas de salud mental."

"Gracias por compartirlo." Nancy se la quedó mirando un momento, y le lanzó una sonrisa amable, pareciendo igualmente sorprendida y conmovida por su confesión. "Y estamos sinceramente agradecidos por tu ayuda con el nuevo centro."

"De nada." Ella sonrió. "Sé que el dinero puede hacer que las cosas sucedan, pero no soy yo la que está aquí trabajando día tras día. Sois vosotros. Y por eso no debería ser yo quien hablara con la prensa esta tarde." Miró a Donna, una mujer joven que había sido voluntaria desde que había buscado ayuda de la organización para ella, hacía cinco años. Después de haberse encontrado y saludado antes por la mañana, sabía que muchos de los voluntarios estaban aquí por esa misma razón. "Deja que Donna hable." Ella señaló a Donna, cuya cara entera se iluminó. "Ella se ha beneficiado personalmente de vuestra organización y creo que la gente debería escuchar su historia. A menos que tú no quieras estar frente a la cámara, por supuesto," añadió, dándole a Donna la oportunidad de declinar la oferta. "Si lo haces, te presentaré y me quedaré a tu lado si eso te resulta más fácil." Llamaron a la puerta y Raphael le dio una palmada en el hombro.

"Ese es el pastel," susurró, mientras uno de los voluntarios dejaba entrar a un repartidor que llevaba cinco cajas gigantes.

"Ah, el pastel. Gracias, Raphael." Ella se levantó y se dirigió a la cocina. "Raphael ha encargado muchos pasteles para que lo celebremos. Prepararemos un poco más de café, así que serviros."

## 51

"¿Lista para el gran día?" le preguntó Cam a Vanya después de la clase. Vanya todavía estaba echada sobre la estera de yoga, cansada después de una sesión dura.

"No tengo ni idea." Se sentó y se encogió de hombros, parecía derrotada. "Sigo pensando que se me ha olvidado algo, pero he comprobado dos veces el lugar, la banda, el DJ, las decoraciones, los vestidos de las damas de honor, mi vestido, el sari de mi madre, el esmoquin de Greg, la limusina, el pastel, y creo que todo está listo. Mi madre se encarga de la comida y sé que hará un trabajo fantástico con eso, así que obviamente tuve que darle a Cara Amargada algo que hacer también. Le pedí que hiciera las flores porque siempre está diciendo que es una experta en arreglos. No es que eso quiera decir nada; la mujer dice que es experta en todo. Pero sí, estamos bien. Incluso le pedí a Greg anoche que volviera a revisar el plan de la mesa y está todo bien...creo," añadió. "Oh Cam, estoy tan nerviosa."

"¿Por qué estás nerviosa?"

"No sé. Es algo grande, comprometerte con alguien para toda la vida."

Cam sonrió. "Bueno, afortunadamente, hoy en día es posible cambiar de idea más adelante pero eso no va a pasar. Greg es un tipo maravilloso y los dos sois muy felices juntos. ¿Por qué casarse iba a cambiar eso?"

"Tienes razón." Vanya suspiró y se frotó la sien. "Solo espero que su madre se comporte. Aparte de las conversaciones sobre las flores, me ha estado más o menos ignorando desde que le dije que yo iba a planear la boda y se horrorizó cuando le dije que no iba a tener un tema "blanco"; no creo que confíe en que yo pueda sacarlo adelante."

"Y vas a demostrar a la poderosa Cara Amargada que está equivocada." Cam extendió la mano y la ayudó a levantarse. "¿Alguna cosa de última hora en la que pueda ayudarte? Ella dijo que también podría ayudar si fuera necesario."

"¿En serio? ¿Ha dicho eso?" Como siempre, la cara de Vanya se iluminó con una enorme sonrisa con solo mencionarla. "Es tan amable pero no puedo pensar en nada ahora mismo. Bueno, ¿y cómo está ella?"

"Se ha calmado un poco con los paparazzi. Ya no están aparcados delante de la casa o deambulando por la playa, así que eso está bien. Ha estado ocupada trabajando con esa organización benéfica de salud mental de la que te habló en la cena de la otra noche. Van a abrir un nuevo centro en el este de LA." Cam sonrió. "Ah, y salió del closet ante su mánager."

Vanya jadeó. "No, no lo hizo."

"Ajá." Cam no mencionó el papel de su nueva película porque aún era un asunto confidencial.

"Entonces... ¿sois ya oficiales o algo así?"

"Todavía no, pero voy a ser su cita en el estreno de

*Spring's Promise.*" Cam se rió cuando Vanya parecía que estaba a punto de desmayarse mientras entraban en su oficina. "¿Y me lo estás diciendo ahora?"

"¿Cuándo se suponía que debía decírtelo?" Cam dejó entrar a Vanya y cerró la puerta tras ellas.

"Obvio." Vanya puso los ojos en blanco. "¿Qué tal en el momento en que te enteraste de que ibas a ir? Ah no, espera. Se me olvidó que eres Cam Saunders y que no te importan esas cosas." Cogió un periódico de su mesa y lo levantó. "Vas a estar en todos estos. ¿No estás ni siquiera un poco nerviosa? Venga, eres humana, Cam."

"Por supuesto que estoy en poco nerviosa. No me gusta estar en el foco de atención, pero voy a apoyarla. Además, estoy orgullosa de ser su cita."

"Más te vale, Cam. Es la actriz con más talento y la más bella del mundo si me preguntas a mí, y todo el mundo va a estar muy celoso de ti, no solamente por ser su novia, sino por ser su primera novia." Vanya la miró atentamente. "Has pensado en eso, ¿no?"

"No, no puedo decir que lo haya hecho." Cam se sentó a su mesa, un poco desinflada. "Pero parece que tú estás más informada que yo de los entresijos de Hollywood, así que confiaré en tus palabras."

Vanya asintió con la cabeza. "Informada se queda corto así que voy a ayudarte en el proceso. Bueno, ¿qué te vas a poner?"

"Un esmoquin."

"¿Eso es todo? ¿Un esmoquin?"

"Sí, un esmoquin muy bonito, ¿qué hay de malo en eso? Uno de los diseñadores con los que Ella trabaja me ha pedido uno elegante, así que estoy segura de que quedará bien." Cam se encogió de hombros. "Espero que sea un poco locura durante un tiempo pero no tiene sentido preocuparse por las consecuencias hasta que lleguemos ahí."

"Claro." Vanya puso los ojos en blanco. "Si pudiera estar tan calmada como tú. Estás a punto de estar expuesta al mundo y yo estoy teniendo un colapso solo de pensar en mi boda."

"Oye, no te preocupes tanto por eso. Conociéndote, tu boda será fantástica. Ella y yo estamos deseando que llegue el sábado." Cam le lanzó una mirada tranquilizadora. "Vete a casa, descansa un poco y nos vemos en dos días."

## 52

"¿Estás segura de esto?" Cam sabía que no tenía mucho sentido preguntar porque el chófer de Ella ya estaba llegando al lugar. Ella estaba preciosa con un vestido bohemio de color melocotón, su cara brillante con algo luminoso que su maquilladora le había aplicado. La mitad superior de su pelo estaba recogido en una trenza suelta y el resto de sus largos mechones rubios colgaban sobre sus hombros como una cascada dorada. Cam también se había puesto elegante para la ocasión y llevaba pantalones formales de satén negro con una faja a juego y camisa blanca.

"Estoy segura." Ella le dirigió un guiño sexy, indicándole que estaba emocionada de poder hacer algo normal, incluso si "normal" significaba asistir a una boda con la primera novia que había tenido nunca.

Salieron del coche cuando se detuvo delante de las puertas de una gran mansión blanca en Malibú. Ella esperó a que Cam diera la vuelta al coche y la ayudara a salir.

"Gracias." Apretó con más fuerza la mano de Cam. "Por

favor, no la sueltes hoy," dijo casi en un susurro, "Estamos juntas, me da igual lo que la gente piense."

Cam asintió y le sonrió. "No te preocupes, no la soltaré."

Fueron recibidas por uno de los padrinos de la boda, que estaba revisando la lista de invitados y dejando que entraran todos. Miró a Cam, luego a Ella y sostuvo su mirada profundamente confundido.

"La invitada de Cam Saunders. Sí, aquí te tengo," tartamudeó, sin apartar los ojos de Ella. "Pero tú eres..."

"Gracias," dijeron las dos al mismo tiempo, continuando su camino rápidamente mientras escuchaban susurros y gemidos de sorpresa detrás de ellas.

"Estarán bien una vez que superen el primer shock," le aseguró Cam cuando vio a más gente que se quedaba mirándolas. Fueron llevadas a una gran sala de recepción con un hermoso techo pintado a mano y candelabros de cristal, donde repartían copas de champán. La parte de atrás de la sala daba a viñedos hasta donde alcanzaba la vista. Campos en diferentes tonos de verde se extendían por un paisaje montañoso detrás de un gran patio con largas mesas, dispuestas con manteles de lino blanco, copas de cristal, porcelana blanca, rosas rosadas y hojas de parra.

"Es tan bonito," dijo Ella, asombrada con la decoración.

"Sí, lo ha logrado." Cam se dio la vuelta cuando escuchó una voz de desdén detrás de ella.

"Eh, señorita, ¿A dónde crees que vas con eso? Eres demasiado joven para beber." La mujer que hablaba se elevaba amenazante sobre una de las damas de honor, a quien Cam reconoció como Shruti, prima de Vanya.

"No es para mí, es para Vanya," tartamudeó Shruti.

"Dame eso. Vanya no va a beber alcohol antes de la ceremonia. ¡Son solo las 3 de la tarde, por el amor de Dios!" La mujer dio dos zapatazos en el suelo para confirmar su opinión, luego gruñó para sí misma mientras se frotaba la sien y se alejaba de la chica, que se escabulló después de darle la copa.

Ella se quedó mirando a la mujer también, bajando la voz. "Esa debe ser Cara Amargada."

"Desde luego que es ella," susurró Cam también, mientras conducía silenciosamente a Ella a su lado, manteniendo la cabeza baja para evitar a la madre de Greg. "Luego le digo hola. Lo primero es lo primero." Cogió otra copa de champán de la bandeja que llevaba un camarero y siguió Shruti por el pasillo con Ella detrás de sus talones. Llamó dos veces a la puerta por la que la chica acababa de desaparecer. "Hola, pssst, soy yo."

"¡Gracias a Dios que estás aquí!" Vanya metió a ambas en la suite donde se estaba preparando. "He estado esperando una bebida una hora." Aceptó agradecida la copa que Cam le dio, tomó un sorbo largo y suspiró aliviada. "Eso está mejor. ¿Por qué es tan difícil tomar una copa aquí?"

"Es la madre de Greg," dijo Shruti encogiéndose de hombros, antes de mirar a Ella con los ojos muy abiertos. Estaba claro que la chica estaba asombrada.

"Tiene razón. Cara Amargada está en forma hoy." Cam se echó a reír mientras hacía girar a Vanya. "Pero ¿a quién le importa? Estás absolutamente impresionante, cariño."

"Sí," dijo Ella, dándole un abrazo a Vanya. "Y el pelo con flores... es adorablemente bonito."

"Gracias." Vanya sonrió radiante. "Lo ha hecho Shruti. Quiere ser peluquera y ya es genial con el rizador."

"Has hecho un gran trabajo, Shruti." Ella le dirigió una cálida sonrisa, sintiendo que Shruti podría ser una admiradora suya.

"Gracias." Las mejillas de Shruti se sonrojaron y nerviosamente jugueteó con su ramillete. "Yo también creo que está guapa."

"Me he maquillado yo misma porque no quería pasearme por ahí con la cara tapada todo el día y ahora estoy muy contenta con mi aspecto." Vanya se pasó una mano cubierta de henna por su pelo largo y oscuro, que había sido rizado con ondas desenfadadas. Llevaba una diadema de flores de color rosa pálido que hacía juego con su vestido de satén rosa y con un hombro descubierto, sus antebrazos cubiertos por un amplio volante asimétrico. Era largo y al vuelo, y la tela brillaba con la luz mientras se movía. Una delgada cadena de oro, unida al anillo en su nariz, llegaba hasta el contorno de la oreja, donde estaba asegurada con un botón de oro, y tenía más cadenas de oro alrededor del cuello, adornadas con piedras preciosas de color rosa. "Las joyas son un pequeño guiño a mi herencia india. Creo que a mi madre le gustará," dijo con una sonrisa feliz. "Ni siquiera me ha visto todavía, ha estado demasiado ocupada dirigiendo al personal de cocina."

"Bueno, yo creo que pareces una estrella de rock. Nunca en mi vida he visto una novia tan fantástica." Ella le dio una palmadita tranquilizadora en el brazo. "¿Estás lista?"

Vanya dio un profundo suspiro. "Estoy lista. No he visto a Greg desde ayer y le echo mucho de menos, así que sí, estoy emocionada." Se bebió el resto del champán. "¿Cómo se ve el sitio? Todavía lo estaban preparando cuando llegué."

"Es fabuloso. Te va a encantar." Le dijo Cam. "Parece que todo está bajo control pero no negaré que estoy un poco nerviosa. Nunca antes he sido testigo."

"No te atrevas a decir eso." Vanya le dio un empujón juguetón. "Todo lo que necesitas hacer es recordar tu nombre cuando firmes en la línea de puntos. Yo soy la que está bajo presión aquí, así que recomponte."

"Tienes razón. Creo que me las puedo apañar para recordar mi nombre." Cam se rió entre dientes y tomó la mano de Ella. "Bueno, será mejor que volvamos. Greg te estará esperando pronto."

"Vale. Os veo fuera. Ah, ¿Cam?" Vanya se rió entre dientes y se levantó el vestido, mirando sus pies mientras movía los dedos pintados con esmalte de color rosa brillante.

"¿Adivina qué? Cara Amargada va a tener un colapso porque voy descalza."

Cam rompió a reír, seguida de Ella y Shruti. "No puedo esperar a verle la cara."

C am y Ella se sentaron en la primera fila frente a la glorieta a un lado del patio, donde se iba a celebrar la ceremonia. Estaba cubierto de lino blanco y columnas de madera adornadas con hojas de parra y peonías rosas. Un fotógrafo estaba tomando fotos de los invitados mientras el oficiante de la boda, vestido con un elegante traje negro, se preparaba debajo de la glorieta. Una violonchelista con un vestido largo y rosa estaba sentada detrás de él, afinando su instrumento.

"Os importa si hago una foto?"

Ella se tensó por un momento, cuando el fotógrafo giró su objetivo hacia ellas, pero sonrió y asintió. "Claro, adelante." Casi se cae de la silla cuando la madre de Greg se sentó y se colocó contra ellas, colándose en la foto con una amplia sonrisa.

"Oh, solo una más," dijo, acercándose más para otra foto. Luego se volvió hacia Ella y le tendió la mano. "Hola

Ella. Encantada de conocerte. Soy Aubrey, la madre de Greg."

"Hola Aubrey, encantada de conocerte también."

Cam se inclinó también y le estrechó la mano. "Hola Aubrey, es un placer verte de nuevo." Cuando no vio un brillo de reconocimiento en los ojos de Aubrey, continuó: "Soy Cam, la testigo de Vanya y su socia."

"Oh, por supuesto. Hola, Cam." Aubrey le hizo un gesto amistoso e inmediatamente se centró en Ella de nuevo. Claramente tenía muy poco interés en otra cosa que no fuera la famosa actriz, que parecía ser el único hecho destacable en todo el fiasco de la boda.

"Es maravilloso, ¿verdad?" Le dijo Ella. "Tan romántico. Vanya ha hecho un trabajo increíble." Podía ver cómo Aubrey estaba haciendo todo lo posible por no hacer una mueca ante el comentario.

"Sí, bueno, no es así como normalmente hacemos las bodas en *nuestra* familia. Es un poco pequeña y poco convencional pero supongo que ha hecho lo mejor que ha podido."

Su conversación se vio interrumpida por los murmullos y aplausos cuando Greg caminó hacia adelante y se colocó junto al oficiante. Saludó a Cam y a Ella con la mano y sonrió a un par de sus amigos que se estaban burlando de su corbata rosa. A Cam se le unió la madre de Vanya, que se sentó a su lado y le dio un beso en la mejilla.

"Hola Cam. Estás deslumbrante, cariño."

"Gracias. Usted también, señora Singh. Esto es muy bonito." Cam pasó una mano por la tela bordada de oro de su sari. "¿Cómo va la comida?"

La señora Singh se recostó en la silla y lanzó un profundo suspiro. "Creo que está bajo control," dijo, un poco nerviosa. "Más le vale. He estado despierta estas dos últimas noches organizando los preparativos."

"Bueno, ya he comido su comida antes así que no tengo dudas de que será fantástica," la tranquilizó Cam.

Fueron mandadas a callar por el oficiante, quien entonces hizo una señal a la violonchelista. Tocaba maravillosamente; suave al principio, luego más alto mientras Vanya caminaba por el pasillo cubierto de pétalos de rosa con su padre. Cam se sintió abrumada por la emoción mientras veía a su mejor amiga unirse a Greg y coger sus manos. Luego la música del violonchelo disminuyó y el oficiante empezó a leer un pasaje de "La mandolina del capitán Corelli" de Louis De Bernières.

*"El amor es una locura temporal, entra en erupción como los volcanes y luego se sosiega. Y cuando se sosiega, tienes que tomar una decisión. Tienes que averiguar si tus raíces se han entrelazado tanto que es inconcebible que alguna vez te separes. Porque esto es lo que es el amor. El amor no es falta de aliento, no es emoción, no es la promulgación de promesas de pasión eterna..."*

Cam tomó la mano de Ella entre las suyas mientras él continuaba, y entrelazaron sus dedos. Podía sentir cómo Ella se emocionaba también por la forma en que seguía apretando su mano y se apoyaba en ella. La señora Singh le cogió la otra mano, casi aplastándola mientras sollozaba durante el resto de la ceremonia.

"¿Quién dice que el vino y la comida india no van juntas?" Vanya levantó la copa para brindar mientras cenaban en las largas mesas en el patio. Había estado fuera de sí después de la ceremonia y era posiblemente la novia más relajada que Ella había visto jamás. En la terraza detrás de ellos, una banda de blues tocaba viejos clásicos y, delante de ellos, los viñedos estaban dorados ahora, acariciados por el sol poniente.

Se lo había pasado bien conociendo gente nueva, después de que se hubieran recuperado del shock de conocer a una estrella de cine de verdad, y no se sentía incómoda en absoluto. El hecho de que fuera una boda íntima ayudó, por supuesto. La gente estaba aquí por Vanya y por Greg, no para ser vista y hacer nuevos contactos. Era simplemente un acto social maravilloso con invitados agradables, comida fantástica, un ambiente romántico y una música estupenda, y no podría haber sido más feliz, sentada junto a Cam, que era completamente adorable cuando estaba un poco achispada. Los viejos amigos de la universidad de Greg eran divertidos, y su familia era un poco estirada pero, sin embargo, muy amistosos.

Ella había logrado por fin escapar de la madre de Greg, quien la había arrastrado para hacerse varias fotos desde la ceremonia, educada pero firmemente dirigiéndola hacia dónde y cómo posar. La familia de Vanya era encantadora y conversadora, la mayoría de las mujeres vestidas con saris coloridos y sueltos y los hombres con kurtas o trajes. La mesa estaba dispuesta con comida aún más deliciosa después de que se hubieran comido las samosas y pakoras, y ahora estaban distribuyendo arroz aromático, ensaladas, salsas de yogurt, queso paneer en espinacas, panes rellenos picantes, curry y otros platos vegetarianos. Para Ella, se sentía genial ser parte de algo, en lugar de ser el centro de atención, pero a Vanya claramente le encantaba que fuera "su" día y era la más ruidosa de todos, para diversión de todos. Greg parecía feliz también, totalmente enamorado de su nueva esposa.

"Esta comida es tan buena," le dijo a Cam, pasándole un cuenco de ensalada.

"Sí, ¿verdad? Solo he ido a cenar a casa de los padres de Vanya dos veces pero es la mejor comida que he probado jamás." Sonrió. "Y estoy de acuerdo con Vanya; va bien con el vino, no importa lo que diga la gente."

"Estás súper adorable cuando estás un poco borracha," le susurró Ella, apretando su muslo.

"¿Entonces todavía quieres bailar conmigo más tarde, incluso si voy a estar un poco tambaleándome?"

Ella se volvió cuando escuchó a Shruti riéndose a su lado. "Oye, ¿qué es tan gracioso, pequeña?" Vanya les había pedido a todos que se movieran un poco para que Shruti, que estaba desesperada por sentarse junto a Ella, pudiera unirse a ellos en el banco largo.

Shruti se sonrojó y miró de Ella a Cam y a Ella de nuevo. "¿De verdad estáis saliendo?" preguntó un poco demasiado alto.

Ella casi se atragantó con la comida por la pregunta y se dio cuenta de que unos diez pares de ojos estaban centrados en ella ahora. Pero no eran las miradas críticas a las que estaba normalmente sometida, y nadie parecía que estaba a punto de hacer dinero con su respuesta. Eran más bien miradas divertidas y de cariño ante la inocente falta de sutileza de una niña de trece años. No es que hubiera ninguna diferencia por lo que dijera ahora, estaba aquí como la cita de Cam y era bastante obvio lo que había entre ellas. Le lanzó a Shruti una mirada conspiratoria y se inclinó.

"¿Prometes que no se lo dirás a nadie?" le susurró al oído.

Shruti asintió, los ojos abiertos de par en par. "Lo prometo."

"Entonces vale." Ella le guiñó un ojo. "Sí, estamos saliendo."

Shruti jadeó y se cubrió la boca con la mano. "Eres

lesbiana," dijo, demasiado alto otra vez, haciendo reír a los otros invitados.

"Sí, lo soy." Ella le dio un mordisco a su comida como si nada, pero por dentro estaba un poco sacudida de admitirlo delante de una mesa llena de gente. Pero se sintió liberador, así que se encogió de hombros y se volvió hacia Shruti con una sonrisa. "Y tú ¿qué?"

Shruti se sonrojó de nuevo, más incluso esta vez. Echó una mirada a sus padres, que estaban sentados en el otro extremo de la mesa y decidió que era seguro contestar. "Creo que yo también lo soy," le susurró, cubriendo la oreja de Ella. "Pero no estoy segura porque también me gusta Ben de mi clase."

"No pasa nada." Ella le acarició el hombro. "No tienes que elegir un lado. Solo sal con quien haga cantar a tu corazón." Arqueó una ceja. "Aunque puede que seas un poco joven para salir con alguien todavía."

"¿Cam hace que tu corazón cante?" le preguntó Shruti en tono burlón.

Ella cogió la mano de Cam bajo la mesa y la acarició suavemente. Cam, que había escuchado la conversación, le lanzó una dulce sonrisa y le dio un beso en la mejilla, haciendo que Ella sonriera de oreja a oreja. "Sí, cariño, sí que lo hace."

## 53

"Es todo tan bonito aquí." Ella se sentó en el césped al final del patio, con vista a los viñedos. El cielo estaba completamente oscuro, pero la luna llena brillaba esta noche, con el brillo de una luz misteriosa sobre las colinas. El patio trasero de la mansión estaba en silencio, con solo un par de personas fumando en la terraza. "Realmente debería salir más. Hay tanto que ver fuera de Hollywood y ha sido una boda increíble. ¿Crees que Vanya y Greg lo han pasado bien?"

Cam se sentó también y la rodeó con un brazo. "Creo que lo han pasado genial. ¿Y tú?"

"Sí." Ella cogió su mano y la bajó más sobre su hombro. "He estado en muchas bodas extravagantes de famosos, pero nunca me lo he pasado tan bien como hoy. Y se puede ver claramente cuánto se aman, no es solo una especie de treta publicitaria o una idea loca que parece genial en el momento pero que no funciona a largo plazo." Tomó aire profundamente, agradeciendo el fuerte viento que batía su pelo. "¿Has pensado alguna vez en casarte?"

"No, nunca," admitió Cam. "Nunca he estado con nadie

a largo plazo con quien estaba segura de querer compartir el resto de mi vida." Dudó. "En realidad, quizá pensé que quería pasar el resto de mi vida con Sam, mi primera novia, pero eso es lo que piensa todo el mundo de su primer amor, ¿no? E incluso entonces, casarme no estaba en mi cabeza, era demasiado joven para eso. Pero ahora que te he conocido, no puedo decir que no se me haya pasado por la mente hoy." Rió entre dientes. "Oh dios, me estoy ruborizando. ¿Y tú?"

"Nunca lo he pensado tampoco. Hasta hoy," añadió Ella, ruborizándose también. Lo había pensado muchas veces hoy, imaginándose a ella y a Cam bajo la glorieta donde Vanya y Greg habían estado esa tarde. Sabía que era una tontería porque no se conocían de mucho tiempo, pero lo que sentía por Cam era tan fuerte que ya no se podía imaginar estar sin ella. ¿Era amor? No estaba segura. Todo lo que sabía era que era puro y hermoso y que la hacía sentir fuerte. "No era algo que viera antes en mi futuro," continuó. "Soñar con casarme algún día significaba que tenía que salir del closet primero y ni siquiera había empezado a pensar en hacerlo hasta hace poco." Se encogió de hombros. "No es que me hayan educado en los valores del matrimonio precisamente. Mi padre nunca estuvo presente y mi madre ha estado soltera la mayor parte de su vida, aparte de los novios fugaces que se mudaban con ella durante un par de meses a la vez. No le faltaba acción, pero tampoco le importaban mucho. Creo que simplemente eran una conveniencia. Su vida siempre giró alrededor de Helena y yo. Es extraño que nunca se obsesionara tanto con los hombres hasta ahora."

"No puede haber sido fácil para ella tampoco, como madre soltera," dijo Cam. "Sin marido, sin trabajo y luego imagínate el pánico cuando descubres que vas a tener gemelas."

"No, supongo que no."

"¿Qué pasa con su familia?" preguntó Cam.

"Mi madre se escapó de casa cuando tenía dieciséis años. Nunca habló de mis abuelos. Ni siquiera sé si todavía viven. Mencionó a su hermano una vez, que ha estado entrando y saliendo de la cárcel durante los últimos veinticinco años, pero no están en contacto. Mi presentimiento es que no lo tuvo fácil mientras crecía. He estado pensando en ello últimamente. Quizás no todo fue egoísmo. Quizás solo estaba decidida a darnos todo lo que ella nunca tuvo." Ella se encogió de hombros. "Simplemente no supo cuándo parar y no importaba cuánto dinero ganáramos, nunca era suficiente."

"Quizás. Nada es todo blanco o negro."

"Sí. También he estado pensando en la carta." Ella enterró la cabeza en el hueco del brazo de Cam y bajó la mirada.

"Sé que lo has hecho." Cam la acercó más. "¿Quieres ir a verla?"

"Creo que sí. Sé que tengo derecho a estar furiosa, pero no puedo evitar sentir pena por ella. La creí cuando dijo que se sentía sola porque yo también he estado ahí, y no se lo deseo a nadie." Se volvió hacia Cam. "Tenías razón en eso, pero estaba tan enfadada que no quería pensar en eso. Además, no llevo bien la confrontación y no quería sentirme responsable de ella después de todo lo que me hizo pasar, pero ella es todo lo que tengo. Aparte de ti," añadió con una sonrisa.

Cam la besó suavemente en la sien. "Entonces deberías ir a verla."

"¿De verdad?"

"Sí. No solo porque es tu madre, sino porque, en el fondo, quieres hacerlo. Sé que quieres hacerlo. Y ella..."

"¡Eh tortolitas!" Vanya apareció detrás de ellas, interrumpiendo su conversación. Se dejó caer borracha al lado de Cam, casi tropezando en el proceso. "Guau, vaya vista, ¿eh?"

"Es preciosa. Lo has hecho tan bien, cariño. ¿Cómo te sientes?" le preguntó Cam.

"Feliz." La respuesta fue corta y sincera. "Hice lo correcto. De verdad no sé por qué estaba tan nerviosa. Porque, ¿adivina qué? Greg es el amor de mi vida. Y adivina qué más. Cara Amargada está ahí bailando." Se echó hacia atrás y señaló la mansión detrás de ella. "La mujer se lo está pasando bien por una vez, a pesar de que nunca lo admitirá en mi cara. Pero... no me importa, tengo pruebas de video."

Cam se echó a reír. "Apuesto a que te aseguraste de conseguirlo." Tiró de Vanya para sentarla y la rodeó con un brazo también, sintiéndose afortunada de tener a las dos mujeres más increíbles de su vida a su lado.

"Es maravilloso saber que alguien siempre te respalda, ¿sabes? Que alguien siempre está ahí para ti," dijo Vanya, arrastrando un poco las palabras. "Lo amo. Lo amo mucho."

"Sabemos que sí." Ella apretó la mano de Cam y ésta apretó la suya. "Oye, ¿quieres un poco de agua?" preguntó, cuando notó que los ojos de Vanya se le caían. "Sé que se está estupendamente aquí, pero no querrás perderte el final de tu fiesta, ¿no? Y estoy segura de que Greg se muere por bailar otra vez contigo."

"Tienes razón." Vanya cogió la botella de agua que Ella le dio y se bebió todo de una vez. "Oh Dios. Creo que también podría necesitar café muy fuerte." Comenzó a tener hipo mientras Cam la ayudaba a ponerse de pie y rápidamente arreglaba su vestido. Luego Cam enganchó su brazo en el de Vanya y Ella se enganchó al otro. "No te han acosado mucho, ¿verdad, Ella? ¿Nuestros invitados?"

Ella se rió entre dientes. "No, en absoluto. Todos han sido realmente encantadores, incluso Cara Amargada." Dijo Ella de manera sarcástica. "Venga, vamos, también me vendría bien un café."

## 54

Ella había estado callada durante el trayecto a Palm Springs. Estaba dándole vueltas distraídamente a un mechón de su pelo con el dedo una y otra vez mientras apoyaba la cabeza sobre el brazo que tenía sobre la puerta del coche. Cam le lanzaba miradas tranquilas mientras conducía, sabiendo que Ella estaba nerviosa por ver a su madre de nuevo. No habían llamado antes, pero Ella sabía con certeza que su madre estaría en casa porque todavía no era la hora del almuerzo. Al parecer, Bernice Temperley solo se aventuraba a salir si había bebidas de por medio. Después de que Raphael lograra averiguar dónde vivía, había intentado convencer a Ella de que avisara a su madre de que iban a ir, pero Ella no quería saber nada de eso. Quizás tenía la esperanza de encontrar a su madre con uno de sus jovencitos, dándole una excusa para irse otra vez si cambiaba de opinión.

"No creo que deba ir contigo," dijo Cam, tomando la mano de Ella. "Esto es entre tú y tu madre."

"Sí, tienes razón." Ella tragó saliva. "¿Estarás cerca, por si quiero irme?" Se sorprendió cuando vio que el GPS indicaba que ya casi estaban allí, porque ya estaban en el centro de la ciudad. Había esperado que su madre viviera en una gran villa en las colinas pero, en cambio, fueron guiadas hacia una modesta casa de pueblo, al lado de un restaurante retro.

"Esperaré allí, ¿vale?" Cam aparcó el coche delante del elegante restaurante blanco al no haber sitio delante de la casa.

"Vale." Ella tomó aire profundamente y asintió. "No tardaré mucho."

"Tómate el tiempo que necesites."


Ella llamó al timbre y se alisó el vestido de verano verde menta. Llevaba el pelo recogido en una trenza larga y llevaba puestos unos pendientes pequeños de perlas con un collar a juego. No estaba segura de por qué había sentido la necesidad de vestirse de manera tan conservadora. Quizás inconscientemente se estaba rebelando. Su madre siempre la había animado a vestirse según las últimas tendencias y esto estaba muy lejos de serlo. Echó un vistazo a las ventanas, notó que las cortinas estaban cerradas y comprobó la hora en su teléfono. *10 am.* Llamó otra vez y esperó hasta que por fin la puerta se abrió.

"Ella..." Bernice se limpió el sueño de los ojos y se cerró el albornoz. Parpadeó un par de veces como procesando lo que estaba sucediendo, entonces salió y envolvió a Ella en un fuerte abrazo. "Estás aquí. No me puedo creer que estés aquí." Empezó a sollozar contra el hombro de Ella, dejándola en una posición incómoda donde no tenía ni idea de qué hacer con sus brazos. Su madre nunca había sido física con ella y no podía recordar haber sido abrazada por ella. Lo sintió por ella, pero aún así la empujó un poco hacia atrás, necesitando algo de distancia.

"Hola."

Bernice intentó recomponerse mientras sonreía entre lágrimas. "Hola. Entra." Abrió más la puerta y siguió el camino a través de un pasillo estrecho hasta una oscura sala de estar. No era grande pero parecía acogedor, con fotos y cuadros en las paredes de color limón pálido. Las cortinas eran blancas con un estampado floral gris y en el suelo de baldosas había una acogedora alfombra blanquecina.

Ella tuvo la sensación de que el interior había venido con la casa porque estaba lejos del estilo llamativo habitual de su madre. Contuvo el aliento cuando sus ojos se posaron en una foto grande enmarcada de ella y Helena en la pared detrás del sofá de color crema. Había sido tomada el día antes de que Helena se mudara a Nueva York, en su casa de Palm Springs. Ella había organizado una fiesta de despedida para ella y a pesar de su oxidada relación con su madre, ella también había estado allí. ¿Había hecho su madre esta foto? Ella no podía recordarlo. Parecían felices en el primer plano, ambas con un brazo por encima del hombro de la otra. Aparte del pelo y el maquillaje, parecían idénticas. Helena se había teñido el pelo que le caía por los hombros de un marrón oscuro y tenía el flequillo recto. El pelo de Ella era rubio y estaba suelto, como lo llevaba habitualmente. Su cara casi libre de maquillaje la hacía parecer la chica buena aburrida al lado de Helena, cuyos ojos destacaban por un delineador de ojos oscuro y grueso y mucho rímel.

"Por favor, siéntate. ¿Te apetece algo de beber?" Bernice se movió rápida hacia las ventanas y abrió las cortinas, haciendo una mueca un momento cuando entró la luz brillante.

Ella se sentó en el sofá. Había una almohada a un lado y una manta sobre el reposabrazos del sofá, como si su madre hubiera estado durmiendo allí. Le dolió ver la botella de vino vacía sobre la mesa de café delante de ella y una taza de café al lado. Ni siquiera se había molestado en echarlo en una copa de vino. Como si su madre supiera lo que estaba pensando, rápidamente limpió la mesa.

"Café si tienes." Ella se movió en el asiento, evitando el contacto visual.

"Por supuesto." Su madre lanzó un rápido vistazo al reloj de la pared y se lo llevó todo a la cocina. Volvió cinco minutos después con dos tazas de café, y miró del sofá a la silla y de nuevo al sofá, decidiendo finalmente sentarse en la silla.

"Muchas gracias por venir, Ella, lo significa todo para mí."

Ella se mantuvo en silencio un momento cuando finalmente se encontró con los ojos de su madre, que estaban cansados y enrojecidos. "Realmente no sé por qué he venido..." dudó. "Pero recibí tu carta y aquí estoy, así que hablemos."

"De acuerdo." La cara se Bernice se iluminó un poco. "¿Cómo estás?" preguntó, sentada en el borde de la silla, apoyando los codos en sus rodillas.

"Estoy bien." Ella le dirigió una pequeña sonrisa. "Estoy mucho mejor. He sido un completo desastre durante mucho tiempo pero ahí estoy. He tenido ayuda y ahora puedo ver la luz al final del túnel. Puede que no salga del túnel por completo, pero puedo disfrutar de la vida sin Helena y sé que eso es lo que ella hubiera querido para mí." Se dio cuenta de que su madre estaba jugueteando con sus uñas, como siempre hacía cuando estaba nerviosa. "¿Cómo estás tú?"

Bernice casi entró en shock al escuchar la pregunta, pero tal vez nadie le había preguntado eso en mucho tiempo.

"Voy a ser sincera contigo, Ella. He estado triste, muy triste. Algunas veces no sé por qué me levanto de la cama o por qué estoy aquí." Hizo una pausa. "Hay un chico durmiendo en mi cama y ni siquiera recuerdo su nombre, así que me disculpo de antemano si se despierta y entra. Son las noches, ¿sabes? Las noches son los peores momentos y no puedo dormir porque no puedo dejar de pensar, así que necesito compañía para mantenerme cuerda. A pesar de eso, no podía dormir anoche, así que me vine aquí y usé la bebida para dormir. He probado pastillas para dormir, por supuesto, pero el médico dejó de recetármelas porque estaba tomando demasiadas."

Ella asintió. "Yo también he dejado de tomarlas. Mejorará, con el tiempo."

"Sí. Estoy segura de que sí." Bernice no parecía convencida cuando lo dijo. "Entonces, ¿esa era tu novia? Cam Saunders, ¿la mujer con la que estabas en el Palm Garden? Siento haber enviado la carta a su puerta, pero sé que le has dicho a Tom que separara mi correspondencia y no sabía dónde vivías ahora. Su nombre estaba en los tabloides así que no fue difícil encontrarla."

"Cam, sí. Es profesora de yoga y tiene su propio estudio en West Hollywood. Pero supongo que también habrás leído eso. Me está esperando en el restaurante de al lado."

"¿Sois felices juntas?"

"Sí, estoy loca por ella."

Bernice suspiró. "Y ahí estaba yo intentando concertarte citas con chicos famosos todos esos años. ¿Por qué no me lo dijiste?"

"¿Cómo podía decírtelo?" Ella trató de no alzar la voz,

así que apretó los puños. "Tenía que ser una estrella. Tenía que ser famosa, guapa, talentosa y popular y todas esas cosas a las que me empujaste a ser. Desde muy pequeña me enseñaron que era importante ser vista con gente influyente y que salir con coprotagonistas masculinos guapos era un movimiento inteligente, así que dime honestamente, mamá, ¿qué hubieras hecho si te hubiera dicho que era gay?" Continuó cuando su madre no respondió. "Me habrías dicho que me lo guardara para mí, que apretara los dientes y fingiera estar enamorada de quien fuera la estrella de cine más elegible en Hollywood en ese momento. Me habrías dicho que algunas veces tienes que hacer sacrificios para obtener lo que realmente quieres. ¿No es eso lo que siempre decías?"

"Tienes razón." Bernice parecía abatida mientras asentía lentamente. "Probablemente habría dicho eso." Sacudió la cabeza. "Oh Dios, he sido tan mala madre."

Ella la vio llorar pero no se acercó para consolarla. Habían pasado demasiadas cosas para eso. Pero contra todas las expectativas, sintió algo. Algo que la hacía querer quedarse y hablar más. "Hiciste lo que creíste correcto," dijo por fin. "Bueno, quizás no todo el tiempo," añadió, recordando las ocasiones en que grandes sumas de dinero habían desaparecido de su cuenta bancaria. "Y no creo que pueda perdonarte por el libro, sin importar cuáles fueran tus motivos... pero también tengo buenos recuerdos tuyos y te quise. Creo que todavía te quiero, quiero decir, después de todo, eres mi madre."

Bernice levantó la vista, con un brillo de esperanza en sus ojos. "¿De verdad?"

"Sí, por supuesto. Recuerdo lo orgullosa que estabas de mí cuando conseguía un papel nuevo o cuando ganaba un premio. Recuerdo que pusiste todo tu tiempo y energía en nosotras y que toda tu vida giraba en torno a nosotras. Sé que tenías buenas intenciones, solo que se te fue de las manos."

"Me volví codiciosa," dijo Bernice con voz débil. "No necesitaba el dinero; ya ganaba el veinte por ciento como mánager tuya y de Helena y vivía una vida muy cómoda. Pero quería más. Otra casa, otro coche,... No tuve nada cuando crecí y de repente, tener acceso a todos esos lujos me hizo perder toda perspectiva. Las cosas materiales solían ser importantes para mí, incluso creía que me hacían feliz. No me di cuenta de que lo único que importaba había estado delante de mí hasta que fue demasiado tarde." Resopló y se aclaró la garganta. "No hay excusas para lo que hice, y no espero que me perdones, pero si pudiéramos vernos de vez en cuando... quizás podríamos construir algún tipo de relación."

Ella observó a su madre mientras pensaba en lo que había dicho. Su madre parecía una persona diferente y no estaba segura de si estaba siendo manipuladora o que la pérdida de su hija la había cambiado. No sonaba a ella en absoluto.

"Tal vez podríamos intentar eso," se oyó decir. "No puedo prometerte nada pero desbloquearé tu número para que puedas llamarme cuando estés en LA y quizás podríamos ir a tomar un café o a comer juntas si estoy libre."

"Me gustaría eso de verdad." El alivio de su madre era casi palpable cuando dejó escapar el aire que había estado conteniendo y le lanzó una sonrisa cálida.

Su conversación se interrumpió cuando la puerta se abrió y ambas levantaron la vista para encontrarse con un joven en la entrada, solo cubierto por una toalla envuelta alrededor de su cintura. No era el mismo hombre que Ella había visto en el Palm Garden, pero bien podría haberlo sido porque era igual de joven y tenía el mismo pelo rubio y complexión muscular.

"¿Tienes algo de comer en la casa, B?" preguntó. Entonces sus ojos se abrieron de par en par cuando vio a Ella. "Joder..." susurró. "Eres Ella Temperley." Su mirada se movió hacia Bernice. "Temperley," murmuró para sí mismo cuando hizo clic. "Tú debes ser..."

"Creo que es hora de que te vayas ahora," dijo Bernice, un poco más que avergonzada. "No tengo comida en la casa, y me gustaría estar sola..." Hizo una mueca. "Perdona, ¿cómo te llamabas?"

"Dewey." Dewey le lanzó otra mirada a Ella. "Claro, me voy. ¿Pero me puedo hacer una foto rápida antes de irme? Mi teléfono está en la habitación, dame un minuto para cogerlo."

"No, Dewey. No fotos," dijo Bernice con frialdad cuando se levantó y abrió la puerta del pasillo, señalando la habitación. "Y vístete, por favor, tengo compañía."

"Está bien, tengo que irme de todos modos." Ella se levantó también, contenta de que la interrupción le hubiera dado una razón para irse. Era la primera vez en años que había hablado sin discutir y pensó que era mejor que se fuera por si se enfadaba otra vez.

"Oh, pero no tienes que..." Bernice estuvo a punto de protestar pero cambió de idea, sintiendo también que separarse ahora mismo era lo más sensato. Asintió. "Bien. Muchas gracias por venir a verme, me encantaría volver a verte pronto."

Ella se dirigió al pasillo, tratando de esquivar otro abrazo. "Cuídate," dijo mientras abría la puerta. "Y busca ayuda. Beber no es la solución. Créeme, hablo por experiencia."

"Lo sé." Bernice agarró la mano de Ella. "Te veré pronto, ¿verdad?"

"Sí. Llámame." Ella le apretó la mano rápidamente y se fue.

## 55

"Me alegra saber que decidiste ver a tu madre." Theresa levantó la vista de su libreta y le dirigió una cálida sonrisa. "¿Te sientes mejor por eso?"

"Sí." Ella se hundió más en su silla y puso los pies en el reposapiés. Era tan cómodo que había pedido uno para ella. "Fue realmente extraño, ahí sentada con ella, pero me alegro de haber ido. No hablamos mucho de Helena, como sugeriste. Fue solo una visita corta, pero vamos a volver a vernos y podemos continuar desde ahí. No sé cómo evolucionará pero estoy dispuesta a esforzarme e intentar comenzar de nuevo en vez de remover el pasado."

"Excelente." Theresa parecía inusualmente alegre hoy, como si estuviera más que satisfecha del progreso de Ella. "¿Y estás lista para tu gran noche mañana?"

Ella se echó a reír. "No. Estoy aterrorizada."

"Eso es natural. Salir del closet llevando a tu primera novia a un gran evento es un paso valiente."

"No lo hice porque fuera un paso valiente," dijo Ella. "Es un evento importante para mí y quiero que Cam sea parte de él. Estoy muy orgullosa de estar con ella, y, sinceramente, no me puedo imaginar que no esté allí. Hablaré con la prensa en los días después del estreno en algún momento. Al principio, sentí que no era asunto de nadie, pero ahora pienso que sería bueno para mí ser más abierta sobre el tema. Podría animar a cualquiera de mis fans LGTBI+ que están teniendo dificultades para salir del closet también. Conocí a una chica joven en la boda y no creo que les haya contado a sus padres que es bisexual. Quizás no quiera decírselo pero, si lo hace, y si puedo darle a alguien como ella un poco de valor para hablar de ello, entonces podría usar mi influencia de una manera positiva."

"Esa es una idea maravillosa." Theresa también levantó los pies y Ella notó que era la primera vez que la veía tan relajada. "Voy a compartir algo personal contigo, espero que no te importe."

"No, por favor, hazlo." Ella ladeó la cabeza, curiosa por el giro extraño que estaba tomando su conversación.

"Mi esposa estaba leyendo un tabloide el otro día. Como te conté, yo no los leo, pero ella lo había dejado abierto en una página al azar cuando fue a la puerta a firmar para recoger un paquete. Vi una foto tuya y de Cam, y me hizo sonreír. De repente hizo clic en quién era la instructora de yoga endiabladamente atractiva y cómo habías terminado aquí en mi consulta."

"Sí." Ella sonrió. "Fue ella quien me recomendó a ti. Me contó que le habías sido de gran ayuda."

"Me alegro. No puedo hablar de eso, por supuesto, pero dale recuerdos de mi parte."

"Lo haré. Así que, ¿tu esposa has dicho?"

"Sí. Los terapeutas pueden ser gay también, ¿sabes?." Theresa le guiñó un ojo de manera juguetona y ambas rieron. "Y ya que estoy compartiendo," continuó, "me temo que tendré que decirte que voy a cerrar mi consulta dentro de tres meses, pero tengo un puñado de terapeutas realmente buenos que te puedo recomendar."

"¿Vas a cerrar tu consulta?" Ella estaba desconcertada. Ver a Theresa todas las semanas se había convertido en una parte tan integrada de su vida que no podía imaginar que ya no estuviera allí. "¿Por qué?" Sacudió la cabeza. "Lo siento. Eso es privado, no debería haber..."

"No, no pasa nada, estoy feliz de contártelo. Mi esposa ha aceptado una oferta de trabajo en Tel Aviv y me voy con ella. Me voy a tomar un tiempo libre para, por fin, escribir un libro, que es algo que he querido hacer durante un par de años."

"Guau, eso suena increíble."

"Lo es. Me gusta la idea de sumergirme en una cultura diferente por un tiempo, viajar un poco y ver más mundo."

"Veo que estás emocionada." Ella la observó. "Estás diferente hoy."

"Estoy emocionada, sí, pero no solo por razones personales. Me alegra ver a mis pacientes felices después de haber luchado durante tanto tiempo." Theresa le entregó un archivo. "Aquí tienes información sobre los terapeutas que te recomiendo. En mi opinión, todos son fantásticos. Podemos continuar con nuestras sesiones como de costumbre durante las próximas doce semanas pero, mientras tanto, tendrás que decirme si estás interesada en alguno de estos terapeutas para que pueda remitirte a ellos lo antes posible."

"¿Crees que necesito un nuevo terapeuta?" preguntó Ella.

Theresa lo pensó un momento y sacudió la cabeza. "Creo que puedes arreglártelas sola ahora, y creo que tú también lo sabes. Pero si te sientes más cómoda con continuar, entonces está bien, por supuesto. Algunas personas van a terapia durante años, o incluso décadas, simplemente porque les da un sentido de dirección y claridad."

Ella se mordía el labio mientras hojeaba las páginas. "Creo que estoy bien," dijo, devolviéndole el archivo a Theresa. "Lo siento como el final de un período de tiempo oscuro, o como si un nuevo capítulo de mi vida estuviera empezando. No porque te vayas sino porque están a punto de empezar cambios emocionantes. Cambios que alteran la vida. Me siento fuerte y, aunque estoy asustada, estoy preparada para lo que traiga el futuro." Hizo una pausa. "Y tengo a Cam, por supuesto. Creo que la amo. No," se corrigió. "Sé que la amo."

La sonrisa de Theresa se hizo más grande. "El amor es algo maravilloso. Es fascinante y complejo y la emoción más importante en la experiencia humana. Tienes suerte."

"Lo sé." Ella sintió una extraña sensación después de decirlo en voz alta. Estaba toda cálida y confusa por dentro al poder, por fin, admitir lo que había sentido durante semanas. "No te he dado las gracias por lo que has hecho por mí. Estoy muy agradecida."

"No tienes que agradecerme nada, es mi trabajo." Theresa levantó la vista cuando alguien llamó a la puerta. "¡Gracias, Bree!" dijo, lo suficientemente alto como para que su recepcionista la oyera. Miró su reloj y sacudió la cabeza confundida. "Dios, mira eso. No me había dado cuenta de que nos hemos pasado de hora, nunca me había pasado antes. Mi próxima cita estará esperando."

Ella se rió entre dientes, se levantó y cogió su bolso. "Te veo la semana que viene entonces."

"Sí, nos vemos la semana que viene. Buena suerte mañana." Theresa le estrechó la mano. "Que comience el nuevo capítulo."

## 56

"¿Cómo va la vida de casada, señora Singh-Watson?" Preguntó Cam cuando Vanya llegó a trabajar media hora tarde.

"Es fantástica." Vanya sonrió radiante mientras se sentaba detrás de su mesa. "En realidad, no mucho más diferente que antes, pero aún así, sienta genial ser un equipo en papel." Se mordió el labio y sonrió. "Siento llegar tarde. Estábamos teniendo sexo. Sexo matinal. Eso no ha pasado desde que empezamos a salir."

"Bien por ti." Cam arqueó una ceja con curiosidad. "Entonces, la luna de miel ha reavivado la chispa, ¿eh? ¿Cómo fue tu semana en el paraíso?"

"Hawái estuvo genial. Increíble, obviamente. Pero no fue eso." Vanya echó un vistazo a la puerta y bajó la voz. "¿Te acuerdas que te dije que había pillado a Greg viendo porno? ¿El video con el vibrador?"

"Mmm, sí, pero en realidad no quiero pensar en eso. Greg es mi amigo también, y me llevó semanas quitarme la imagen de la cabeza."

Vanya continuó, ignorándola. "Bueno, compré uno. Un

vibrador, para llevarlo en nuestra luna de miel. Supuse que le gustaba, así que pensé por qué no intentarlo ¿verdad?" Silbó, abanicándose la cara con un gesto exagerado. "Bueno, deja que te diga algo, nos ha abierto los ojos a los dos. Hemos estado con eso toda la semana e incluso anoche cuando volvimos y esta mañana. Le gusta mirar..."

"¡No, no, no, no!" Cam se cubrió los oídos, cerró los ojos y empezó a tararear. "De verdad que estoy muy feliz por ti pero, en serio, ahora mismo estás compartiendo demasiado," dijo cuando abrió los ojos de nuevo y notó que Vanya había dejado de hablar. "No quiero saber."

Vanya se encogió de hombros, con una amplia sonrisa extendiéndose por su cara. "Pues vale. Solo digo, quizás deberías comprar uno." Encendió su ordenador portátil, abrió un archivo en su escritorio y se volvió hacia Cam. "¿Estás emocionada por esta noche? ¿Cómo es el esmoquin?"

"No estoy segura de que emocionada sea la mejor manera de describir mis sentimientos." Se rió. "Estoy un poco asustada en realidad. Es algo grande." Suspiró. "Estoy intentando prepararme mentalmente para la tormenta que vendrá con nuestra primera aparición pública juntas, pero, aparte de eso, el esmoquin es genial." Abrió una foto en su teléfono y se lo enseñó a Vanya, que se acercó a ella rodando con la silla. "Me lo probé hace tres días, pero me estaba tan perfecto que realmente no ha necesitado ningún ajuste. El vestido de Ella es también impresionante, no estoy segura de cómo voy a poder mantener mis manos lejos de ella."

"Joder, Cam. ¡Bestia sexy!" Vanya se quedó mirando la foto de Cam con el traje y volvió a silbar. "Sé que no estaba muy a favor de la idea del esmoquin, pero esto es..." Levantó la mirada hacia Cam y rió. "Si no estuviera casada..."

"Qué asco, no digas eso." Cam se rió también mientras le quitaba el teléfono de la mano. "Entonces ¿lo apruebas?"

"Obvio." Vanya pasó la mano por el hombro de Cam. "Oye, sé que es algo grande y quiero que sepas que Greg y yo estamos aquí para las dos, Cam. Y siempre os podéis quedar con nosotros si necesitáis escapar. Sé que te gusta nuestra habitación de invitados."

"Me encanta vuestra habitación de invitados y especialmente me gusta el jacuzzi en el baño de la habitación."

"Ventajas de un marido rico." Vanya agitó la mano, mostrando su anillo de bodas.

"Un marido rico muy bueno, amable e increíble." Cam le dirigió una sonrisa de agradecimiento. "Podríamos aceptar vuestra oferta si las cosas empeoran."

"En cualquier momento, cariño. Así que vosotras dos estáis bien, ¿no?"

"Sí, estamos más que bien. Yo..." Cam dudó. "La amo."

Los ojos de Vanya se abrieron de par en par mientras saltaba arriba y abajo en su silla. "¡La amas!" repitió con un grito de excitación. "Lo sabía, lo sabía, lo sabía." Su entusiasmo hizo reír a Cam de nuevo. "¿No te lo dije? ¿Eh? ¿Sobre los unicornios y los arcoíris y el champán rosado? ¿Se lo has dicho ya?"

"No." Cam sabía que su cara se estaba poniendo colorada y rápidamente se la tapó con las manos. No tenía ni idea de por qué estaba compartiendo de más sus emociones ahora, pero se sentía bien por decirlo en voz alta. "Todavía no se lo he dicho, acabo de darme cuenta."

Vanya se levantó y se tiró sobre Cam, cubriéndole la cara de besos. "Necesitas decírselo. Créeme, ella siente lo mismo. Incluso le dije a Greg la noche después de nuestra cena en tu casa que estaba convencida de que vosotras estabais hechas para estar juntas. Es como si el destino de alguna manera hubiera decidido que erais la una para la otra. La forma en que te mira..."

"¿De verdad lo crees?"

"Sí, de verdad. Y esta noche va a ser genial." Vanya le cogió la mano y le dio un rápido abrazo. "Prepararé la habitación, por si acaso."

## 57

"Estás increíblemente sexy." Ella dejó que sus ojos recorrieran a Cam, que llevaba puesto su esmoquin negro nuevo. Le ajustó la pajarita y pasó una mano por su pelo oscuro mientras esperaban a que el chófer de Ella parara en la entrada de la casa. "Y lo luces como ninguna otra mujer podría."

"Gracias, pero tú eres la que está sexy aquí." Cam alcanzó el trasero de Ella y lo apretó, justo antes de meterse en la limusina. El pelo de Ella estaba recogido en un glamuroso peinado y llevaba un maquillaje sutil, con un par de simples pendientes de diamantes. El vestido negro y sin espalda de Ella dejaba poco para la imaginación, y Cam no podía mantener los ojos apartados del lado de las costillas, donde las curvas de sus pechos eran visibles porque el vestido estaba cortado en una V baja por la espalda.

Ella se rió entre dientes cuando la pilló mirándola. "Pensé que apreciarías un poco de escote lateral."

"¿Así se llama? ¿Escote lateral?" Cam se rió también. "En ese caso, definitivamente soy fan del escote lateral." Recorrió con un dedo desde la axila de Ella hasta su cintura, haciéndola temblar. "¿Estás nerviosa?"

"Sí." Ella tomó aire profundamente y lo soltó despacio. "Es la primera vez que traigo una cita de verdad a un estreno. Después de esta noche, no habrá ninguna duda de si estamos juntas o no. Especialmente, no contigo tan sexy y bueno... seamos sinceras... gay." Ella se rió mientras apretaba el botón para cerrar la mampara de privacidad entre ellas y el chófer, luego pareció reflexionar sobre algo durante un momento. "¿Sabes lo que siempre he querido hacer?" Una sonrisa apareció en sus labios mientras se levantaba el vestido y se sentaba a horcajadas sobre Cam. Sus ojos estaban ardientes cuando la miró y trazó su mandíbula con los dedos. No había duda de lo que Ella quería, Cam ya conocía esa mirada muy bien a estas alturas.

"Si eso implica hacer travesuras en la parte de atrás de una limusina, no voy a decir que no." Cam gimió suavemente cuando Ella rozó sus labios con los de ella, luego reclamó su boca en un beso apasionado.

"Bien. Entonces pensamos igual," susurró Ella.

"Me estás matando Ella." Cam podía sentir los rápidos latidos del corazón de Ella contra los suyos y saber que la estaba excitando solo avivó su deseo. Tiró de la cabeza de Ella hacia atrás por el pelo y le besó el cuello. Las uñas de su otra mano se clavaron en la espalda de Ella, luego bajaron y se deslizaron debajo de su vestido, cogiéndole el trasero. Ella gimió y deslizó los tirantes finos de sus hombros, revelando sus pechos cuando el vestido cayó hasta su cintura. Jadeó cuando la boca de Cam bajó hasta ellos, tomando un pezón duro y rosado en su boca. Empezó a mover sus caderas, apretando su centro contra el abdomen de Cam cuando ésta la mordió, lo suficientemente fuerte como para equilibrar esa deliciosa línea entre el dolor y el placer. No le importaba que estuvieran de camino a su primer evento público del año, y no le importaba que su pelo se estuviera despeinando o su vestido arrugando. Deseaba a Cam, y la necesitaba más que a nada ahora mismo.

"Oh Dios. Por favor, fóllame Cam."

Cam la miró, con un deseo carnal en su mirada. "¿Puede oírnos?" preguntó con voz ronca, refiriéndose al chófer.

"No, solo si presiono el intercomunicador e..." El resto de las palabras de Ella fueron amortiguadas por otro beso profundo y apasionado mientras Cam deslizaba un brazo fuerte alrededor de su cintura. La otra mano se movió desde su trasero hasta su muslo y entre las piernas de Ella. Su beso su hizo más profundo cuando sintió la fuente de excitación a través de las bragas de Ella.

"Voy a hacer que te corras muy fuerte," murmuró contra la boca de Ella mientras deslizaba su mano dentro de las bragas de Ella y pasaba sus dedos por la humedad. Besó los pechos de Ella otra vez, pasó su lengua sobre sus pezones y raspó con sus dientes sobre sus costillas, desesperada por tenerla de inmediato.

"Jesús." Ella se cubrió la boca con la mano para acallar un fuerte gemido cuando Cam metió dos dedos dentro de ella.

Cam vio que los párpados de Ella se agitaban mientras movía las caderas sobre su mano, entregándose a ella. Ella estaba más hermosa de lo que Cam la había visto jamás y, una vez más, tuvo que recordarse a sí misma que esto era real. Que el peor momento en la vida de Ella había conducido a algo tan bueno, tan real y tan sincero entre ellas que era difícil imaginarse su vida sin ella ahora. Su vínculo se sentía inquebrantable, su conexión perfecta e intuitiva y, Dios, cómo la necesitaba.

Las giró, recostó a Ella en los largos asientos de cuero

negro y se echó sobre ella, todavía con sus dedos dentro. Un zapato de tacón de aguja negro cayó del pie de Ella cuando envolvió sus piernas alrededor de la cintura de Cam y la atrajo hacia sí para besarla, gimiendo más fuerte ahora mientras Cam continuaba follándola, de una manera juguetona y lenta. Siempre era un placer verla pero cuando estaba excitada y se entregaba por completo a Cam, nada se comparaba a esa mirada de deseo en sus ojos. Cam estaba absorta en su cara, incapaz de retirar su mirada. Sintió las paredes de Ella contraerse alrededor de sus dedos mientras se estremecía y jadeaba, cubriendo su boca con la mano una vez más para contener un grito largo y gutural. Estaba temblando y respirando rápido cuando abrió los ojos y miró a Cam, con los ojos de par en par.

"Desde luego has cumplido tu promesa," dijo entre respiraciones, intentando con todas sus fuerzas recomponerse. Luego ambas se rieron cuando Ella borró rastros de brillo de labios de la boca de Cam. Mantuvo su pulgar en sus labios, acariciándolos, y cuando sus ojos se encontraron, suavemente pasó su otra mano por el pelo de Cam.

La sonrisa de Cam se desvaneció y su expresión se volvió seria cuando sintió que su corazón se hinchaba de emoción. "Te amo," susurró.

Ella pareció sorprendida al principio. El silencio entre ellas pareció durar una eternidad pero la lágrima que resbalaba por su mejilla decía más de lo que mil palabras pudieran decir. Posó un tierno beso en la boca de Cam, demorándose un momento como si estuviera reuniendo valor para hablar.

"Yo también te amo." La voz de Ella era suave y dulce. "Nadie me ha dicho eso antes. Nadie." Hizo un gran esfuerzo por contener las lágrimas, consciente de que su rímel pronto se convertiría en un desastre negro en sus mejillas, pero no pudo. "Y soy feliz de que tú seas la primera." Atrajo a Cam hacia ella y se dio cuenta de que en ese momento, casi se sentía completa otra vez, como si el trozo que se le había arrancado del alma después de la muerte de Helena hubiera sido, de alguna manera, reemplazado parcialmente. No era lo mismo y nunca lo sería. Era un tipo diferente de amor, pero era hermoso, apasionado, abrumador a veces y suficiente para hacer que su corazón cantara de alegría. Cam parecía emocionada también, sonriendo entre lágrimas. Sus ojos se movieron hacia la parte delantera del coche cuando la limusina se detuvo repentinamente y la voz del chófer sonó a través del intercomunicador.

"Hemos llegado, señorita Temperley."

"Mierda, ¿tan pronto?" murmuró Ella. Se sentaron y dejó escapar un suave gemido cuando Cam sacó los dedos, luego se los llevó a la boca y los lamió para limpiarlos de una manera que hizo que otra oleada de excitación la atravesara. Ella no podía pensar con claridad después de lo que se acababan de decir, pero estaba eufórica y sentía que podía con todo. Fuera, hordas de periodistas y fotógrafos la esperaban a lo largo de la alfombra roja. Presionó el botón del intercomunicador. "Gracias. ¿Podría darnos cinco minutos, por favor?" Se limpió frenéticamente las mejillas en un intento por quitarse las manchas de rímel.

"Me temo que no puedo hacer eso, señorita Temperley. Hay otras doce limusinas esperando detrás de nosotros." Ella suspiró y volvió a ponerse los tirantes de su vestido sobre los hombros antes de asegurarse los mechones sueltos de su pelo detrás de las orejas y luego volvió a ponerse los tacones.

"Lo entiendo, estaremos listas en un minuto." Se volvió hacia Cam. "¿Qué tal estoy?"

"Como si te acabaran de follar. Creo que estaría mejor sin esto pero, aparte de eso, estás preciosa." Cam se echó a reír mientras sacaba las horquillas que sobresalían de la parte posterior de la cabeza de Ella, soltando el pelo que se había convertido en un bulto desordenado en la base de su cuello. Pasó los dedos a través de él, luego limpió el último resquicio de rímel de debajo de sus ojos. "Lo siento, debería haber pensado en ello antes de…"

Ella la silenció con un beso y sonrió. "No lo sientas." Presionó su frente contra la de Cam y susurró: "Te amo tanto y estoy tan orgullosa de estar aquí contigo."

"Yo también." Cam lanzó una mirada de reojo a la multitud de fuera y sintió los nervios borbotear ahora, a pesar del brillo feliz que la tenía en una nebulosa maravillosa. Se pasó una mano por el pelo, intentando domarlo después de que las manos de Ella lo hubiera cubierto por todos lados. "Espera… ¿Qué tal estoy *yo*?"

Ella le lanzó un beso cuando se dio cuenta de que no quedaba tiempo porque el chófer había rodeado el coche y les estaba abriendo la puerta ahora. "Estás perfecta, como siempre." Salió, esperó a que Cam saliera de la limusina y le cogió la mano, asintiendo para tranquilizarla. "Va a ir bien, Cam." Se inclinó hacia ella y susurró: "y no te preocupes. Sé que parece intimidante pero son solo cámaras y puedes ignorar cualquier pregunta que te griten."

"Claro." Cam tuvo la sensación de que Ella le dijo eso para tranquilizarse ella misma más que nada pero, de todos modos, asintió y le dio una sonrisa confiada. "Ignorar a todo el mundo," murmuró para sí misma mientras caminaban hacia la alfombra roja, cogidas de la mano. Parpadeó un par de veces, no preparada para los flashes que casi la dejaron ciega, y se sintió un poco estúpida por haber subestimado el impacto abrumador de ese corto trayecto. Bloqueando el ruido y las preguntas dirigidas a ellas, intentó calmar sus nervios mientras continuaba sonriendo.

Nunca había vivido la experiencia de Ella como la actriz famosa que era. Para Cam, ella era su amiga, una persona dulce, preciosa y maravillosa y, ahora, también su amante. Estar aquí con sus admiradores gritándole la trajo a la realidad y se sintió inmensamente orgullosa de ella. *Tranquilízate, Cam. Estás aquí para apoyar a Ella, no al revés.* El abrazo que Ella le dio fue suficiente para relajarla un poco cuando llegaron al final de la alfombra, delante de la entrada al cine, donde se estaban haciendo las fotos. Ella levantó la mirada hacia ella y se rió, ajustando su pajarita, que colgaba en un ángulo extraño.

"Supongo que las dos parecemos como si nos hubieran dado una paliza." Pasó sus dedos por el pelo de Cam, y limpió los últimos vestigios del brillo de labios de las comisuras de su boca. Cam se rió también y le quitó una horquilla que se había quedado en el pelo de Ella. Cuando se lo guardó en el bolsillo, se dio cuenta de que la gente se estaba riendo.

"Creo que es bastante obvio lo que hemos estado haciendo," susurró al oído de Ella.

Ella tomó su cara entre sus manos y la miró a los ojos. "Entonces podríamos confirmar sus sospechas." Se inclinó hacia ella y la besó suavemente, luego sonrió contra los labios de Cam mientras ella rodeaba su cintura con sus brazos y la acercó más. Los gritos se hicieron más fuertes y los fotógrafos se daban codazos para quitarse a los otros de en medio y poder obtener una imagen de ellas. Ella se retiró del beso y sonrió. "Lo siento, no tenía pensado hacer eso." Se giró hacia la multitud y pasó un brazo por la cintura de Cam mientras saludaba a sus fans, que gritaban su nombre.

## 58

"Guau, eso ha sido intenso," dijo Cam mientras volvían a casa después del estreno. Se habían saltado la fiesta posterior ya que Ella había decidido que podría ser demasiado, considerando la cantidad de periodistas que había allí. Puso una mano en el muslo de Ella y se giró hacia ella. "¿Cómo te sientes? Quiero decir, el mundo entero sabe ahora que eres gay, no creo que necesites explicarlo más."

Ella sonrió. No había dejado de sonreír en toda la noche. "Me siento bien," dijo. "Me siento más ligera. Es como si una nube oscura hubiera estado encima de mí durante años y yo preocupada de que fuera a llover. Y entonces, cuando por fin empezó a llover, solo era agua y me di cuenta de que no podía hacerme daño. Así que sí, estoy bien. Mejor que bien incluso."

"Me alegro de que no te arrepientas." Cam rodeó a Ella con su brazo y la atrajo hacia ella. "Y ahora ¿qué? Vas a ser el centro de atención durante las próximas semanas."

Ella asintió mientras apoyaba su cabeza sobre su pecho. "Sí, va a ser una locura pero me las apañaré. Pero no esta noche. Esta noche, quiero que solo seamos tú y yo. ¿Todavía te parece bien que me quede? Puede que haya muchos paparazzi mañana en la playa."

"Por supuesto. Quiero pasar cada minuto libre contigo, Ella."

"Yo también." Ella dudó un momento. "¿Sabes? He estado pensando en vender mi apartamento. Apenas estoy allí y de todos modos, nunca me gustó en realidad. No lo siento como mi casa. No como la tuya."

"¿En serio?" El corazón de Cam empezó a latir más rápido. "Siempre podrías mudarte conmigo mientras buscas otro sitio." Posó un beso en la cabeza de Ella e inhaló el aroma de su champú. Nunca le había llamado la atención la madreselva o el coco, pero como se había acostumbrado a los productos para el cabello de Ella, ahora eran sus favoritos. "Quiero decir, podrías mudarte permanentemente, por supuesto. Me encantaría, pero podría ser demasiado pronto para ti y tampoco es exactamente una vida de lujo."

Ella la miró. "¿Así que estás diciendo que te gustaría que me mudara contigo?"

"Por supuesto que me gustaría eso. No puedo pensar en nada mejor que despertarme contigo cada mañana." Cam hizo una pausa un momento. "Pero también soy consciente de que mi casa no es nada comparada con los lugares elegantes a los que estás acostumbrada a vivir."

El rostro de Ella se convirtió en una enorme sonrisa. "Me encanta tu casa, Cam. No necesito espacio ni vestidores ni lujos escandalosos. Todo lo que siempre quise fue un hogar de verdad con alguien con quien quisiera pasar el resto de mi vida. Así que sí, si quieres que me vaya a vivir contigo, estaré encantada de mudarme." Sonrió. "Y si cambias de opinión y decides que es demasiado pronto, bueno, no es que me falten fondos. Siempre podría alquilar algo cerca. Puedo ser un poco desordenada y soy una cocinera horrorosa, como bien sabes, y..." Fue silenciada por los labios de Cam sobre los suyos. Cuando se apartó y miró a Cam, sus ojos se llenaron de lágrimas por segunda vez ese día.

"No me importa nada de eso, Ella. Yo solo quiero estar contigo, tanto como sea posible, noche y día, así que hagámoslo. Tú y yo."

Ella asintió y sonrió mientras resoplaba. "Vale. Tú y yo."

## 59

Ella abrió las puertas correderas del porche y se sorprendió al ver un equipo de grabación, una docena de fotógrafos y unas cincuenta personas esperando en la playa con sus teléfonos móviles, listos para obtener una foto de ellas. La multitud se movió como una sola persona cuando salieron, con las manos extendidas, sus objetivos apuntando hacia ella mientras gritaban su nombre. El corazón empezó a latirle en la garganta cuando se dio cuenta de lo importante que era esto. Besar a Cam anoche había parecido lo más natural y correcto de hacer, pero ahora tendría que lidiar con las consecuencias. Lentamente se volvió hacia la sala de estar, dejando la puerta abierta mientras se unía a Cam, que estaba haciendo café.

"Buenos días princesa. Llevan ahí desde las seis," dijo Cam sin levantar la vista, echando leche de almendras en su café. "Menos mal que me he tomado el día libre porque sus coches están bloqueando la entrada." Ella notó que no parecía agitada. De hecho, Cam sonreía mientras la atraía para darle un beso.

Ella respiró hondo mientras se apartaba y tomó un

sorbo de su café. "Creo que es hora de hablar," dijo, volviéndose hacia Cam. "Hay demasiados ahí fuera, no podemos seguir luchando contra ellos siempre. ¿Vendrás conmigo?"

"Por supuesto." Cam le pasó una mano por el pelo y sonrió cuando un mechón de sus greñas rubias rebotó. "Tienes razón, no hay otra forma de deshacerse de ellos. ¿Deberíamos cambiarnos?" Las dos llevaban puestos los albornoces blancos que Vanya les había comprado, con los ojos todavía de sueño.

Ella se encogió de hombros. "Yo estoy bien así, ya me han visto. ¿Te quieres cambiar tú?"

"No, terminemos de una vez." Cam tomó la mano de Ella entre las suyas mientras salían al porche y bajaban los escalones. "Aprieta mi mano dos veces si quieres terminar."

Ella asintió con la cabeza. "Tú haz lo mismo."

Se sentaron una al lado de la otra a la mitad de los escalones, ambas con sus cafés en las manos. El repentino silencio les dijo que su acción había sido totalmente inesperada. Un par de fotógrafos levantaron la mirada, anticipando que una cascada de agua les caería encima en cualquier momento.

"No te preocupes, no es un ataque." Ella le dirigió una sonrisa a la multitud mientras los miraba. "Además, veo que todos tenéis ya vuestros objetivos y cubiertas impermeables, así que no tendría mucho sentido." Hubo una risita en la multitud y Ella se dijo a sí misma que estaba a salvo aquí. Cualquiera que las alcanzara físicamente estaría invadiendo una propiedad y sería arrestado. "Supongo que estáis aquí porque queréis respuestas a las preguntas, así que adelante," dijo, cogiendo la mano de Cam. A pesar de la confusión entre su audiencia, solo pasó una fracción de segundo para que la primera persona hiciera una pregunta.

"Ella, ¿por qué mantuviste oculta tu sexualidad?

¿Estabas avergonzada? ¿O tenías miedo de que pudiera limitar los papeles de las películas que te ofrecían?"

Ella sacudió la cabeza mientras miraba a la mujer que le había hecho la pregunta. "No me avergüenzo de nada. Mi vida es privada, eso es todo. Yo elijo revelar lo que quiero, dónde quiero y cuándo quiero hacerlo." Le dirigió una sonrisa educada. "Dicho esto, la situación en Hollywood sí que influyó en mi decisión de permanecer callada al respecto hasta ahora. Un buen actor debería ser capaz de representar cualquier papel, no solo aquellos con los que la gente los identifica, pero, desgraciadamente, no es así como funciona actualmente mi negocio. Además de eso, nunca antes conocí a nadie por quien estuviera dispuesta a arriesgar mi carrera o poner mi vida patas arriba. Eso cambió cuando conocí a Cam." No pudo evitar sonreír al decir su nombre.

"Entonces, ¿estás admitiendo que tienes una relación sexual con Camila Saunders?"

Ella se rió por la obscenidad de la pregunta. "Sí, totalmente. ¿No es obvio?" Bajó la mirada hacia sus manos entrelazadas y su sonrisa se agrandó, luego se volvió hacia las cámaras. "Esta es mi novia. Se llama Cam y la amo."

Cam sintió que una sonrisa tonta le subía a la cara y besó a Ella en la mejilla en un intento por ocultarla. En ese momento, estalló un furor de flashes mientras Ella era bombardeada con más preguntas.

"¿Dónde os conocisteis?" Preguntó uno de los periodistas de delante. Ella se mordió el labio y miró a Cam, quien le lanzó una mirada tranquilizadora.

"Digas lo que digas, estoy contigo," le susurró. "Pero no tienes que compartir nada que tú no quieras." Ella asintió, tomó aire profundamente y se volvió hacia la multitud, que se quedó en silencio, esperando su respuesta.

"Nos conocimos justo aquí, en la playa," dijo. "O mejor dicho, en la orilla, por lo que puedo recordar. Traté de ahogarme, hace casi nueve meses y Cam arriesgó su propia vida salvándome." Hizo una pausa, un poco nerviosa por el escalofriante silencio que siguió después de los esperados sonidos de sorpresa y murmullos. "Fue en mi cumpleaños. El cumpleaños mío y de Helena," continuó. "He estado muy deprimida desde que mi hermana murió. Me sentía increíblemente sola y no vi salida. Había tormenta esa mañana y en cuanto me metí en el agua, fui arrastrada por la corriente. No me di cuenta de lo mucho que quería vivir hasta que fui tragada bajo el agua y no había vuelta atrás." Apretó con fuerza la mano de Cam mientras una lágrima rodaba por su mejilla. "Cam se zambulló y me salvó. Podría haberse ahogado pero, de alguna manera, logró sacarnos a las dos. No nos vimos durante mucho tiempo después de eso y busqué ayuda. Cuando me sentí un poco más fuerte, la busqué de nuevo y nos hicimos amigas." Se encogió de hombros. "Y no puedo negar que me sentí atraída por ella, por supuesto, o sea, miradla." Hubo risas de la multitud, luego siguieron más flashes de las cámaras.

"¿Cómo estás ahora, Ella?" le preguntó otra mujer tras una cámara de filmación.

"Estoy... mucho mejor." Ella sonrió cuando Cam le secó una lágrima de la mejilla y la abrazó. "He aprendido a lidiar con la muerte de mi hermana y, aunque la echo de menos todos los días, puedo reír otra vez, disfrutar de las pequeñas cosas y, lo más importante, puedo amar. Pero tengo la suerte de haber tenido una terapeuta increíble y que he tomado medicación para ayudarme. Muchos jóvenes no tienen ese lujo porque, simplemente, no pueden permitírselo o pueden tener miedo de hablarlo con sus amigos o familias." Cambió su mirada hacia la cámara más grande que vio, aprovechando el momento. "Por eso me involucré con *Help LA*. Es una organización benéfica pequeña y hacen un trabajo fantástico en la comunidad local. La salud física es importante, pero la salud mental también lo es, y algunas veces la terapia, la medicación o incluso algo tan pequeño como tener a alguien que escuche tus problemas o miedos pueden marcar la diferencia entre la vida y la muerte." Levantó la mano cuando alguien estaba a punto de lanzar otra pregunta y elevó la voz. "Espera, déjame terminar mientras tengo vuestra atención, no he terminado de contestar esa pregunta todavía. En todo el mundo, entre el diez y el veinte por ciento de niños y adolescentes experimentan depresión o trastornos mentales. Esto puede influir en su desarrollo, su confianza y su potencial para vivir una vida plena. Desgraciadamente, todavía hay un estigma importante asociado a los trastornos mentales, que a veces pueden ser resueltos simplemente con hablar o con medicación. *Help LA* tiene como objetivo romper la barrera del aislamiento abriendo sus puertas e invitando a los jóvenes de la comunidad a hablar sobre sus problemas, brindando servicios completos y receptivos en un entorno seguro." Sonrió, contenta de que todo el mundo estuviera escuchando ahora. "No hace falta decir que *Help LA* necesita donaciones, pero también necesitan voluntarios, así que visitad su página web para obtener detalles y descubrir cómo podéis marcar la diferencia ayudando."

"Gracias Ella." Dijo alguien. "Y ahora pasamos a la siguiente pregunta, que estoy seguro está en la mente de todo el mundo. ¿Qué esperas que pase en cuanto a tu carrera ahora que has salido del closet?"

Ella se las arregló para no poner los ojos en blanco por lo poco que había durado su capacidad de atención. "No lo sé. Sinceramente no lo sé." Se encogió de hombros y sonrió, apoyándose en Cam. "Tengo un proyecto muy emocionante por delante y no puedo esperar a formar parte de él. Eso es todo lo que puedo decir ahora mismo."

"Cam ¿Vas a proponerle matrimonio a Ella?" gritó alguien más.

Cam hizo una mueca, sorprendida de que una pregunta fuera dirigida a ella en vez de a Ella. Sintió un sudor frío cuando la atención de todos se volvió hacia ella, entonces recordó que estaba aquí para apoyar a Ella y que simplemente debería ser ella misma.

"Estoy segura de que lo haré en algún momento," dijo, posando otro beso en la mejilla de Ella. "La amo y sí, por supuesto que me gustaría casarme con mi novia algún día. Quizás incluso a ella le gustaría casarse conmigo." Se rió entre dientes cuando una sinfonía de suspiros y vítores sonó desde la playa. Ella le apretó la mano dos veces, y continuó. "Pero, por ahora, sería genial si pudiéramos tener algo de privacidad para poder disfrutar de nuestro tiempo juntas." Se levantó y rodeó a Ella con el brazo. Se sorprendieron al darse cuenta de que el caos de preguntas se había apagado y que algunos periodistas y curiosos incluso habían decidido irse.

Ella le lanzó una sonrisa mientras subían las escaleras. "Creo que se van," susurró.

"Sí, creo que sí."

# EPÍLOGO

Ella notó que el brasero en el porche estaba ardiendo cuando llegó a casa. Las sombras suaves y parpadeantes de las llamas y el olor a madera quemada la hicieron sonreír mientras cruzaba la habitación y salía. Aunque las noches de noviembre eran frías en LA, Cam solía estar aquí fuera cuando llegaba a casa. Había sido un día largo en el plató, y estaba contenta de que las escenas más emotivas estuvieran terminadas.

"Hola princesa." Cam se dio la vuelta en su silla y abrió la manta.

"Hola." Ella se sentó sobre su regazo de lado y la besó mientras Cam las envolvía con la manta. "Te he echado de menos. ¿Qué tal tu día?"

"Ha estado bien. Agradable y tranquilo."

Ella se rió. "Agradable y tranquilo, ¿eh? Lo dice la mujer que dirige los dos, y pronto tres, estudios de yoga más populares de LA."

"Eh, se trata de delegar y de buena gente. Vanya es la que tiene la ambición apasionada. Yo solo enseño y desarrollo los programas." Sonrió. "¿Qué tal tu día?"

"Ha estado bien. Bastante intenso, pero en el buen sentido. Rodamos esa escena que me preocupaba. Salió bien."

"No esperaba otra cosa de ti." Cam le masajeó el muslo. "Y ahora que tienes tres semanas libres para ganar peso, te he preparado una lasaña vegetariana rica en grasas con queso extra. Está en el horno, debe estar caliente aún." Le guiñó un ojo. "También hay un poco de helado de praliné en el congelador."

Ella se rió entre dientes. "Gracias. He estado deseando que llegara este descanso. Comida, comida, comida y más comida. ¿Te las has arreglado para tomarte un tiempo libre también, por cierto? Estaba pensando que quizás podríamos ir a Palm Springs un par de días. Mi madre quiere verme otra vez y pensé que podríamos quedar en el Palm Garden por mi cumpleaños." Ella puso los ojos en blanco. "Y por "nosotros" me refiero a ti, a mí, a mi madre y a su último jovencito. Este se llama Chris, si no recuerdo mal."

Cam se rió. "Vale... así que Chris ahora, ¿eh? Bueno, me las he apañado para encontrar un sustituto durante cinco días, así que me encantaría quedar con tu madre." Apartó un mechón de pelo de la cara de Ella. Ahora estaba más corto pero, de cualquier manera, estaba aún más impresionante. La medio melena entrecortada con flequillo la hacía parecer sexy sin esfuerzo e increíblemente mona al mismo tiempo, y Cam simplemente no podía evitar pasarle las manos por él en cualquier oportunidad que se le presentaba. "Entonces, ¿quieres celebrar tu cumpleaños?" Sintió una chispa de emoción, pensando en los dos gatitos que recogería de la casa de su colega Jason para sorprenderla. Un gato callejero había dado a luz a una camada en su jardín y los dos adorables hermanos pelirrojos le habían derretido el corazón inmediatamente cuando él le enseñó la foto. Sabía que Ella iba a tocar el cielo con las manos.

Ella asintió. "Sí. Nada grande, solo un almuerzo. Me siento preparada."

"Eso es genial. Seguro que tu madre estará feliz también. Me alegro de que vuelvas a hablar con ella y casi no me atrevo a decirlo, pero creo que incluso me gusta un poco." Cam arqueó una ceja cuando Ella hizo una mueca. "Oye, en realidad es bastante entretenida y ¿quién sabe? Chris podría ser el caballero de la brillante armadura que estaba esperando."

Con eso, ambas estallaron en una risa incontrolable, sabiendo demasiado bien que Chris sería un aficionado al ejercicio musculoso, de la mitad de edad que Bernice, con un vocabulario muy limitado y modales aún más limitados.

"Solo desearía que aprendiera de sus errores." Ella se levantó y cogió una botella de vino tinto y dos copas de la cocina. "Bueno, le diré que vamos a ir y que esperamos conocer a Chris. Oh, y Vanya y Greg vienen a cenar mañana, por si se te ha olvidado." Se volvió a sentar sobre el regazo de Cam y sirvió el vino.

"Lo sé." Cam cogió su copa y la chocó contra la de Ella. "He hablado con Vanya sobre eso hoy, ella trae el postre." Dudó. "Espero que no te importe pero invité a Neil también."

"¿Neil?" Ella frunció el ceño. "¿Neil Messenger?" Se rió entre dientes. "Jesús, os caísteis bien de verdad en la cena de reencuentro de la semana pasada, ¿eh?"

"Sí, me gusta. Es divertido. Le dije que podría traer una cita, pero dijo que prefería venir solo y que estaba deseando tener una conversación adulta. Parece que tiene el mismo problema que tu madre."

Ella se rió mientras se recostaba sobre Cam. Tomó un

sorbo de su vino y observó las llamas que bailaban con el viento delante de ellas. Las ráfagas se estaban haciendo cada vez más fuertes y el sonido de las olas arremolinándose se convertían en poderosos choques cuando llegaban a la orilla. Le gustaba sentarse aquí con Cam, y habían pasado muchas noches así, simplemente disfrutando de la vista.

"Creo que se avecina una tormenta," dijo Cam.

"Sí. Yo también puedo sentirlo." Ella suspiró y cogió la mano de Cam, pensando en esa mañana, hacía casi un año. "Qué diferencia puede hacer un año, ¿eh?"

"Estaba pensando lo mismo." Cam apretó la mano de Ella y le dio un beso suave en la mejilla. "Y qué extraño que estemos aquí ahora, juntas."

Una expresión seria se formó en la cara de Ella. "Si no me hubieras salvado, bueno..." Se encogió de hombros. "De todas las playas a las que podría haber ido, vine aquí. ¿Crees que fue el destino?"

"No lo sé." Cam cerró los ojos mientras aspiraba profundamente contra el pelo de Ella. "Pero lo que sí sé es que te amo más que a nada y que verte feliz lo es todo para mí."

"Yo también te amo." Ella se volvió hacia Cam, con lágrimas en los ojos. Eran lágrimas de felicidad, se dio cuenta mientras se limpiaba las mejillas. No había habido muchas lágrimas de tristeza últimamente. Se había mudado con Cam y valoraba cada momento con ella. Los días eran un regalo más que un desafío y despertarse cada mañana en los brazos de Cam era como volver a casa. "¿Sabes?" continuó. "La muerte de mi hermana fue para mí el dolor en su forma más pura y agresiva. La pena era como una fotografía en alta definición, tan aguda que no había forma de escapar de la realidad, y la única forma de suavizar esa agudeza era seguir mirándola hasta adormecerme." Sonrió. "Pero igual que las fotografías se desdibujan con el tiempo, difuminadas por un filtro suave y blanqueado por el sol, los recuerdos se han vuelto soportables nuevamente, e incluso hermosos a veces."

"Sé lo que quieres decir." Cam tomó un sorbo de su vino, luego colocó la copa en la mesa, mirando al océano. "No desaparece pero se convierte en una especie de extraña aceptación."

"Sí." Ella hizo una pausa por un momento. "Nunca antes había conocido la pérdida de un ser querido, pero tampoco he conocido un amor como éste. ¿Y sabes qué? Tú has sido mi calor, mi luz y el filtro que hace que todo parezca un poco más bonito y con un poco más de esperanza. Y Dios, Cam, te amo más de lo que las palabras podrían expresar jamás."

Cam sintió que los ojos se le llenaban de lágrimas también con las palabras de Ella. "Lo eres todo para mí, Ella. Eres..." Su voz se apagó al levantar la vista y notar algo por el rabillo del ojo. Una sombra oscura se movía hacia ellas, balanceándose por el cielo. "Espera... ¿Qué es eso?"

La mirada de Ella también se elevó hacia el cielo, y sus ojos se abrieron de par en par cuando vio que era un halcón de cola roja. Sobrevolaba sobre ellas, apoyándose en el viento, sus majestuosas alas estáticas hasta que se lanzó y se instaló en la barandilla del porche, justo delante de ellas. El impacto de su aterrizaje fue duro y repentino y el corazón de Ella casi latía fuera de su pecho mientras chillaba y la miraba directamente.

"Hola," susurró, una vez se hubo calmado de la primera conmoción y luego sonrió cuando ladeó la cabeza como si la estuviera saludando también. A pesar de su tamaño y de las llamas del brasero que se reflejaban en los feroces ojos del pájaro, tenía un comportamiento suave, casi dulce, mientras simplemente se sentaba allí, estudiándola curiosamente.

Ella se sorprendió por las palabras que salieron de sus labios. "¿Cómo me has encontrado?" Por supuesto no esperaba una respuesta, pero aún así, se encontró esperando una.

"¿Es...?" Cam frunció el ceño y se quedó en silencio, igualmente sorprendida. "¿Crees realmente que es el mismo?" Sintió a Ella temblar contra ella cuando cerró la mano sobre su pelo. Muchas cosas pasaron por su mente en ese momento pero no las expresó. Era una locura pensar que el halcón del jardín de Ella en Palm Springs había volado hasta aquí solo para verla, pero algo dentro de ella que iba contra de toda lógica le decía que eso era exactamente lo que había hecho.

"Creo que sí." Ella siguió mirando al pájaro como hipnotizada. "No tiene sentido pero sí, creo que es ella." No estaba muy segura de si por "ella" se refería al halcón o algo en un nivel espiritual más alto. Fuera lo que fuese, era extraño y maravilloso y casi mágico. Ella sonrió al pájaro y asintió, con lágrimas cayéndole por la cara ahora. "Gracias por venir a verme. Yo..." Antes de que pudiera terminar su frase, el pájaro inclinó la cabeza otra vez y agitó las alas antes de tomar vuelo hacia la noche. "Te echo de menos," susurró, más para ella misma esta vez. El halcón desapareció tan rápido como había llegado y ni Ella ni Cam supieron qué decir en los minutos que siguieron. Ella permaneció en el calor del abrazo de Cam y sintió una extraña sensación de paz asentarse en ella. Estaba feliz, estaba saliendo adelante pero, sobre todo, estaba muy agradecida de estar viva.

FIN

# AGRADECIMIENTOS

Estoy increíblemente agradecida de tener tan fantástico equipo de personas con las que trabajo regularmente. ¡Trabajar con amigas es lo mejor del mundo!

Ante todo, me gustaría dar un enorme gracias a Rocío, mi amiga y traductora. Es un placer trabajar contigo y espero que trabajemos juntas en muchos más libros.

Irene Niehorster, mi lectora beta, gracias de nuevo por tu tiempo y esfuerzo. ¡Te lo agradezco de verdad!

Y lo más importante, me gustaría dar un enorme gracias a las maravillosas personas que se han abierto a mí sobre sus luchas con la depresión y me han ayudado a entender la situación desde diferentes perspectivas. Ha sido una experiencia aleccionadora y les deseo todo el amor y la felicidad del mundo. Sinceramente, gracias.

## ACERCA DEL AUTOR

Lise Gold es autora de romance lésbico. Su actitud romántica, su entusiasmo por viajar y su amor por historias que hacen sentirte bien, forman el corazón de su escritura. Nacida en Londres, de madre noruega y padre inglés, y habiendo crecido entre el Reino Unido, Noruega, Cambia y los Países Bajos, se siente como en casa en casi todas partes y tiene una curiosidad interminable por nuevos destinos. Ella va a por "escribe de lo que conoces" y a menudo se la encuentra en lugares exóticos investigando o inspirándose para su próxima novela.

Trabajando como diseñadora durante quince años y cantando semiprofesionalmente, Lise ha sido siempre creativa de corazón. Sus novelas son el resultado de la búsqueda de una nueva pasión, después de renunciar a su trabajo de diseño en 2018. Desde el lanzamiento de Lily's Fire en 2017, ha escrito varias novelas románticas y actualmente está trabajando en "The Compass series"

Cuando no está escribiendo desde la mesa de su cocina, se la puede encontrar cocinando, en el gimnasio o cantando con el alma en algún lugar, preferiblemente country o blues. Después de vivir juntas en Ámsterdam y Hong Kong y casarse en España, ella y su esposa se han establecido finalmente en el Reino unido con sus perros El Comandante y Bubba, y sus gatos Kanye y Tittie (que también tiene su propia línea de ropa)

## OTRAS OBRAS DE LISE GOLD

Lily's Fire

Beyond the Skyline

The Cruise

French Summer

Northern Lights

Southern Roots

Eastern Nights

Western Shores

Living (Vivir)

Fireflies (Luciérnagas)

Luciérnagas

www.ingramcontent.com/pod-product-compliance
Lightning Source LLC
Chambersburg PA
CBHW051314250626
47155CB00007B/2313